O GUARDIÃO INVISÍVEL

DOLORES REDONDO

O GUARDIÃO INVISÍVEL

Tradução de
MARIA ALZIRA BRUM LEMOS

1ª edição

EDITORA RECORD
RIO DE JANEIRO • SÃO PAULO
2014

CIP-BRASIL. CATALOGAÇÃO NA PUBLICAÇÃO
SINDICATO NACIONAL DOS EDITORES DE LIVROS, RJ

R252g

Redondo, Dolores, 1969-
     O guardião invisível / Dolores Redondo; tradução de Maria Alzira Brum Lemos. –
1ª ed. – Rio de Janeiro: Record, 2014.

     Tradução de: El guardián invisible
     ISBN 978-85-01-09876-4

     1. Ficção espanhola. I. Brum, Maria Alzira. II. Título.

13-02429

CDD: 863
CDU: 821.134.2-3

Título original:
El guardián invisible

Copyright © Dolores Redondo Meira, 2012
Publicado mediante acordo com Pontas Literary & Film Agency

Texto revisado segundo o novo Acordo Ortográfico da Língua Portuguesa.

Todos os direitos reservados. Proibida a reprodução, no todo ou em parte, através de quaisquer meios. Os direitos morais da autora foram assegurados.

Direitos exclusivos de publicação em língua portuguesa somente para o Brasil adquiridos pela
EDITORA RECORD LTDA.
Rua Argentina, 171 – Rio de Janeiro, RJ – 20921-380 – Tel.: 2585-2000,
que se reserva a propriedade literária desta tradução.

Impresso no Brasil

ISBN 978-85-01-09876-4

Seja um leitor preferencial Record.
Cadastre-se e receba informações sobre
nossos lançamentos e nossas promoções.

EDITORA AFILIADA

Atendimento e venda direta ao leitor:
mdireto@record.com.br ou (21) 2585-2002.

*Para Eduardo, que me pediu que escrevesse este livro,
e para Ricard Domingo, que o viu quando era invisível.*

Para Rubén e Esther, por me fazerem chorar de rir.

Esquecer é um ato involuntário. Quanto mais você quer deixar algo para trás, mais ele o persegue.

WILLIAM JONAS BARKLEY

Mas, querida menina, esta maçã não é como as outras, porque esta maçã é mágica.

Branca de Neve de Walt Disney

1

Ainhoa Elizasu foi a segunda vítima do *basajaun*, embora naquele momento a imprensa ainda não o chamasse assim. Levou um tempo para vazar a informação de que em volta dos cadáveres havia pelos de animal, vestígios de couro e rastros duvidosamente humanos, unidos a uma espécie de cerimônia fúnebre de purificação. Uma força maligna, telúrica e ancestral parecia ter marcado os corpos daquelas quase meninas com a roupa rasgada, os pelos pubianos raspados e as mãos dispostas como uma imagem de Nossa Senhora.

Quando a chamavam de madrugada para ir à cena de um crime, a inspetora Amaia Salazar realizava sempre o mesmo ritual: desligava o despertador para que não incomodasse James pela manhã, pegava a roupa e o telefone, embolando-os, e descia bem devagar as escadas até chegar à cozinha. Vestia-se enquanto tomava café com leite e deixava um bilhete para o marido, para em seguida entrar no carro e dirigir absorta em pensamentos vagos, ruído branco que sempre ocupava sua mente quando acordava antes do amanhecer e que a acompanhava como restos de uma vigília inacabada, mesmo dirigindo durante mais de uma hora desde Pamplona até a cena onde uma vítima esperava. Realizou uma curva muito fechada, e o chiado das rodas a fez tomar consciência do quanto estava distraída; ela se obrigou então a prestar atenção à sinuosa estrada ascendente que adentrava nos bosques cerrados no entorno de Elizondo. Cinco minutos mais tarde, estacionou em uma baliza e reconheceu o carro esportivo do médico Jorge San Martín e o 4 × 4 da juíza Estébanez. Amaia desembarcou e se dirigiu à parte traseira, de onde tirou umas botas de borracha, as quais calçou apoiada no porta-malas enquanto o subinspetor Jonan Etxaide e o inspetor Montes se aproximavam.

— A coisa é feia, chefe, é uma menina. — Jonan consultou suas anotações. — Doze ou 13 anos. Os pais reportaram que a garota não tinha chegado em casa às onze da noite.

— Um pouco cedo para registrar uma queixa por desaparecimento — opinou Amaia.

— Sim. Pelo visto ela ligou para o irmão mais velho por volta das oito e dez para dizer que tinha perdido o ônibus para Arizkun.

— E o irmão não disse nada até as onze?

— Você sabe como é: "Os *velhos* vão me matar. Por favor, não diga nada. Vou ver se o pai de alguma amiga me leva." Resumindo, ele manteve a boca fechada e ficou jogando PlayStation. Às onze, quando viu que a irmã não chegava e a mãe começava a ficar histérica, ele falou que Ainhoa tinha ligado. Os pais foram à delegacia de Elizondo e insistiram que havia acontecido alguma coisa com a filha. Ela não atendia ao celular, e já tinham falado com todas as amigas dela. Uma viatura a encontrou. Ao chegar à curva os agentes viram os sapatos da garota na margem da estrada — relatou Jonan, apontando com a lanterna para um lugar na beira do asfalto onde uns sapatos de verniz preto e salto médio brilhavam, perfeitamente alinhados. Amaia se inclinou para os observar.

— Eles estão dispostos com cuidado. Alguém tocou neles? — Jonan consultou novamente as anotações. Amaia pensou que a eficiência do jovem subinspetor, que também era antropólogo e arqueólogo, era um presente em casos tão difíceis como o que se antecipava.

— Não. Eles estavam assim, alinhados e apontando para a estrada.

— Diga ao pessoal da perícia que venha assim que termine para olhar dentro dos sapatos. Para posicioná-los dessa maneira, é preciso enfiar os dedos no interior.

O inspetor Montes, que havia permanecido em silêncio olhando para o bico de seus mocassins italianos de grife, levantou a cabeça bruscamente, como se tivesse acabado de despertar de um sono profundo.

— Salazar — murmurou ele como cumprimento. E começou a caminhar em direção à estrada sem esperar por ela. Amaia fez uma expressão de perplexidade e se virou para Jonan.

— Que bicho o mordeu?

—Não sei, chefe, mas viemos no mesmo carro desde Pamplona e ele não deu um pio. Acho que bebeu um pouco.

Amaia também achava. Desde seu divórcio, o inspetor Montes tinha ido de mal a pior, e não apenas por sua recente afeição aos sapatos italianos e às gravatas coloridas. Nas últimas semanas encontrava-se particularmente distraído, absorto em seu mundo interior, frio e impenetrável, quase autista.

— Onde está a garota?

— Junto ao rio. É preciso descer pela ladeira — declarou Jonan, apontando para o barranco e compondo uma expressão de desculpa, como se de alguma forma ele fosse responsável pelo corpo estar ali.

Enquanto descia pelo declive, tecido na rocha pelo rio milenar, avistou ao longe as luzes e as faixas que delimitavam o perímetro de ação dos agentes. De um lado, a juíza Estébanez conversava em voz baixa com o escrivão enquanto dirigia olhares de soslaio para o local onde estava o corpo. Em volta dela, dois fotógrafos da polícia científica faziam chover seus flashes de todos os ângulos. Junto do cadáver estava ajoelhado um dos técnicos do Instituto Navarro de Medicina Legal, que parecia estar medindo a temperatura do fígado.

Amaia percebeu, satisfeita, que todo o pessoal presente respeitava o perímetro para entrar e sair da área cercada, delimitado pelos primeiros agentes a chegarem na cena. Mesmo assim, como sempre, achou que havia gente demais. Era um sentimento próximo do absurdo que talvez procedesse de sua educação católica, mas, invariavelmente, quando precisava estar diante de um cadáver, urgia-lhe aquela necessidade de intimidade e recolhimento que a afligia nos cemitérios e que se via violada com a presença profissional, distante e alheia dos que se moviam em torno do corpo, único protagonista da obra de um assassino e, no entanto, mudo, silenciado, ignorado em seu horror.

Ela se aproximou devagar, observando o local que alguém tinha escolhido para a morte. Junto ao rio havia se formado uma praia de pedras cinzentas e arredondadas, certamente arrastadas pelas enchentes da primavera anterior, uma língua seca de uns 9 metros de largura que se estendia até onde Amaia podia ver sob a escassa luz do incipiente amanhecer. A outra margem do rio, de apenas 4 metros de largura, adentrava em um bosque profundo que se tornava mais denso à medida que se penetrava nele. A inspetora esperou alguns segundos enquanto o técnico da polícia científica terminava de fotografar o cadáver; quando ele acabou, ela se aproximou, posicionando-se aos pés da menina, e, como era seu costume, esvaziou a mente de qualquer pensamento, olhou para o corpo que jazia junto ao rio e murmurou uma breve oração. Só então Amaia se sentiu preparada para observá-lo como a obra de um assassino.

Ainhoa Elizasu tivera em vida bonitos olhos castanhos que agora olhavam para o espaço infinito suspensos em uma expressão de surpresa. A cabeça, levemente inclinada para trás, deixava ver uma parte da corda áspera que afundou na carne de seu pescoço até quase desaparecer. Amaia se inclinou sobre o corpo para ver o local onde as pontas se encontravam.

— Nem sequer está amarrada, o assassino simplesmente apertou até a garota parar de respirar — sussurrou quase para si.

— Isso requer força... Um homem? — sugeriu Jonan atrás dela.

— É provável, embora a garota não seja muito alta, um metro e cinquenta e cinco mais ou menos, e seja bem magra; uma mulher também poderia ter feito isso.

O Dr. San Martín, que até aquele instante tinha ficado conversando com a juíza e o escrivão, aproximou-se do cadáver depois de se despedir da magistrada com extrema pompa.

— Inspetora Salazar, é sempre um prazer vê-la, mesmo nestas circunstâncias — saudou ele festivamente.

— Digo o mesmo, Dr. San Martín. O que acha que temos aqui?

O médico pegou as anotações que o técnico lhe cedeu e as olhou brevemente enquanto se inclinava ao lado do cadáver, não sem antes dedicar a Jonan um olhar avaliador com o qual apreciava sua juventude e seus conhecimentos. Um olhar que Amaia conhecia bem. Alguns anos antes, ela havia sido a jovem subinspetora que ele instruíra nos meandros da morte, um prazer que San Martín, um nobre professor, nunca deixava escapar.

— Se aproxime, Etxaide, venha aqui e talvez aprenda alguma coisa.

O Dr. San Martín colocou as luvas cirúrgicas que tirou de uma maleta de couro Gladstone e apalpou suavemente a mandíbula, o pescoço e os braços da menina.

— O que sabe sobre *rigor mortis*, Etxaide?

Jonan suspirou antes de começar a falar com um tom parecido com o que devia utilizar em seus dias de escola quando respondia à professora.

— Bem, sei que começa nas pálpebras umas três horas depois da morte, se estendendo pelo rosto e pelo pescoço até o peito, para enfim se espalhar por todo o tronco e para as extremidades. Em condições normais, a rigidez se completa em torno de 12 horas, e começa a desaparecer seguindo a ordem inversa em torno de 36 horas.

— Nada mal, o que mais? — incentivou-o o médico.

— Ele constitui um dos principais marcadores para fazer a estimativa da hora da morte.

— E acha que poderia fazer uma estimativa se apoiando somente no grau do *rigor mortis*?

— Bem... — titubeou Jonan.

— De jeito nenhum — asseverou San Martín. — O grau de rigidez pode variar devido ao estado muscular do falecido, à temperatura do cômodo ou do exterior, como neste caso, a temperaturas extremas que podem fazer parecer que há *rigor mortis*, por exemplo, no caso de cadáveres expostos a altas temperaturas ou que sofram espasmo cadavérico... Você sabe o que é?

— Acho que se chama assim quando no momento da morte os músculos das extremidades se retesam de tal forma que seria difícil tirar da vítima qualquer objeto que ela estivesse segurando.

— Isso mesmo, portanto uma grande responsabilidade recai sobre o médico-legista. Ele não deve estabelecer a hora sem levar em conta esses aspectos e, obviamente, as hipóstases... A lividez *post mortem*, para que me entenda. Você deve ter visto aquelas séries americanas em que o legista se ajoelha junto ao corpo e depois de dois minutos estabelece a hora da morte — comentou San Martín, levantando teatralmente uma sobrancelha. — Me permita dizer que é mentira. A análise da quantidade de potássio no líquido do olho foi um grande avanço, mas só poderei estabelecer a hora com maior precisão depois da necropsia. Agora, e com o que tenho aqui, posso dizer: 13 anos, mulher. Pela temperatura do fígado eu diria que morreu há duas horas. Entretanto ainda não há precisão — afirmou, apalpando de novo a mandíbula da menina.

— É bastante condizente com a ligação que ela fez para casa e o contato dos pais. Sim, apenas duas horas.

Amaia esperou que ele se levantasse e tomou seu lugar, ajoelhando-se ao lado da garota. Não lhe escapou o olhar de alívio de Jonan ao se ver livre do escrutínio do legista. Os olhos mirando o infinito e a boca entreaberta em uma expressão que parecia de surpresa, ou talvez uma última tentativa de respirar, davam ao rosto um ar de assombro infantil, como o de uma menina em seu aniversário. Toda a roupa estava rasgada em cortes limpos do pescoço até a virilha e se encontrava afastada dos dois lados, como o embrulho de um presente macabro. A suave brisa proveniente do rio moveu um pouco a franja reta da garota e elevou até Amaia um cheiro de xampu misturado a outro mais acre de tabaco. Amaia se perguntou se ela fumava.

— Está com cheiro de tabaco. Sabem se ela tinha uma bolsa?

— Sim, tinha. Ainda não apareceu, mas tenho gente rastreando a área até um quilômetro mais abaixo — declarou o inspetor Montes, estendendo o braço em direção ao rio.

— Perguntem às amigas onde estiveram e com quem.

— Assim que amanhecer, chefe — disse Jonan, tocando o relógio. — As amigas vão ser meninas de 13 anos, estarão dormindo.

Amaia observou as mãos dispostas nas laterais do corpo. Estavam brancas, limpas e com as palmas viradas para cima.

— Você notou a posição das mãos? Foram colocadas assim.

— Concordo — disse Montes, que permanecia em pé ao lado de Jonan.

— Fotografem e acondicionem o quanto antes. Pode ser que ela tenha tentado se defender. Embora as unhas e as mãos estejam bastante limpas, talvez tenhamos sorte — declarou ela, dirigindo-se ao agente da polícia científica. O legista se inclinou de novo sobre a menina, diante de Amaia.

— É preciso esperar a necropsia, mas eu apontaria asfixia como causa da morte e, dada a força com que a corda afundou na carne, diria que foi muito rápido. Os cortes que aparecem pelo corpo são superficiais e estavam destinados unicamente a rasgar a roupa. Foram realizados com um objeto muito afiado, uma gilete, um estilete ou um bisturi. Isso eu vou dizer mais tarde, mas a garota já estava morta quando foram feitos. Quase não há sangue.

— E a região pubiana? — interveio Montes.

— Acredito que tenha utilizado o mesmo objeto cortante para raspar os pelos pubianos.

— Talvez para levar um pouco como troféu, chefe? — perguntou Jonan.

— Não, acho que não. Olhe o modo como os jogou em volta do corpo — indicou Amaia, mostrando vários montinhos de fina penugem. — Parece mais que desejava eliminá-lo, para substituí-lo por isso — disse, apontando para um bolinho dourado e gorduroso que havia sido colocado sobre o púbis sem pelos da garota.

— Desgraçado. Por que precisa fazer esse tipo de coisa? Não era suficiente matar uma criança, tinha que colocar isso aí? O que se passa pela mente de alguém que faz uma coisa dessas? — questionou Jonan com expressão de nojo.

— Esse é o seu trabalho, garoto, adivinhar o que esse animal pensa — comentou Montes, aproximando-se do Dr. San Martín.

— Ela foi estuprada?

— Eu diria que não, mas não posso ter certeza até a examinar mais a fundo. A cena do crime tem um aspecto sexual evidente... Rasgar a roupa, deixar o peito exposto, raspar a região pubiana... E o bolinho... Parece uma *mantecada*, ou...

— É um *txatxingorri* — interveio Amaia. — É um doce típico dessa região, embora esse seja menor do que os que costumo ver. Mas é um *txatxingorri*, sem dúvida. Manteiga, farinha, ovos, açúcar, fermento e torresmo para fazer o recheio, uma receita ancestral. Jonan, coloque em um saco e, por favor — disse Amaia, dirigindo-se a todos —, o assunto do doce não deve sair daqui, por enquanto essa informação é restrita.

Todos concordaram.

— Já terminamos aqui. San Martín, ela é sua. Nos vemos no Instituto.

Amaia se ajeitou e dedicou um último olhar à garota antes de subir a ladeira até o carro.

2

Para aquela manhã o inspetor Montes havia escolhido uma vistosa gravata de seda roxa, sem dúvida caríssima, que reluzia sobre uma camisa lilás; o efeito era elegante, mas com um tom de policial de Miami que soava exagerado. Os policiais que subiam com eles no elevador deviam ter pensado o mesmo. Não passou despercebido a Amaia o gesto ostensivo que um deles fez para o outro ao sair. Ela olhou para Montes, pois era provável que ele também tivesse notado; no entanto, examinava anotações em seu PDA envolto em uma nuvem de perfume Armani e aparentemente alheio ao efeito que causava.

A porta da sala de reuniões estava fechada, mas, antes que Amaia pudesse tocar a maçaneta, um policial uniformizado a abriu por dentro, como se estivesse parado ali esperando sua chegada. Ele se afastou para um lado, deixando-os ver um cômodo amplo e luminoso, com mais gente do que a inspetora Salazar esperava. O delegado estava sentado na cabeceira e à sua direita dois lugares permaneciam vagos. Ele lhes indicou que se aproximassem, e enquanto avançavam pela sala foi fazendo as apresentações.

— Inspetora Salazar, inspetor Montes, já conhecem o inspetor Rodríguez, da polícia científica, e o Dr. San Martín. Subinspetor Aguirre, da divisão de narcóticos, subinspetor Zabalza e inspetor Iriarte, da delegacia de Elizondo. Por uma casualidade eles não se encontravam ontem em Elizondo quando o cadáver foi encontrado.

Amaia lhes estendeu a mão e cumprimentou com um gesto os que já conhecia.

— Inspetora Salazar, inspetor Montes, eu os reuni aqui porque suspeito que o caso de Ainhoa Elizasu vá ter consequências mais graves do que se esperaria — declarou o delegado, enquanto virava para se sentar e indicava que fizessem o mesmo. — Nessa manhã o inspetor Iriarte entrou em contato conosco para fazer algumas revelações que talvez possam ser importantes para a evolução do seu caso atual.

O inspetor Iriarte se inclinou para a frente colocando sobre a mesa duas manzorras dignas de um *aizkolari*.

— Há um mês, exatamente em 5 de janeiro — começou, consultando suas anotações em uma pequena agenda de couro de capa preta que quase desaparecia entre suas mãos —, um pastor de Elizondo que levava as ovelhas para beber no rio achou o cadáver de uma garota, Carla Huarte, de 17 anos. Ela desapareceu na noite de Ano-Novo depois de ter ido à boate Cras Test de Elizondo com os amigos e o namorado. Por volta das quatro da manhã, ela saiu com ele, e 45 minutos depois o rapaz voltou sozinho; ele disse a um amigo que os dois haviam discutido e que Carla desceu do carro zangada e foi embora caminhando. O amigo o convenceu a ir procurá-la, então eles voltaram uma hora mais tarde, mas não encontraram nem rastro da garota. Eles disseram que não ficaram muito preocupados, porque a área era bastante frequentada por casaizinhos e maconheiros; além disso, a garota era muito popular, então imaginaram que alguém a tinha levado. No carro do namorado achamos cabelo da garota e uma alça de sutiã de silicone.

Iriarte inspirou e olhou para Montes e Amaia antes de prosseguir.

— E aqui vem a parte que pode interessá-los. Carla apareceu em uma área a uns 2 quilômetros do lugar onde acharam Ainhoa Elizasu. Estrangulada com uma corda de ráfia, a roupa rasgada de cima a baixo.

Amaia olhou para Montes alarmada.

— Me lembro de ter lido sobre esse caso na imprensa. Ela estava com a região pubiana raspada? — perguntou ela.

Iriarte olhou para o subinspetor Zabalza, que respondeu:

— A verdade é que ela não tinha púbis, toda essa região havia sido arrancada a mordidas pelo que pareciam ser animais; no relatório da necropsia aparecem documentadas mordidas de pelo menos três tipos de animal e alguns pelos que correspondem a um javali, uma raposa e o que poderia ser um urso.

— Meu Deus! Um urso? — indagou Amaia, rindo incrédula.

— Não temos certeza, mandamos os moldes para o Instituto de Estudos de Plantígrados dos Pirineus e ainda não obtivemos resposta, mas...

— E o doce?

— Não havia doce... Mas talvez tenha havido. Isso explicaria as mordidas na região pubiana, pois um cheiro doce e desconhecido seria bastante atraente para os animais.

— Ela possuía mordidas em mais lugares do corpo?

— Não, não havia mais mordidas, mas sim marcas de cascos.

— E restos de pelos pubianos jogados próximo ao cadáver? — perguntou Amaia.

— Também não, mas vocês devem levar em consideração que o cadáver de Carla Huarte estava parcialmente submerso no rio, dos tornozelos até as nádegas, e que nos dias posteriores ao seu desaparecimento choveu torrencialmente. Se havia alguma coisa, a água levou.

— Isso não lhe chamou a atenção ontem quando examinou a menina? — perguntou Amaia se dirigindo ao legista.

— Com certeza — confirmou San Martín —, mas a coisa não está tão clara, são apenas semelhanças. Você consegue imaginar quantos cadáveres vejo em um ano? Em muitos casos há elementos comuns sem que tenham nenhuma ligação. De qualquer forma, me chamou a atenção sim, mas antes de dizer qualquer coisa eu teria que consultar minhas anotações da necropsia. No caso de Carla, tudo apontava para violência sexual por parte do namorado. A garota estava sob o efeito de drogas e álcool, tinha vários chupões no pescoço e a marca de uma mordida em um seio que correspondia à arcada dentária do namorado; além disso, achamos restos de pele do suspeito debaixo das unhas que correspondiam a um profundo arranhão que ele tinha no pescoço.

— Havia sêmen?

— Não.

— O que o rapaz disse? Aliás, como ele se chama? — perguntou Montes.

— Miguel Ángel de Andrés. E disse que tinha cheirado coca e tomado ecstasy, além de álcool — Aguirre riu —, e estou inclinado a acreditar nele. Nós o detivemos no Dia de Reis e ele também estava sob o efeito de drogas, deu positivo para quatro tipos, incluindo cocaína.

— Onde essa pérola está agora? — perguntou Amaia.

— Na cadeia de Pamplona, à espera de julgamento acusado de violência sexual e homicídio, sem fiança... Tinha antecedentes por problemas com drogas — declarou Aguirre.

— Inspetores, acho que uma visita à cadeia para interrogar novamente Miguel Ángel de Andrés é importante. Talvez ele não tenha mentido quando disse que não matou a garota.

— Dr. San Martín, o senhor pode conseguir o relatório da necropsia de Carla Huarte para nós? — perguntou Montes.

— Claro.

— Estamos interessados principalmente nas fotografias tiradas na cena do crime.

— Vou consegui-las o quanto antes.

— E seria conveniente voltar a examinar a roupa que a garota usava, agora que já sabemos o que procurar — apontou Amaia.

— O inspetor Iriarte e o subinspetor Zabalza conduziram esse caso na delegacia de Elizondo. Inspetora Salazar, você é de lá, não é? — perguntou o delegado.

Amaia fez que sim com a cabeça.

— Eles vão dar a vocês toda a ajuda que necessitem — declarou o delegado, levantando-se e dando por finalizada a reunião.

3

O rapaz que estava diante dela se sentava ligeiramente encurvado, como se suportasse um grande peso nas costas, as mãos caídas frouxamente sobre os joelhos; a pele do rosto transparecia centenas de minúsculas veias rosadas, e profundas olheiras circundavam seus olhos. Nada parecido com a foto que Amaia se lembrava de ter visto na imprensa um mês antes, em que ele posava ao lado de seu carro com uma expressão desafiadora. Toda a segurança, a pose de macho presunçoso e mesmo parte de sua juventude pareciam ter se esvaído. Quando Amaia e Jonan Etxaide entraram na sala de interrogatórios, o rapaz olhava para um ponto no vazio do qual lhe custou retornar.

— Olá, Miguel Ángel.

Ele não respondeu. Suspirou e olhou para eles em silêncio.

— Sou a inspetora Salazar, e ele — disse, apontando para Jonan — é o subinspetor Etxaide. Queremos falar com você sobre Carla Huarte.

Miguel Ángel levantou a cabeça e, como tomado por um enorme cansaço, sussurrou:

— Não tenho nada a dizer, tudo o que podia falar já está na minha declaração... Não tem mais nada, é a verdade, não tem mais nada, eu não a matei, e é isso, não tem mais nada, me deixem em paz e falem com o meu advogado.

Ele baixou de novo a cabeça e concentrou toda sua atenção em olhar para as mãos, secas e pálidas.

— Certo — suspirou Amaia —, vejo que não começamos bem. Vamos tentar outra vez. Não acho que você tenha matado Carla.

Miguel Ángel levantou o olhar, desta vez surpreso.

— Acho que ela estava viva quando você saiu de lá, e acho que então alguém se aproximou dela e a matou.

— É isso... — disse Miguel Ángel, balbuciando. — É isso que deve ter acontecido. — Grossas lágrimas rolaram pelo seu rosto enquanto começava a tremer. — É isso, é isso que deve ter acontecido, porque eu não a matei, acredite em mim, por favor, eu não a matei.

— Eu acredito em você — declarou Amaia deslizando um pacote de lenços de papel sobre a superfície da mesa. — Eu acredito em você e vou ajudá-lo a sair daqui.

O garoto entrelaçou os dedos em sinal de súplica.

— Por favor, por favor — murmurava ele.

— Mas antes você tem que me ajudar — disse Amaia quase com doçura. Ele enxugou as lágrimas sem parar de choramingar enquanto assentia. — Me fale sobre Carla. Como ela era?

— Carla era genial, uma garota incrível, muito bonita, muito aberta, tinha muitos amigos...

— Como vocês se conheceram?

— No colégio, eu já saí e agora estou trabalhando... Até isso acontecer eu trabalhava com o meu irmão fazendo coberturas de piche nos telhados. Ia bem, ganhava uma grana; é uma merda de trabalho, mas pagam bem. Carla continuava estudando, ainda que estivesse prestes a reprovar e quisesse largar a escola, mas seus pais insistiram, e ela era obediente.

— Você disse que ela tinha muitos amigos, sabe se Carla saía com mais alguém? Com outros caras.

— Não, não, de jeito nenhum — respondeu, recuperando a energia e franzindo o cenho —, ela estava comigo e com mais ninguém.

— Como pode ter tanta certeza?

— Tenho. Pergunte às amigas dela, ela era louca por mim.

— Vocês faziam sexo?

— E do bom — completou ele, sorrindo.

— Quando encontraram o cadáver de Carla havia marcas dos seus dentes em um seio.

— Já expliquei isso antes. Com Carla era assim, ela gostava assim, e eu também. Certo, ela gostava de sexo selvagem, e daí? Eu não batia nela nem nada parecido, eram apenas brincadeiras.

— Você diz que era ela quem gostava de sexo selvagem, no entanto declarou — disse Jonan consultando as anotações — que naquela noite ela não quis ter relações e que você ficou nervoso por isso. Alguma coisa não bate aqui, não acha?

— Era por causa das drogas, uma hora ela ficava a mil e na outra batia a paranoia e dizia que não... É claro que eu me irritei, mas não forcei e não a matei, já tinha acontecido outras vezes.

— E nas outras vezes você a obrigava a descer do carro e a largava no meio do nada?

Miguel Ángel lhe lançou um olhar furioso e engoliu em seco antes de responder.

— Não, aquela foi a primeira vez, e eu não a obriguei a descer do carro: foi ela quem se mandou e não quis subir de novo, apesar de eu ter pedido... Até que me enchi e fui embora.

— Ela arranhou o seu pescoço — comentou Amaia.

— Já disse, ela gostava assim; às vezes ela deixava as minhas costas cheias de marcas. Nossos amigos podem dizer; no verão, quando estávamos tomando sol, eles viram as marcas de mordidas nos meus ombros e ficaram rindo um bom tempo e a chamando de loba.

— Quando vocês tiveram relações sexuais pela última vez antes daquela noite?

— Acho que no dia anterior, sempre que nos víamos acabávamos transando, já falei que ela era louca por mim.

Amaia suspirou e se levantou fazendo um sinal para o carcereiro.

— Só mais uma coisa. Como ela usava o púbis?

— O púbis? Você quer dizer os pelos da boceta?

— Sim, os pelos da boceta — declarou Amaia sem se alterar. — Como usava?

— Depilados, só um pouquinho na parte de cima — respondeu ele, sorrindo.

— Por que ela se depilava?

— Já disse que nós dois gostávamos dessas coisas. Eu adorava...

Enquanto se dirigiam à porta, Miguel Ángel se levantou.

— Inspetora.

— O funcionário lhe fez um sinal para que se sentasse. Amaia se virou para Miguel Ángel.

— Diga, por que isso agora?

A inspetora olhou para Jonan antes de responder, pensando se aquele galinho de briga merecia uma explicação ou não. Amaia decidiu que sim.

— Porque surgiu outra garota morta e o crime lembra um pouco o de Carla.

— É isso! Estão vendo? Quando vou sair daqui? — Amaia se virou para a saída antes de responder.

— Vamos dar notícias.

4

Amaia olhava pela janela quando a sala começou a se encher atrás dela e, enquanto ouvia o arrastar de cadeiras e o murmúrio das conversas, apoiou as mãos na vidraça perolada de microscópicas gotas de vapor. O frio lhe trouxe a certeza do inverno e a imagem de uma Pamplona úmida e cinza no entardecer de fevereiro em que a luz fugia rapidamente para o vazio. O gesto a encheu com a nostalgia de um verão que estava tão longínquo quanto se pertencesse a outro mundo, um universo de luz e calor onde meninas mortas abandonadas no leito gelado do rio eram inconcebíveis.

Jonan, ao seu lado, lhe estendia um café com leite; ela agradeceu com um sorriso e o segurou com ambas as mãos, tentando em vão fazer com que o calor do copo fosse transmitido aos dedos enrijecidos. Amaia se sentou e esperou enquanto Montes fechava a porta e o murmúrio geral cessava.

— Fermín? — disse ela, convidando o inspetor Montes a começar.

— Fui a Elizondo para falar com os pais das garotas e com o pastor que encontrou o corpo de Carla Huarte. Dos pais nada, os de Carla dizem que não gostavam dos amigos da filha, que saíam muito e bebiam, e estão convencidos de que foi o namorado. Um detalhe: eles não reportaram o desaparecimento até 4 de janeiro, e tendo em vista que a garota saiu de casa no dia 31... Eles se justificam dizendo que a garota faria 18 anos no dia 1º e que pensavam que ela havia se mandado de casa como costumava ameaçar, que apenas após entrarem em contato com as amigas souberam que elas não a viam havia dias.

"Os pais de Ainhoa Elizasu estão totalmente em choque, e estão aqui, em Pamplona, no Instituto de Medicina Legal, esperando que lhes entreguem o corpo depois da necropsia. A menina era maravilhosa, e eles não entendem como alguém pode ter feito isso a sua filha. O irmão também não ajudou muito, ele se sente culpado por não ter avisado antes. E as amigas de Elizondo dizem que estiveram na casa de uma delas e depois deram uma volta pelo povoado, que de repente Ainhoa se deu conta da hora e saiu correndo; ninguém a acompanhou porque o ponto fica muito perto. Elas não se lembram da aproximação de nenhum suspeito, não discutiram com ninguém, e Ainhoa não tinha namorado nem paquerava nenhum garoto. O mais interessante foi falar com o pastor, José Miguel Arakama. Ele se ateve à sua primeira declaração, porém o mais importante é uma coisa que lembrou dias depois, um detalhe ao qual não deu importância naquele momento porque parecia não ter relação com o achado do cadáver."

— Você vai contar ou não vai? — impacientou-se Amaia.

— Ele estava me dizendo que muitos casaizinhos iam para aquela área, deixando aquilo um lixo, cheio de bitucas, latas vazias, camisinhas usadas e até meias e calcinhas, quando soltou que um dia uma menina deixou por lá um par de sapatos de festa novos, de cor vermelha.

— A descrição coincide com os que Carla Huarte usava na véspera do Ano-Novo e que não apareceram com o cadáver — apontou Jonan.

— E isso não é tudo. O pastor está certo de que os viu no dia 1º; nesse dia ele trabalhava e, embora não tenha levado as ovelhas para beber naquele local, viu claramente os sapatos. Segundo suas próprias palavras, eles estavam lá como se alguém os tivesse colocado, como quando você vai dormir ou tomar banho no rio — declarou Montes, lendo suas anotações.

— Mas quando acharam o cadáver de Carla não encontraram os sapatos? — comentou Amaia olhando o informe.

— Alguém os levou — esclareceu Jonan.

— E não foi o assassino, quase parece que ele os deixou lá para sinalizar a área — disse Montes, que refletiu por um instante sobre essa ideia e continuou. — De resto, as duas garotas estudavam no instituto de Lekaroz e, se se conheciam de vista, algo bastante provável, não possuíam qualquer relação: idades diferentes, outros amigos... Carla Huarte vivia no bairro de Antxaborda. Salazar, você deve conhecer. — Amaia assentiu. — E Ainhoa vivia no povoado vizinho.

Montes se inclinou sobre suas anotações, e Amaia percebeu uma substância gordurosa que ele usava por todo o cabelo.

— Montes, o que é isso no seu cabelo?

— Brilhantina — respondeu ele, passando a mão pela nuca. — Puseram no cabeleireiro. Podemos prosseguir?

— Claro.

— Bem, por ora não há muito mais. O que vocês têm?

— Falamos com o namorado — respondeu Amaia —, e ele nos contou coisas muito interessantes, como que a namorada gostava de sexo selvagem, com arranhões, mordidas e tapas, circunstância confirmada pelas amigas de Carla, que gostava de narrar seus encontros sexuais nos mínimos detalhes. Isso justificaria os arranhões e a mordida que tinha em um seio. Combina com as declarações anteriores dele: que a garota estava bastante alterada devido às drogas que havia tomado e que ficou literalmente paranoica. Está de acordo com o relatório de toxicologia. E ele disse também que Carla Huarte depilava habitualmente os pelos pubianos, o que explicaria por que não encontraram nem rastro deles na cena do crime.

— Chefe, temos as fotos de Carla Huarte.

Jonan começou a depositá-las sobre a mesa e todos se inclinaram em torno de Amaia para vê-las. O corpo de Carla tinha aparecido em uma área de enchentes do rio. O vestido vermelho de festa e a lingerie, também vermelha, apareciam rasgados do peito até a virilha. A corda com que havia sido estrangulada não era visível na foto devido ao inchaço que o pescoço apresentava. De uma das pernas pendia uma faixa semitransparente que no início pensaram ser de pele e depois identificaram como os restos de uma meia.

— Está muito bem-conservada para ter passado cinco dias à intempérie — comentou um dos técnicos —, sem dúvida devido ao frio: durante aquela semana não passou de seis graus durante o dia e em várias noites as temperaturas ficaram abaixo de zero.

— Observe a posição das mãos — comentou Jonan. — Viradas para cima, como Ainhoa Elizasu.

— Carla escolheu para a véspera de Ano-Novo um vestido curto, vermelho, de alcinha, e uma jaqueta branca que imitava uma espécie de pelúcia e que permaneceu desaparecida — leu Amaia. — O assassino o rasgou do decote para baixo, afastando a lingerie e as duas partes do vestido para os lados. Na região pubiana faltava um pedaço irregular de pele e tecido de uns 10 por 10 centímetros.

— Se o assassino deixou sobre o púbis de Carla um daqueles *txatxingorri*s, isso explicaria por que os animais a morderam só ali.

— E por que não morderam Ainhoa? — perguntou Montes.

— Não houve tempo — respondeu o Dr. San Martín entrando na sala. — Inspetora, desculpe o atraso — disse, sentando-se.

— E os outros que se danem — murmurou Montes.

— Os animais vão beber ao amanhecer; diferente da primeira, a menina esteve lá por apenas algumas horas. Eu trouxe o relatório da necropsia e muitas novidades. As duas morreram exatamente da mesma forma, estranguladas com uma corda apertada com uma força extraordinária. Nenhuma se defendeu. A roupa das duas foi rasgada com um objeto muito afiado que produziu cortes superficiais na pele do peito e do abdômen. Os pelos pubianos de Ainhoa foram raspados provavelmente utilizando o mesmo objeto afiado e jogados em volta do cadáver. Sobre o púbis deixaram um bolinho doce.

— Um *txatxingorri* — apontou Amaia —, é um doce típico da região.

— Não acharam nenhum doce no corpo de Carla Huarte; no entanto, como você indicou, inspetora, procurando rastros em sua roupa achamos restos de açúcar e farinha similares às do doce encontrado no corpo de Ainhoa Elizasu.

— É possível que a garota tenha comido de sobremesa e alguns farelos tenham ficado no vestido — comentou Jonan.

— Em sua casa pelo menos não, eu verifiquei isso — interveio Montes.

— Não é o suficiente para relacionar as duas garotas — ponderou Amaia, jogando a caneta na mesa.

— Acho que temos o que você precisa, inspetora — acrescentou San Martín enquanto fazia uma expressão cúmplice para seu ajudante.

— E o que está esperando, Dr. San Martín? — questionou Amaia se levantando.

— A mim — respondeu o delegado entrando na sala. — Por favor, não se levantem. Dr. San Martín, diga a eles o que me disse.

O ajudante do legista colocou no quadro um gráfico com várias fileiras coloridas e escalas numéricas, evidentemente um comparativo. San Martín se levantou e falou com a voz firme de quem costuma afirmar categoricamente.

— As análises realizadas confirmam que as cordas utilizadas nos dois crimes são idênticas. Mas isso não é definitivo. É uma corda de ráfia, seu uso é muito comum em granjas, construções e negócios por atacado. Ela é fabricada na Espanha e vendida em lojas de ferragens e de departamento dedicadas à bricolagem como Aki ou Leroy Merlin. — O Dr. San Martín fez uma pausa bastante teatral, sorriu e continuou, olhando primeiro para o delegado e depois para Amaia. — O que é definitivo é o fato de que os dois pedaços são consecutivos e saíram do mesmo rolo — declarou ele, enquanto mostrava duas fotografias em alta definição nas quais se viam dois pedaços de um mesmo rolo com um corte perfeito no meio. Amaia se sentou lentamente sem deixar de olhar para as fotos.

— Temos casos em série — sussurrou ela.

Uma onda de agitação contida percorreu a sala. Os murmúrios crescentes cessaram de repente quando o delegado tomou a palavra.

— Inspetora Salazar, você disse que é de Elizondo, certo?

— Sim, senhor, toda a minha família vive lá.

— Acho que o conhecimento da região e alguns aspectos do caso, somados a sua preparação e experiência, a tornam idônea para dirigir essa investigação. Além disso, sua estadia em Quantico com o FBI pode nos ser de grande utilidade agora. Parece que temos um assassino em série, e lá você trabalhou a fundo com os melhores nesse campo... Métodos, perfis psicológicos, antecedentes... Enfim, você está no comando, vai receber toda a colaboração que precisar tanto aqui quanto em Elizondo.

O delegado se despediu com um gesto e saiu da sala.

— Parabéns, chefe — disse Jonan, estendendo-lhe a mão sem parar de sorrir.

— Felicidades, inspetora Salazar — parabenizou San Martín.

Não escapou a Amaia a expressão de desgosto com que Montes a olhava em silêncio enquanto o restante dos policiais se aproximava para felicitá-la. Ela fugiu como pôde das palmadas nas costas.

— Vamos para Elizondo amanhã na primeira hora do dia, quero assistir ao velório e ao enterro de Ainhoa Elizasu. Como já sabem, tenho família na cidade, então ficarei por lá com certeza. Vocês — disse, dirigindo-se à equipe — podem voltar todo dia enquanto durar a investigação, são só 50 quilômetros e a estrada é boa.

Montes se aproximou antes de sair e disse com um tom algo desdenhoso:

— Só tenho uma dúvida: vou ter que chamar você de chefe?

— Fermín, não seja ridículo, isso é algo temporário...

— Não se esforce, chefe, já ouvi o delegado, você terá toda a minha colaboração — declarou ele, antes de parodiar uma saudação militar e sair da sala.

5

Amaia caminhava um pouco distraída pela parte antiga de Pamplona se aproximando de sua casa, um velho edifício restaurado em plena rua Mercaderes. Nos anos 1930, uma fábrica de guarda-chuvas funcionou no térreo; o antigo cartaz anunciando guarda-chuvas Izaguirre ainda era visível. "Qualidade e prestígio em suas mãos." James dizia que havia escolhido o lugar principalmente pelo espaço e pela luz do escritório, perfeitos para instalar ali seu ateliê de escultura, porém ela sabia que a razão que levara o marido a comprar aquela casa no caminho do *encierro* era a mesma que o havia trazido a Pamplona. Como milhares de norte-americanos, ele sentia uma paixão desmedida pelo Sanfermines, por Hemingway e por esta cidade, uma paixão quase infantil que James revivia todo ano quando a festa chegava. Para alívio de Amaia, ele não corria no *encierro*, mas percorria diariamente os 850 metros do caminho desde Santo Domingo, aprendendo de cor cada curva, cada obstáculo, cada pedra, até chegar à praça. Adorava o modo como o via sorrir todo ano quando o festival se aproximava, como tirava de um baú a roupa branca e se empenhava em comprar um lenço novo apesar de ter mais de cem. Quando conheceu James, ele já estava há dois anos em Pamplona; nessa época morava em um bonito apartamento no centro e alugava um ateliê perto da prefeitura para trabalhar. Quando decidiram se casar, James a levou para ver a casa da rua Mercaderes e Amaia a achou magnífica, embora muito grande e cara. Isso não era um problema para ele, que já então começava a gozar de certo prestígio no mundo artístico; além disso, era proveniente de uma rica família de fabricantes de uniformes de trabalho de última geração nos Estados Unidos. Compraram a casa, James instalou seu ateliê no antigo escritório e prometeram a si mesmos enchê-la de crianças tão logo Amaia se tornasse inspetora de homicídios.

Já fazia quatro anos desde a promoção, todo ano as Festas de São Firmino passavam, a cada ano James era mais famoso nos círculos artísticos, mas as crianças não chegavam. Amaia levou a mão ao ventre em um gesto de proteção e desejo. Ela apressou o passo até ultrapassar um grupo de imigrantes romenas que discutiam na rua e sorriu ao ver, entre as frestas da porta, a luz do ateliê de James. Olhou o relógio: eram quase dez e meia e ele continuava trabalhando. Abriu a porta, deixou as chaves na mesa antiga que servia como aparador e entrou no ateliê pelo que no passado tinha sido o hall da casa, que ainda conservava o piso original de grandes pedras lavadas e uma portinha que conduzia a um corredor fechado, antigamente utilizado para guardar vinho ou azeite. James lavava uma peça de mármore cinza em uma pia de água com sabão. Ele sorriu ao vê-la.

— Me dê um minuto para tirar isso da água e sou todo seu.

James colocou a peça sobre uma grade, cobriu-a com um tecido e enxugou as mãos no avental branco de cozinheiro com que costumava trabalhar.

— Tudo bem, meu amor? Cansada?

Ele a envolveu com os braços e Amaia se sentiu desfalecer, como sempre acontecia quando James a abraçava. Ela sentiu o cheiro de seu peito através do pulôver e demorou um pouco a responder.

— Não estou cansada, mas foi um dia estranho.

James se afastou o suficiente para olhá-la no rosto.

— Me conte.

— Bem, continuamos com o caso da garota do meu povoado. Acontece que esse crime se parece bastante com outro de um mês atrás, também em Elizondo, e foi definido que estão relacionados.

— Relacionados como?

— Parece que é o mesmo assassino.

— Ah, meu Deus, isso significa que há por aí um animal que mata garotas.

— Quase crianças, James. O caso é que o delegado me colocou à frente da investigação.

— Parabéns, inspetora — disse ele, beijando-a.

— Nem todos ficaram felizes, Montes não gostou muito. Acho que ele ficou bastante incomodado.

— Não dê importância a ele, você já conhece Fermín: é um bom homem, mas está passando por um momento difícil. Vai passar, ele gosta de você.

— Não sei...

— Mas eu sei, ele gosta de você. Pode acreditar em mim. Está com fome?

— Você preparou alguma coisa?

— É obvio, o chef Wexford preparou a especialidade da casa.

— Estou morrendo de vontade de provar. O que é? — perguntou Amaia, rindo.

— Como assim o que é? Que descaramento. Espaguete com cogumelos e uma garrafa de Chivite rosé.

— Vá abrindo o vinho enquanto tomo banho.

Amaia beijou o marido e se dirigiu ao banheiro para tomar uma ducha. Já debaixo do chuveiro, fechou os olhos e deixou a água escorrer por seu rosto durante um tempo; depois apoiou as mãos e a testa nos azulejos, gelados em comparação, e sentiu o fluxo deslizar por seu pescoço e suas costas. Os acontecimentos do dia foram muito repentinos e ela não havia tido tempo de avaliar as consequências que aquele caso teria em sua carreira nem em seu futuro imediato. Um sopro de ar frio a envolveu quando James entrou no chuveiro. Amaia permaneceu imóvel desfrutando do calor da água, que parecia arrastar para o ralo qualquer pensamento coerente. James se posicionou atrás dela e a beijou vagarosamente nos ombros. Ela inclinou a cabeça, oferecendo-lhe o pescoço em um gesto que sempre o fazia se lembrar dos velhos filmes do Drácula, em que as cândidas e virginais vítimas se entregavam ao vampiro descobrindo o pescoço até o ombro e entrecerrando os olhos à espera de um prazer sobre-humano. James a beijou no pescoço, colando o corpo ao dela, e a virou procurando sua boca. O contato com os lábios dele foi suficiente, sempre era, para que qualquer pensamento que não fosse James ficasse relegado às profundezas de sua mente. Amaia percorreu com mãos sensuais o corpo do marido, deleitando-se no tato, na suave firmeza de sua carne, e o deixando beijá-la docemente.

— Eu te amo — gemeu James em seu ouvido.

— Eu te amo — murmurou ela. E sorriu pela certeza de que era assim, de que o amava mais que a tudo, mais que a todos, e em o quanto a fazia feliz tê-lo entre suas pernas, dentro dela, e fazer amor com ele. Quando terminavam, esse mesmo sorriso se mantinha durante horas, como se um instante com James fosse suficiente para exorcizar todos os males do mundo.

Amaia pensava no mais íntimo que só ele podia fazê-la se sentir verdadeiramente mulher. No dia a dia profissional, ela deixava sua faceta feminina em segundo plano e se centrava somente em ser uma boa policial; mas fora do trabalho sua elevada estatura e seu corpo magro e forte, unidos às roupas algo sóbrias que costumava escolher, faziam-na se sentir pouco feminina quando estava com outras mulheres, principalmente com as esposas dos amigos de James, mais baixas e delicadas, com mãos pequenas e suaves que nunca tocaram um cadáver. Não costumava usar joias, exceto a aliança e uns minúsculos brincos que James dizia serem de menina; o cabelo loiro e comprido, sempre preso em um rabo de cavalo, e a escassa maquiagem contribuíam para lhe dar uma aparência séria e um tanto masculina que ele adorava e ela cultivava. Além disso, Amaia sabia que a firmeza de sua voz e a segurança com que falava e andava eram suficientes para intimidar aquelas cadelas quando faziam insinuações maliciosas sobre uma maternidade que não chegava. Uma maternidade que lhe doía.

Jantaram conversando sobre assuntos corriqueiros e dormiram cedo. Amaia admirava a capacidade de James de se desligar das preocupações do dia e fechar os olhos assim que deitava na cama. Ela sempre demorava muito a relaxar o suficiente para dormir; às vezes lia durante horas antes de sentir sono e qualquer barulho a despertava várias vezes durante a noite. No ano em que foi promovida a inspetora, acumulava tanta tensão e nervosismo durante o dia que caía esgotada e adormecia em um sono profundo e amnésico, apenas para despertar duas ou três horas depois com as costas paralisadas e doloridas por uma contratura que a impedia de voltar a dormir. Com o tempo a tensão havia diminuído, no entanto a qualidade de seu sono continuava ruim. Ela costumava deixar uma lâmpada acesa na escada cuja luz chegava ao quarto, para poder se orientar quando acordava sobressaltada dos sonhos infestados de horríveis imagens que costumavam atormentá-la. Tentou em vão concentrar sua atenção no livro que segurava entre as mãos. Rendida e afligida por seus pensamentos, Amaia o deixou deslizar até o chão. Mas não apagou a luz. Permaneceu absorta, olhando para o teto e planejando a jornada vindoura. Assistir ao velório e ao enterro de Ainhoa Elizasu. Em crimes com essas características, o assassino costumava conhecer as vítimas, e era provável que morasse perto delas e as visse todos os dias. Esses assassinos mostravam uma desfaçatez impressionante: sua segurança e uma mórbida sensação de prazer os levavam muitas vezes a colaborar na investigação, na busca de desaparecidos e a comparecer a reuniões, velórios e enterros, dando às vezes grandes demonstrações de dor e consternação. Por enquanto não podiam ter certeza de nada, nem sequer os familiares estavam descartados como suspeitos. Mas como primeiro contato estava bom, serviria para sondar a situação, observar as reações, ouvir os comentários e as opiniões das pessoas. E, obviamente, para ver suas irmãs e sua tia... Não fazia muito tempo, desde a véspera de Natal, e Flora e Ros acabaram discutindo — Amaia suspirou sonoramente.

— Se você não parar de pensar em voz alta não vou conseguir dormir — disse James, sonolento.

— Desculpe, amor, acordei você?

— Não se preocupe. — Ele sorriu, levantando-se de lado. — Mas quer me dizer o que está passando na sua cabeça?

— Como você sabe, amanhã vou para Elizondo... Pensei em ficar alguns dias, acho que é melhor estar lá para falar com as famílias, com os amigos e ter uma ideia mais geral. O que você acha?

— Que deve fazer bastante frio lá em cima.

— Sim, mas não me refiro ao frio.

— Eu sim. Conheço você, se sente frio nos pés não consegue dormir, e isso é péssimo para a investigação.

— James...

— Se quiser posso ir junto para aquecer você — declarou ele, levantando uma sobrancelha.

— Você iria comigo?

— É claro que sim, meu trabalho está bastante adiantado e tenho vontade de ver suas irmãs e sua tia.

— Vamos ficar na casa dela.

— Ótimo.

— Mas vou estar bastante ocupada e não terei muito tempo livre.

— Jogarei *mus* ou pôquer com sua tia e as amigas dela.

— Elas vão depenar você.

— Sou muito rico.

Os dois riram com gosto, e Amaia continuou falando sobre o que poderiam fazer em Elizondo até se dar conta de que James dormia. Beijou-o suavemente na cabeça e cobriu seus ombros com o edredom. Ela se levantou para ir ao banheiro; ao se limpar, viu que havia manchas de sangue no papel. Amaia se olhou no espelho enquanto as lágrimas se amontoavam em seus olhos. Com o cabelo solto caindo sobre os ombros parecia mais jovem e vulnerável, como a menina que tinha sido um dia.

— Não foi dessa vez, querido, não foi dessa vez — murmurou ela, sabendo que não haveria consolo. Tomou um calmante e se enfiou na cama tiritando.

6

O cemitério estava lotado de moradores que tinham abandonado seus afazeres e até fechado seus negócios para comparecer ao enterro. O boato de que poderia não ser a primeira garota a morrer assassinada pelo mesmo criminoso começava a circular entre as pessoas. Durante o velório, realizado apenas duas horas antes na Igreja de Santiago, o padre havia insinuado no sermão que o mal parecia estar espreitando o vale; e, no responso, diante do túmulo aberto no chão, o clima estava tenso e ominoso, como se sobre as cabeças dos presentes se abatesse uma maldição da qual não poderiam escapar. O silêncio só se viu quebrado pelo irmão de Ainhoa, que, apoiado pelas primas, retorcia-se com um gemido partido e convulsivo que brotava de seu estômago, arrancando soluços dilaceradores dele. Os pais, muito perto, pareciam não o ouvir. Abraçados, choravam em silêncio apoiando-se um no outro sem tirar os olhos do caixão que guardava o cadáver da filha. Jonan gravava toda a cerimônia do alto de um antigo panteão. Montes, situado atrás dos pais, observava o grupo que estava logo em frente, os mais próximos da cova. O subinspetor Zabalza se posicionou próximo à porta e, de um carro sem identificação, fotografava todos os grupos que entravam no cemitério, inclusive aqueles que se dirigiam a outros túmulos ou os que não chegavam a entrar e se mantinham conversando em rodinhas ou parados junto à grade.

Amaia avistou a tia Engrasi, que se agarrava ao braço de Ros, e se perguntou onde estaria o vagabundo do seu cunhado; certamente ainda na cama.

Freddy não tinha dado certo na vida; órfão de pai com apenas 5 anos, foi criado anestesiado pelos mimos de uma mãe histérica e um bando de tias velhas que o estragaram. Na última véspera de Natal ele nem sequer apareceu para jantar. Ros não comeu nada enquanto olhava com cara cinzenta para a porta e digitava mais de uma vez o número de Freddy, que estava desligado; apesar de todos terem tentado minimizar o fato, Flora não perdeu a oportunidade de fazer comentários sobre o que achava daquele desgraçado, até que as duas acabaram discutindo. Ros saiu no meio do jantar, e Flora e um resignado Víctor fizeram o mesmo assim que terminaram a sobremesa. Desde então, as coisas entre elas andavam piores que de costume. Amaia esperou até que todos tivessem passado para dar os pêsames aos pais e se aproximou da cova, que os funcionários acabavam de cobrir com um grosso mármore cinza no qual ainda não figurava o nome de Ainhoa.

— Amaia.

De longe avistou Víctor, abrindo caminho entre os moradores que saíam feito uma correnteza atrás dos pais da menina. Ela conhecia Víctor desde que era criança e ele começou a sair com Flora. Embora fizesse dois anos que estavam separados, para Amaia, Víctor sempre seria seu cunhado.

— Oi, Amaia, como vai?

— Bem, dadas as circunstâncias.

— Ah, claro — disse ele, olhando para o túmulo com uma expressão aturdida —, ainda assim estou feliz em ver você.

— Eu também. Veio sozinho?

— Não, com a sua irmã.

— Não vi vocês.

— Nós vimos você...

— E Flora?

— Você sabe como ela é... Já foi embora, não leve a mal.

Tia Engrasi e Ros vinham pelo caminho de cascalho; Víctor as cumprimentou com afeto e saiu do cemitério, virando-se para acenar quando chegou ao portão.

— Não sei como ele a aguenta — comentou Ros.

— Já não aguenta, esqueceu que estão separados? — perguntou Amaia.

— Não aguenta? Ela o tem como um cão. E nem come nem deixa comer.

— Bem, essa frase define bem a Flora — interveio tia Engrasi.

— Já encontro vocês, preciso ir vê-la.

Fundada em 1865, a Mantecadas Salazar era uma das docerias mais antigas de Navarra; seis gerações de Salazar passaram por ela, mas tinha sido Flora, substituindo os pais, quem soubera lhe dar o impulso necessário para manter um negócio desse tipo na época atual. Mantinha-se a placa original emoldurada na fachada de mármore, e as largas venezianas de madeira foram substituídas por grossos vidros fumês que não permitiam ver o interior. Dando a volta no edifício, Amaia chegou à porta do depósito, que ficava sempre aberta quando havia gente trabalhando. Bateu com os nós do dedo. Ao entrar, ela observou um grupo de funcionários que embalavam biscoitos enquanto conversavam. Reconheceu alguns, cumprimentou-os e se dirigiu ao escritório de Flora, sentindo o cheiro doce de farinha açucarada e manteiga derretida que durante anos fez parte do seu ser, impregnando sua roupa e seu cabelo como uma marca genética. Seus pais foram os precursores da mudança, porém Flora a havia levado a cabo com pulso firme. Amaia notou que ela substituíra todos os fornos, exceto o à lenha, e que as antigas mesas de mármore sobre as quais seu pai preparava a massa eram agora de aço inoxidável. Havia uns dispensadores com pedal, e as diversas áreas estavam separadas por vidros limpíssimos; não fosse o penetrante cheiro de calda de açúcar, o lugar lembraria mais uma sala de cirurgia do que uma doceria. Já o escritório de Flora era surpreendente. A mesa de carvalho que reinava em um canto era o único móvel próprio de um escritório. Um grande fogão rústico com uma chaminé e uma bancada de madeira faziam as vezes de recepção; um grande sofá florido e uma moderna máquina de espresso completavam o conjunto, que era realmente acolhedor.

Flora preparava o café colocando as xícaras e os pratos como se fosse receber convidados.

— Estava esperando por você — disse, sem se virar ao ouvir a porta.

— Deve ser o único lugar onde espera... Você saiu correndo do cemitério.

— É que eu, irmã, não tenho tempo a perder, preciso trabalhar.

— Como todos, Flora.

— Como todos não, irmã, uns mais que outros. Com certeza Ros, ou, melhor dizendo, Rosaura, como ela quer ser chamada agora, tem tempo de sobra.

— Não sei por que você diz isso — declarou Amaia, entre surpresa e incômodo pelo tom depreciativo com que a irmã mais velha falava.

— Digo isso porque nossa irmãzinha está outra vez com problemas com aquele desgraçado do Freddy. Ultimamente ela passava horas pendurada no telefone tentando localizá-lo, isso quando não estava com os olhos inchados feito pães de tanto chorar por aquele merda. Eu dizia, mas ela não me dava ouvidos... Até que um dia, faz duas semanas, ela deixou de vir trabalhar com o pretexto de que estava doente, e posso dizer muito bem o quanto estava doente... Ela estava era muito petulante graças àquele campeão de PlayStation que não serve para outra coisa além de gastar o dinheiro que Ros ganha, jogar videogame e se encher de baseado. Resumindo, uma semana atrás a rainha Rosaura aparece por aqui e me pede demissão... O que você acha! Ela diz que não pode continuar trabalhando comigo e que quer se demitir.

Amaia olhava para ela em silêncio.

— Isso foi o que a sua irmãzinha fez: em vez de se desfazer do desgraçado, ela vem a mim e pede demissão. Demissão — repetiu Flora, indignada —, ela devia me indenizar por eu ter que aguentar suas merdas e choros, sua cara da santa martirizada, sempre como uma alma penada, por uma pena que ela buscou para si mesma. E sabe o que digo? Que é muito melhor assim, tenho vinte empregados e não preciso ver a choradeira de ninguém, vamos ver agora se aonde ela vai permitirão metade do que passei.

— Flora, você é irmã dela... — sussurrou Amaia, bebendo seu café.

— É claro, e em troca dessa honra tenho que aguentar raios e tempestades.

— Não, Flora, mas a gente espera que a nossa irmã seja mais atenciosa que o resto do mundo.

— Você acha que não fui atenciosa? — questionou ela, levantando a cabeça, ofendida.

— Talvez um pouco de paciência tivesse caído bem.

— Bem, isso é o cúmulo.

Flora suspirou, empreendendo uma revista na ordenação das coisas em sua mesa. Amaia prosseguiu:

— Quando ela ficou três semanas sem trabalhar, você foi vê-la? Perguntou o que estava acontecendo?

— Não, não fui, e você? Você foi perguntar a ela o que estava acontecendo?

— Eu não sabia, Flora; do contrário, pode ter certeza de que teria ido. Mas me responda.

— Não, não perguntei, porque já sabia a resposta: que aquele merda a transformou numa desgraçada. Para que perguntar se todos sabemos?

— Você tem razão, também sabíamos a causa quando era você quem estava sofrendo, mas naquela época tanto Ros quanto eu ficamos do seu lado.

— E perceberam que eu não precisava de vocês, solucionei tudo como se solucionam essas coisas: resolvendo de uma vez.

— Nem todo mundo é tão forte quanto você, Flora.

— Deveria ser. As mulheres dessa família sempre foram — retrucou ela, rasgando sonoramente uma folha, que jogou no cesto de papéis.

Amaia avaliou a carga de ressentimento nas palavras de Flora e pensou que a irmã as via como seres débeis, fracas, como se ainda devessem ser finalizadas, e as olhava de cima com uma mistura de desprezo e lástima fracassada, carecida de qualquer forma de piedade.

Enquanto Flora lavava as xícaras do café, Amaia se fixou em umas fotos grandes que escapavam de um envelope na mesa. Nelas, sua irmã mais velha aparecia sorridente mexendo uma mistura cremosa e vestida de confeiteira.

— São para o novo livro?

— Sim. — Seu tom se suavizou um pouco. — São as propostas para a capa, enviaram hoje mesmo.

— Até onde sei, o anterior foi um sucesso.

— Sim, funcionou bastante bem, então a editora quer que continuemos na mesma linha. Já sabe, confeitaria básica que qualquer dona de casa pode elaborar sem muita complicação.

— Não menospreze, Flora, quase todas as minhas amigas de Pamplona têm o livro e adoram.

— Se alguém tivesse dito à *amona* que eu me tornaria famosa ensinando a fazer madalenas e rosquinhas, ela não acreditaria.

— Os tempos mudaram... Agora fazer um bolo caseiro é algo exótico e exclusivo.

Era fácil perceber que Flora se sentia à vontade diante dos elogios e do sabor de seu sucesso; sorriu, olhando para a irmã como se avaliasse a possibilidade de torná-la ou não cúmplice de um segredo.

— Não diga nada a ninguém, mas me propuseram fazer um programa de confeitaria para a televisão.

— Ah, meu Deus, Flora! Isso é maravilhoso, parabéns — declarou Amaia.

— Bem, eu ainda não assinei, enviaram o contrato para o meu advogado para que o examine e assim que ele me der o seu aval... Só espero que toda essa confusão dos assassinatos não nos afete negativamente. Há um mês foi uma garota morta pelo namorado, e agora essa menina.

— Não sei de que maneira isso pode afetar o desenvolvimento do seu trabalho, os crimes são completamente alheios a você.

— Ao cumprimento do meu trabalho, de maneira nenhuma, mas acho que a minha imagem e a da Mantecadas Salazar estão intimamente ligadas à de Elizondo, e você deve reconhecer que uma coisa desse tipo afeta a imagem do povoado, o turismo e as vendas.

— Nossa, que estranho, Flora, você, como sempre, demonstrando sua grande humanidade. Lembre-se de que temos duas garotas assassinadas e duas famílias destruídas, não acho que seja hora de ficar pensando em como isso vai afetar o turismo.

— Alguém precisa pensar — sentenciou ela.

— Para isso estou aqui, Flora, para pegar quem fez isso e para Elizondo recuperar a tranquilidade novamente.

Flora a olhou fixamente e compôs uma expressão cética.

— Se você é o melhor que a Policía Foral conseguiu enviar, que Deus tenha piedade de nós.

Ao contrário do que acontecia com Rosaura, as tentativas de Flora para feri-la não afetavam Amaia nem um pouco. Ela imaginava que os três anos passados na academia de polícia cercada por homens e o fato de ser a primeira mulher a chegar ao cargo de inspetora de homicídios lhe valeram zombarias e gozações suficientes dos que ficaram pelo caminho para blindar sua capacidade e seu aprumo. Quase havia achado graça do rancor de Flora, não fosse por ela ser sua irmã e por surpreendê-la saber com certeza o quanto era má. Cada gesto e cada palavra que saía de sua boca estavam destinados a ferir e causar o maior dano possível. Amaia percebia a maneira como franzia levemente a boca formando um ricto de contrariedade quando respondia às suas provocações com paciência e o tom zombeteiro que empregava, como se estivesse se dirigindo a uma menina recalcitrante e malcriada. Ia responder a Flora quando seu telefone tocou.

— Chefe, temos as fotos e o vídeo do cemitério — declarou Jonan. Amaia consultou o relógio.

— Muito bem. Vou para lá, chego em dez minutos. Reúna todo mundo. — A inspetora desligou e disse a Flora, sorrindo: — Irmã, tenho que ir. Veja só, apesar da minha incapacidade, o dever também me chama.

Flora fez menção de dizer alguma coisa, porém finalmente pensou e permaneceu em silêncio.

— Mas o que é essa carinha? — Amaia sorriu. — Não fique triste, voltarei amanhã, quero consultar você sobre uma coisa além de tomar outro dos seus deliciosos cafés.

Quando estava saindo da doceria, Amaia quase tropeçou em Víctor, que entrava com um enorme buquê de rosas vermelhas.

— Obrigado, cunhado, mas não precisava se incomodar! — exclamou Amaia, rindo.

— Olá, Amaia, são para Flora. Hoje é o nosso aniversário de casamento, 22 anos — falou Víctor e riu ao mesmo tempo.

Amaia ficou em silêncio. Flora e Víctor estavam separados há dois anos e, embora não tivessem se divorciado, ela havia ficado na casa comum e ele se mudou para a magnífica chácara que sua família tinha no subúrbio. Ele percebeu seu desconcerto.

— Já sei o que você está pensando, mas Flora e eu ainda estamos casados: eu porque ainda a amo e ela porque diz que não acredita no divórcio. Para mim tanto faz, mas ainda resta uma esperança, não acha?

Amaia pôs a mão sobre a dele, que segurava o buquê.

— É claro que sim, cunhado, boa sorte.

Ele sorriu.

— Com a sua irmã, sempre preciso.

7

A nova delegacia da Polícia Foral de Elizondo tinha adotado a modernidade em seu projeto, da mesma forma que os quartéis de Pamplona ou de Tudela, fugindo da arquitetura comum em todo o povoado e no restante do vale. Seus muros de pedra esbranquiçada e os grossos vidros divididos em dois blocos retangulares, em que o segundo sobressaía sobre o primeiro formando um degrau invertido que lhe dava certo ar de porta-aviões, caracterizavam um edifício realmente singular. Duas viaturas estacionadas sob a marquise, as câmeras de vigilância e os vidros espelhados evidenciavam a atividade policial. Na breve visita à sala do delegado de Elizondo, foram repetidas as mesmas frases de apoio e colaboração que este já havia lhe feito no dia anterior e a promessa de lhe prestar toda ajuda de que pudesse necessitar. As fotos em alta resolução não revelaram nada que não tivessem percebido no cemitério. O enterro havia atraído uma multidão, como costumam ser nesses casos. Famílias inteiras, muitas pessoas que Amaia conhecia desde pequena, entre as quais reconheceu alguns colegas de escola e antigas amigas do colégio. Estavam todos os professores e a diretora do centro, alguns vereadores, os colegas de turma da garota e as amigas de Ainhoa formando uma rodinha de meninas chorosas que se abraçavam entre si. E nada mais, nem delinquentes, nem pedófilos, nem suspeitos atrás de uma vítima, nenhum homem solitário enfiado em uma capa de chuva preta lambendo suas afiadas presas lupinas enquanto a luz se refletia nelas. Jogou o monte de fotos na mesa com uma expressão enfastiada, pensando em quantas vezes o trabalho era tão frustrante e desalentador.

— Os pais de Carla Huarte não compareceram ao velório nem ao enterro, tampouco estiveram na recepção depois na casa de Ainhoa — apontou Montes.

— Isso é estranho? — perguntou Iriarte.

— Bem, é curioso. As famílias se conheciam, ainda que só de vista, e levando isso em conta e as circunstâncias das mortes das duas garotas...

— Talvez tenha sido para evitar comentários. Não vamos esquecer que durante esse tempo eles acreditaram que Miguel Ángel era o assassino da filha... Deve ser duro saber que não temos o criminoso e que além do mais o garoto vai sair da cadeia.

— Pode ser — admitiu Iriarte.

— Jonan. O que me diz da família de Ainhoa? — perguntou Amaia.

— Após o enterro, receberam em casa quase todos os presentes no cemitério. Os pais, muito abalados, embora bastante íntegros se apoiando um no outro, se mantiveram o tempo inteiro agarrados pela mão e não se soltaram nem um instante. Quem está pior é o garoto, dava pena de ver, sentado em uma poltrona, sozinho, olhando para o chão, recebendo os pêsames de todo mundo, mas sem que os pais se dignificassem a dedicar nem um olhar a ele. Uma desgraça.

— Eles culpam o garoto... Sabemos se ele estava mesmo em casa? Pode ter saído e pegado a irmã? — inquiriu Zabalza.

— Ele estava em casa. Outros dois amigos estiveram todo o tempo com ele, pelo visto tinham que fazer um trabalho para o colégio e depois jogaram PlayStation; na última hora havia mais outro, um vizinho que passou para uma partida. Também falei com as amigas de Ainhoa. Elas não pararam de chorar e de falar pelo celular ao mesmo tempo, uma combinação das mais curiosas. Todas disseram o mesmo. Passaram a tarde juntas na praça e dando uma volta pelo povoado, e depois se reuniram no porão da casa de uma delas. Beberam um pouco, segundo elas. Algumas fumam, mas Ainhoa não; mesmo assim, isso explicaria o cheiro de tabaco em seu cabelo e sua roupa. Havia um grupinho de garotos bebendo cerveja com elas, mas todos ficaram quando Ainhoa foi embora; pelo visto ela era quem tinha que chegar mais cedo em casa.

— De pouco valeu — comentou Montes.

— Alguns pais acham que fazendo as filhas voltarem mais cedo as livram do perigo, quando o importante é que não voltem sozinhas. Ao fazer com que voltem antes do grupo, são eles que as colocam em risco.

— Ser pai é difícil — sussurrou Iriarte.

8

Caminhando para casa, Amaia se surpreendeu ao notar a rapidez com que a luz se desvaneceu naquela tarde de fevereiro e teve uma estranha sensação de fraude. O anoitecer prematuro do inverno lhe causava grande inquietação. Como se a escuridão trouxesse consigo uma carga soturna, o frio a fez tremer sob o couro da jaqueta enquanto sentia falta do calor do casaco impermeável de plumas que James tanto havia insistido para que vestisse, e que ela tinha recusado porque a fazia parecer o boneco da Michelin.

O ambiente aconchegante da casa de tia Engrasi dissipou os fiapos de inverno que trazia aderidos ao corpo como viajantes indesejáveis. O cheiro da lenha na lareira, os grossos tapetes que forravam o chão de madeira e o falatório incessante da televisão que, embora ninguém assistisse, permanecia sempre ligada, acolhiam Amaia mais uma vez. Naquela casa havia coisas muito mais interessantes a se ouvir do que a televisão e, no entanto, ela persistia ao fundo o tempo inteiro, como uma psicofonia ignorada por absurda e tolerada por hábito. Uma vez perguntou à tia a respeito e ela lhe respondeu:

— É o eco do mundo. Sabe o que é o eco? Uma voz que se ouve quando a verdadeira já se extinguiu.

De volta ao presente, James a puxou pela mão e a levou para perto do fogo.

— Você está gelada, amor.

Amaia sorriu, afundando o nariz em seu pulôver e sentindo o cheiro de sua pele. Ros e tia Engrasi saíram da cozinha trazendo copos, pratos, pão e uma sopeira.

— Espero que você esteja com fome, Amaia, porque a tia fez comida para um batalhão.

Os passos de tia Engrasi estavam talvez um pouco mais lentos do que no Natal, porém sua cabeça continuava lúcida como sempre. Amaia sorriu com ternura ao perceber esse detalhe, e a tia alfinetou:

— Não me olhe assim. Não é que eu esteja lenta, é que estou com essas malditas sapatilhas dois números maiores que a sua irmã me deu de presente e, se eu levantar os pés, corro o risco de levar um tombo dos bons, então preciso andar como se estivesse com uma fralda mijada.

Jantaram enquanto conversavam animados pelas piadas que James contava com seu sotaque americano e pelos comentários afiados de tia Engrasi, mas não escapou a Amaia que por trás do sorriso com que Ros tentava acompanhar a conversa subjazia uma tristeza profunda, quase desesperada, evidenciada no modo fugidio com que procurava evitar o contato com os olhos da irmã.

Enquanto James e a tia arrumavam a louça na cozinha, Amaia reteve a irmã com apenas algumas palavras.

— Hoje estive na doceria.

Ros olhou para ela, sentando-se de novo com uma expressão que era uma mistura de desencanto e alívio de quem se sente descoberto e ao mesmo tempo liberado de uma carga penosa.

— O que ela disse a você? Ou melhor, como disse?

— À maneira dela. Como faz tudo. Disse que vai lançar o segundo livro, que propuseram fazer um programa de televisão, que ela é a base da família, um modelo de virtudes e a única pessoa no mundo que conhece o significado da palavra responsabilidade — recitou a enxurrada com um tom de refrão até conseguir fazer Ros sorrir. — E falou também que você não trabalha mais na doceria e que tem graves problemas com o marido.

— Amaia... Sinto que ela a tenha informado dessa maneira, talvez eu devesse ter contado antes, mas é uma coisa que estou resolvendo pouco a pouco, uma coisa que tenho que fazer sozinha, que já devia ter feito há muito tempo. Além disso, não queria preocupar você.

— Bobagem, você sabe que sei administrar muito bem as preocupações, é o meu trabalho. Quanto ao resto, concordo com você, não sei como aguentou trabalhar tanto tempo com Flora.

— Acho que era o que me cabia, não tive outra opção.

— O que você quer dizer? Todos nós temos mais de uma opção, Ros.

— Nem todos somos como você, Amaia. Suponho que era o que se esperava, que nós continuássemos com a doceria.

— Você está me condenando por alguma coisa? Porque se for assim...

— Não me interprete mal, mas, quando você foi embora, era como se já não tivesse outra saída.

— Não é verdade, do mesmo modo que tem agora, teve naquela época.

— Quando o *aita* morreu, a *ama* começou a se comportar de modo muito estranho, suponho que eram os primeiros sintomas do Alzheimer, e de repente eu me vi entre a responsabilidade que clamava Flora, os desvarios da *ama* e Freddy... Acho que na época Freddy me pareceu uma fuga.

— E o que mudou agora para você se ver capaz de tomar essa decisão? Uma coisa que você não deve esquecer é que, embora Flora aja como a proprietária e a senhoria, a doceria é tanto sua quanto dela, eu cedi minha parte a vocês com essa condição. Você é tão capaz de dirigir a empresa quanto ela.

— Pode ser que sim, mas nesse momento existem mais coisas do que Flora e o trabalho. Não foi só por ela, embora tenha tido sua parte. Acontece que de repente eu me sentia asfixiada lá, ouvindo-a todos os dias com sua longa lista de queixas. Isso, somado a minha situação pessoal, tornou o trabalho insuportável, e pesou tanto nas minhas costas ter que ir para lá toda manhã e ouvir de novo sua cantilena que me senti fisicamente doente de ansiedade e mentalmente esgotada. E, ao mesmo tempo, lúcida e serena como nunca. Determinada, essa é a palavra. E, de repente, como se o céu se abrisse para mim, deixei claro: não ia voltar, não voltei e não vou voltar, pelo menos não por agora.

Amaia levantou as mãos à altura do rosto e começou a aplaudir lenta e pausadamente.

— Bravo, irmãzinha, bravo.

Ros sorriu parodiando uma reverência.

— E agora?

— Estou trabalhando em uma empresa de alumínio gerenciando a contabilidade, faço as folhas de pagamento, organizo o plano semanal, as reuniões. Oito horas de segunda a sexta, e quando saio de lá esqueço. Não é um trabalho para soltar fogos, mas é exatamente do que preciso agora.

— E com Freddy?

— Mal, muito mal — respondeu ela, franzindo os lábios e inclinando a cabeça.

— Por isso você está aqui, na casa da tia? — Ela não respondeu. — Por que não diz para ele se mandar? Afinal a casa é sua.

— Já falei, mas ele não quer nem ouvir falar em deixar a casa. Desde que saí, Freddy passa o dia inteiro da cama para o sofá e do sofá para a cama, bebendo cerveja, jogando videogame e fumando baseado — disse Ros, enojada.

— Flora o chamou assim: "o campeão de PlayStation". De onde ele tira dinheiro? Você não está...?

— Não, isso acabou, a mãe dele lhe dá dinheiro e os amigos o abastecem.

— Se quiser, posso fazer uma visita a ele. Você sabe o que a tia Engrasi diz: um homem bem-alimentado e bem-hidratado aguenta muito tempo sem trabalhar — declarou Amaia, rindo.

— Sim — Ros sorriu —, ela tem mais razão que uma santa, mas não. Isso é exatamente o que eu queria tentar evitar. Deixe que eu dou um jeito, vou dar, prometo.

— Você não vai voltar outra vez com ele? — Amaia a olhou nos olhos.

— Não, não vou voltar.

Amaia hesitou um instante e, quando se deu conta de que a dúvida talvez se refletisse em seu rosto, pensou que este era o modo como Flora a teria olhado, incapaz de confiar em alguém que não fosse ela mesma. Obrigou-se a sorrir abertamente.

— Fico feliz, Ros — disse com toda a convicção que conseguiu reunir.

— Essa parte da minha vida ficou para trás, e é uma coisa que nem Flora nem Freddy conseguem entender. Para Flora é incompreensível que eu decida mudar de emprego a essa altura, mas tenho 35 anos e não quero passar o resto da minha vida sob o jugo da minha irmã mais velha. Aguentando todos os dias as mesmas recriminações, os mesmos comentários e as mesmas observações maliciosas, envolvendo todo mundo no seu veneno. E Freddy... Acho que a culpa não é dele. Durante muito tempo acreditei que ele era a resposta para todas as minhas perguntas, que ele teria a fórmula mágica, uma espécie de revelação que me traria uma nova maneira de viver. Tão contra tudo, tão rebelde, um contestador; e, sobretudo, tão diferente da *ama* e de Flora, e com aquela capacidade de enlouquecê-la. — Sorriu com travessura.

— Isso é verdade. O garoto tem a habilidade de tirar Flora do sério, e só por isso já gosto dele — replicou Amaia.

— Até que me dei conta de que Freddy não é tão diferente, afinal. Que sua rebeldia e sua recusa em aceitar as normas não são mais que uma fachada para esconder um covarde, um homem bom para nada, capaz de dissertar como o Che contra os hábitos da sociedade enquanto gasta o dinheiro que tira da mãe ou de mim para se entorpecer fumando baseado. Acho que é a única coisa em que concordo com Flora: ele é um campeão de PlayStation; se pagassem dinheiro por isso, seria uma das grandes fortunas do país.

Amaia a olhou com doçura.

— Em algum momento, comecei a caminhar sozinha e em outra direção. Percebi que queria viver de outra maneira e que tinha que haver algo mais do que passar todos os fins de semana bebendo cerveja no bar do Xanti. Isso e a questão das crianças, talvez o tema principal, pois no instante em que me propus a viver de outra maneira, ter um filho se transformou em uma prioridade para mim, uma necessidade tão urgente como se a vida se resumisse a isso. Não sou uma inconsequente, Amaia, não queria ter um filho para criá-lo em meio à fumaça de baseado; mesmo assim, parei de tomar a pílula e esperei, como se tudo fosse acontecer respondendo a um plano traçado pelo destino. — Seu rosto se escureceu como se alguém houvesse apagado uma luz diante de seus olhos. — Mas não foi possível, Amaia, pelo visto eu também não posso ter filhos — declarou ela em um sussurro. — Meu desespero aumentava quando os meses passavam sem que eu engravidasse. Freddy disse que talvez fosse melhor, que já estávamos bem assim. E não respondi, mas no restante da noite, enquanto ele dormia roncando ao meu lado, uma voz soava dentro de mim e me dizia: "Não, não, não, eu não estou bem assim, não." E a voz continuou soando enquanto eu me vestia para ir à doceria, enquanto atendia aos pedidos por telefone, enquanto inspecionava os envios, enquanto escutava a incansável ladainha de recriminações de Flora. E nesse dia, quando pendurei o avental branco no meu armário, já sabia que não voltaria. Enquanto o Freddy passava de fase em *Resident Evil* e eu esquentava a sopa para o jantar, também soube que a minha vida com ele tinha terminado. Foi assim, sem gritos nem lágrimas.

— Não há nada do que se envergonhar, às vezes as lágrimas são necessárias.

— É verdade, mas o tempo das lágrimas ficou para trás, meus olhos secaram de tanto chorar enquanto ele roncava ao meu lado. De chorar de vergonha e ao entender que me envergonhava dele, que nunca poderia me sentir orgulhosa do homem que tinha ao meu lado. Alguma coisa se rompeu dentro de mim, e o que até aquele instante havia sido puro desespero para salvar o meu relacionamento se transformou em um grito dizendo, do mais profundo do meu ser, que eu o repudiava. A maioria das pessoas se engana, acha que se pode passar do amor ao ódio em um instante, que o amor se rompe de repente como em uma implosão do coração. E para mim não foi assim: o amor não se rompeu de repente, mas foi de repente que me dei conta de que tinha me desgastado como em um lento mas inexorável processo de lixamento: ris, ras, ris, ras, um dia, outro. E foi nesse dia que me dei conta de que já não restava nada. Melhor dizendo, foi como admitir uma realidade que esteve sempre ali e que de repente aparece diante dos seus olhos. Tomar essas decisões fez com que eu me sentisse livre pela primeira vez em muito tempo, e no que me diz respeito o processo podia ter sido fácil, sem nenhum problema, mas nem a sua irmã nem o meu marido estavam dispostos a me deixar ir tão facilmente. Você ia se surpreender com a semelhança dos argumentos deles, das recriminações e das ironias... Porque os dois ironizaram, sabe? E com as mesmas palavras. — Riu com amargura enquanto lembrava. — Para onde você vai? Você acha que vai encontrar coisa melhor? E a última: quem vai querer você? Eles nunca acreditariam, mas, apesar das suas ironias estarem destinadas a minar as minhas forças, conseguiram exatamente o efeito contrário: eu os vi tão pequenos e covardes, tão incapazes, que algo me pareceu possível, mais fácil sem o peso deles. Não sabia tudo, mas pelo menos para a última pergunta eu tinha resposta: eu, eu vou me amar e eu vou cuidar de mim.

— Estou orgulhosa de você — elogiou Amaia, abraçando-a. — Não se esqueça de que pode contar comigo, eu sempre te amei.

— Eu sei, você, James, a tia, o *aita* e até a *ama*, à maneira dela. A única que não se valorizava muito era eu.

— Pois se ame, Ros Salazar.

— Nisso também há alguma mudança: prefiro que me chamem de Rosaura.

— Flora me disse isso, mas por quê? Foram anos até conseguir que todo mundo a chamasse de Ros.

— Se algum dia eu tiver filhos não quero que me chamem de Ros, é nome de maconheira — sentenciou ela.

— Qualquer nome é nome de maconheira se a portadora for — comentou Amaia. — E me diga uma coisa: para quando pensa em me tornar tia?

— Assim que encontrar o homem perfeito.

— Já vou avisando que há suspeitas de que isso não exista.

— Não diga isso, você tem um em casa.

Amaia compôs um sorriso sério.

— Nós também tentamos. E não conseguimos, até agora...

— Mas você foi ao médico?

— Sim. No início temi ter o mesmo problema de Flora, as trompas obstruídas, mas disseram que está tudo em ordem, aparentemente. Ele me recomendou um desses procedimentos de fecundação.

— Puxa, sinto muito. — Sua voz tremeu um pouco. — Já começou?

— Não fomos, fico doente só de pensar em ter que me submeter a um desses penosos tratamentos. Você se lembra de como Flora ficou mal, e para nada, no fim das contas?

— Sei, mas você não deve pensar assim, você mesma disse que não tem o mesmo problema que ela, talvez dê certo...

— Não é só isso, sinto uma espécie de repúdio diante da ideia de ter que conceber um filho dessa maneira. Sei que é bobagem, mas não acho que deva ser assim...

James entrou trazendo o celular de Amaia.

— É o subinspetor Zabalza — avisou ele, enquanto cobria o fone com a mão. Amaia pegou o aparelho.

— Inspetora, uma viatura localizou um par de sapatos de garota colocado à margem e apontando para a estrada. Avisaram há pouco, mando um carro e nos vemos lá.

— E o corpo? — perguntou Amaia, baixando a voz e cobrindo parcialmente o telefone.

— Ainda não encontramos. É uma área de difícil acesso, bem diferente das anteriores: a vegetação é muito densa, não dá para ver o rio da estrada. Se houver uma garota lá embaixo vai custar chegar até ela. Eu me pergunto por que escolheu um lugar desses, talvez não quisesse que a encontrássemos tão facilmente como as outras.

Amaia ponderou.

— Não. Ele quer que a encontremos, por isso deixou os sapatos indicando o lugar. Mas ao escolher um lugar que não se avista da estrada garante que não o incomodem até ter tudo preparado para mostrar sua obra ao mundo, apenas evita interrupções e contratempos.

Eram uns sapatos sociais Mustang, de verniz branco e salto bastante alto. Um policial os fotografava de diferentes ângulos seguindo as indicações de Jonan. O flash da câmera arrancava do verniz brilhos cintilantes que os tornavam ainda mais destoantes e estranhos, plantados ali no meio do nada, e parecia lhes conferir qualidades quase mágicas, como os sapatos da princesa de um conto de fadas ou como a obra chocante e absurda de um artista conceitual. Amaia imaginou o efeito de uma longa fila de sapatos de festa alinhados naquela paragem quase mágica. A voz de Zabalza a devolveu à realidade.

— É inquietante... Essa história dos sapatos, digo. Por que ele faz isso?

— Marca seu território como um animal selvagem, como o predador que é, e nos provoca. Ele os deixa aí para nos desafiar: "Olhem o que deixei para vocês, o *olentzero* veio e deixou um presentinho para vocês."

— Que desgraçado!

Amaia fez um esforço para conseguir afastar o olhar dos enfeitiçantes sapatos de princesa e se virou para o denso arvoredo. O som metálico do walkie-talkie que Zabalza segurava na mão reverberou.

— Encontraram?

— Ainda não, mas já disse a você que nessa área o rio corre entre a vegetação e uma espécie de cânion natural formado pelas paredes.

Os feixes de luz das potentes lanternas desenhavam brilhos fantasmagóricos entre as árvores despidas de folhas, tão unidas entre si que produziam o efeito de um amanhecer inverso, como se o sol brotasse do chão. Amaia calçou as botas enquanto avaliava o efeito que aquele bosque tinha sobre seus pensamentos. O subinspetor Iriarte saiu do meio da mata com a respiração agitada.

— Encontramos.

Amaia desceu o barranco atrás de Jonan e do subinspetor Zabalza. Ela notava que a terra cedia sob seus pés, amolecida pela chuva recente que, apesar da densa ramagem, tinha conseguido penetrar bem profundo, transformando os restos de folhas que forravam o chão do bosque em um tapete pastoso e escorregadio. Os policiais avançavam auxiliados pelas árvores, que cresciam tão próximas que os obrigavam a alterar constantemente o traçado da descida. Alguns passos depois ouviu, não sem certa malícia, as incoerências que Montes balbuciava por se ver obrigado a descer com seus caros sapatos italianos e sua jaqueta de couro.

O bosque terminava bruscamente em um paredão quase intransponível por ambas as margens do rio, abria-se formando um estreito "v" como um funil natural; eles desceram até uma área escura e profunda que os policiais tentavam com dificuldade iluminar com refletores portáteis. O caudal e a corrente do rio eram mais rápidos ali, e entre as estreitas paredes e a margem havia menos de 1,5 metro de cascalho seco em cada lado. Amaia olhou as mãos da menina, que, estendidas em um detestável gesto de entrega, abriam-se nas laterais de seu corpo violado; a mão esquerda quase tocava a água, seu cabelo loiro e comprido chegava até a cintura e os grandes olhos verdes mostravam um fino filme esbranquiçado que os velava como névoa. Sua beleza na morte, a plástica quase mística que aquele monstro tinha idealizado, obtinha o desejado. Por um instante sua fantasia havia conseguido arrastá-la, distraindo-a do protocolo, e foram de novo os olhos da princesa que a trouxeram de volta, aqueles olhos nublados pela névoa do rio que, ainda assim, clamavam pedindo justiça do leito do Baztán com que às vezes sonhava em suas noites mais escuras. Ela retrocedeu dois passos para murmurar uma prece e colocar as luvas que Montes lhe estendia. Desolada pela dor alheia, Amaia olhou para Iriarte, que havia coberto a boca com as mãos e as deixou cair quase com brutalidade quando se sentiu observado.

— Eu a conheço... Conhecia, conheço sua família, é a menina do Arbizu — disse olhando para Zabalza, como que procurando confirmação. — Não sei como ela se chamava, mas é a menina do Arbizu, não tenho dúvidas.

— Ela se chamava Anne, Anne Arbizu — confirmou Jonan, segurando uma carteirinha de biblioteca. — A bolsa estava alguns metros mais acima — indicou, apontando para uma área que voltava a ficar às escuras.

Amaia se ajoelhou ao lado da garota observando o sorriso frio de seu rosto, quase uma paródia.

— Sabe quantos anos ela tinha? — perguntou Amaia.

— Quinze, acho que não chegava a 16 — respondeu Iriarte, aproximando-se. Olhou para o cadáver e começou a correr. Mais ou menos uns 10 metros rio abaixo, dobrou-se sobre si mesmo e vomitou. Ninguém falou nada, nem naquele momento nem quando voltou, limpando a gola com um lenço de papel e murmurando desculpas.

A pele de Anne tinha sido muito branca, porém, não era dessas peles descoloridas, quase transparentes, cheias de sardas e vermelhidões. Havia sido branca, limpa e leitosa, carente de pelos. Coberta como estava de orvalho do rio, ela parecia o mármore de uma estátua funerária. Ao contrário de Carla e Ainhoa, Anne tinha lutado. Pelo menos duas unhas estavam quebradas até a carne viva. Não se viam vestígios de pele sob as restantes. Sem dúvida havia demorado mais a morrer do que as outras: apesar do véu que cobria seus olhos, eram visíveis as lesões que evidenciavam a morte por asfixia e o sofrimento pela privação de ar. De resto, o assassino reproduzira com fidelidade os detalhes dos assassinatos anteriores: a fina corda afundada na garganta, a roupa rasgada e aberta dos lados, os jeans baixados até os joelhos, o púbis raspado e o doce perfumado e gorduroso colocado sobre a pélvis.

Jonan tirava fotos dos pelos jogados aos pés da garota.

— Tudo igual, chefe, é como estar vendo as outras meninas de novo.

— Merda! — Um grito contido chegou de alguns metros rio abaixo junto ao inconfundível estrondo de um tiro que ricocheteou nas paredes de pedra, produzindo um eco ensurdecedor que os aturdiu por um instante, enquanto todos sacavam as armas e apontavam na direção da baixada do rio.

— Alarme falso! Não é nada — gritou uma voz precedida por um feixe de lanterna que subia pela margem do rio. Um sorridente policial uniformizado vinha caminhando ao lado de Montes, que guardava a arma, visivelmente sobressaltado.

— O que aconteceu, Fermín? — perguntou Amaia, alarmada.

— Sinto muito, não foi por querer, eu estava examinando a margem e de repente vi o maior rato do mundo, o bicho olhou para mim e... Sinto muito, instintivamente disparei. Merda! Não suporto ratos, e depois o cabo me disse que era uma... não sei o quê.

— Uma nútria — esclareceu o policial. — As nútrias são mamíferos originários da América do Sul. Há alguns anos algumas fugiram de uma criação francesa nos Pirineus, e o fato é que se adaptaram muito bem ao rio, e, embora tenham freado bastante sua expansão, ainda é possível ver algumas. Mas são inofensivas, de fato são herbívoros nadadores, como os castores.

— Sinto muito — repetiu Montes —, eu não sabia. Sou musofóbico, não consigo suportar a presença de nada que pareça um rato.

Amaia olhou para ele, desconfortável.

— Amanhã apresentarei o relatório pelo tiro — murmurou. Fermín Montes ficou um momento em silêncio olhando para os sapatos e depois foi para um canto e permaneceu lá sem dizer mais nada.

A inspetora quase sentiu pena por ele e pela gozação que os outros fariam nos dias seguintes. Ela se ajoelhou de novo junto ao cadáver e tentou esvaziar a mente de tudo o que não fosse aquela garota e aquele lugar.

O fato de que naquele trecho as árvores não chegassem até o rio privava a área do cheiro de terra e líquen tão presente ao atravessar o bosque. Enfiada ali, na greta que o rio havia lavrado na rocha, só os eflúvios minerais da água competiam com o cheiro adocicado e gorduroso que emanava do *txatxingorri*. O cheiro de manteiga e açúcar que exalava penetrou em seu nariz, misturado com outro mais sutil que ela reconhecia como o da morte recente. Ofegou, tentando conter a náusea, enquanto olhava para o doce como se fosse um inseto repugnante e se perguntava como era possível expelir tanto cheiro. O Dr. San Martín se ajoelhou a seu lado.

— Nossa, que cheiro bom. — Amaia olhou para ele, espantada. — É uma brincadeira, inspetora Salazar.

Ela não respondeu, levantou-se para lhe dar espaço.

— Mas a verdade é que cheira muito bem, e eu não jantei.

Amaia fez uma expressão de nojo, que o doutor não viu, e se virou para cumprimentar a juíza Estébanez, que descia em meio às pedras com invejável destreza apesar de estar de saia e botas de cano longo e salto médio.

— Como é possível? — balbuciou Montes, que ainda não parecia recuperado do incidente com a nútria. A juíza os cumprimentou com um gesto geral e se colocou atrás do Dr. San Martín enquanto ouvia suas observações. Dez minutos mais tarde ela já havia ido embora.

Demoraram mais de uma hora para conseguir subir a caixa que levava o corpo de Anne, e para isso a ajuda de todos foi necessária. Os técnicos sugeriram colocá-lo em um saco e içá-lo, mas San Martín insistiu que o pusessem em uma caixa, para preservá-lo perfeitamente e prevenir as batidas e os arranhões que podia receber se o arrastassem através daquele matagal que era o bosque. O escasso espaço entre as árvores os obrigava em alguns trechos a colocar a caixa na vertical e a parar enquanto mãos eram substituídas; depois de vários escorregões conseguiram levar a caixa até o carro que conduziria o cadáver de Anne ao Instituto Navarro de Medicina Legal.

Toda vez que olhava o corpo de um menor em cima da mesa, assaltava-a o mesmo sentimento de impotência e incapacidade que se estendia à sociedade inteira, uma sociedade que na morte de seus menores era incapaz de proteger o próprio futuro, uma sociedade que havia fracassado. Como ela mesma. Amaia tomou ar e entrou na sala de necropsias. O Dr. San Martín preenchia os formulários prévios à operação, e ela o cumprimentou enquanto se aproximava da mesa de aço. O cadáver de Anne Arbizu se via já despojado de suas roupas, sob a luz impiedosa que em qualquer um teria revelado a mais mínima imperfeição, mas que nela ressaltava a brancura incólume de sua pele, fazendo-a parecer irreal, quase como pintada; Amaia pensou em uma daquelas madonas marmóreas que enchem os museus italianos.

— Parece uma boneca — sussurrou ela.

— Era isso que eu estava falando com Sofia — concordou o doutor. A técnica a cumprimentou levantando uma das mãos. — Serviria como claro exemplo de valquíria wagneriana.

O subinspetor Zabalza acabava de entrar.

— Estamos esperando mais alguém ou podemos começar?

— O inspetor Montes deveria estar aqui... — comentou Amaia, consultando o relógio. — Comece, doutor, ele deve estar chegando.

Ela ligou para o número de Montes, mas caiu na caixa postal; imaginou que ele estivesse dirigindo. Sob a cruel luz pôde ver alguns detalhes que tinham lhe passado despercebidos. Sobre a pele apareciam vários pelos curtos e pardos, bastante grossos.

— Pelos de animal?

— Provavelmente, encontramos mais grudados na roupa. Vamos comparar esses com os que encontramos no corpo de Carla.

— Calcula que esteja morta há quantas horas?

— Pela temperatura do fígado, que tomei junto ao rio, poderia estar lá entre duas e três horas.

— Não é muito tempo, não o suficiente para os animais se aproximarem dela... O doce estava intacto, parecia quase recém-assado, e você pôde sentir o cheiro assim como eu; se houvesse animais tão perto para deixar pelos sobre ela, teriam comido o doce como no caso de Carla.

— Teria que consultar isso com os guardas florestais — pontuou Zabalza —, mas acho que aquele não é um lugar aonde os animais vão beber água.

— Um animal poderia descer até lá sem dificuldades — opinou San Martín.

— Descer sim, mas lá o rio forma um desfiladeiro pelo qual seria difícil fugir, e os animais sempre bebem em áreas abertas, onde podem ver além de ser vistos.

— Então, como os pelos são explicados?

— Talvez o assassino os tivesse aderidos à roupa e os transferiu por contato.

— Pode ser. Quem andaria por aí com a roupa cheia de pelos de animal?

— Um caçador, um guarda florestal, um pastor — exemplificou Jonan.

— Um taxidermista — apontou a técnica que ajudava San Martín e que tinha permanecido em silêncio até então.

— Bem, é preciso localizar qualquer um que se encaixe no perfil e que esteja pela área, e acrescentemos o fato de que deve ser um homem forte, muito forte, eu diria. Se não fosse pela intimidade que sua fantasia requer, eu diria que há mais de um assassino; mas se algo está claro é que não é qualquer um que seria capaz de descer por aquela encosta com um cadáver nas costas, e é evidente pela falta de marcas e arranhões que a levou no colo — declarou Amaia.

— Temos certeza de que ela já estava morta quando foi levada?

— Tenho, nenhuma garota desceria de noite ao rio, nem sequer com um conhecido, e muito menos deixando os sapatos para trás. Acho que ele as aborda, mata rapidamente antes que elas suspeitem de alguma coisa; talvez o conheçam e por isso confiam nele, talvez não. E precisa matá-las rápido. Coloca a corda em volta do pescoço e, antes que se deem conta, estão mortas; depois ele as leva até o rio, as posiciona exatamente como imaginou na sua fantasia e, quando já completou seu rito psicossexual, nos deixa esse sinal em forma de sapatos e nos permite ver sua obra. — Amaia se calou de repente e balançou a cabeça, como se acabasse de despertar de um sonho. Todos a olhavam embevecidos.

— Vamos ver a corda — disse San Martín.

A técnica segurou a cabeça da garota pela base do crânio e a levantou o suficiente para o Dr. San Martín extrair a corda do leito escuro no qual aparecia sepultada. Depositou especial atenção às pontas que pendiam, em que se viam pequenos restos esbranquiçados semelhantes a plástico ou a resíduos de cola.

— Olhe isso, inspetora, isso é novo: diferente dos outros casos, há restos de pele aderidos à corda. Nota-se que ao puxar fortemente um corte foi infligido, ou pelo menos um arranhão que levou um pedaço de sua pele.

— Eu achava que ele usava luvas, pela ausência de rastros — interveio Zabalza.

— É o que parece, mas às vezes esses assassinos não conseguem resistir ao prazer provocado ao sentir como arrebatam a vida com as próprias mãos, uma sensação que seria amortecida por luvas, por isso às vezes acabam as tirando, ainda que seja apenas no ápice. Mesmo assim, pode ser suficiente para nós.

Exatamente como Amaia havia suposto, o Dr. San Martín concordou que Anne se defendeu. Talvez ela tivesse visto algo que suas predecessoras não viram, algo que a fez suspeitar e foi o suficiente para não se entregar totalmente à morte. No seu caso, as evidências de asfixia eram claras, e, embora o assassino tivesse tentado recriar sua fantasia com Anne — e até certo ponto houvesse conseguido, porque à primeira vista aquele crime e toda a parafernália disposta pelo assassino eram idênticos aos anteriores —, Amaia teve a sensação inexplicável de que aquela morte não satisfizera de todo ao criminoso, que essa menina de rosto angelical que podia ter sido a obra máxima daquele monstro tinha sido mais difícil e agressiva do que as outras. E, ainda que o assassino tenha se esforçado em colocá-la com o mesmo cuidado que as anteriores, o rosto de Anne não refletia surpresa e vulnerabilidade, mas conflito por sua vida que tinha mantido até o final e uma paródia de sorriso com um resultado aterrorizante. Amaia observou umas marcas rosadas que apareciam ao redor da boca e se estendiam até quase a orelha direita.

— Do que é essa mancha cor-de-rosa que ela tem no rosto?

A técnica tomou uma amostra com um bastãozinho.

— Assim que soubermos, eu falo, mas eu diria que é... — ela cheirou o bastãozinho — ... *gloss*.

— O que é *gloss*? — perguntou Zabalza.

— Batom, subinspetor, um batom gorduroso, brilhante e com sabor de frutas — esclareceu Amaia.

Ao longo de sua trajetória como inspetora de homicídios ela havia assistido a mais necropsias do que queria lembrar, e considerava que sua quota do que devia demonstrar por "ser mulher" estava mais do que coberta. Por isso não ficou para presenciar o restante. Qualquer médico-legista que se preze reconhecerá que as incisões em forma de "y" de uma autópsia são realmente brutais, que não há nenhuma cirurgia praticada em vivos com tal magnificência, e, embora o processo de abrir a cavidade e extrair e pesar os órgãos não seja nada agradável, a parte técnica do processo conseguia abstraí-la em parte do horror que pressupunha. Era quando voltavam a preencher o cadáver e o auxiliar fechava o terrível corte que ia dos ombros ao meio do peito e dali até a pélvis rodeando o umbigo que a evidência da brutalidade se tornava insuportável. Quando o corpo pertencia a uma criança pequena ou a uma menina, como naquele caso, era neste momento que o cadáver parecia mais indefeso e violentado, mais maltratado pelos grandes pontos com que o costuravam, como o zíper na pele de uma boneca de pano que nunca mais melhoraria.

9

Pela intensidade da luz Amaia calculou que deviam ser sete da manhã. Ela sacudiu Jonan, que dormia no banco traseiro do carro coberto com seu próprio casaco.

— Bom dia, chefe. Como foi? — perguntou ele, esfregando os olhos.

— Vamos voltar para Elizondo. Montes ligou?

— Não, achei que ele estivesse com você na necropsia.

— Ele não apareceu nem atende ao telefone, cai na caixa postal — disse ela, visivelmente contrariada. O subinspetor Zabalza, que tinha descido para Pamplona no mesmo carro, sentou-se atrás e pigarreou.

— Inspetora, bem, não sei se deveria me meter nisso, mas pelo menos para que não fique preocupada. Quando saímos da mata o inspetor Montes me disse que teria que trocar de roupa porque tinha combinado um jantar.

— Um jantar? — Amaia não conseguiu esconder sua surpresa.

— Sim, ele me perguntou se eu ia acompanhá-la até Pamplona para a necropsia, falei que sim e ele disse que assim ficava mais tranquilo, que imaginava que o subinspetor Etxaide também desceria e que então ficaria tudo bem.

— Como ficaria tudo bem? Ele estava cansado de saber que deveria estar aqui — declarou Amaia furiosa, embora tenha se arrependido imediatamente de ter se exposto diante de seus subordinados.

— Eu... Desculpe. Ouvindo Montes falar, imaginei que você o havia autorizado.

— Não se preocupe, vou falar com ele.

Apesar de não ter dormido, Amaia não tinha nem sinal de sono. O semblante das três garotas olhavam para o vazio da superfície da mesa. Três rostos bem diferentes, mas iguais na morte. Ela estudou com atenção a ampliação que havia solicitado da imagem de Carla e Ainhoa.

Montes entrou silencioso trazendo dois cafés, colocou um na frente de Amaia e se sentou um pouco afastado. Ela levantou o rosto das fotos por um segundo e lhe dirigiu um olhar penetrante que durou até Montes baixar o dele. Havia na sala mais cinco policiais além de sua equipe. Amaia pegou as fotos e as deslizou até o centro da mesa.

— Senhores, o que veem nessas fotos?

Todos os presentes se inclinaram sobre a mesa, aguardando.

— Vou dar uma pista.

Ela acrescentou às outras a foto do rosto de Anne.

— Essa é Anne Arbizu, a garota que foi encontrada ontem à noite. Estão vendo as marcas rosadas que se estendem da boca até quase a orelha? Pois bem, são de brilho labial, um batom cor-de-rosa, gorduroso e que dá uma aparência úmida aos lábios. Olhem de novo as fotos.

— As outras garotas não têm — observou Iriarte.

— Isso, as outras garotas não têm, e quero saber por quê. Elas eram muito bonitas, modernas, usavam sapatos de salto alto e bolsas, celulares e perfume. Não é estranho que não usassem nenhuma maquiagem? Quase todas as garotas dessa idade começam a usar, pelo menos rímel e *gloss*.

Amaia olhou para os colegas, que a observavam, confusos.

— Para os cílios e o brilho labial — traduziu Jonan.

— Acredito que o assassino tenha tirado a maquiagem de Anne, daí ficaram restos de *gloss*, e para remover o que ela usava ele precisou de um lenço e demaquilante, ou mais provavelmente toalhinhas demaquilantes; são parecidas com as que se usam para limpar o bumbum dos bebês, mas com outra composição, embora também possa ter usado a de bebê. E acho muito provável que fizesse isso no rio: lá havia pouca, para não dizer nenhuma iluminação, e embora levasse uma lanterna não foi suficiente, porque com Anne o trabalho não ficou completo. Jonan e Montes, quero que voltem ao rio e busquem as toalhinhas; se as utilizou e não as levou consigo, talvez possamos encontrá-las pela área. — Não lhe escapou a expressão com que Montes observava os sapatos, outro modelo, desta vez marrons e evidentemente caros. — Subinspetor Zabalza, por favor, fale com as amigas de Ainhoa para saber se ela usava maquiagem na noite do assassinato; não incomode os pais com isso, afinal, a garota era muito jovem e talvez eles nem sequer soubessem que ela se maquiava... Muitas adolescentes aplicam os produtos fora de casa e os tiram ao voltar. No caso de Carla, tenho certeza de que devia estar mais pintada que uma porta. Em todas as fotos que temos dela viva aparece maquiada; e, além disso, era véspera de Ano-Novo. Até a minha tia Engrasi pinta os lábios na véspera de Ano-Novo. Vejamos se podemos ter algo para essa tarde. Todo mundo aqui às quatro.

Primavera de 1989

Havia dias bons, quase sempre domingos, o único dia em que seus pais não trabalhavam. Sua mãe assava croissants crocantes e pão com passas em casa, que deixavam em toda a residência um cheiro doce e gostoso que perdurava durante horas. Seu pai entrava devagar no quarto, abria as venezianas que davam para o monte e saía sem dizer nada, deixando o sol as despertar com suas carícias, insolitamente mornas para as manhãs de inverno. Já acordadas, as filhas permaneciam na cama ouvindo a conversa amena dos pais na cozinha e desfrutando da sensação da cama limpa, do sol esquentando a roupa, dos raios desenhando caprichosas faixas de poeira em suspensão. Às vezes inclusive, antes de tomar o café da manhã, sua mãe colocava na vitrola da sala um daqueles discos antigos deles, e as vozes de Machín ou de Nat King Cole invadiam a casa com seus boleros e seus chá-chá-chás. Então o pai pegava a mãe pela cintura, e os dois dançavam juntos, com os rostos colados e as mãos entrelaçadas, girando e girando por toda a sala desviando dos pesados móveis encerados à mão e dos tapetes que alguém havia tecido em Bagdá. As meninas saíam de suas camas descalças e sonolentas e se sentavam no sofá para vê-los dançar enquanto riam um pouco envergonhadas, como se em vez de vê-los dançar os tivessem surpreendido em um ato mais íntimo. Ros sempre era a primeira a se abraçar às pernas do pai para se unir ao baile; depois ia Flora, que se agarrava à mãe, e Amaia sorria do sofá, divertida com o atabalhoamento do grupo de bailarinos que dava voltas cantarolando os boleros. Ela não dançava, porque queria continuar os observando, porque queria que aquele ritual durasse um pouco mais e porque sabia que, se levantasse e se unisse ao grupo, o baile cessaria imediatamente assim que roçasse a mãe, que deixaria o pai com uma desculpa esfarrapada, como já estar cansada, não querer mais dançar ou ter que ver o pão que estava assando no forno. Quando isso acontecia, o pai a olhava desolado e dançava um pouco mais com a menina, tentando compensar a ofensa, até que cinco minutos depois a mãe voltava para a sala e desligava o toca-discos dizendo que estava com dor de cabeça.

10

Após dormir uma breve sesta, da qual despertou desorientada e aturdida, Amaia se sentiu pior do que pela manhã. Tomou um banho, leu o bilhete que James tinha deixado e se sentiu um pouco incomodada por ele não estar em casa. Embora nunca dissesse, secretamente preferia que James estivesse perto quando ela dormia, como se a presença dele pudesse acalmar seu espírito. Ia se sentir ridícula se tivesse que expressar em voz alta a sensação que lhe produzia despertar na casa solitária e o desejo de que ele estivesse ali enquanto dormia. Não necessitava que James se estendesse ao seu lado, não queria que segurasse sua mão; e não bastava que ele estivesse ali ao acordar. Precisava de sua presença enquanto dormia. Frequentemente, quando trabalhava à noite e tinha que dormir pela manhã, se James não estava em casa, ela dormia no sofá. Lá não conseguia o mesmo nível de sono profundo que na cama, mas preferia, pois sabia que, caso deitasse na cama, seria impossível dormir. E não importava se ele saísse quando Amaia já estava dormindo: mesmo que não ouvisse a porta, de repente percebia sua ausência como se lhe faltasse o ar, e ao despertar sabia com certeza que James não estava em casa. "Quero que você esteja em casa enquanto durmo." O pensamento era claro e o raciocínio absurdo, por isso não podia expô-lo; dizer que ela acordava quando ele saía, que sentia sua presença em casa como se o detectasse com um sonar e que se sentia secretamente abandonada quando acordava e percebia que ele tinha deixado seu posto ao lado dela para ir comprar pão.

Três cafés depois, já na delegacia, Amaia não conseguiu se sentir muito melhor. Sentada atrás da mesa de Iriarte, observou com deleite os rastros da vida daquele homem. As crianças loiras, a esposa jovem, os calendários de imagens de Nossa Senhora, as plantas bem-cuidadas que cresciam perto das janelas... tinha até pratinhos de barro sob os vasos para recolher a água excedente.

— Com licença, chefe? Jonan disse que queria me ver.

— Entre, Montes, e não me chame de chefe. Sente-se, por favor.

Ele se acomodou na cadeira em frente e a olhou, fazendo um leve bico.

— Montes, fiquei decepcionada por você não ter comparecido à necropsia, fiquei preocupada por não saber por que não chegava e muito irritada por ter que saber através de outra pessoa que não viria pois tinha um jantar. Acho que pelo menos podia ter me economizado o trabalho de passar a noite perguntando por você, perdendo tempo em ligações que não respondeu, para finalmente saber por Zabalza o que estava acontecendo.

Montes a olhava impassível. Ela prosseguiu.

— Fermín, formamos uma equipe, preciso de todos e cada um em seu lugar o tempo inteiro; se queria sair eu não o teria impedido, só digo que, com o que temos em mãos, acho que pelo menos podia ter me ligado, dito algo a Jonan, sei lá, mas certamente você não pode desaparecer sem dar nenhuma explicação. Agora, com mais uma menina assassinada, preciso de você ao meu lado constantemente. Bem, espero que pelo menos tenha valido a pena. — Amaia sorriu e olhou para ele em silêncio, esperando uma resposta, mas Montes continuou olhando para ela como se não a visse, com uma expressão que tinha mudado da birra infantil para o desprezo. — Fermín, você não pretende falar nada?

— Montes — disse ele de repente. — Inspetor Montes para você, não se esqueça de que, embora agora esteja no comando dessa investigação, está falando com um igual. Eu não tenho que dar explicações a Jonan, que é um subordinado, e avisei ao subinspetor Zabalza, minha responsabilidade termina aí. — Seus olhos se entrecerravam pela indignação que sentia. — É óbvio que não teria me impedido de ir ao jantar, você não é ninguém para isso, embora ultimamente ache que sim. O inspetor Montes já estava há seis anos na divisão de homicídios quando você entrou na academia, chefe, e o que o incomoda é você ter se comportado como uma incompetente diante de Zabalza. — Ele se endireitou na cadeira e continuou encarando-a, desafiador. Amaia olhou para ele com pena.

— O único que se comportou como um incompetente foi você, incompetente e mau policial. Pelo amor de Deus! Tínhamos acabado de achar o terceiro cadáver de uma série, não temos nada ainda e você sai para jantar. Acho que está ressentido comigo porque o delegado atribuiu o caso a mim, mas precisa entender que não participei dessa decisão, que o que deve nos ocupar agora é resolver esse caso o quanto antes. — Suavizou um pouco o tom e olhou Montes nos olhos tentando ganhar seu apoio. — Achei que fôssemos amigos, Fermín, eu teria me alegrado por você, achei que você me apreciava, achei que teria de sua parte toda a colaboração possível...

— Continue achando — murmurou ele.

— Você não tem mais nada para me dizer? — Ele permaneceu em silêncio. — Está bem, Montes, como quiser, nos vemos na reunião.

Novamente o rosto morto das garotas com o olhar voltado para o infinito e oculto pelo véu da morte, e, ao lado, para evidenciar a grande perda que supunham, outras fotografias coloridas e brilhantes que mostravam o sorriso astuto de Carla posando ao lado de um carro, certamente o do namorado, Ainhoa segurando nos braços um cordeirinho de apenas uma semana e Anne junto ao seu grupo de teatro do colégio. Um saco plástico contendo várias toalhinhas que quase com certeza foram utilizadas para limpar a maquiagem do rosto de Anne e outro com as que foram localizadas na cena do crime de Ainhoa, as quais no momento de sua descoberta não se deu maior atenção porque se supôs que haviam rolado até o rio desde a esplanada da estrada frequentada pelos casaizinhos.

— Você tinha razão, chefe. As toalhinhas estavam lá, tinham sido jogadas alguns metros mais abaixo, em uma fenda na parede do rio. Têm restos cor-de-rosa e preto, imagino que do rímel. As amigas dizem que ela costumava se maquiar, tenho também o batom original, estava na bolsa. Vai servir para confirmar se é o mesmo. E essas — disse, apontando para outro saco — são as que foram achadas na cena de Ainhoa. São do mesmo tipo, com o mesmo desenho estriado, embora essas tenham menos restos de maquilagem. Os amigos de Ainhoa dizem que ela só usava brilho labial.

Zabalza se levantou.

— Não pudemos recuperar nada da cena de Carla, passou muito tempo e não devemos nos esquecer de que o corpo estava parcialmente submerso no rio; se o assassino jogou as toalhinhas lá, é provável que tenham sido levadas pela água das enchentes... Pelo menos confirmamos com sua família que de fato ela costumava se maquiar diariamente.

Amaia se levantou e começou a andar pela sala passando atrás dos colegas, que permaneciam sentados.

— Jonan, o que essas garotas nos contam?

O subinspetor se inclinou para a frente e tocou a borda de uma foto com o indicador.

— Ele tira a maquiagem e os sapatos, sapatos de salto alto, sapatos de mulher, isso é comum nas três. Coloca os cabelos nas laterais do rosto, raspa os pelos pubianos, faz com que sejam meninas outra vez.

— Isso — concordou Amaia, veemente. — O desgraçado acha que elas crescem rápido demais.

— Um pedófilo que gosta de menininhas?

— Não, não, se fosse um pedófilo ele escolheria direto menininhas, e essas são adolescentes, mulherezinhas em maior ou menor grau, no momento em que as meninas querem parecer mais velhas do que são na realidade. Não é nada incomum, faz parte do processo de amadurecimento na adolescência. Mas o assassino não gosta dessas mudanças.

— O mais provável é que ele as conhecesse quando eram menores e não lhe agrade o que vê agora, por isso quer fazê-las voltar atrás — comentou Zabalza.

— Ele não se conforma removendo os sapatos e a maquiagem, elimina os pelos pubianos e deixa o sexo como o de meninas. Rasga suas roupas e expõe os corpos, que ainda não são os das mulheres que elas querem ser e, no lugar do corpo simbolizando o sexo e a profanação de seu conceito de infância, elimina os pelos, o sinal de maturidade, e os substitui por um doce, um bolinho tenro como símbolo do tempo passado, a tradição do vale, o retorno à infância, talvez a outros valores. Ele não aprova seu modo de vestir, que se maquiem, suas maneiras de adultas, e as castiga representando nelas seu ideal de pureza; por isso nunca as violenta sexualmente, é a última coisa que ia querer fazer, quer preservá-las da corrupção, do pecado... E o mais terrível de tudo isso é que, se eu tiver razão, se for isso o que atormenta o nosso assassino, podemos ter certeza de que ele não vai parar. Já se passou mais de um mês entre o assassinato de Carla e o de Ainhoa, e apenas três dias entre esse e o de Anne; ele se sente provocado, seguro e com muito trabalho por fazer, vai continuar recrutando meninas e as trará de volta à pureza... Inclusive o modo como posiciona as mãos delas, viradas para cima, simboliza entrega e inocência.

Amaia se deteve como fulminada por uma certeza. Onde tinha visto antes essas mãos, esse gesto? Ela olhou para Iriarte e apontou para ele com o dedo.

— Inspetor, você pode me trazer os calendários do seu escritório?

Iriarte demorou apenas dois minutos. Colocou em cima da mesa um calendário com uma Imaculada Conceição e outro de Nossa Senhora de Lourdes. As imagens sorriam cheias de graça enquanto estendiam nas laterais do corpo as mãos abertas, mostrando as palmas, generosas e sem reservas, das quais brotavam raios de fulgor solar.

— Aí está! — exclamou Amaia. — Como Nossa Senhora.

— Esse cara está completamente louco — comentou Zabalza —, e o pior é que se existe algo de que temos certeza é que ele não vai parar até que o impeçamos.

— Vamos recapitular o perfil — pediu a inspetora.

— Homem, entre 25 e 45 anos — começou Iriarte.

— Acho que podemos precisar mais. Estou inclinada a pensar que ele seja mais velho, esse repúdio à juventude que demonstra não combina muito com um homem jovem; não é nada impetuoso, é organizado, leva até o local tudo de que pode precisar e, no entanto, não as mata lá.

— Deve ter outro lugar. Onde pode ser? — perguntou Montes.

— Não acredito que seja nenhum lugar de concreto, pelo menos não uma casa, é impossível que todas as garotas concordassem em ir a uma casa; e devemos levar em consideração que elas não lutaram, com exceção de Anne, que resistiu no fim, só no momento de ser atacada. Das duas uma: ou as espreita e ataca de surpresa em qualquer lugar se arriscando a ser visto, o que não combina muito com seu *modus operandi*, ou as convence a ir a algum lugar, ou melhor, as leva, o que suporia um carro, um carro grande, porque depois precisa transportar o cadáver... Estou mais inclinada por essa teoria — concluiu Amaia.

— E você acha que nos dias de hoje as garotas entrariam no carro de qualquer um? — perguntou Jonan.

— Provavelmente não em Pamplona — explicou Iriarte —, mas num povoado é normal, qualquer morador o vê esperando o ônibus, para e pergunta aonde vai; se não tiver problema para ele, o leva. Não é nada estranho, e confirmaria o fato de que é alguém do povoado que as conhece desde pequenas e em quem confiam o suficiente para entrar em seu carro.

— Certo: homem branco, entre 30 e 45 anos, talvez um pouco mais. É provável que viva com a mãe ou com pais idosos. Pode ser que tenha recebido uma educação muito rigorosa, ou justamente o contrário, que tenha crescido abandonado e ele próprio tenha criado um código de conduta moral que agora aplica ao mundo. Também poderia ter sofrido abusos na infância e mesmo ter perdido a infância de algum modo, pode ser que os pais tenham morrido. Quero que procurem qualquer homem que tenha antecedentes de assédio, exibicionismo... Perguntem aos casais que frequentam o local se conhecem algum caso ou ouviram falar, considerem que esses delinquentes não surgem do nada, eles vão em um crescendo. Procurem os que perderam suas famílias de forma violenta, órfãos, maltratados, solitários. Interroguem qualquer pessoa envolvida em agressões ou perseguições insidiosas em todo o Baztán. Quero tudo na base de dados de Jonan e, enquanto não tivermos outra coisa, continuaremos com as famílias, os amigos e os conhecidos mais próximos. Na segunda-feira vão ser realizados o velório e o enterro de Anne. Repetiremos todo o processo que fizemos com Ainhoa e, no mínimo, teremos material para comparar. Elaborem uma lista com todos os homens que compareceram aos dois enterros e se ajustem ao perfil. Montes, seria interessante falar com os amigos de Carla para ver se alguém gravou o velório ou o enterro com o celular ou se tiraram fotos, pensei nisso quando Jonan disse que as amigas de Ainhoa não paravam de chorar e falar pelo celular; adolescentes não vão a lugar nenhum sem o celular, verifique. — Ela omitiu propositalmente o "por favor". — Zabalza, eu gostaria de falar com alguém do Seprona ou com os guardas florestais. Jonan, quero toda informação que puder recolher sobre ursos no vale, avistamentos... Sei que agora existe um sendo rastreado por GPS, vejamos o que nos contam. E assim que alguém tiver alguma coisa, quero estar informada 24 horas por dia; esse monstro está lá fora e é nosso trabalho capturá-lo.

Iriarte se aproximou enquanto os outros policiais saíam.

— Inspetora, venha a minha mesa, tem uma ligação de Pamplona, do delegado geral.

Amaia se pôs ao telefone.

— Sinto dizer que ainda não posso dar boas notícias ao senhor, delegado. A investigação está avançando o mais rápido que podemos, mas parece que o assassino é mais rápido que eu.

— Tudo bem, inspetora, acho que coloquei a investigação nas melhores mãos. Há uma hora recebi a ligação de um amigo, uma pessoa vinculada ao *Diario de Navarra*. Amanhã vão publicar uma entrevista com Miguel Ángel de Andrés, o namorado de Carla Huarte, que estava na prisão acusado do assassinato. Como você sabe, ele foi colocado em liberdade. Não preciso explicar como isso nos deixa; de qualquer forma, isso não é o pior. Ao longo da entrevista o jornalista insinua que há um assassino em série no vale do Baztán, que Miguel Ángel de Andrés foi colocado em liberdade depois de se verificar que os assassinatos de Carla e Ainhoa estão relacionados, e deve se somar a isso que amanhã se tornará público o assassinato da última garota, Anne — ele parecia estar lendo — Urbizu.

— Arbizu — corrigiu-o Amaia.

— Estou enviando a você por fax uma cópia da matéria na forma como vai sair amanhã. Adianto que você não vai gostar, é nojenta.

Zabalza voltou com duas folhas impressas em que algumas frases se viam sublinhadas.

"Miguel Ángel de Andrés, que passou dois meses na cadeia de Pamplona acusado pelo assassinato de Carla Huarte, afirma que os policiais relacionam o caso aos recentes assassinatos de garotas jovens no vale do Baztán. O assassino arranca a roupa delas e sobre os cadáveres apareceram pelos não humanos. Um terrível senhor do bosque que assassina em seus domínios. Um *basajaun* sanguinário."

A matéria sobre o assassinato de Anne era intitulada: "Um novo crime do *basajaun*?"

11

O grandioso bosque de Baztán, que antes de ser transformado pelo homem era formado por faias nas montanhas, carvalhos nas partes baixas e castanheiros, freixos e avelãs nas áreas intermediárias, estava agora quase inteiramente coberto por faias, que reinavam despóticas em meio ao resto das árvores. Os prados e o matagal de tojo ou carqueja, urzes e samambaias formam o tapete sobre o qual caminhou uma geração de baztaneses após outra, em um cenário de eventos mágicos comparável apenas à selva de Irati e que agora se via manchado pelo horror do assassinato.

O bosque sempre produzia em Amaia um secreto orgulho de pertencimento, embora sua grandiosidade também lhe provocasse temor e vertigem. Sabia que o amava, mas seu amor era reverente e casto, que alimentava em silêncio e a distância. Quando tinha 15 anos, ela se uniu temporariamente a um grupo de trilha de uma sociedade montanhista. Caminhar na buliçosa companhia do grupo não havia sido tão gratificante quanto esperado, e depois de três saídas desistiu. Só quando aprendeu a dirigir voltou a entrar nas estradas da floresta, atraída mais uma vez pelo feitiço do bosque. Descobriu, para seu espanto, que estar sozinha no monte lhe provocava uma inquietação aterradora, a sensação de ser observada, de estar em um lugar proibido ou de estar cometendo o roubo de uma relíquia. Amaia entrou no carro e voltou para casa, excitada e incomodada pela experiência, e consciente do medo ancestral que havia experimentado, que da sala da tia Engrasi lhe pareceu ridículo e infantil.

Mas a investigação devia continuar, e Amaia retornou ao arvoredo do Baztán. As últimas rajadas do inverno eram mais evidentes no bosque que em qualquer outro lugar. A chuva que tinha caído durante a noite inteira dava agora uma pausa que deixava o ar frio e pesado, repleto de uma umidade que impregnava a roupa e os ossos, fazendo-a tremer apesar do grosso casaco impermeável azul que James a obrigava a usar. Os troncos, escurecidos pelo excesso de água, brilhavam ao sol incerto de fevereiro como a pele de um réptil milenar. As árvores que não haviam perdido seus liquens resplandeciam com seu verde esfarrapado pelo inverno, mostrando com a leve brisa reflexos prateados das costas das folhas. A presença do rio se percebia vale abaixo, descendo entre os bosques e levando como testemunha silenciosa o horror com que o assassino adornava suas margens.

Jonan acelerou o passo até se posicionar ao seu lado enquanto fechava o zíper da jaqueta.

— Aí estão — disse, indicando o Land Rover com o distintivo dos guardas florestais.

Os dois homens uniformizados os viram se aproximar de longe, e Amaia percebeu que faziam algum comentário engraçado, porque os viu rir desviando a vista.

— Pronto, o típico comentário do caipira e da garota — murmurou Jonan.

— Calma aí, já lidamos com coisa pior — sussurrou ela enquanto se aproximavam.

— Boa tarde. Sou a inspetora Salazar, da divisão de homicídios da Policía Foral; esse é o subinspetor Etxaide — apresentou.

Os dois homens eram extremamente magros e fortes, embora um deles ultrapassasse o outro em quase uma cabeça. Amaia notou como o mais alto se erguia ao ouvir seu posto.

— Inspetora, sou Alberto Flores e meu colega Javier Gorria. Somos os encarregados de vigiar essa área, uma área muito ampla, com mais de 50 quilômetros de bosque, mas, se pudermos ajudá-la em alguma coisa, conte conosco.

Amaia os olhou em silêncio sem responder. Era uma tática intimidatória que não costumava falhar, e desta vez também deu resultado. O guarda que havia permanecido apoiado no capô do Land Rover se endireitou, adiantando um passo.

— Senhora. Vai ter toda nossa colaboração. O especialista em ursos de Huesca chegou há uma hora, seu carro está estacionado um pouco mais abaixo — anunciou ele, indicando uma curva na estrada. — Se nos acompanharem, vamos mostrar a vocês onde estão trabalhando.

— Está bem, e me chame de inspetora.

A trilha se estreitava à medida que penetravam no bosque, para se abrir de novo em pequenas clareiras onde a relva crescia verde e fina como a grama do melhor jardim. Em outras áreas, o bosque formava um labirinto abrigado e suntuoso, quase quente, reforçado pela constante tapeçaria de espinhos e folhas que se estendia diante deles. Naquela área plana e densa, a água não tinha penetrado como nas ladeiras, e grandes superfícies secas e macias de folhas amontoadas pelo vento aos pés das árvores eram visíveis, como se formassem leitos naturais para as lâmias do bosque. Amaia sorriu ao evocar as lembranças das lendas que tia Engrasi lhe contou em sua infância. Não era estranho, em meio a este bosque, aceitar a existência das criaturas mágicas que formaram o passado das pessoas daquela região. Todos os bosques são poderosos, alguns são temíveis por serem profundos, misteriosos, outros obscuros e sinistros. O bosque em Baztán é fascinante, com uma beleza serena e ancestral que evoca sem se buscar seu lado mais humano, o lado mais etéreo e infantil, aquele que acredita nas maravilhosas fadas com pés de pato que viviam no bosque e dormiam durante o dia para sair ao anoitecer e pentear os longos cabelos dourados com um pente de ouro capaz de conceder a seu portador qualquer favor que lhes pedissem, favor dado por elas aos homens que, seduzidos por sua beleza, lhes faziam companhia sem ficar horrorizados com suas extremidades de pato.

Amaia sentia naquele bosque presenças tão evidentes que era fácil aceitar uma cultura druida, um poder da árvore acima do homem, e evocar o tempo em que naqueles lugares e em todo o vale a comunhão entre seres mágicos e humanos era uma religião.

— Aí estão eles — anunciou Gorria com uma pitada de sarcasmo —, os caça-fantasmas.

O especialista de Huesca e sua ajudante vestiam macacões de trabalho de cor laranja berrante e levavam várias maletas prateadas similares às da polícia científica. Quando se aproximaram, notaram que os dois pareciam ensimesmados na observação do tronco de uma faia.

— Inspetora, muito prazer — saudou ele, estendendo-lhe a mão. — Raúl González e Nadia Takchenko. Se estiver se perguntando por que estamos usando essa roupa, é por causa dos caçadores ilegais; não há melhor atrativo para essa gentalha do que o boato de que existe um urso na região, e você os verá sair até de debaixo das pedras, sem brincadeira. Aí o macho ibérico vai caçar o urso, e vai com tanto medo de que o urso o cace que atira em tudo o que se mexe... Não seria a primeira vez que atiram em nós nos confundindo com ursos, por isso esse lindo laranja: dá para ver a dois quilômetros; nos bosques da Rússia todo mundo usa.

— O que acha? *Habemus* urso ou não? — perguntou Amaia.

— Inspetora, a Dra. Takchenko e eu achamos que seria muito precipitado tanto afirmar quanto negar algo desse tipo.

— Mas pelo menos pode me dizer se acharam algum indício, alguma pista...

— Poderíamos dizer que sim, sem dúvida achamos rastros que evidenciam a presença de grandes animais, mas nada conclusivo. De qualquer maneira acabamos de chegar, então mal tivemos tempo de inspecionar a área, e quase já não resta luz — declarou, olhando para o céu.

— Amanhã ao amanhecer vamos colocar as mãos à obra. É assim que se fala? — perguntou a doutora em um espanhol horrível. — A amostra que nos enviaram pertence de fato a um plantígrado. Seria de grande interesse contar com uma amostra do segundo recolhimento.

Amaia achou melhor não mencionar o fato de que a amostra fora encontrada em um cadáver.

— Amanhã vocês as terão — disse Jonan.

— Então não pode me dizer mais nada? — insistiu Amaia.

— Olha, inspetora, antes de qualquer coisa você deve saber que os ursos não são muito comuns. Não se têm notícias de que eles tenham descido ao vale do Baztán desde o ano 1700, quando foram datados os últimos encontros; até existe uma recompensa paga aos caçadores que mataram alguns dos últimos ursos desse vale registrada em algum documento.

Depois disso, não se tem notícias oficiais de que algum animal tenha descido até tão baixo, embora sempre tenha havido boatos entre as pessoas da região. Não me interprete mal, esse lugar é maravilhoso, mas os ursos não gostam de companhia, de nenhum tipo, nem sequer a de seus congêneres. E menos ainda da companhia de humanos. Seria bastante estranho que por casualidade um homem topasse com um: o urso iria detectá-lo a quilômetros e se afastaria do humano sem cruzar seu caminho...

— E se por acaso um urso tivesse chegado até o vale seguindo, digamos, o rastro de uma fêmea? Até onde sei, eles são capazes de se deslocar centenas de quilômetros por esse motivo. E se, por exemplo, se sentisse atraído por algo especial?

— Se você se refere a um cadáver, é pouco provável. Os ursos não são rapineiros; se a caça escasseia, eles coletam liquens, fruta, mel, brotos macios, praticamente qualquer coisa antes que carniça.

— Eu não me referia a um cadáver, mas a alimentos elaborados... Não posso ser mais específica, sinto muito...

— Os ursos se sentem muito atraídos pela comida humana; de fato, comer alimentos elaborados é o que leva os ursos a se aproximarem das áreas povoadas, a vasculhar latas de lixo e a deixar de caçar, seduzidos pelos sabores processados.

— Ou seja, é possível que um urso se sentisse atraído pelo cheiro o suficiente para se aproximar de um cadáver, se este cheirasse a comida elaborada?

— Sim, caso um urso tivesse vindo até o Baztán, algo pouco provável.

— A menos que tenham voltado a confundir um urso com um *sobaka*. Como se diz? — A Dra. Takchenko riu. O doutor desviou o olhar para os guardas florestais, que esperavam alguns passos mais atrás.

— A doutora se refere ao suposto achado do cadáver de um urso em agosto de 2008 muito perto daqui, e que depois da necropsia descobriu-se se tratar de um cachorro de grande porte. As autoridades organizaram uma operação importante para nada.

— Eu me lembro dessa história, saiu nos jornais, mas dessa vez são vocês que afirmam se tratar de pelos de urso, não é?

— Os pelos que vocês nos enviaram pertencem com certeza a um urso, embora... Mas agora não posso dizer mais nada. Estaremos por aqui durante alguns dias, vamos inspecionar as áreas onde as amostras foram encontradas e colocaremos câmeras em lugares estratégicos para tentar gravá-lo, se é que está por aqui.

Os especialistas pegaram suas maletas e desceram pela trilha pela qual tinham vindo. Amaia se adiantou alguns metros, caminhando por entre as árvores e tentando achar os vestígios que tanto tinham interessado aos especialistas. Atrás de si, quase adivinhou a presença hostil dos guardas florestais.

— E vocês, o que podem me dizer? Viram algo fora do comum na área? Algo que tenha chamado a atenção? — perguntou ela, virando-se para não perder suas reações.

Os dois homens se entreolharam antes de responder.

— Você está perguntando se vimos um urso? — perguntou o mais baixo com ironia.

Amaia o olhou como se acabasse de perceber sua presença e ainda estivesse decidindo como catalogá-lo. Aproximou-se dele até estar tão perto que pôde sentir o cheiro de sua loção pós-barba. Viu que sob a gola cáqui do uniforme ele usava uma camiseta do Osasuna.

— Estou perguntando, Sr. Gorria... É Gorria, certo? Estou perguntando se viram algo digno de ser mencionado. Aumento ou diminuição de cervos, javalis, coelhos, lebres ou raposas; ataque ao gado; animais pouco comuns na área; caçadores ilegais, andarilhos suspeitos; informe de caçadores, pastores, bêbados; relatos de alienígenas ou presença de tiranossauros... Qualquer coisa... E, é óbvio, ursos.

Uma mancha vermelha se estendeu como uma infecção pelo pescoço do homem e continuou até a testa. Amaia quase conseguia ver pequenas gotas de suor se formando na pele firme do rosto; mesmo assim, ela se manteve ao lado dele por mais alguns segundos. Depois retrocedeu um passo sem deixar de olhar para ele e esperou. Gorria encarou de novo para o colega procurando um apoio que não veio.

— Olhe para mim, Gorria.

— Não vimos nada fora do normal — interveio Flores. — O bosque tem sua própri a energia, e o equilíbrio parece intacto. Na minha opinião, é pouco provável que um urso descesse até essa altura do vale. Eu não sou especialista em plantígrados, mas concordo com o caça-fantasmas.

Estou há 15 anos nesses bosques e garanto que vi muitas coisas, algumas bastante estranhas, ou pouco frequentes, como você diz, inclusive o cadáver do cachorro que apareceu em Orabidea e que o pessoal do Meio Ambiente achou que era um urso. Nós nunca acreditamos nisso — Gorria negava com a cabeça —, mas em defesa deles digo que devia ser o maior cachorro do mundo e que estava muito decomposto e inchado. O bombeiro que resgatou o cadáver ficou com o estômago revirado durante um mês.

— Vocês ouviram o especialista, existe a possibilidade de que seja um macho jovem que se distraiu seguindo o rastro de uma fêmea...

Flores arrancou uma folha de um arbusto e começou a dobrá-la em partes simétricas enquanto meditava a resposta.

— Não tão embaixo. Se estivéssemos falando dos Pirineus, sim, porque por mais preparados que esses especialistas em plantígrados sejam, é provável que haja mais ursos do que afirmam ter sendo monitorados. Mas não aqui, não tão embaixo.

— E como explicam terem aparecido pelos que, sem sombra de dúvida, são de urso?

— Se a análise preliminar foi feita pelo pessoal do Meio Ambiente, podem ser escamas de dinossauro até descobrirem que é pele de lagartixa, mas também não acredito. Não vimos rastros, nem cadáveres de animais, nem ninhos, nem excrementos, nada, e não acredito que os caça-fantasmas vão encontrar algo que não tenhamos percebido. Não há um urso por aqui, apesar dos pelos, não mesmo. Talvez outra coisa, mas um urso não — concluiu ele, enquanto com grande cuidado desdobrava a folha que antes tinha dobrado e em que agora se viam desenhados os traços mais escuros e úmidos da seiva.

— Você está se referindo a outro tipo de animal? Um animal grande?

— Não exatamente — replicou Flores.

— Ele está se referindo a um *basajaun* — disse Gorria.

Amaia cruzou os braços e se virou para Jonan.

— Um *basajaun*, como não pensamos nisso antes? Bem, vejo que seu trabalho deixa tempo para ler jornais.

— E para ver televisão — acrescentou Gorria.

— Na televisão também? — Amaia olhou para Jonan, desolada.

— Sim, em *O que acontece na Espanha* dedicaram um segmento para ele ontem, e não vai demorar muito para os jornalistas aparecerem por aqui — respondeu.

— Nossa, isso é kafkiano. Um *basajaun*. E o que mais? Vocês viram algum?

— Ele sim — indicou Gorria.

Não escapou a Amaia o duro olhar que Flores dedicou ao colega enquanto negava com a cabeça.

— Vejamos se estou entendendo, está me dizendo que você viu um *basajaun*?

— Eu não disse nada — sussurrou Flores.

— Puxa, Flores! Não tem nada de mau, muita gente sabe, e está no relatório do incidente; alguém vai acabar contando a ela, melhor que seja você.

— Me conte — insistiu Amaia.

Flores hesitou um instante antes de começar a falar.

— Foi há 12 anos. Recebi por engano um tiro de um caçador ilegal. Eu estava no meio das árvores mijando, e imagino que o desgraçado tenha me confundido com um cervo. Ele atingiu o meu ombro e fiquei estendido no chão sem conseguir me mexer por pelo menos umas três horas. Quando acordei, vi uma criatura acocorada ao meu lado: seu rosto estava quase totalmente coberto de pelos, mas não como um animal e sim como um homem cuja barba nascesse debaixo dos olhos, uns olhos inteligentes e piedosos, quase humanos, com a diferença de que a íris preenchia tudo, quase não havia parte branca, como nos cães. Voltei a desmaiar. Acordei quando ouvi a voz dos meus amigos, que estavam me procurando; então ele me olhou nos olhos mais uma vez, se levantou e caminhou para o bosque. Media mais de dois metros e meio. Antes de se perder entre as árvores, ele se virou para mim e levantou uma das mãos, como em uma espécie de cumprimento, e assobiou tão alto que meus companheiros ouviram a quase um quilômetro. Perdi a consciência de novo e quando acordei estava no hospital.

Enquanto falava Flores tinha dobrado de novo a folha entre os dedos e agora a cortava em pedaços minúsculos, guilhotinando-a com a unha do polegar. Jonan se colocou ao lado de Amaia e olhou para ela antes de falar.

— Pode ter sido uma alucinação por causa do choque pelo tiro, da perda de sangue e de se perceber sozinho no meio da montanha, o que deve ter sido uma situação terrível; ou pode ser que o caçador que atirou tenha sentido remorso e feito companhia a você até seus colegas o encontrarem.

— O caçador viu que tinha me atingido, mas, segundo sua própria declaração, pensou que eu estava morto e fugiu como um rato. Ele foi detido horas mais tarde em uma barreira policial e foi quando avisou. O que acha? Ainda tenho que agradecer ao desgraçado, ou não teriam me encontrado. E quanto à alucinação pelo choque do tiro, pode ser, mas no hospital me mostraram um curativo improvisado feito com folhas e ervas, colocado como uma compressa oclusiva, que impediu que eu sangrasse.

— Talvez antes de perder a consciência você mesmo tenha colocado as folhas. Existem casos conhecidos de pessoas que, depois de sofrer uma amputação, vendo-se sozinhas, fizeram um torniquete, preservaram o membro amputado e ligaram para a emergência antes de perder a consciência.

— Sim, também li sobre isso na internet, mas me diga uma coisa: como consegui pressionar para manter o ferimento tapado enquanto estava desacordado? Porque foi isso que aquela criatura fez por mim, e foi isso que salvou a minha vida.

Amaia não respondeu; ela levantou uma das mãos e a colocou sobre os lábios como se contivesse algo que não queria dizer.

— Já sei, eu não deveria ter contado — declarou Flores, virando-se para o caminho.

12

Tinha anoitecido quando Amaia chegou à porta da Igreja de Santiago. Ela a empurrou, quase certa de que estava fechada e, quando esta cedeu suave e silenciosamente, se surpreendeu um pouco e sorriu diante da ideia de que em seu povoado ainda fosse possível deixar a igreja aberta. O altar se via parcialmente iluminado, e um grupo de umas cinquenta crianças estava sentado nos primeiros bancos. Amaia introduziu a ponta dos dedos na pia e estremeceu um pouco ao sentir a água gelada na testa.

— Veio buscar uma criança?

Ela se virou para uma mulher de uns 40 e tantos anos que cobria os ombros com um xale.

— Desculpe?

— Ah, me desculpe, pensei que você tinha vindo buscar alguma criança. — Tinha certeza de que a havia reconhecido. — Estamos ensaiando para as comunhões — explicou.

— Tão cedo? Estamos em fevereiro.

— Bem, o padre Germán é muito cuidadoso com essas coisas — explicou ela, fazendo um gesto amplo com as mãos. Amaia se lembrou do sermão dele durante o velório a respeito do mal que nos cerca e se perguntou para quantas coisas mais o pároco de Santiago seria tão cuidadoso. — Além disso, não acho que reste tanto tempo; março e abril, e em 1º de maio já temos o primeiro grupo de comungantes.

A mulher se deteve de repente.

— Desculpe, estou distraindo você, quer falar com o padre Germán, certo? Ele está na sacristia, eu o avisarei agora mesmo.

— Ah, não, não é necessário, na verdade vim à igreja por um assunto particular — retrucou Amaia, dando à última palavra uma entonação próxima à desculpa que provocou a imediata simpatia da catequista, a qual sorriu para ela retrocedendo alguns passos como uma empregada abnegada que se retira.

— Certo, que Deus a abençoe.

Amaia deu uma volta na nave, evitando o altar-mor e se detendo diante de algumas das talhas que ocupavam os altares menores, sem deixar de pensar naquelas meninas cujos rostos lavados, despojados de maquiagem e vida alguém se ocupou em apresentar como belas obras de um imaginário macabro, belas mesmo assim. Observou as santas, os arcanjos e as imagens de Nossa Senhora doentes com seus rostos tersos, pálidos de dor depurada, de pureza e êxtase alcançados através da agonia, uma tortura lenta, igualmente desejada e temida, e aceita com uma submissão e uma entrega desoladoras.

— Você nunca vai conseguir isso — sussurrou Amaia.

Não, elas não eram santas, não se entregariam submissas e abnegadas, seria preciso arrebatar a vida delas como um ladrão de almas.

Ela saiu da Igreja de Santiago e caminhou lentamente, aproveitando que a escuridão e o intenso frio tinham esvaziado as ruas, embora ainda fosse cedo. Atravessou os jardins da igreja e apreciou a beleza das enormes árvores que a rodeavam, competindo em altura com as duas torres do templo. Pensou na estranha sensação que a inquietava naquelas ruas quase desertas. A zona urbana de Elizondo se estendia pela parte plana do vale e suas ruas foram definidas em grande parte pelo rio Baztán. Eram três as ruas principais, e as três, paralelas entre si, compunham o centro histórico do povoado, onde ainda se erguem os grandes palácios e outras moradias típicas da arquitetura popular.

A rua Braulio Iriarte se estende pela margem setentrional do rio Baztán e está ligada à rua Jaime Urrutia por duas pontes. Esta foi a antiga rua principal até a construção da rua Santiago, e segue pela margem meridional do rio Baztán. Repleta de casas senhoriais, a rua Santiago foi a causadora da expansão urbana da localidade, com a construção da estrada de Pamplona a França no início do século XX.

Amaia chegou à praça, sentindo o vento entre as dobras do cachecol enquanto observava a esplanada muito iluminada que, no entanto, não possuía hoje nem metade do encanto que devia ter no século passado, quando era usada, sobretudo, para o jogo de pelota basca. Ela se aproximou da prefeitura, um nobre edifício do fim do século XVII que Juan de Arozamena, um famoso canteiro de Elizondo, levou dois anos para construir. Na fachada, o eterno escudo axadrezado com uma inscrição dizendo "Vale e Universidade de Baztán", e, em frente ao edifício, na parte inferior esquerda da fachada, uma pedra chamada *botil harri* que servia para jogar pelota basca em sua modalidade de luva conhecida como *laxoa*.

Ela tirou a mão do bolso e quase cerimonialmente tocou a pedra, sentindo o frio dela. Amaia tentou imaginar o lugar no fim do século XVII, quando a *laxoa* era o jogo dominante em Euskal Herria. Jogava-se em equipes de quatro jogadores, que se enfrentavam cara a cara como no tênis, mas sem uma rede que separasse os campos. Os *pelotaris* utilizavam uma luva, ou *laxoa*, para lançar a bola entre si. No século XIX esse jogo foi caindo em desuso à medida que foram nascendo novas modalidades dentro da pelota basca. Mesmo assim, Amaia se lembrava de ter ouvido o pai contar que um de seus avós tinha sido um grande aficionado, que chegou a cultivar uma reputação como *guantero* devido à qualidade das peças que ele mesmo costurava à mão, usando couros que também curava e curtia.

Aquele era o seu povoado, o lugar onde tinha passado mais anos em sua vida. Fazia parte dela como uma marca genética, era o lugar ao qual voltava quando sonhava, quando seus sonhos não eram povoados com mortos, agressores, assassinos e suicidas que se misturavam obscenamente aos seus pesadelos. Mas, quando não havia pesadelos e seu sonho era plácido e regressivo, ela voltava para lá, àquelas ruas e praças, àquelas pedras, àquele lugar do qual sempre quis ir embora. Um lugar que não estava certa se amava. Um lugar que já não existia, pois, agora que estava ali, começava a sentir saudades da Elizondo de sua infância. Contudo, agora que tinha retornado quase certa de achar sinais de mudança definitiva, ela encontrava tudo igual. Sim, talvez houvesse mais carros nas ruas, mais luzes, bancos e jardinzinhos que, como uma maquiagem nova, pintavam o rosto de Elizondo. Mas não tanto a ponto de não lhe permitir ver que em sua essência não havia mudado, que tudo continuava igual.

Amaia se perguntou se ainda estariam abertas a Alimentación Adela, a loja de Pedro Galarregui na rua Santiago, as lojas de confecção onde sua mãe comprava roupa para elas, como Belzunegui ou Mari Carmen, a padaria Baztanesa, calçados Virgilio ou o depósito Garmendia, na Jaime Urrutia. E percebeu que nem sequer era dessa Elizondo que sentia falta, mas de outra mais antiga e visceral, o lugar que fazia parte de suas entranhas e que morreria com ela em seu último suspiro. A Elizondo das colheitas arruinadas pelas pragas, da epidemia das crianças mortas de coqueluche em 1440. Dos que tinham mudado seus costumes para se adaptar a uma terra que no início se mostrou hostil, um povo decidido a permanecer naquele lugar junto à igreja, porque ali tinha sido a origem do povoado. Dos marinheiros recrutados ali para viajar à Venezuela com a Real Compañía de Caracas. Dos elizondarras que reconstruíram o povoado após as terríveis enchentes e transbordamentos do rio Baztán. Veio a sua cabeça a imagem recriada do sacrário flutuando rua abaixo junto aos cadáveres do gado. E dos moradores o elevando sobre suas cabeças, convencidos em meio ao lodaçal de que só podia ser um sinal divino, um sinal de que Deus não os havia abandonado e de que deviam continuar. Homens e mulheres valentes forjados à força, intérpretes de sinais telúricos que sempre olhavam para o alto esperando piedade de um céu mais ameaçador que protetor.

Ela voltou pela rua Santiago e desceu para a praça Javier Ziga, adentrou a ponte e parou no centro. Apoiando-se na mureta onde está gravado o nome da ponte, Muniartea, sussurrou enquanto passava seus dedos pela pedra áspera. Ela observou o negrume da água que trazia aquele cheiro mineral desde os cumes, aquele rio que transbordou causando perdas e horrores que figuravam nos anais da história de Elizondo; na rua Jaime Urrutia ainda se podia ver um placa comemorativa na casa de Serora, a mulher que cuidava da igreja e da casa paroquial, que indicava o lugar até onde chegaram as águas transbordadas em 2 de junho de 1913. Esse mesmo rio era agora testemunha de um novo horror; um horror que nada tinha a ver com as forças da natureza, mas com a mais absoluta depravação humana, que transformava homens em bestas, predadores que se confundiam entre os justos para assediar, para cometer o ato mais execrável, dando rédea solta à cobiça, à ira, à soberba e ao apetite insaciável da gula mais imunda. Um lobo que não ia parar e que continuaria semeando cadáveres às margens do rio Baztán, aquele leito fresco e luminoso de águas calmas que molhavam as margens do lugar ao qual ela retornava quando não sonhava com mortos, e que agora aquele desgraçado tinha manchado com suas oferendas ao mal.

Um calafrio percorreu suas costas, Amaia soltou as mãos da pedra fria e as enfiou nos bolsos, estremecendo. Ela dedicou um último olhar ao rio e empreendeu a volta para casa enquanto começava a chover de novo.

13

Misturadas ao murmúrio onipresente da televisão lhe chegaram as vozes de James e Jonan, que conversavam na salinha de tia Engrasi, aparentemente alheios ao alvoroço que formavam as seis anciãs jogando pôquer em uma mesa com toalha verde hexagonal própria de qualquer cassino e que sua tia mandava trazer de Burdeos para que toda tarde jogassem nela alguns euros e a honra. Quando viram Amaia na soleira, os dois homens se afastaram da mesa de jogo e se aproximaram dela. James a beijou rapidamente enquanto a puxava pela mão e a conduzia à cozinha.

— Jonan está esperando, ele precisa falar com você. Vou deixá-los a sós.

O subinspetor se adiantou e lhe estendeu um envelope marrom.

— Chefe, chegou o relatório das pistas de Saragoça, imaginei que ia querer ver o quanto antes — declarou, observando a enorme cozinha de Engrasi. — Eu achava que não existiam mais lugares assim.

— E não existem, acredite — replicou ela, removendo uma folha do interior do envelope. — Isso é... é maluquice. Ouça, Jonan, os pelos que encontramos em cima dos cadáveres são de javali, ovelha, raposa e um com a identificação pendente, o que poderia ser de urso, embora não seja conclusivo; além disso, os restos de tecido epitelial na corda são, se segure, couro de cabra.

— De cabra?

— Sim, Jonan, sim, temos a porra da Arca de Noé, é quase estranho que não tenham encontrado muco de elefante e esperma de baleia...

— E vestígios humanos?

— Nada, nem um pelo nem fluidos, nada. O que você acha que os nossos amigos guardas florestais diriam se pudessem ver isso?

— Diriam que não há nada humano, porque não é humano. Um *basajaun*.

— Na minha opinião, aquele cara é um imbecil. Como ele mesmo falou, supõe-se que os *basajaunes* são seres pacíficos, protetores da vida do bosque... Ele mesmo disse que um *basajaun* salvou a vida dele, vai saber de que forma isso se encaixa nessa história.

Jonan olhou para Amaia avaliando sua exposição.

— Que o *basajaun* estivesse lá não indica necessariamente que tenha matado as garotas. Ele pode justamente ter feito o contrário: como protetor do bosque, faz sentido que se sinta implicado, afrontado e provocado pela presença do predador.

Amaia olhou para ele surpresa.

— Faz sentido...? Você está se divertindo com tudo isso, não está? — Jonan riu. — Não negue, você adora todas essas tolices sobre o *basajaun*.

— Só a parte em que não há meninas mortas. Mas você, melhor do que ninguém, sabe que não são tolices, chefe, e quem o diz sou eu, que além de policial sou arqueólogo e antropólogo...

— Essa sim é boa. Vamos ver, me explique: por que eu, melhor do que ninguém?

— Porque você nasceu e cresceu aqui, não vai me dizer que não ouviu essas histórias desde pequena? Não são tolices, fazem parte da cultura e da mitologia basco-navarra, e não devemos esquecer que o que agora é mitologia foi primeiro uma religião.

— Não se esqueça de que, em nome da religião mais exacerbada, nesse mesmo vale dezenas de mulheres foram perseguidas e condenadas a morrer na fogueira no auto de fé de 1610, por culpa de crenças tão absurdas quanto essa, e que felizmente a evolução deixou para trás.

Ele negou, expondo diante de Amaia todo o saber que escondia sob a aparência do jovem subinspetor que era.

— É conhecido que o recrudescimento religioso e os temores alimentados com lendas e ingenuidade fizeram muito mal, porém não se pode negar que constituíram um dos fenômenos de fé mais tristes da história recente, chefe. Há cem anos, 150 no máximo, era raro encontrar uma pessoa que declarasse não acreditar em bruxas, *sorgiñas, belagiles, basajaun, tartalo* e, sobretudo, em Mari, a deusa, gênio, mãe, a protetora das colheitas cujos caprichos faziam o céu trovejar e chover granizo, imergindo o povoado na mais terrível das fomes. Chegou a um ponto que havia mais pessoas que acreditavam nas bruxas do que na própria Santíssima Trindade; e isso não escapava à Igreja, que via seus fiéis, ao sair da missa, continuarem observando os antigos rituais que tinham feito parte da vida das famílias desde tempos imemoriais. E foram obcecados meio doentios como o inquisidor de Bayona, Pier de Lancré, que empreenderam a guerra sem prisioneiros contra as antigas crenças, conseguindo com sua loucura exatamente o oposto. O que sempre havia feito parte das crenças das pessoas se transformou de repente em algo maldito, a ser perseguido, objeto de denúncias absurdas motivadas na maioria das vezes pela crença de que quem colaborava com a Inquisição se via livre de suspeita. Mas, antes de chegar a essa loucura, a antiga religião tinha feito parte dos moradores dos Pirineus durante centenas de anos sem causar nenhum problema, inclusive conviveu com o cristianismo sem maiores complicações, até que a intolerância e a loucura fizeram sua aparição. Acho que recuperar alguns valores do passado não seria ruim para a nossa sociedade.

Amaia, impressionada pelas palavras do habitualmente um tanto introvertido subinspetor, disse:

— Jonan, a loucura e a intolerância sempre surgem, em todas as sociedades, e parece que você acaba de conversar com a minha tia Engrasi...

— Não, mas eu adoraria fazê-lo. Seu marido me falou que ela lê cartas e essas coisas.

— Sim... e essas coisas. Não se aproxime da minha tia — disse Amaia, sorrindo —, pois sua cabeça já anda quente o suficiente.

Jonan riu sem tirar os olhos do assado que aguardava, ao lado do forno, pelo momento de receber o dourado final antes do jantar.

— Falando de cabeças quentes, você tem ideia de onde Montes está?

O subinspetor ia responder, mas em um ataque de discrição mordeu o lábio inferior e afastou o olhar. A expressão não passou despercebida a Amaia.

— Jonan, estamos realizando provavelmente a investigação mais importante das nossas vidas, apostamos muito neste caso. Prestígio, honra e, o que é mais importante: tirar essa besta de circulação e evitar que volte a fazer com outra garota o que fez com essas. Aprecio seu companheirismo, mas Montes age por conta própria, e seu comportamento pode chegar a interferir gravemente na investigação. Sei como se sente, porque me sinto igual. Ainda não decidi o que fazer a respeito e obviamente não reportei isso, mas, por mais que me doa, por mais que eu aprecie Fermín Montes, não vou permitir que seu comportamento excêntrico prejudique o trabalho de tantos profissionais que estão dando o sangue, os olhos e o sono. Agora, Jonan, me diga, o que você sabe sobre Montes?

— Bem, chefe, concordo, e você sabe que minha fidelidade está com você; se não falei nada é porque achei que era uma questão pessoal...

— Deixe o julgamento por minha conta.

— Hoje ao meio-dia o vi almoçando na bodega Antxitonea... com sua irmã.

— A irmã de Montes? — Ela estranhou.

— Não, a sua.

— Minha irmã? Minha irmã Rosaura?

— Não, com a outra, com sua irmã Flora.

— Com Flora? Eles viram você?

— Não, você sabe que tem um balcão semicircular que começa na entrada e vai até atrás, onde se adentra no frontão; eu estava com Iriarte perto das vidraças, mas os vi entrar e me aproximei para cumprimentá-los; então eles foram para o salão, e não me pareceu oportuno segui-los. Quando saímos, meia hora depois, vi pelo vidro que dá para o bar que tinham feito um pedido e começavam a comer.

Jonan Etxaide nunca se deixou amedrontar pela chuva. De fato, passear sob o aguaceiro sem guarda-chuva era um de seus maiores prazeres, e em Pamplona, sempre que podia, ia dar um passeio sob o capuz de seu impermeável, solitário em seus passos lentos enquanto outros se apressavam fugindo para as cafeterias ou desfilando desajeitadamente sob os beirais traidores dos edifícios, que jorravam goteiras que molhavam ainda mais. Ele caminhou pelas ruas de Elizondo admirando a suave cortina de água que parecia se deslocar caprichosamente sobre os meios-fios, produzindo um efeito misterioso como um véu de noiva rasgado. As luzes dos carros perfuravam a escuridão desenhando fantasmas de água diante deles, e a luz vermelha do sinal de trânsito se derramava como se fosse sólida, formando um atoleiro de água vermelha aos seus pés. Em contraste com as calçadas desertas, o trânsito fluía a esta hora em que todo mundo parecia estar indo a algum lugar, como amantes convocados para um encontro. Jonan caminhou pela rua Santiago para a praça, fugindo do barulho com passos rápidos que se detiveram assim que avistou as formas delicadas que o levaram rapidamente a outro tempo.

Ele admirou a fachada da prefeitura e ao lado o cassino, construído no início do século XX, lugar de reunião dos moradores mais ricos, onde levavam grande parte de sua vida social. Muitas decisões políticas e de negócios foram tomadas atrás daquelas janelas, provavelmente mais do que na própria prefeitura, em um tempo em que a posição social — e fazê-la valer — era até mais apreciado que agora. Em um lado da praça, no lugar antes ocupado pela antiga igreja, Jonan achou a casa do arquiteto Víctor Eusa, mas ele tinha um interesse particular em ver a casa Arizkunenea, e sua presença majestosa não o decepcionou.

Desceu pela rua Jaime Urrutia, encantado pela chuva e pela evocativa arquitetura das belas casas. No número 27 existe uma passagem, *belena* ou passadiço, entre as ruas Jaime Urrutia e Santiago, que unia, junto de outras já desaparecidas, as casas com campos, cavalariças e pomares traseiros, sumidos após a construção da estrada atual. Em frente aos *gorapes*, ou átrios sob as casas, de um lado do mercado de alimentos, encontrava-se o antigo moinho de Elizondo, reedificado no fim do século XIX e reconvertido em central elétrica em meados do XX. A arquitetura de um povoado ou cidade estabelece um padrão tão claro à vida e às preferências de seus habitantes quanto os costumes de um homem estabelecem os traços de um perfil comportamental. Os lugares, como a família e a educação, marcavam uma tendência no caráter, e este lugar falava de orgulho, de valor e luta, de honra e glória conquistadas não somente à força mas também com engenho e graça, não à toa representada por um tabuleiro de xadrez, que os moradores de Elizondo exibiam com o decoro de quem ganhou sua casa com honradez e lealdade.

E, no meio desta praça de honra e orgulho, um assassino se atrevia a representar sua obra macabra particular, como um desumano rei preto avançando implacável pelo tabuleiro e devorando peões brancos. A mesma arrogância, o mesmo alarde e endeusamento de todos os assassinos em série que o tinham precedido. Jonan rememorava sob a chuva a cruel história desses sinistros predadores. O primeiro assassino em série dos tempos modernos havia sido, sem dúvida, Jack, o Estripador, que matou inumeráveis prostitutas e criou grande comoção em todo o mundo; ainda hoje sua identidade é um mistério. O contemporâneo de Jack, o Estripador, nos Estados Unidos, H. H. Holmes, confessou ter cometido 27 assassinatos, e foi o primeiro assassino em série cujo comportamento foi documentado. Duas décadas depois surgiu em Nova Orleans um esquartejador que matava suas vítimas com um machado e aterrorizou a cidade durante dois anos antes de ser pego.

Mas a grande onda de assassinos em série nos Estados Unidos se desatou depois da Segunda Guerra Mundial e principalmente durante a Guerra do Vietnã, com tropas cuja média de idade era de 19 anos e das quais foram recolhidos informes e confissões nos quais se via que muitos soldados, enlouquecidos pelo clima de extrema violência unido ao pânico e à impunidade de que gozavam, se dedicaram a matar vietnamitas inocentes e organizar massacres que deixaram muitos deles marcados por toda a vida. Murray Glatman, da Califórnia, tirava fotos de suas vítimas apavoradas momentos antes de assassiná-las, quando já sabiam que iam morrer. Martha Beck e Raymond Fernandez, os "Assassinos dos Corações Solitários", matavam os casais que surpreendiam fazendo amor em carros. Outros casos muito conhecidos foram os de Albert DeSalvo, o Estrangulador de Boston; Charles Manson, que liderava uma seita satânica e assassinou Sharon Tate, a esposa de Roman Polanski, na lendária noite das facas longas; ou o assassino do Zodíaco, que depois de 39 vítimas desapareceu sem que nunca se voltasse a saber dele.

Na década de 1960 houve tantos e tão cruéis assassinos em série que o sistema judicial dos Estados Unidos decidiu finalmente definir este fenômeno como uma categoria de crime, e foram desenvolvidos estudos, estatísticas e análises dos perfis psicológicos de cada um dos assassinos que iam detendo. Observava-se cada um dos elementos que formaram sua vida, desde o nascimento, os pais, os estudos, a infância, as brincadeiras, os gostos, o sexo, a idade... Foram assim conformando padrões de comportamentos que se repetiam mais de uma vez nos protagonistas dessas carnificinas e que permitiram antecipar as ações de alguns deles e identificar muitos outros.

Os casos mais recentes eram os de David Berkowitz, conhecido como "Filho de Sam", que assassinou sem impedimento em Nova York, inspirado pelas vozes que dizia ouvir; Ted Bundy, que matou 28 prostitutas na Flórida; Ed Kemper, que estuprava, assassinava e esquartejava as vítimas, todas jovens e belas estudantes; e, finalmente, Jeffrey Dahmer, que, além de assassinar e esquartejar as vítimas, as comia. Este inspirou Thomas Harris quando criou o inquietante Dr. Hannibal Lecter, coprotagonista de seu romance *O silêncio dos inocentes*, levado ao cinema com enorme êxito e com um Anthony Hopkins arrasador no papel do sábio assassino.

Para Jonan, tornou-se quase uma obsessão fascinante prever, traçar e discernir na escuridão o perfil de um assassino, uma espécie de jogo de xadrez em que se adiantar ao próximo movimento era primordial. Tratava-se de definir em uma única jogada como se desenvolveria o restante da partida e qual dos competidores seria derrotado. Teria dado qualquer coisa para assistir a um desses cursos que a inspetora Salazar frequentava. Mas, enquanto isso, conformava-se estando perto dela, trabalhando ao seu lado e contribuindo para a investigação com suas sugestões e ideias, que ela parecia valorizar muito.

14

Rosaura Salazar sentia frio, um frio horrível que a oprimia por dentro e por fora, fazendo-a caminhar erguida e com a mandíbula tão apertada que lhe provocava a curiosa sensação de estar mascando chiclete. Caminhou sob seu guarda-chuva pela margem do rio tentando fazer com que sua dor, a dor que carregava no interior e ameaçava se transformar em um uivo a qualquer momento, se mitigasse com a temperatura congelante das ruas quase desertas. Incapaz de conter as lágrimas que ardiam em seus olhos, deixou-as correr enquanto sentia que sua desgraça não era tão furiosa e visceral quanto podia ter sido apenas alguns meses antes. Mesmo assim, sentiu-se ao mesmo tempo indignada consigo mesma e secretamente aliviada ao discernir que, se a tivesse sentido então, a dor poderia tê-la destruído. Mas não agora. Não mais. As lágrimas cessaram de repente, deixando em seu rosto gelado a sensação de estar com uma máscara quente que ia esfriando e endurecendo sobre sua pele.

Agora estava pronta para ir para casa, agora que já sabia que as lágrimas não delatariam sua amargura. Passou em frente à *ikastola* desviando dos atoleiros e inconscientemente enxugou com o dorso da mão os restos de pranto quando viu uma mulher vindo em sua direção. Suspirou aliviada ao perceber que não era uma conhecida com quem tivesse que parar, ou mesmo cumprimentar. Mas então a estranha parou e a olhou nos olhos. Rosaura deteve o passo, um pouco confusa. Era uma garota do povoado, conhecia-a de vista, mas não se lembrava de como se chamava. Talvez

Maitane. A garota olhou para Rosaura, sorrindo de um modo tão encantador que ela, sem saber muito bem por que, devolveu o sorriso, embora timidamente. A garota começou a rir, primeiro como uma suave insinuação, e pouco a pouco mais alto, até que sua gargalhada preencheu tudo. Rosaura já não sorria; engoliu em seco e observou ao redor procurando a razão daquilo. E, ao voltar a olhar para a garota, em sua boca se esboçou uma careta de desprezo que acompanhava seu olhar enquanto continuava rindo. Rosaura abriu a boca para dizer alguma coisa, para perguntar, para... Mas não foi preciso, pois, como se alguém tivesse de repente tirado uma venda de seus olhos, percebeu tudo claramente. E com isso chegou o desprezo, a maldade e a soberba daquela bruxa a envolvendo até fazê-la sentir náuseas, enquanto as risadas se cravavam em sua cabeça fazendo-a s4entir tanta vergonha que teria querido morrer. Sentiu-se enjoada e gelada, e, quando começava a pensar que aquele horror só podia fazer parte de um pesadelo de que precisava despertar, a garota parou de rir e continuou o caminho, sem deixar de cravar nela seus olhos cruéis até ultrapassá-la. Rosaura caminhou mais 50 metros sem se atrever a olhar para trás, depois se aproximou da mureta do rio e vomitou.

15

Fazia anos que a alegre turma se reunia para jogar pôquer nas tardes de inverno. Com mais de 70 anos nas costas, a mais jovem do grupo era Engrasi, e a mais velha Josepa, que rondava os 80. Engrasi e outras três eram viúvas, só duas das mulheres do grupo conservavam os maridos. O de Anastasia temia o frio do Baztán e se negava a sair de casa nos meses de inverno, e o de Miren estaria fazendo a ronda pelos botequins tomando *txikitos* com seu grupo.

Quando se levantavam da mesa de jogo e se despediam até o dia seguinte, deixavam no cômodo uma energia vibrante, como se se aproximasse uma dessas tempestades que não chegam a cair, mas que são capazes de arrepiar todos os pelos do corpo da gente com sua eletricidade estática. Amaia gostava das garotas, gostava muito, porque tinham a presença e o encanto de quem já está de volta e gostou da viagem. Ela sabia que a vida não havia sido fácil para todas. Doenças, maridos mortos, abortos, filhos rebeldes, problemas familiares e, no entanto, deixaram para trás todo tipo de ressentimento e rancor contra a vida e começavam todos os dias alegres como adolescentes em um festival, tão sábias quanto rainhas do Egito. Se com sorte chegasse a ser uma anciã algum dia, Amaia gostaria de ser assim, como elas, independentes e ao mesmo tempo tão arraigadas às suas origens, enérgicas e vigorosas, exalando aquela sensação de vitória sobre a vida produzida ao ver um desses homens e mulheres idosos que aproveitam cada dia sem pensar na morte. Ou talvez pensando nela para roubar outro dia, outra hora.

Depois de recolher suas bolsas e seus lenços, depois de ter reclamado o direito à revanche para o dia seguinte e ter distribuído beijos, carinhos e apreciações sobre o bom rapaz que James era, elas foram finalmente embora, deixando na sala a energia preta e branca de um sabá.

— Velhas bruxas — murmurou Amaia, sem deixar de sorrir.

Ela baixou o olhar até o envelope que ainda segurava e o sorriso desapareceu de seu rosto. Couro de cabra, pensou. Levantou os olhos, encontrou o olhar inquisitivo de James e tentou sorrir sem conseguir de todo.

— Amaia, ligaram da clínica Lenox. Querem saber se vamos à consulta dessa semana ou se vamos ter que adiar de novo.

— Ai, James, você sabe que agora eu não consigo pensar nisso, tenho muitas preocupações.

Ele fez uma expressão de desgosto.

— Mas, seja como for, temos que dizer alguma coisa, não podemos adiar eternamente.

Amaia percebeu o desgosto na voz dele e se virou para James segurando sua mão.

— Não vai ser eternamente, James, mas agora não consigo pensar nisso, não mesmo.

— Não consegue ou não quer? — perguntou ele, soltando sua mão com um gesto de repúdio do qual pareceu se arrepender imediatamente. Fixou o olhar no envelope que ela segurava. — Sinto muito. Posso ajudar em alguma coisa?

Ela olhou novamente para o envelope e para o marido.

— Ah, não, é só um quebra-cabeça que teremos que resolver, mas não agora. Prepare um café para mim, venha para o meu lado e conte o que fez durante o dia.

— Vou contar, mas sem café, você já parece bastante alterada sem cafeína. Vou fazer um chá.

Amaia se sentou junto ao fogo em uma das poltronas posicionadas em frente à lareira. Deslizou o envelope no colo enquanto ouvia tia Engrasi ocupada na cozinha, conversando com James. Pousou o olhar nas chamas que dançavam lambendo um tronco e, quando James lhe estendeu a xícara de chá fumegante, percebeu que tinha perdido alguns minutos no hipnótico calor do fogo.

— Parece que você já não precisa de mim para relaxá-la — comentou James fazendo uma careta.

Amaia se virou para ele, sorrindo.

— Sempre preciso de você, para me relaxar e para outras coisas... É o fogo... — disse, olhando ao redor — ...e essa casa. Sempre me senti bem aqui. Me lembro de que quando era pequena eu vinha me refugiar aqui quando discutia com a minha mãe, o que era bastante frequente. Eu me sentava diante do fogo e ficava observando-o até minhas bochechas arderem ou eu adormecer.

James pousou uma das mãos sobre sua cabeça e a deslizou muito devagar até a nuca, puxou o elástico que prendia seu cabelo e o soltou, espalhando os fios como um leque até abaixo dos ombros.

— Sempre me senti bem nessa casa, como se esse fosse o meu verdadeiro lar. Quando tinha 8 anos, inclusive, fantasiava com a ideia de que Engrasi fosse a minha verdadeira mãe.

— Você nunca tinha me contado isso.

— Não, fazia muito tempo que eu não pensava nisto; além disso, é uma parte do meu passado de que eu não gosto. E, ao estar aqui outra vez, todas essas sensações parecem reviver, tomar corpo de novo, como fantasmas ressuscitados. Além disso, esse caso — suspirou — está me deixando muito preocupada...

— Você vai pegá-lo, tenho certeza.

— Também tenho. Mas agora não quero falar disso, preciso de um parêntese. Me conte o que você fez enquanto eu estava fora.

— Dei um passeio pelo povoado, comprei aquele pão delicioso que vendem na padaria da rua Santiago, a que faz aquelas madalenas gostosas. Depois levei sua tia ao supermercado do subúrbio, compramos comida para um batalhão, comemos uns ótimos feijões pretos em uma taberna de Gartzain e, à tarde, acompanhei sua irmã Ros até a casa dela para recolher umas coisas. Estou com o carro cheio de caixas de papelão repletas de roupa e papel, mas até Ros chegar não sei o que fazer com elas, não sei onde quer que as coloque.

— E onde está Ros agora?

— Bem, essa é a parte que você não vai gostar. Freddy estava em casa. Quando entramos ele estava deitado no sofá cercado de latas de cerveja e com aparência de quem não toma banho há vários dias. Estava com os olhos vermelhos e inchados e fungava enrolado em uma manta e rodeado de lenços de papel usados; no início pensei que estava gripado, mas depois percebi que tinha estado chorando. O restante da casa estava do mesmo jeito, feito uma pocilga, e cheirava como se fosse uma, acredite. Esperei na porta e, ao me ver, ele não fez uma cara muito boa, mas me cumprimentou; depois sua irmã começou a recolher roupa, papéis... Ele parecia um cão que tomou uma surra a seguindo de cômodo em cômodo. Ouvi os dois cochicharem e, quando o carro já estava carregado, Ros me disse que ia ficar um pouco, que precisava conversar com ele.

— Você não devia tê-la deixado sozinha.

— Sabia que você ia dizer isso, mas o que eu podia fazer, Amaia? Ela insistiu, e a verdade é que ele estava com uma atitude nada ameaçadora, era justamente o contrário, estava tímido e carrancudo como um menininho.

— Como o menininho malcriado que é — apontou ela. — Mas não se deve confiar, muitos casos de agressão acontecem no momento em que a mulher comunica o fim da relação. Romper com esses vermes não é fácil. Eles costumam resistir com promessas, prantos e súplicas, porque sabem perfeitamente que sem elas não são nada. E se nada disso funciona chegam à agressão, por isso não se deve deixar uma mulher sozinha quando vai acabar com o parasita da vez.

— Se eu tivesse visto algum sinal de agressão não a teria deixado, e de fato hesitei, mas ela me garantiu que estaria bem e que voltaria para casa para jantar.

Amaia consultou o relógio. Na casa de Engrasi, jantava-se por volta das onze.

— Não se preocupe. Se em meia hora ela não estiver por aqui, passarei para buscá-la, tudo bem?

Amaia assentiu, apertando os lábios. Perceberam o barulho da porta quase ao mesmo tempo que o frio intenso da rua, que penetrou na casa junto de Ros. Ouviram-na remexer na entrada, notando que demorava mais que o necessário pendurando o casaco e, quando finalmente entrou na sala, seu rosto apareceu mudado: escuro e cinzento mas sereno, como quando se assume a dor. Ela cumprimentou James, e Amaia percebeu um leve tremor em sua bochecha quando Ros se inclinou para beijá-la.

Então se dirigiu ao aparador, pegou um pacotinho enrolado em seda e se sentou à mesa de jogo.

— Tia... — murmurou ela.

Engrasi voltou da cozinha enxugando as mãos com um pano de prato e se sentou diante dela.

Não era necessário perguntar, nem sequer olhar, Amaia tinha visto aquele baralho enrolado no pano de seda preta milhares de vezes. As cartas de tarô de Marselha que sua tia utilizava, e que a havia visto embaralhar, cortar e cortar, dispor em cruzes ou em círculos. Inclusive ela mesma as consultara. Mas isso fazia muito, muito tempo.

Primavera de 1989

Amaia tinha 8 anos, era maio e havia acabado de fazer a Primeira Comunhão. Nos dias anteriores à cerimônia, sua mãe se mostrou anormalmente atenta com ela, enchendo-a de cuidados com os quais a menina não estava acostumada. Rosario era uma mulher orgulhosa e profundamente preocupada em mostrar uma imagem de opulência própria dos povoados na época, sem dúvida influenciada pelo fato de se sentir sempre a estranha que tinha vindo para se casar com o solteiro mais cobiçado de Elizondo. O negócio ia bem, mas quase todo o dinheiro era reaplicado em melhorias; mesmo assim, cada uma das meninas teve em seu dia um vestido de Comunhão novo de um modelo suficientemente diferente dos das irmãs, para que ninguém tivesse nenhuma dúvida de que não era o mesmo. Haviam-na levado ao cabeleireiro, onde pentearam sua cabeleira loira, que quase chegava à cintura, formando lindos cachos que pareciam nascer sob a tiara de florezinhas brancas que coroava a cabeça. Não se lembrava de ter se sentido tão feliz nem antes nem depois.

No dia seguinte à Comunhão, sua mãe a fez sentar em um banquinho na cozinha, trançou seu cabelo e o cortou em um zás. A pequena nem sequer soube o que estava acontecendo até ver em cima da mesa a grossa trança que sua mãe tinha se esforçado em fazer e que Amaia pensou se tratar de um animalzinho desconhecido. Lembrava-se da sensação de perda ao apalpar a cabeça e das lágrimas quentes que arrasaram seus olhos a impedindo de ver mais.

— Não seja tola — alfinetou a mãe. — O verão vem aí e você ficará fresca, e quando for mais velha vai poder fazer um elegante aplique como os que as senhoras em San Sebastián usam.

Lembrava-se de cada palavra de seu pai ao entrar na cozinha, atraído por seu choro.

— Pelo amor de Deus! O que você fez? — gemeu ele, pegando-a nos braços e tirando-a da cozinha como se fugissem de um incêndio. — O que você fez, Rosario? Por que você faz essas coisas? — sussurrou enquanto balançava em seus braços a pequena e suas lágrimas molhavam a cabeça dela. Acomodou Amaia no sofá com o mesmo cuidado que teria se seus ossos fossem de vidro e voltou à cozinha. Ela sabia o que vinha agora, uma enxurrada de recriminações sussurradas por seu pai, os gritos contidos da mãe, que soavam como um animal agonizando sob a água, e as súplicas tentando convencê-la, persuadi-la, enganá-la para que concordasse em tomar aquelas pílulas brancas e pequenas capazes de fazer com que sua mãe não a detestasse. Amaia se perguntava que culpa tinha de se parecer tão pouco com a mãe e tanto com a falecida avó, a mãe de seu pai. Isso era motivo para não se gostar de uma filha? O pai explicava que sua mãe não estava bem, que tomava comprimidos para não se comportar assim com ela, mas a menina se sentia cada vez pior.

Ela colocou um casaco com capuz e fugiu para o piedoso silêncio da rua. Correu pelas vias desertas esfregando os olhos com fúria, em uma tentativa de controlar o fluxo salgado de lágrimas que parecia não ter fim. Chegou à casa de tia Engrasi e, como era seu costume, não bateu. Subiu em um grande vaso de barro com alças tão altas quanto ela própria e alcançou a chave que estava embaixo do lintel da porta. Não gritou chamando a tia, não percorreu a casa procurando-a. Seu pranto cessou assim que viu o pacotinho de seda preta que descansava sobre a mesa. Sentou-se diante dele, abriu-o e começou a embaralhar as cartas como tinha visto a tia fazer centenas de vezes.

Suas mãos se moviam com lentidão, mas sua mente estava clara e concentrada na pergunta que formularia sem palavras, tão absorta no sedoso tato e no cheiro almiscarado exalado pelo baralho que nem sequer percebeu a presença de Engrasi, que a observava atônita da entrada da cozinha. A menina estendeu as cartas sobre a mesa usando ambas as mãos, tirou uma que colocou diante de si e continuou escolhendo-as de uma em uma, até formarem um círculo na mesma ordem que os números de um relógio. Amaia as observou durante um longo tempo, seus olhos saltavam de uma para a outra, extraindo, adivinhando o significado daquela combinação única que guardava a resposta para sua pergunta.

Temendo romper a concentração mística que testemunhava, Engrasi se aproximou muito devagar e perguntou baixinho:

— O que elas dizem?

— O que eu quero saber — respondeu Amaia sem olhar para ela, como se ouvisse sua voz através de fones.

— E o que você quer saber, querida?

— Se algum dia isso vai acabar.

Amaia apontou para a carta que ocupava o lugar do 12 no relógio. Era a roda da fortuna.

— Uma grande mudança se aproxima, vou ter uma sorte melhor — declarou ela.

Engrasi respirou profundamente, mas permaneceu em silêncio.

Amaia tirou uma nova carta, que colocou no meio do círculo, e sorriu.

— Está vendo? — perguntou ela, apontando. — Algum dia vou embora daqui e nunca vou voltar.

— Amaia, você sabe que não deveria tirar as cartas, estou muito surpresa. Quando você aprendeu?

A menina não respondeu; pegou outra carta e a colocou cruzando a anterior. Era a morte.

— É a minha morte, tia, provavelmente quer dizer que só voltarei quando estiver morta para me enterrarem aqui, como a *amona* Juanita.

— Não, não é a sua morte, Amaia, mas a morte vai fazer você voltar.

— Não entendo, quem vai morrer? O que poderia acontecer para me fazer voltar?

— Pegue outra carta e coloque junto dessa — ordenou a tia. — O diabo.

— A morte e o mal — sussurrou a menina.

— Falta muito para isso, Amaia. Pouco a pouco as coisas vão se definindo, é cedo para poder ver e você ainda não tem discernimento para adivinhar seu próprio futuro, deixe-o.

— Como não tenho discernimento, tia? Pois acho que o futuro já chegou — comentou ela, descobrindo a cabeça diante do olhar horrorizado de Engrasi. A tia demorou muito a consolá-la, para conseguir fazer com que tomasse um pouco de leite com biscoitos. No entanto, dormiu pouco depois de se sentar para olhar o fogo que ardia na lareira de Engrasi apesar de ser maio, provavelmente para combater um inverno gelado que se abatia sobre elas como um arauto da morte.

As cartas continuavam na mesa, proclamando horrores destinados àquela menina a quem amava mais do que qualquer pessoa no mundo e que estava dotada de um dom natural para perceber o mal. Só esperava que o bom Deus a tivesse dotado também de força para combatê-lo. Engrasi começou a recolher as cartas e viu a roda da fortuna que simbolizava Amaia, um engenho governado por uns macacos sem discernimento nem noção que faziam girar a roda a seu bel-prazer e que, em um desses giros irracionais, podiam colocá-la de ponta-cabeça. Faltava apenas um mês para o aniversário de Amaia, o momento em que o planeta governante ingressaria em seu signo, o momento em que tudo o que tinha que acontecer, aconteceria.

Sentou-se, esgotada de repente, sem deixar de olhar a palidez da cabeça da menina que dormia junto ao fogo visível entre os tosquiados.

16

Engrasi desfez o pacote e entregou o baralho a Rosaura para o embaralhar.

— Querem que a gente saia? — perguntou Amaia.

— Não, não, fiquem, vamos levar apenas dez minutos e jantaremos em seguida. Será uma consulta curta.

— Bem, quis dizer que talvez você tenha que falar algo pessoal, algo que não deveríamos ouvir... que talvez precisem de um pouco de privacidade.

— Não é necessário. Rosaura lê as cartas tão bem quanto eu, poderá fazer isso sozinha. Na verdade ela não precisa de mim para a interpretação, mas você sabe que não se deve tirá-las para si mesmo.

Amaia estranhou.

— Ros, eu não tinha ideia de que você sabia ler as cartas.

— Não faz muito tempo que comecei a praticar; parece que ultimamente tudo é novo na minha vida, nada faz muito tempo...

— Não sei por que você se surpreende. Todas as minhas sobrinhas têm o dom de ler as cartas, até Flora poderia lê-las bem, mas, sobretudo, você... Sempre lhe disse isto, você seria uma ótima leitora.

— É verdade isso? — perguntou James, interessado.

— Não — respondeu Amaia.

— É sim, querido, sua mulher é uma receptora natural, da mesma maneira que as irmãs; todas são extremamente perceptivas, só precisam encontrar o veículo adequado com que alcançar a clarividência, e Amaia é a que a tem mais desenvolvida... Veja o trabalho que ela escolheu, um em que, além do método, das provas e dos dados, a percepção, a capacidade para vislumbrar o que está oculto desempenha um papel importantíssimo.

— Eu diria que é senso comum e uma ciência chamada criminologia.

— Sim, e um sexto sentido que funciona quando se é uma boa receptora. Ter alguém sentado na sua frente e decidir se está sofrendo, mentindo, escondendo algo, se sentindo culpado, atormentado, sujo ou acima dos outros é tão comum para mim na minha consulta quanto para você em um interrogatório. A diferença é que chegam a mim voluntariamente, e a você não.

— Faz sentido — apontou James. — Talvez tenha acabado sendo policial porque é uma receptora natural, como diz a sua tia.

— É o que estou dizendo — sentenciou Engrasi.

Ros entregou o maço já embaralhado à tia, e esta começou a tirar cartas do topo enquanto colocava um círculo compondo a tirada clássica de 12 cartas, conhecida como o mundo, em que a carta que ocupa o 12 do relógio simboliza o consulente... Ela não disse uma única palavra, ficou olhando fixamente para Ros, que observava as cartas, absorta.

— Poderíamos nos aprofundar mais nisso — declarou Ros, tocando uma delas.

A tia, que havia permanecido na expectativa, sorriu satisfeita.

— Claro — assentiu, recolhendo as cartas e as unindo ao restante do baralho. Estendeu-as de novo a Ros, que as embaralhou rapidamente e depositou na mesa. Engrasi as dispôs desta vez formando a cruz, uma tirada curta com seis cartas que pode chegar a se estender a dez e é mais adequada para responder a uma questão mais concreta. Quando havia virado todas, compôs um meio sorriso, entre a confirmação e o aborrecimento, e apontando com um de seus finos dedos sentenciou:

— Aqui está.

— Merda — sussurrou Rosaura.

— Merda mesmo, filhinha, mais claro que água.

James as vinha observando entre divertido e tenso, como um menino que visita a casa mal-assombrada de um parque de diversões ambulante. Enquanto elas dispunham as cartas, ele se inclinou para Amaia para perguntar em voz baixa:

— Por que não se deve tirar as cartas para si mesmo?

— Você não vai ser tão objetivo quando precisar perceber algo sobre si mesmo. Os temores, os desejos, os preconceitos podem nublar o bom julgamento. Também dizem que traz má sorte e atrai o mal.

— Mas isso também é comum na investigação policial, pois um detetive não deve investigar um caso ao qual esteja diretamente relacionado.

Amaia não respondeu; não valia a pena discutir com James, ela sabia que o fato de sua tia ler cartas o fascinava. Desde o primeiro dia havia aceitado esse fato, que podia ser qualificado como "algo peculiar", uma espécie de honra familiar, como se em vez de ler as cartas tivesse sido uma conhecida cantora de *coplas* ou uma velha atriz aposentada. Amaia mesma, ao vê-las tirando as cartas em silêncio, sentira ter sido privada de algo valioso que só elas compartilhavam, e em um instante se sentiu tão excluída quanto se a tivessem feito sair do cômodo. Os gestos comuns de entendimento, um conhecimento que só as duas compartilhavam e que, no entanto, lhe estava proibido. Mas nem sempre havia sido assim.

— Isso é tudo — concluiu Rosaura.

Engrasi recolheu o baralho, colocou-o no centro do lenço de seda, envolveu-o cuidadosamente amarrando as pontas depois até formar um pacotinho escuro e o colocou em seu lugar atrás da porta de vidro.

— Agora vamos jantar — anunciou ela.

— Estou morrendo de fome — comentou James em tom festivo.

— Você sempre está morto de fome. — Amaia riu. — Por Deus, não sei para onde vai essa comida.

Ele se entretinha pondo a mesa e, quando Amaia passou ao seu lado levando uns pratos, inclinou-se para dizer:

— Depois, quando estivermos a sós, mostro a você com detalhes onde coloco tudo o que como.

— Sssshh. — Ela pôs um dedo sobre os lábios enquanto olhava para a cozinha.

Engrasi voltou trazendo uma garrafa de vinho e todos se sentaram para jantar.

— Esse assado está delicioso, tia — elogiou Rosaura.

— Quase tive que expulsar Jonan aos empurrões, ele veio me trazer um relatório e enquanto conversávamos não tirava os olhos da bandeja...

Até fez um comentário sobre já não se jantar assim — acrescentou Amaia, servindo-se de uma taça de vinho.

— Coitado do rapaz — disse Engrasi. — Por que você não o convidou para ficar? Temos assado de sobra, e gosto muito dele. Ele é historiador, não é?

— Antropólogo e arqueólogo — respondeu James.

— E policial — arrematou Rosaura.

— Sim, e muito bom. Ainda falta experiência e suas ideias são sempre influenciadas pela sua formação, mas é muito interessante trabalhar com ele. Além disso, ele tem uma educação sofisticada.

— Muito diferente de Fermín Montes — deixou escapar tia Engrasi.

— Fermín... — suspirou Amaia, exalando todo o ar dos pulmões.

— Está causando problemas a você?

— Se ele ao menos aparecesse para causá-los. Todo mundo está muito estranho ultimamente, como se tivessem sido afetados por uma tempestade solar que provocasse um curto-circuito no senso comum. Não sei se é o inverno, que começa a parecer muito longo, ou esse caso... Tudo é tão...

— É complicado, não? — disse a tia, olhando-a preocupada.

— Bem, foi tudo muito rápido, em apenas alguns dias dois assassinatos... Bem, vocês sabem que não posso revelar os dados, mas o resultado das análises é muito confuso; existe até uma teoria que aponta para a presença de um urso no vale.

— Sim, isso saiu no jornal — comentou Rosaura.

— Tenho alguns peritos investigando, mas os guardas florestais não acham que seja um urso.

— Eu também não — disse Engrasi. — Faz séculos que não há ursos no vale.

— Ah, mas acreditam que haja algo... algo grande.

— Um animal? — perguntou Ros.

— Um *basajaun*. Inclusive um dos guardas afirma ter visto um há alguns anos. O que acha?

Rosaura sorriu.

— Há mais gente que afirma ter visto um.

— Sim, no século XVIII, mas em 2012? — duvidou Amaia.

— Um *basajaun*... O que é isso? Uma espécie de gênio do bosque? — interessou-se James.

— Não, não, um *basajaun* é uma criatura real, um hominídeo que mede uns dois metros e meio de altura, com costas largas, longa cabeleira e bastante pelo por todo o corpo. Vive nos bosques, dos quais faz parte e nos quais atua como entidade protetora. Segundo as lendas, ele cuida para o equilíbrio do bosque se manter intacto. E, embora não se mostre muito, costuma ser amistoso com os humanos. À noite, enquanto os pastores dormiam, o *basajaun* vigiava as ovelhas a distância e, se um lobo se aproximava, ele despertava os pastores com fortes assobios que compunham todo um idioma e eram audíveis a vários quilômetros de distância. Também costumava avisá-los das colinas mais altas quando uma tempestade se aproximava, para que os pastores tivessem tempo de pôr o rebanho a salvo nas cavernas próximas. E os pastores agradeciam deixando sobre uma rocha ou na entrada de uma caverna um pouco de pão, queijo, nozes ou leite das próprias ovelhas, pois o *basajaun* não come carne — explicava Ros.

— Isso é fascinante — disse James. — Conte mais.

— Também existe um gênio, como os que aparecem nos contos de *As mil e uma noites*, poderoso, caprichoso, terrível e feminino chamado Mari. Ela vive nas cavernas e nos penhascos, sempre no alto dos montes. Mari aparece muito antes do cristianismo, ela simboliza a mãe natureza e o poder telúrico. É quem protege as colheitas e os partos do gado, e é quem propicia a fecundidade não só da terra e do gado mas também das famílias. Um gênio, uma senhora da natureza e, para alguns, um espírito telúrico caprichoso capaz de assumir qualquer forma natural, uma pedra, um galho, uma árvore, que sempre lembram um pouco sua forma de mulher, a forma que mais agrada: uma mulher bonita e elegantemente vestida, como uma rainha. Assim ela se mostra, e só se descobre se tratar dela quando já foi embora.

James sorria encantado e Ros continuou.

— Ela tem muitas casas, se desloca voando de Aia até Amboto, de Txindoki até aqui. Vive em lugares que por fora parecem uma penha, um penhasco ou uma caverna, mas que através de passagens secretas conduzem aos seus aposentos, luxuosos e majestosos, repletos de riquezas. Se quiser um favor dela, deve ir até a entrada da sua caverna e depositar uma oferenda. E se o que quer é ter um filho, existe um lugar com uma rocha em forma de mulher em que Mari às vezes se encarna para vigiar o caminho. Você deve ir até lá e colocar sobre a rocha uma pedra que tenha carregado desde a porta de sua casa. Após depositar a oferenda, deve se afastar sem se virar, caminhando de costas até não conseguir ver a rocha ou a entrada da caverna. É uma linda história.

— É mesmo — murmurou James, ainda influenciado pela atmosfera mágica.

— Mitologia — pontuou Amaia, cética.

— Não se esqueça, irmã, de que a mitologia está apoiada em crenças que perduraram durante séculos.

— Só para caipiras crédulos.

— Amaia, não consigo acreditar que você esteja falando assim. A mitologia basco-navarra está reunida em documentos e tratados tão respeitados quanto os do padre Barandiaran, que não era exatamente um caipira crédulo, e sim um reputado antropólogo. E alguns desses costumes antigos perduraram até os nossos dias. Há uma igreja no sul de Navarra, em Ujué, para a qual as mulheres que querem ser mães peregrinam com uma pedra que levam desde suas casas; lá a depositam sobre um grande monte de pedras e rezam para Nossa Senhora, pois o fato é que existem dados de que as mulheres já peregrinavam a esse mesmo lugar antes de levantarem a ermida, e naquela época jogavam a pedra em uma gruta natural, uma espécie de poço ou mina muito profunda. A eficácia do ritual é famosa. Diga, o que tem de católico, de cristão ou de lógico em carregar uma pedra desde sua casa e pedir à Nossa Senhora que lhe dê um filho? Muito provavelmente a Igreja católica, diante da impossibilidade de acabar com esse tipo de costume tão arraigado na população, decidiu que era melhor colocar lá uma ermida e transformar um rito pagão em católico, como fez com os solstícios em São João e no Natal.

— Que Barandiaran as reunisse só significa que estavam muito difundidas, não que fossem verdades — rebateu Amaia.

— Mas, Amaia, o que importa realmente: que algo seja verdade ou que muitas pessoas acreditem?

— Histórias de povoado, destinadas a desaparecer. Por acaso acha que na era do celular e da internet alguém vai dar a essas histórias, que são bonitas, reconheço, alguma credibilidade?

Engrasi tossiu levemente.

— Não quero ofendê-la, tia — declarou Amaia, como querendo se fazer perdoar.

— A fé está escassa nesses tempos tecnológicos. E me diga de que serve tudo isso para evitar que um monstro assassine meninas e jogue seus corpos no leito do rio. Acredite, Amaia, o mundo não mudou tanto, ele continua sendo um lugar às vezes escuro, no qual os espíritos malignos rondam o nosso coração, no qual o mar continua engolindo navios inteiros sem que ninguém consiga encontrar nem rastro, e continua havendo mulheres que rezam para conceber. Enquanto houver escuridão haverá esperança, e esta vai continuar tendo valor e fazendo parte da nossa vida. Traçamos uma cruz sobre a massa do pão, ou colocamos uma *eguzkilore* na porta para proteger a casa do mal; alguns colocam uma ferradura, os granjeiros alemães pintam os celeiros de vermelho e desenham estrelas sobre eles. Levamos os animais para santo Antão, ou pedimos a são Brás que nos livre da gripe... Agora pode parecer uma tolice, mas no início do século passado uma epidemia de gripe dizimou a Europa, e sua origem foi aqui. E no inverno passado, diante do alarme gerado com a gripe suína, os governos gastaram milhões em vacinas inúteis. Sempre tínhamos pedido amparo e ajuda quando estávamos mais à mercê das forças da natureza, e até recentemente parecia indispensável viver em comunhão com ela, com Mari ou com os santos e as representações de Nossa Senhora que chegaram com o cristianismo. Mas, quando chegam tempos escuros, as velhas fórmulas continuam funcionando. Como quando falta luz e se esquenta o leite no fogo em uma chaleira de metal em vez de utilizar o micro-ondas. Chato? Complicado? Pode ser, mas funciona.

Amaia permaneceu um instante em silêncio, como se assimilasse o que tinha acabado de ouvir.

— Tia, entendo o que você quer dizer, mas mesmo assim é muito difícil para mim acreditar que alguém caminhe até uma caverna ou uma rocha para pedir a um gênio que lhe conceda um filho. Acho que qualquer mulher com dois neurônios buscaria um bom homem.

— E se isso falhar?

— Um especialista em reprodução — respondeu James olhando fixamente para Amaia.

— E se isso falhar? — perguntou Engrasi.

— Suponho que então resta a esperança... — rendeu-se Amaia.

A tia assentiu, sorrindo.

— Eu gostaria de visitar esse lugar — disse James. — Fica perto? Você poderia me levar?

— Claro — respondeu Ros —, podemos ir amanhã, se não chover. Você se anima, tia?

— Desculpem, vão vocês, eu já não tenho mais idade para essas estripulias. O lugar é perto de onde apareceu aquela garota, Carla. Você também deveria ver, Amaia, mesmo que seja só por curiosidade.

James olhou para ela esperando a resposta.

— Amanhã é o velório de Anne Arbizu, também tenho que ver Flora e... — Lembrou-se de alguma coisa, tirou o celular e digitou o número de Montes. O serviço de telefonia respondeu, convidando-a a deixar uma mensagem de voz que seria convertida em uma de texto.

— Montes, me ligue, é Salazar. Amaia — particularizou ela, lembrando que suas irmãs também eram Salazar.

Ros se despediu e se afastou para a escada, e James beijou tia Engrasi e envolveu sua mulher pela cintura.

— É melhor irmos dormir.

A tia não se moveu do lugar.

— James, espere por ela lá em cima. Amaia, fique, por favor, quero contar uma coisa para você. Apague essa luz, que me deixa cega, sirva duas tacinhas de licor de café e sente-se aqui, na minha frente. E não me interrompa. — Olhou a sobrinha nos olhos e começou a falar. — Na semana em que fiz 16 anos, vi um *basajaun* no bosque. Eu ia lá todos os dias para juntar lenha até o anoitecer: eram tempos muito difíceis, eu precisava recolher lenha suficiente para os fornos da doceria, para a lareira de casa e para vender. Certa vez tive que carregar tanto peso que a frustração pela minha falta de forças me fez jogar a carga em um canto do caminho e, estendida no chão, comecei a chorar de puro esgotamento. Depois de chorar um pouco fiquei em silêncio deitada entre os feixes de lenha me perguntando como ia conseguir levar tudo até o povoado. Então o ouvi. A princípio pensei que era um cervo, que são muito furtivos, não como javalis, que sempre fazem um barulho dos diabos. Levantei a cabeça acima do fardo de lenha e o vi. Primeiro achei se tratar de um homem, o homem mais alto que havia visto na vida; tinha o torso desnudo e muito peludo, e uma cabeleira muito longa que cobria as costas dele. Raspava a casca de uma árvore com um pau e recolhia os pedaços com os dedos longos e habilidosos, levando-os à boca como se fosse uma iguaria. De repente ele se virou e farejou o ar como um coelho faria. Tive a absoluta certeza de que percebeu que eu estava perto. Com o tempo, quando pensei com calma, cheguei à conclusão de que ele conhecia perfeitamente o meu cheiro, um cheiro que já fazia parte do bosque, porque eu passava a vida lá. Saía para o monte pela manhã assim que a névoa se dissipava e trabalhava até meio-dia. Parava um pouco para almoçar com as minhas irmãs a comida quente que minha mãe nos trazia ao meio-dia, ela levava com a minha irmã mais velha os feixes que havíamos reunido pela manhã em um burrico que tínhamos, e eu continuava trabalhando mais algumas horas ou até começar a anoitecer. Meu cheiro devia fazer parte daquela área do bosque tanto quanto o de qualquer animalzinho, inclusive tínhamos uma latrina mais ou menos definida aonde íamos quando precisávamos, especialmente para evitar pisar em merda pelo bosque enquanto procurávamos lenha. Assim que o *basajaun* farejou o ar, ele me reconheceu e continuou com o que estava fazendo tranquilamente, embora tenha virado duas vezes a cabeça, inquieto, como se esperasse encontrar algo atrás dele. Permaneceu lá por mais alguns minutos e depois se afastou lentamente, detendo-se de vez em quando para arranhar pequenos pedaços de casca e líquen das árvores. Eu me levantei e carreguei os feixes de lenha com forças que tirei não sei de onde, mas sei que não foi do pânico; eu estava assustada, sim, porém, mais como alguém que presenciou um prodígio de que não é merecedor do que como uma menina que viu o bicho-papão no bosque. Só sei que ao chegar em casa estava pálida como se tivesse enfiado a cara em um prato de farinha e meu cabelo estava grudado na cabeça por um suor frio e pegajoso que conseguiu assustar a avó, que me colocou na cama e me fez tomar chá de *pasmo belarra* até a minha garganta ficar arranhando. Não falei nada em casa, talvez porque soubesse que o que eu tinha visto era de natureza distinta do que os meus pais conseguiriam admitir, mas tinha certeza do que era. Eu sabia que era um *basajaun*: como todas as crianças de Baztán, tinha ouvido contarem muitas vezes as histórias dos *basajaunes* e dos outros seres, alguns mágicos, que viviam no bosque desde muito antes dos homens fundarem Elizondo junto à igreja. No domingo seguinte, durante as confissões, contei ao padre da época, um jesuíta tosco e nada confiável, chamado dom Serafín. E garanto a você que de criatura angelical tinha bem pouco: ele me chamou de mentirosa, embusteira e desgraçada, e como mesmo assim não lhe pareceu suficiente, saiu do confessionário e me deu uns cascudos na cabeça até eu começar a chorar. Depois me passou um sermão sobre os perigos de inventar esse tipo de história, me proibiu de voltar a mencionar o assunto mesmo com a minha família e me impôs uma penitência de pais-nossos, ave-marias, credos e eus-pecadores que levei semanas para cumprir, então não passou pela minha cabeça contar isso nunca mais. Quando eu ia ao bosque para recolher lenha, fazia tanto barulho que espantava qualquer ser vivente em 2 quilômetros ao redor, cantava o "Te Deum" em latim aos gritos e quando voltava para casa quase sempre estava afônica. Nunca voltei a ver o *basajaun*, embora muitas vezes tenha acreditado distinguir os rastros dos seus passos; é verdade que também poderiam ter sido de cervos ou de ursos, que nessa época existiam, mas sempre soube que meu canto era para ele um sinal, que só de ouvi-lo se afastaria, que conhecia minha presença, a aceitava e fugia dela, como eu da dele.

Amaia observou o rosto de Engrasi. Ao terminar de falar, ela ficou olhando para a sobrinha com aqueles olhos azuis que haviam sido de um azul tão intenso quanto os dela e que agora pareciam desvanecidos como safiras gastas, embora conservassem o brilho da astúcia de uma mente sagaz e lúcida.

— Tia — começou Amaia —, não é que eu não acredite que foi assim que você vivenciou e como se lembra, mas deve reconhecer, e não digo isso de forma pejorativa, que você sempre teve muita imaginação, e não me interprete mal, você sabe que na minha opinião não existe nada de mau nisso... mas deve entender que estou em meio a uma investigação de assassinato e tenho que ver isso como investigadora...

— Você tem um discernimento magnífico — apontou ela.

— Você chegou a pensar — continuou Amaia — na possibilidade de que o que viu não fosse um *basajaun*, mas outra coisa? Deve levar em consideração que as garotas da sua geração não estavam influenciadas pela televisão e pela internet como as de agora, e na época, nessa área e nos meios rurais em geral, as lendas desse tipo eram abundantes. Observe do meu ponto de vista. Adolescente, sozinha o dia inteiro no bosque, esgotada e meio desidratada pelo esforço físico, chorando até ficar extenuada, pode ser inclusive que tenha adormecido. Parece candidata a uma aparição mariana na Idade Média, ou a uma abdução alienígena nos anos 1970.

— Não sonhei, eu estava tão acordada quanto agora e o vi como estou vendo você. Mas tudo bem, quando decidi contar já esperava essa reação.

Amaia olhou para ela com cumplicidade, e Engrasi sorriu por sua vez mostrando as peças perfeitas de sua dentadura postiça, que a inspetora não sabia por que sempre lhe causavam riso e uma intensa vibração de amor para com ela. Sem deixar de sorrir, a tia apontou para ela com um dedo branco e ossudo cheio de anéis.

— Sim, senhora, eu sabia, por isso, porque sei muito bem como funciona essa sua cabecinha, tenho outro testemunho para você.

A sobrinha a olhou, desconfiada.

— Quem, uma das suas colegas da alegre turma do pôquer?

— Cale-se, descrente, e ouça. Há seis anos, em uma tarde de inverno depois de sair da missa, encontrei Carlos Vallejo me esperando no portão.

— Carlos Vallejo, meu professor do colégio? — Apesar de fazer anos que não o via, a imagem de dom Carlos Vallejo veio a sua mente fresca como se tivesse acabado de estar com ele. Seus ternos de brim perfeitamente cortados, seu livro de matemática debaixo do braço, o bigode sempre arrumado, o cabelo grisalho e abundante penteado para trás com brilhantina e o penetrante perfume de loção pós-barba.

— Sim, senhorita. — Engrasi sorriu ao ver crescer seu interesse. — Ele estava vestindo uma roupa de caça completamente ensopada e suja de barro, e ainda tinha com ele a escopeta enfiada na bainha de couro. Isso chamou a minha atenção, pois, como falei, era inverno e anoitecia cedo, não era hora para voltar da caça, com a roupa molhada apesar de não ter chovido nos últimos dias e, sobretudo, seu rosto, pálido e desfigurado como se tivessem lavado os traços dele com água gelada. Eu sabia que Carlos gostava muito de caçar, tinha cruzado com o carro dele uma vez voltando do monte no meio da manhã, mas ele nunca andava com roupa de caça pelo povoado... De fato, você sabe como sempre o chamavam.

— O dândi — murmurou Amaia.

— O dândi, sim, senhora... O dândi tinha lama nas calças e nas botas, e quando coloquei uma xícara de chá de camomila em suas mãos vi que estavam cobertas de arranhões e as unhas mais pretas que as de um carvoeiro. Esperei que começasse a falar, é o que gera o melhor resultado.

Amaia assentiu.

— Ele permaneceu em silêncio por um bom tempo com o olhar perdido no fundo da xícara; depois, deu um longo gole, me olhou nos olhos e disse com toda a elegância e educação que sempre exibiu: "Engrasi, espero que possa me desculpar por aparecer dessa maneira em sua casa." Ele olhou em volta como se só então tivesse se dado conta de onde realmente estava. "Em todos os anos que a conheço, nunca tinha vindo para sua casa." Percebi que ele queria dizer: "para uma consulta." Assenti lentamente, esperando que prosseguisse.

"'Suponho que esteja surpresa com a minha visita, mas é que eu não sabia aonde ir, e pensei que você, talvez...' Incentivei-o a continuar até que me disse: 'Essa manhã no bosque eu vi um *basajaun*.'"

17

O quadro da delegacia se via coberto por um esquema de diagramas de Venn cujo centro era ocupado pelas fotos das três garotas. Jonan examinava mais de uma vez os relatórios forenses enquanto Amaia sorvia pequenos goles da xícara que segurava entre as mãos enlaçadas, buscando se aquecer, observando o quadro de maneira quase hipnótica, como se com a força de escrutinar aqueles rostos, aquelas palavras, fosse extrair algum elixir, a essência viva das almas ausentes por trás dos olhos mortos das meninas.

— Inspetora Salazar — interrompeu-a Iriarte. Ao ver seu sobressalto, ele sorriu e Amaia pensou em como ele era amável, com um escritório adornado com calendários de imagens de Nossa Senhora e uma foto de sua mulher e dois garotos loiros que sorriam abertamente para a câmera e tinham herdado o cabelo da mãe, porque o de Iriarte era escasso, preto e muito fino. — Temos o relatório de toxicologia de Anne. Maconha e álcool.

Amaia revisou suas anotações em voz alta.

— Quinze anos, Juventudes Marianas Vicencianas, notas entre altas e altíssimas. Equipe de basquete e clube de xadrez, carteira da biblioteca. Em seu quarto: colcha cor-de-rosa, ursinhos Pooh, corações e livros de Danielle Steel. Alguma coisa não encaixa — comentou ela, levantando o olhar para Zabalza.

— Também achei, de modo que nessa manhã falamos com duas amigas de Anne, e elas têm uma versão bastante diferente. Anne vivia uma vida dupla para manter os pais contentes e enganados. Segundo as duas, ela fumava baseados, bebia e às vezes usava algo mais forte. Passava horas em redes sociais e publicava fotos ousadas; segundo elas, adorava mostrar os seios pela webcam; leio um relato: "Era uma puta disfarçada de santinha, a ponto de manter uma relação com um homem casado."

— Um casado? Quem? Isso pode ser muito importante... O que mais disseram a você?

— Dizem que não sabem, ou não querem dizer. Pelo visto a coisa já durava alguns meses, mas ela ia deixá-lo; dizia — leu — "que o cara estava grudando e já não era divertido".

— Pelo amor de Deus, Iriarte, acho que descobrimos a chave: ela não queria continuar e ele a mata, talvez também mantivesse algum tipo de relação com Carla e Ainhoa...

— Talvez com Carla. Ainhoa era virgem, ela só tinha 12 anos.

— Talvez tenha tentado e ao receber um não... Bem, reconheço que é um pouco apressado, mas podemos investigá-lo; sabemos pelo menos se é do povoado?

— As garotas dizem que quase com certeza sim, mas que também poderia ser de uma localidade próxima.

— Devemos encontrar esse cara que gosta de garotinhas. Consigam uma ordem de busca para o computador e os diários e as anotações que possa haver na casa da garota, revistem também seu armário no colégio, liguem para os pais e peçam permissão para falar com todas as amigas menores de idade, façam visitas a suas casas... E todo mundo à paisana, a última coisa que quero é levantar suspeitas entre aqueles que devem colaborar. E, inspetor — acrescentou ela, olhando para Iriarte —, por ora nenhuma palavra aos pais de Anne, é evidente que não sabiam nada sobre a vida dupla da filha.

Amaia consultou o relógio.

— Dentro de três horas quero todo mundo na igreja e no cemitério, uma operação idêntica à de Ainhoa. Assim que terminarem, quero que venham à delegacia; Jonan tem um programa muito bom para trabalhar com fotografia digital em alta resolução, e assim que as imagens estiverem prontas, quero vocês aqui para um exame em conjunto. Jonan, veja se consegue obter alguma coisa do computador de Anne Arbizu, procure a fundo, mesmo que leve a noite inteira.

— Claro, chefe, o que for necessário.

— Aliás, como vai com os caça-fantasmas de Huesca?

— Tenho uma reunião com eles essa tarde, às seis, quando retornarem do monte. Espero que até lá possam me dizer alguma coisa.

— Também espero. Você marcou com eles aqui?

— Bem, insinuei, mas pelo visto a doutora russa é alérgica a delegacias ou algo assim; ela tentou me explicar por telefone, e não entendi nem a metade. Então combinamos no hotel em que estão alojados. O Baztán — leu.

— Sei qual é, vou tentar passar por lá — declarou Amaia enquanto anotava em seu PDA.

Zabalza irrompeu na sala trazendo nas mãos várias folhas de fax, que deixou na mesa.

— Inspetora, estão ligando de Pamplona, vários veículos de comunicação estão interessados em cobrir o velório e o enterro e aconselham que façamos um comunicado.

— Isso é função de Montes — disse ela, olhando em volta. — Pode-se saber onde diabos ele se enfiou?

— Ligou essa manhã para dizer que não estava bem e que se juntaria a nós no cemitério.

Amaia suspirou.

— Era o que faltava... Por favor, o primeiro que o vir diga que se apresente urgentemente na sala do inspetor Iriarte. Zabalza, consiga para mim um encontro com os pais da Anne por volta das quatro da tarde, se possível.

Tinha começado a chover uma hora antes, e o cheiro adocicado das flores, junto ao dos casacos molhados dos presentes, tornava o ar irrespirável no interior da igreja. O sermão, um eco dos anteriores ao qual Amaia mal prestou atenção; talvez com mais presentes, mórbidos, curiosos e jornalistas, que o pároco havia deixado entrar com a condição de que não gravassem dentro da igreja. Outra vez as mesmas cenas de dor, o mesmo pranto... E algo novo, um clima especial de horror que parecia ter se estendido sobre os rostos dos presentes ao velório como um véu, sutil mas onipresente. Nas primeiras filas, além da família, havia um numeroso grupo de garotos e garotas muito jovens, certamente colegas de Anne. Algumas garotas se abraçavam e choravam em silêncio; a falta de energia já vista nas amigas de Ainhoa se refletia também nesses rostos. Eles perderam aquele brilho natural do rosto dos jovens, aquele aspecto de constante zombaria que outorga a certeza de nunca morrer, de uma morte após uma velhice impensável, a mil anos-luz, que para esses adolescentes, neste momento cruel, era uma presença real e evidente. Tinham medo. Aquela forma de medo que o deixa imóvel, que sugere ficar invisível para a morte não o encontrar. A certeza, sua proximidade, era perceptível como uma fina camada de cinza sobre seus rostos fatigados, como idosos silenciosos e contidos. Ninguém tirava os olhos do ataúde de Anne, que, colocado diante do altar, brilhava de um modo hipnótico com as luzes dos círios que ardiam nas laterais, rodeado de flores brancas de noiva virginal.

— Vamos — sussurrou Amaia a Jonan. — Quero estar no cemitério antes que as pessoas comecem a chegar.

O cemitério de Elizondo ficava localizado em um suave declive no bairro de Anzanborda, embora chamar de bairro as três chácaras que se avistavam da porta do cemitério fosse bastante pretensioso. A inclinação apenas insinuada na entrada se tornava mais evidente à medida que se avançava entre as sepulturas. Amaia supôs que tivesse sido pensado assim para evitar que as águas das frequentes chuvas estagnassem no interior dos sepulcros; muitos túmulos eram elevados e estavam fechados com profundas portas, mas na parte baixa do cemitério havia outros mais humildes e tradicionais, distinguidos por estelas discoidais cravadas na terra. Estes túmulos trouxeram a sua memória outros sepulcros elevados: os que tinha visto em Nova Orleans, dois anos antes. Naquela época Amaia havia participado de um intercâmbio de policiais com a academia do FBI em Quantico, Virgínia, que incluía um simpósio sobre perfis criminais. O congresso se completava com uma visita a Nova Orleans, onde era ministrada parte do curso de trabalho de campo sobre identificação e encobrimento, pois foram muitos os crimes dissimulados pelo furacão Katrina e numerosos os restos e as evidências que continuavam aparecendo anos depois. Surpreendeu a Amaia que, apesar do tempo transcorrido, a cidade continuasse evidenciando as consequências do desastre e conservando, apesar dele, uma majestade decadente e lúgubre que lembrava o luxo seco que acompanha a morte em algumas culturas. Um dos policiais em seu grupo, o agente especial Dupree, incentivou-a a seguir a comitiva de um daqueles magníficos funerais em que uma banda de jazz acompanhava o enterro até o Cemitério de Saint Louis.

— Aqui todos os túmulos são elevados acima do solo, para evitar que as inundações cíclicas desenterrem os mortos — explicou Dupree. — Não é a primeira vez que o mal nos visita; a última vez foi sob o nome de Katrina, mas ele já esteve aqui muitas vezes antes sob outros nomes.

Amaia olhou para ele, perplexa.

— Imagino que você ache surpreendente ouvir um agente do FBI falar dessa forma, mas, acredite, essa é a maldição da minha cidade. Aqui os mortos não podem ser enterrados porque estamos seis pés abaixo do nível do mar, de modo que os cadáveres são empilhados em túmulos de pedra que podem conter várias gerações de famílias inteiras; e acho que é por isso, por não receberem um sepultamento cristão, que os mortos não descansam em Nova Orleans. É o único lugar dos Estados Unidos onde os cemitérios não se chamam cemitérios, mas cidades dos mortos, como se os defuntos de algum modo vivessem aqui.

Amaia o olhou firmemente antes de falar.

— Em basco, cemitério se diz *hilherria*. Literalmente: "o povoado dos mortos".

Dupree sorriu para ela.

— Já temos mais uma coisa em comum: a cercania com o povo francês, a festa de 7 de julho e o nome dos nossos cemitérios.

Amaia voltou ao presente. Talvez a ideia de evitar inundações tivesse levado os habitantes de Elizondo a planejar o novo cemitério daquela forma. O cemitério original se encontrava, como era tradição, no entorno da igreja, que então ficava junto à prefeitura, na praça do povoado, até que foi realocada pedra por pedra e reconstruída no lugar que ocupa atualmente. O mesmo foi feito com o cemitério, que se mudou para a estrada dos Alduides, na altura de Anzanborda. Nos anais constava apenas uma menção justificando a mudança de localização do cemitério por "razões de salubridade", mas é fácil supor que, se uma grande enchente derrubou a igreja, arrastando as pedras de uma de suas torres tão longe que não foi possível recuperá-las, também teria levantado os túmulos que a rodeavam.

Do mesmo modo que sobre as portas de uma cidade se coloca um escudo com suas armas e seus méritos, o portão do cemitério era presidido por uma caveira que vigiava através de suas órbitas vazias os visitantes, avisando-os que entravam nos domínios daquele particular governador da cidade dos mortos. Havia um único cipreste bem à direita da entrada, um pouco mais à frente um chorão e na outra ponta uma faia. Um cruzeiro se elevava majestoso bem no centro do cemitério; aos seus pés se estendiam quatro caminhos pavimentados que dividiam o cemitério em quatro quartos perfeitos, nos quais se distribuíam as sepulturas. O túmulo da família Arbizu se encontrava exatamente onde começava uma das divisões; sobre o panteão repousava um anjo que, indolente e com expressão entediada, alheio à dor humana, parecia observar os coveiros que tinham afastado a laje fazendo-a rolar sobre umas barras de aço. Amaia se situou ao lado de Jonan, que parecia absorto na base do cruzeiro.

— Eu achava que só colocavam cruzeiros nos cruzamentos de caminhos — apontou ela.

— Você se engana, chefe. A origem dos cruzeiros é tão antiga quanto incerta, e, apesar de sua inegável relação com o cristianismo, colocá-los nas encruzilhadas parece obedecer mais à superstição e às crenças relacionadas ao mundo inferior do que com o mundo terreno.

— Mas não eram colocados pela Igreja?

— Não necessariamente; a Igreja na verdade os cristianizou para absorver um costume pagão que consideravam difícil de erradicar. Desde os tempos antigos, o lugar onde os caminhos se cruzam era considerado um lugar de incerteza em que confluíam dois fatos: ter que tomar uma decisão sobre o caminho a seguir e quem viria no sentido oposto, com quem se ia cruzar. Imagine isso em plena noite, sem iluminação e sem sinais que indiquem que direção escolher. O temor era tamanho que, ao chegar a um cruzamento, as pessoas paravam e permaneciam durante um bom tempo na área pela qual tinham vindo, ouvindo, aguçando os sentidos, tentando vislumbrar a presença maligna de uma alma penada. Existia uma crença profundamente arraigada de que quem morria de forma violenta e quem causava tal morte não descansavam em paz e vagavam pelos caminhos procurando o lugar certo ao qual se dirigir, onde seriam vingados, ou encontrariam quem os ajudasse a levar sua carga. E um encontro com uma dessas forças podia fazer alguém adoecer ou enlouquecer.

— Certo, entendo a história das encruzilhadas, mas aqui, no cemitério?

— Não veja esse lugar como é agora. Provavelmente antes do cemitério se localizar aqui esse já era um lugar de incerteza, talvez a confluência de três ou quatro caminhos; dois são evidentes, de Elizondo a Beartzun, mas provavelmente dessa colina descia outro, desde Etxaide, que agora com as estradas desapareceu completamente. Provavelmente havia alguma necessidade de santificar o lugar.

— Jonan, é um cemitério, tudo é terra sagrada.

— Talvez faça referência a um fato anterior à existência do cemitério... Também colocavam cruzeiros nos lugares onde haviam cometido algum ato repulsivo, para purificá-los: uma morte violenta, um estupro; ou também nos lugares de reunião de bruxas; há muitos por aqui. O cruzeiro tem a função dupla de santificar o local e avisar que se está em terra incerta. Ou talvez tenha sido colocado no cemitério devido à sua forma. Quatro caminhos — declarou, indicando a disposição do lugar — perfeitamente traçados que se juntam no centro do cemitério mas também abaixo dele, no mundo inferior, onde talvez as almas atormentadas dos assassinos e de suas vítimas se multipliquem.

Amaia observava admirada o jovem subinspetor.

— Mas teriam enterrado assassinos em um cemitério? Pensei que eles eram excomungados e fosse obrigatório enterrá-los fora do solo sagrado.

— Sim, se soubessem. Mas, se hoje em dia sobram assassinatos impunes, imagine no século XV. Um assassino em série estaria no paraíso, o mais provável é que seus crimes fossem atribuídos a qualquer analfabeto meio retardado. Os cruzeiros eram colocados por via das dúvidas, mais como defesa do oculto que daquilo que estava à vista. Existe outra explicação que nesse caso perde força, já que esse cruzeiro está dentro do cemitério: até meados do século XX não era permitido enterrar em solo sagrado as crianças que haviam morrido sem serem batizadas, os fetos abortados ou as crianças natimortas; isso representava um sério problema para as famílias, que queriam dar algum tipo de amparo às suas almas, mas eram impedidas pela lei. Em muitos casos, se a mãe falecia junto do bebê no parto, a família escondia a criança entre suas pernas para poder enterrá-las juntas. Considera-se sagrado o lugar ocupado pela vara e pelo pedestal do cruzeiro, e, como havia intervalos entre os enterros, as famílias saíam no meio da noite e enterravam seus pequenos aos pés das cruzes; depois gravavam grosseiramente as iniciais ou uma pequena cruzinha na base. E era isso que eu procurava, mas aqui não aparece nenhuma.

— Bem, nisso eu posso dar uma lição de antropologia a você, se me permitir. No vale do Baztán as crianças mortas sem serem batizadas eram enterradas em volta da própria casa.

Amaia se inclinou e, ao olhar para a entrada, acreditou perceber uma presença entre os arbustos que formavam a cerca do cemitério; ela se ergueu, certa de ter reconhecido feições familiares.

— Quem é? — perguntou Jonan atrás dela.

— Freddy, meu cunhado.

O rosto abatido se via escurecido pelas profundas olheiras que rodeavam os olhos avermelhados do homem. Amaia deu um passo em direção à grade, porém o rosto desapareceu em meio à folhagem. E então começou a chover. Os inumeráveis guarda-chuvas e o afã dos moradores por se ocultarem debaixo deles dificultou enormemente o trabalho de gravar o enterro. Amaia localizou Montes parado próximo aos pais de Anne. Ele a cumprimentou com um gesto e pareceu que ia dizer alguma coisa, mas ela indicou que se calasse.

Os pais de Anne Arbizu tinham idade para ser seus avós. Anne chegou quando parecia já não haver esperança para adoção e depois se transformou no centro de suas vidas. A mãe, visivelmente dopada, não chorava, mantinha-se erguida e quase amparava a outra mulher, possivelmente sua cunhada. Amaia as conhecia desde pequena, embora não tivesse certeza do parentesco. Ela a protegia com o braço enquanto olhava para o vazio em algum ponto entre o caixão da filha e a cova aberta na terra. O pai, sim, chorava. Alguns passos adiante, ele se inclinava para a frente sem parar de acariciar o caixão, como se temesse perder o único elo que o unia à filha e repudiando com brutalidade as mãos que vinham em sua ajuda e os guarda-chuvas que em vão tentavam protegê-lo da chuva que ensopava seu rosto, misturando-se às lágrimas. Quando começaram a baixar o caixão e o pai perdeu o contato com a madeira molhada, ele desabou como uma árvore cuja base tivesse sido destruída, desmaiado sobre os atoleiros que se formaram no chão de cascalho.

Foi o gesto que tocou a alma de Amaia, a resistência daquele pai em soltar a filha da mão simbólica que era o seu caixão. Essa demonstração de amor muito intenso foi suficiente para derrubar as barreiras por trás das quais, como policial de homicídios, devia proteger os próprios sentimentos. E foi a mão do pai, naquele gesto que secretamente invejava de outros pais, o que rompeu o dique de suas emoções e, através da profunda brecha aberta, transbordou um oceano de medo, ansiedade e desejo não cumprido de ser mãe. Assolada pela onda de sentimentos, Amaia retrocedeu alguns passos e se dirigiu ao cruzeiro, tentando dissimular seu naufrágio. A mão. Este era o vínculo. Apesar de estar há anos tentando engravidar, não sentia aquela atração especial por bebês que havia visto em amigas ou em suas próprias irmãs, seus olhos não iam atrás das crianças que as mães seguravam nos braços. Mas estava consciente do privilégio do qual se privava ao observar uma mãe caminhando ao lado do filho o levando pela mão. A proteção e a confiança que esse gesto íntimo continha eram para Amaia superiores a qualquer outro sentimento entre dois seres humanos e simbolizavam, em cada par de pequenas mãos embaladas em outras mais fortes, todo o amor, toda a entrega e toda a confiança que para ela supunha a maternidade que não chegava, que talvez nunca fosse chegar, despojando-a para sempre da honra de levar o filho pela mão. Uma maternidade com a qual queria compensar em outro ser humano, sangue de seu sangue, a infância feliz que ela não teve, a ausência de amor que sempre sentiu em uma mãe torturada. A sua.

18

Quando o enterro terminou, a chuva e os presentes ao funeral pareciam ter se evaporado, substituídos por uma densa névoa que se estendia pelo vale sobre o rio Baztán e se pulverizava pelas ruas entristecendo-as mais, se é que isso era possível. Tremendo de frio, Amaia deu um tempo na frente da doceria até que viu sua irmã chegar.

— Nossa, a senhora inspetora! Quanta honra! — ironizou Flora. — Não deveria estar por aí procurando um assassino?

Amaia sorriu e a apontou com um dedo.

— É isso que estou fazendo.

Flora parou com a chave na mão, interessada de repente, talvez um pouco sobressaltada.

— Aqui, em Elizondo?

— Sim, aqui. Normalmente esses assassinos costumam ser pessoas próximas das vítimas. Se só tivéssemos um caso... Mas já são três. Com certeza ele tem que ser daqui ou de muito perto.

Elas entraram na doceria e foram recebidas por um cheiro familiar que Amaia tinha respirado desde a infância e que fazia parte de suas lembranças. Se fechasse os olhos, quase podia ver o pai com calças brancas, camiseta e suspensórios amassando as camadas de massa folhada com um enorme rolo de aço, enquanto a mãe media os ingredientes em uma jarra numerada com as mãos sujas de farinha e aquele cheiro de essência de anis para sempre relacionado a ela. Olhou a artesa de farinha e um calafrio percorreu sua espinha enquanto uma iminente sensação de náusea preenchia seu estômago. Uma desoladora maré de memórias obscuras a aturdiu de repente, e os ecos do passado a bloquearam completamente. Amaia fechou os olhos e os apertou com força, tentando fechar o caminho para o horror que a visão tinha aberto.

— No que está pensando? — indagou Flora, surpresa pelo gesto da irmã.

— No *aita* e na *ama*, no quanto trabalhavam e no quanto pareciam felizes — mentiu ela.

— É verdade que trabalhavam — comentou Flora enquanto lavava as mãos. — Mas eles eram dois, e agora eu devo trabalhar muito mais, contudo sozinha... Porém isso não parece preocupá-la muito, não é, irmã?

— Sei que é muito trabalho, Flora, mas você não ouviu a segunda parte: eles eram felizes fazendo isso. Sem dúvida essa foi a chave do sucesso deles, e é a do seu.

— Ah, sim? O que você sabe... Você acha que sou feliz fazendo isso? — perguntou ela, virando-se para Amaia enquanto abria as persianas do escritório.

— Vejamos, tudo vai muito bem... maravilhosamente bem, eu diria. Você escreve livros, vai fazer um programa na televisão, Mantecadas Salazar é uma referência em meia Europa e você é rica. Não é exatamente a imagem do fracasso.

O rosto da irmã parecia atento, avaliando as palavras de Amaia, certamente tentando achar um duplo sentido nelas.

— Acho que, se você não tivesse colocado o coração no trabalho, não teria vencido — prosseguiu Amaia. — Tem motivos para estar bastante satisfeita, e a satisfação fica muito perto da felicidade.

— Sim — admitiu a outra levantando as sobrancelhas —, talvez agora, mas até chegar aqui...

— Flora, todos temos que trilhar o nosso caminho.

— É mesmo? — indignou-se. — E pode-se saber que caminho você teve que trilhar?

— Garanto que não cheguei até onde estou sem esforço — replicou Amaia, mantendo o tom baixo e calmo que tanto irritava a irmã.

— Sim, mas você escolheu fazer o seu esforço. O meu foi imposto, não contei com ajuda, todo mundo falhou comigo: você se mandou, Víctor ficou fazendo levantamento de copo e sua irmã...

Amaia permaneceu um instante em silêncio avaliando a recriminação que em menos de 24 horas tinha ouvido de suas duas irmãs.

— Você também podia ter escolhido se não era isso o que queria.

— E quem me perguntou o que eu queria?

— Flora...

— Não, diga, quem me perguntou se eu queria ficar aqui amassando folhados?

— Flora, você teve escolha como todo mundo, mas escolheu não escolher... Tampouco ninguém me perguntou. Tomei a minha decisão e o meu caminho.

— Sem se importar nem um pouco com os outros.

— Isso não é verdade, Flora. Ao contrário de você e de Ros, eu jamais gostei da doceria, nem quando era pequena... Assim que podia escapava, e só ficava aqui à força, você sabe tão bem quanto eu. Eu não queria trabalhar nisso, estudei, e os *aitas* concordaram.

— A *ama* não tanto, mas seja como for eles estavam tranquilos: já tinham Ros e a mim para seguir com a tradição familiar.

— Podia ter escolhido.

Flora explodiu.

— Você não tem nem ideia do que é responsabilidade — declarou Flora, virando-se para ela enquanto apontava com o dedo em sua direção.

— Por favor... — rogou uma Amaia enfastiada.

— Nem por favor nem nada... Nem você, nem sua irmã, nem o perdido do Víctor sabem o que significa essa palavra...

— Já vi que sobrou para todos. — Ela sorriu cansada e sem elevar a voz. — Flora, você não me conhece mais, já não sou a menina de 9 anos que fugia da doceria. Garanto que no meu trabalho, todos os dias...

— Seu trabalho — interrompeu-a —, quem está falando do seu trabalho? Só você, irmãzinha, eu estou falando da família, de que alguém tinha que continuar com o negócio.

— Por Deus, você parece o Michael Corleone... O negócio, a família, a máfia. — Amaia fez um gesto de brincadeira juntando os dedos da mão, e isso irritou ainda mais a irmã, que a olhou furiosa e jogou sobre a mesa o pano que que segunrava antes de se sentar em sua poltrona fazendo tremer a lâmpada que iluminava o escritório. — Flora, você e Ros moravam aqui, as duas mostraram interesse pela doceria desde pequenas, vocês adoravam passar o tempo aqui, com 3 anos Ros já sabia fazer rosquinhas e madalenas...

— Sua irmã... — murmurou com desprezo. — Durou pouco a paixão, só até ver o que era trabalho de verdade. Ou por acaso acha que o negócio pôde se manter muito tempo da forma como os *aitas* o conduziam? Renovei esse negócio dos alicerces ao telhado, o modernizei e o tornei competitivo. Você faz ideia dos controles que se deve passar para estar na Europa? A única coisa que conserva é o nome, Mantecadas Salazar, e a placa de quando os tataravós o fundaram.

— Percebe como tenho razão, Flora? Só você podia ter essa visão à frente, porque adorava esse negócio.

Suas últimas palavras calaram Flora. Amaia observou como as linhas de expressão do rosto dela, que haviam permanecido franzidas em uma expressão de desprezo intolerante, apagavam-se dando lugar a uma expressão de orgulho satisfeito. Olhou em volta erguendo-se na poltrona.

— Sim — admitiu ela —, mas não foi uma questão de adorar ou não, ou de que, como você diz, isso me fizesse feliz. Alguém tinha que fazê-lo, e, como sempre coube a mim, já que, por outro lado, sou a única com capacidade suficiente para conseguir; pura sensatez e responsabilidade, mas também obrigação e peso. Devo manter o patrimônio familiar, a empresa que tanto custou aos nossos antepassados levantar. Manter o bom nome, a tradição. Com orgulho, com força.

— Você fala como se tivesse que manter o peso do mundo nas costas. O que acha que teria acontecido se tivesse se dedicado a outra coisa?

— Pois digo a você que isso não existiria.

— Provavelmente Ros o conduziria, ela sempre gostou desse negócio.

— Do negócio não, ela gosta de fazer massas, o que é diferente. Não quero nem imaginar como isso aqui estaria com Ros à frente, você não sabe o que está dizendo... Se ela não tem condições nem de cuidar das próprias coisas, é uma irresponsável, uma criança que acha que dinheiro cai do céu. Se os *aitas* não tivessem deixado a casa para ela, não teria onde morar.

Com aquele marido infeliz, maconheiro e vagabundo como só ele, que arranca dinheiro dela e anda por aí com garotinhas. Essa é a Rosaura capaz de levar esse negócio adiante? Ela não tem o que é preciso, ou, então, me diga, onde ela está agora? Por que não está aqui mostrando seu talento?

— Talvez se você não tivesse sido tão dura com ela...

— A vida é dura, irmã — declarou Flora com o tom depreciativo de um insulto.

— Acho que Rosaura é uma boa garota, e ninguém está livre de errar ao escolher o marido.

Pareceu que um raio a havia atingido. Ela ficou em silêncio olhando-a fixamente, e Amaia deduziu que estava pensando em Víctor.

— Flora, eu não disse isso pelo Víctor.

— Sei. — Foi sua resposta. E Amaia intuiu que ela preparava toda sua artilharia.

— Flora...

— Sim, vocês duas são muito boas, cheias de boas intenções, mas me diga uma coisa, boa garota, onde você estava quando a *ama* ficou doente?

Amaia negou com a cabeça, enojada.

— Quer mesmo voltar a esse assunto?

— Por que, boa garota, você fica incomoda em falar de como abandonou sua mãe doente?

— Merda, Flora, você sim é que está doente — protestou Amaia. — Eu tinha 20 anos, estudava em Pamplona, vinha todos os fins de semana e Ros e você estavam aqui, trabalhavam aqui e já estavam casadas.

Flora se levantou e avançou para ela.

— Isso não era o suficiente. Você vinha na sexta e ia embora no domingo. Sabe quantos dias tem uma semana? Sete, com suas sete noites — disse abrindo uma das mãos e dois dedos diante de seu rosto. — E sabe quem estava junto à *ama* toda noite? Eu, não você, eu. — Flora bateu no peito com veemência. — Eu dava comida em sua boca, banho, a deitava, trocava suas fraldas e a deitava de novo, levava água para ela, e ela se mijava várias vezes. Batia em mim, me insultava, me amaldiçoava, a mim, a única que estava ao lado dela, a única que sempre esteve ao lado dela. Pela manhã Ros vinha e a levava para passear no parque, enquanto eu abria a doceria depois de passar a noite em claro. E, quando voltava para casa, de novo a mesma coisa, um dia após o outro, sem nenhum tipo de ajuda, porque tampouco podia contar com Víctor. Mas afinal não era mãe dele. Ele cuidou da dele quando ela adoeceu e morreu, mas teve mais sorte, foi uma pneumonia e a levou em dois meses. Eu tive que lutar por três anos. Assim, boas garotas, me digam onde vocês estavam e me digam se não tenho o direito de chamá-las de irresponsáveis.

Flora se virou, dando-lhe as costas, e caminhou lentamente até sua mesa, onde se sentou de novo.

— Acho que você está sendo injusta. Pelo que sei, Ros fazia turnos extras durante a noite para estar com ela pela manhã, e foi você quem insistiu para que a *ama* fosse morar com você quando o *aita* morreu. Sempre se deram bem, ela sempre teve com você algo especial que não tinha com Ros e muito menos comigo. Além disso, vocês eram as mais velhas, eu era apenas uma menina e ainda por cima estava fora. Eu vinha sempre que podia, e sabe que tanto Ros quanto eu concordávamos em interná-la quando ela piorou. Apoiamos você plenamente quando foi preciso levá-la, inclusive nos oferecemos a dar dinheiro para pagar o centro.

— Pagar, os irresponsáveis arrumam tudo dessa forma. Pago e me livro do problema. Não, não era uma questão de dinheiro, você sabe que quando o *aita* morreu ele deixou dinheiro de sobra. Era uma questão de fazer o que era preciso, e interná-la não foi ideia minha, mas sim daquele médico maldito — retrucou ela com a voz partida.

— Por Deus, Flora, não acredito que estamos falando disso outra vez. A *ama* não estava bem, ela já não era capaz de cuidar nem dela mesma e muito menos do negócio. O Dr. Salaberria propôs isso porque sabia por quantos problemas passávamos, você sabe que o juiz não teve a mínima dúvida, não sei por que se atormenta com isso.

— Aquele médico se meteu onde não era chamado, e vocês deram carta branca a ele. Eu não devia ter permitido que a internassem. Não teria acabado assim se tivesse tratado a pneumonia em casa, eu sabia, sabia que ela estava muito mal e que o hospital era uma má ideia, mas vocês não quiseram me ouvir e tudo acabou mal.

Amaia olhou para a irmã com o profundo peso da lástima que lhe causava ver tanto rancor, tanta aversão. Em outra época teria saltado como impulsionada por uma mola entrando em seu jogo de recriminações, explicações e julgamentos, mas seu trabalho na polícia a tinha ensinado muito sobre o domínio, o controle e o juízo que tivera que pôr em prática centenas de vezes diante de seres tão mesquinhos que Flora, em comparação, parecia uma colegial teimosa e pueril. Amaia baixou ainda mais o tom da voz e quase em um sussurro disse:

— Sabe o que eu acho, Flora? Acho que você é uma dessas mulheres abnegadas e entregues ao sustento de uma família que ninguém pediu para sustentar, só para ter uma boa carga de culpa e recriminações para jogar em cima de outros, como uma laje que termina sepultando todas as pessoas a sua volta até se ver sozinha com a abnegação e as recriminações que ninguém quer ouvir. É isso que acontece com você. No fim, em sua tentativa de moralizar, de dirigir e de manipular, a única coisa que consegue é afastar todos. Ninguém lhe pediu que fosse uma heroína nem uma mártir.

Flora olhava para um ponto no vazio; ela apoiava os cotovelos na mesa e cruzava as mãos sobre os lábios como se impondo silêncio, um silêncio que seria temporário, só estava se reservando até encontrar o momento adequado para lançar seus dardos envenenados, e então seria implacável. Quando falou, sua voz havia recuperado o controle e o tom premente que lhe era habitual.

— Imagino que você tenha vindo para algo além de me dizer como acha que sou, então, se tem algo para perguntar, pergunte agora, se não terá que ir. Não tenho tempo a perder.

Amaia tirou da bolsa uma pequena caixa de papelão, abriu a tampa e, antes de retirar o conteúdo, olhou para a irmã.

— O que vou mostrar a você é uma prova policial que apareceu na cena de um crime. Venho a você como assessora da polícia. Espero que entenda que a natureza disso é secreta. Não deve dizer a ninguém, nem pensar com ninguém sobre isto, nem sequer com a família.

Flora assentiu. Sua expressão tinha mudado para o interesse.

— Está bem, olhe isso e me diga o que parece — declarou Amaia, tirando da caixa a bolsa que continha o doce perfumado encontrado sobre o corpo de Anne.

— Um *txatxingorri*, isso apareceu no local do assassinato?
— Sim.
— Em todos?

— Flora, não posso dar essa informação a você.
— Talvez o assassino o estivesse comendo.
— Não, parece mais que ele o colocou para ser encontrado lá. O pedaço que falta é o que enviamos ao laboratório. O que você pode me dizer?
— Posso tocar?

Estendeu-o. Flora o tirou do plástico, levou-o ao nariz e cheirou-o durante alguns segundos. Apertou-o entre os dedos polegar e indicador e raspou uma pequena porção com a unha.

— Existe alguma possibilidade de que esteja contaminado ou envenenado?
— Não, ele foi analisado no departamento e está limpo.

Levou um pedacinho à boca e o saboreou.

— Bem, então já terão dito quais são os ingredientes...
— Sim, agora quero que você me diga todo o resto.
— Ingredientes de primeira qualidade. Frescos e misturados na proporção certa. Assado nessa mesma semana, eu diria que não tem mais de quatro dias, e pela cor e porosidade diria que muito provavelmente foi feito em um forno de lenha tradicional.
— Incrível! — exclamou Amaia, sinceramente impressionada. — Como você pode saber tudo isso?

Flora sorriu.

— Porque eu sei fazer o meu trabalho.

Amaia ignorou o insulto encoberto.

— E quem além da Salazar elabora esses doces?
— Bem, suponho que qualquer um que tenha a receita poderia fazer. Não é um segredo, aparece no meu primeiro livro com a receita do *aita*, além de ser uma sobremesa típica da região; suponho que em todo o vale haverá uma dúzia de variações da receita... Embora não com essa qualidade, não com esse equilíbrio nas proporções.
— Quero que me faça uma lista de todas as docerias, confeitarias e estabelecimentos dos arredores que os elaborem ou vendam.
— Isso não é tão difícil. Com essa qualidade só é feito por mim, também pela Salinas de Tudela, Santa Marta de Vera e talvez uma doceria de Logroño... Bem, a verdade é que os deles não são tão bons. Eu posso dar a você uma lista dos meus clientes, mas aqui mesmo, em Elizondo,

sei que são vendidos a turistas e visitantes, além do povoado. Não sei se vai servir de alguma coisa.

— Não se preocupe com isso. Faça a lista. Para quando você pode aprontá-la?

— Para hoje no fim da tarde. Tenho bastante trabalho, já sabe graças a quem.

— Essa tarde está bem. — Amaia não quis comprar a provocação. Recolheu o saco com os restos do doce. — Obrigada, Flora, o inspetor Montes vai passar para recolher...

Flora permaneceu impassível.

— Me disseram que vocês se conhecem.

— É agradável comprovar que ao menos uma vez você está bem-informada. Sim, eu o conheço, e ele é muito simpático. O inspetor Montes passou por aqui para me cumprimentar na hora de fechar, de modo que me acompanhou um pouco, mostrei a ele algo do povoado, tomamos um café, ele demonstrou ser encantador e conversamos sobre um monte de coisas, incluindo sobre você.

— Sobre mim? — perguntou surpresa.

— Sim, sobre você, irmãzinha. O inspetor Montes me contou como você engenhou para conseguir que lhe atribuíssem esse caso.

— Foi isso que ele disse?

— Bem, com outras palavras, ele é um homem muito educado e com um grande coração. Você tem sorte de trabalhar com um profissional da estatura dele. Talvez aprenda alguma coisa — disse Flora, sorrindo.

— Montes também disse isso?

— É óbvio que não, mas é fácil deduzir. Sim, senhora, um homem encantador.

— Eu estava pensando a mesma coisa — comentou Amaia, levantando-se para deixar sua xícara na pia.

— Sim, todos os seus colaboradores são muito agradáveis... Vi você essa manhã no cemitério com um muito bonito.

Amaia sorriu divertida pela malícia da irmã.

— Vocês estavam com as cabeças bem juntas e parecia que ele sussurrava alguma coisa ao seu ouvido. Eu me pergunto o que James diria se pudesse ver isso.

— Não vi você, irmã.

— É que não cheguei a entrar. Não pude assistir ao velório porque tinha a reunião com o pessoal da editora, e depois me aproximei até o cemitério passeando. Cheguei cedo e os vi parados diante de um túmulo... Você se inclinou sobre o sepulcro e ele a abraçou.

Amaia mordeu o lábio inferior e sorriu enquanto negava com a cabeça.

— Flora, Jonan Etxaide é gay.

Ela não conseguiu dissimular sua surpresa nem seu aborrecimento.

— Só me inclinei sobre o túmulo de uma das minhas professoras do ensino fundamental, Irene Barno, se lembra dela? Eu escorreguei e ele me segurou.

— Que fofa, você visita o túmulo dela? — zombou Flora.

— Não, só me inclinei para endireitar um vaso que o vento tinha derrubado, e aí reconheci o nome dela.

Flora a olhou nos olhos.

— Você nunca vai visitar a *ama*.

— Não, Flora, nunca visito a *ama*, mas, me diga, de que adiantaria agora?

Flora se virou para a janela e sussurrou:

— Agora, de nada.

Um forte barulho de motor se ouviu no depósito e uma sombra escureceu seu rosto momentaneamente.

— Deve ser Víctor — sussurrou.

Elas saíram até a porta traseira da doceria, onde o ex-marido de Flora estava estacionando uma moto antiga.

— Ah, Víctor, é linda, de onde você tirou? — perguntou Amaia como um cumprimento.

— Comprei em um ferro-velho de Soria, mas garanto que não tinha essa aparência quando a trouxe.

Amaia deu a volta na moto para vê-la melhor.

— Não sabia que você se dedicava a isso, cunhado. — Continuava chamando-o de cunhado e certamente continuaria a fazê-lo sempre.

— É um hobby relativamente novo, faz uns dois anos que entrei nessa das motos. Comecei com uma Bultaco Mercurio e uma Montesa Impala 175 Sport, e depois restaurei quatro contando com essa, uma Ossa 175 Sport... Uma das que mais me orgulho.

— Não tinha nem ideia, mas você fez um trabalho magnífico.

Flora suspirou manifestando seu aborrecimento, caminhou até a porta e disse:

— Bem, quando acabar de brincar me avise, vou estar lá dentro... trabalhando. — Ela bateu a porta e se perdeu no interior.

Víctor deu um riso sério.

— É que Flora não gosta de motos, para ela esse hobby é uma perda de tempo e de dinheiro. — Tentou justificá-la. — Quando eu era solteiro tive uma Vespa e até costumava levá-la para dar uma volta.

— É verdade, eu me lembro, era vermelha e branca! Você vinha buscar Flora aqui mesmo, no depósito, e quando se despediam ela sempre dizia a mesma coisa a você, que tomasse cuidado e que... — Interrompeu bruscamente.

— ... não bebesse — terminou Víctor. — Assim que nos casamos ela me convenceu a vendê-la, e, você sabe, só lhe dei ouvidos quanto à primeira coisa.

— Víctor, eu não queria chateá-lo...

— Não se preocupe, Amaia. Sou alcoólico, é uma coisa que custei a admitir, mas faz parte de mim e vivo com isso. Sou como um diabético, mas em vez de não voltar a comer bolo, fiquei sem sua irmã.

— Como vai tudo? A tia me disse que você está na chácara dos seus pais...

— Está tudo bem; além da chácara, e com muito bom senso, minha mãe me deixou um pagamento mensal que me permite viver. Vou às reuniões dos alcoólicos anônimos em Irún, restauro motos... Não tenho reclamações.

— E com Flora?

— Bem... — Sorriu olhando para a porta do depósito. — Você a conhece, como sempre.

— Mas...

— Não nos divorciamos, Amaia, ela não quer nem ouvir falar nisso, e eu tampouco, mas imagino que por razões diferentes.

Ela se fixou em Víctor, com sua camisa azul recém-passada, barbeado, cheirando levemente a colônia e apoiado em sua moto... Lembrou-se do namorado que foi uma vez, e teve certeza de que ainda amava Flora, de que nunca havia deixado de amá-la, apesar de tudo. Esta certeza a desconcertou, e Amaia sentiu imediatamente uma onda de afeto pelo cunhado.

— A verdade é que deixei as coisas bastante difíceis para ela, você não imagina o que o álcool leva a gente a fazer.

"É melhor dizer que não sabia até onde poderia chegar ao viver vinte anos com a Bruxa Má do Oeste", pensou Amaia. "Com certeza virar o copo lhe pareceu o mais leve para poder aguentá-la."

— Por que você vai às reuniões em Irún? Não tem uma mais perto?

— Sim, no salão paroquial, acho que às quintas, mas prefiro continuar sendo o bêbado conhecido daqui.

Primavera de 1989

Era sem sombra de dúvida a pasta escolar mais feia que já tinha visto, verde-escura e com umas fivelas marrons que há anos ninguém usava. Não a tocou, pelo menos não naquele dia. Por sorte as aulas estavam prestes a terminar e não teria que usá-la até setembro. Isto era o que pensava. Mas naquele dia não a tocou. Ficou em silêncio olhando aquele horror apoiado em uma cadeira da cozinha e, sem se dar conta, levantou uma das mãos e passou pelo cabelo curtíssimo que sua tia havia nivelado com muita dificuldade, como se entendesse de forma muito básica que as ofensas estavam relacionadas. Seus olhos se encheram de lágrimas no seu aniversário, lágrimas de pura decepção. Suas duas irmãs a olhavam com olhos arregalados feito pratos, escondidas pelas grandes tigelas de leite fumegante. Nenhuma disse nada, mas às vezes, quando Rosario a recriminava, Rosaura chorava em silêncio.

— Posso saber o que há com você agora? — perguntou sua mãe, impacientando-se.

Ela quis dizer muitas coisas. Que era um presente horrível, que já sabia que não teria o macacão jeans, mas que não esperava algo assim. Que alguns presentes eram pensados para desonrar, para humilhar e para ferir, e esta era uma lição que uma menina não deveria aprender em seu nono aniversário. Amaia percebeu, enquanto olhava desolada para aquele horror sem poder conter as lágrimas. Conseguia entender que aquela pasta horrível não era fruto do descuido nem da pressa de última hora para encontrar um presente, do mesmo modo que não respondia a uma necessidade. Possuía uma bolsa de lona na qual levava os livros que estava em perfeito estado. Não. Aquilo tinha sido pensado e escolhido com supremo cuidado para causar o efeito desejado. Um sucesso absoluto.

— Você não gostou? — inquiriu a mãe.

Ela quis dizer tantas coisas, coisas que sabia, que pressentia e que em sua mente de menina nem sequer conseguia organizar. Apenas murmurou:

— É de menino.

Rosario sorriu com um ar condescendente que evidenciava o quanto estava desfrutando daquilo.

— Não diga bobagem, essas coisas são indiferentes para meninos e meninas.

Amaia não respondeu, virou-se muito devagar e se dirigiu à porta.

— Aonde você vai?

— Vou à casa da tia.

— Não mesmo — retrucou a mãe irritada de repente. — O que acha, despreza o presente que seus pais lhe dão e agora quer ir reclamar com sua tia, a *sorgiña*? Quer que adivinhe o seu futuro? Quer saber quando você vai ter um macacão como os de suas amigas? Nunca, se quiser se mandar daqui vá ajudar seu pai na doceria.

Amaia continuou caminhando para a porta sem se atrever a olhar para ela.

— Antes de sair, leve seu presente para o quarto.

Amaia continuou sem se virar, apressou o passo e ainda a ouviu chamá-la duas vezes antes de alcançar a rua.

A doceria a recebeu com o adocicado perfume da essência de anis. Seu pai carregava sacos de farinha que depositava junto à artesã, onde depois os jogaria. Ele reparou de repente na presença da filha e avançou para ela, sacudindo a farinha do avental antes de abraçá-la.

— Mas que carinha é essa?

— *Ama* me deu o presente — gemeu ela, sepultando o rosto no peito do pai e afogando assim suas palavras.

— Venha, vamos, já passou — consolou-a, acariciando seus cabelos mais ralos, onde antes estivera sua linda cabeleira. — Venha — disse, afastando-a o suficiente para ver seu rosto —, pare de chorar e vá lavar esse rostinho. Eu ainda não dei o meu presente.

Amaia lavou o rosto na pia que havia junto à mesa sem deixar de olhar para o pai, que segurava na mão um envelope sépia no qual estava escrito seu nome. Continha uma nota nova de 5 mil pesetas. A menina mordeu o lábio e olhou para o pai.

— A *ama* vai tirar de mim — declarou ela, preocupada. — E vai brigar com você — acrescentou.

— Já pensei nisso, por isso tem outra coisa dentro do envelope.

Amaia espiou no fundo e viu que continha uma chave. Ela olhou para o pai, interrogando-o. Ele pegou o envelope e o esvaziou sobre sua mão.

— É uma chave da doceria. Pensei em você guardar o dinheiro aqui e, quando precisar, pode entrar com sua chave enquanto a *ama* estiver em casa. Já falei com a tia e ela comprará a calça que você quer em Pamplona, mas esse dinheiro é para você, para comprar o que quiser; procure ser discreta e não gaste tudo de repente, ou sua mãe vai notar.

Amaia olhou em volta, saboreando de antemão a liberdade e o privilégio que era ter a chave. O pai passou um pedaço de cordão fino pelo buraco da chave, amarrou-o e queimou com um isqueiro as pontas do cordão para evitar que desfiasse, antes de colocá-lo no pescoço da filha.

— Que a *ama* não veja isso, mas, se vir, diga que é da casa da tia. Certifique-se de fechar bem ao sair e não haverá problema. Pode guardar o envelope atrás dessas garrafas de essência, há anos que não as tocamos para nada.

Nos dias que se seguiram, Amaia acumulou em sua pasta escolar os pequenos tesouros que ia comprando com seu dinheiro, a maioria artigos de papelaria. Uma agenda em cuja capa se via um lindo pierrô sentado sobre uma lua minguante; uma caneta com estampa florida e tinta perfumada de rosas; um estojo de tecido que imitava a parte superior de uma calça com seus bolsos e zíperes, e um carimbo em forma de coração com três caixinhas de tinta de diferentes cores.

19

Às quatro da tarde, o pai de Anne os recebeu em uma sala tão limpa quanto lotada de fotos da garota. Apesar do leve tremor nas mãos com que serviu o café, mostrava-se sereno e controlado.

— Desculpem a minha mulher, ela tomou um calmante e está deitada, mas se for preciso...

— Não se preocupe, só queremos fazer umas perguntas simples; a menos que você considere oportuno, acho que não vai ser necessário incomodá-la — disse Iriarte, com uma nota de emoção na voz que não passou despercebida a Amaia. Lembrou o modo como o tinha afetado reconhecer Anne no rio. O pai da menina sorriu de uma forma que Amaia havia visto em muitas ocasiões: era um homem derrotado.

— O senhor está melhor? Eu o vi no cemitério...

— Sim, obrigado, foi a tensão, o médico disse para tomar esses comprimidos — expôs ele, apontando uma caixinha — e não beber café. — Sorriu de novo, olhando para as xícaras fumegantes em cima da mesinha.

Amaia tomou alguns segundos para olhar fixamente para o homem e avaliar sua dor; depois perguntou:

— O que o senhor pode nos dizer sobre Anne, Sr. Arbizu?

— Só coisas boas. Queria dizer a vocês que não tivemos Anne biologicamente. — Amaia se deu conta de que ele evitava dizer as palavras "não era nossa filha". — Desde o dia em que a trouxemos para casa foi só felicidade... Ela era linda, veja. — E tirou de baixo de uma almofada um porta-retratos que mostrava um bebê loirinho e sorridente. Amaia supôs que o pai de Anne a estivera olhando até eles chegarem e que a havia coberto com a almofada obedecendo a uma ordem inconsciente. Ela observou a foto e a mostrou a Iriarte, que sussurrou:

— Linda. — E lhe devolveu o retrato, que ele voltou a cobrir com a almofada.

— Ela tirava notas muito boas, pergunte aos professores dela, é... era muito inteligente, muito mais do que nós, e muito boa, nunca nos deu um desgosto. Não bebia nem fumava como outras garotas da sua idade, e não tinha namorado, dizia que com os estudos não tinha tempo para essas coisas.

Ele se deteve e baixou o olhar até suas mãos vazias. Permaneceu assim durante alguns segundos, como alguém que foi saqueado e não compreende onde está aquilo que tinha nos braços apenas um instante antes.

— Era a filha que qualquer um gostaria de ter... — murmurou quase para si.

— Sr. Arbizu — interrompeu Amaia, e ele a olhou como se acabasse de despertar de uma longa letargia. — Podemos ver o quarto da sua filha?

— Claro.

Percorreram juntos o corredor, onde de um lado e do outro pendiam mais fotos de Anne, fotos da Comunhão, na escola aos 3 ou 4 anos, vestida de vaqueira aos 7; diante de cada uma o pai parava para contar algum caso. O quarto parecia um tanto bagunçado por Jonan e pela equipe que tinha vindo levar o computador e os diários. Amaia deu uma olhada geral. Cores rosadas e violetas em um quarto de resto bastante clássico. Móveis de boa qualidade em cor creme. Uma colcha com motivos florais que se repetiam nas cortinas e nas estantes, em que se viam mais bichos de pelúcia do que livros. Amaia se aproximou e olhou os títulos. Matemática, xadrez e astronomia misturados com romances água com açúcar; virou-se surpresa para Iriarte, que, entendendo a pergunta não formulada, respondeu:

— Está citado no relatório, incluindo a lista de títulos.

— Já disse que a minha Anne era muito inteligente — frisou desajeitadamente o pai da entrada do quarto, onde tinha parado para olhar o interior do cômodo com uma expressão na boca que Amaia sabia estar destinada a conter o choro.

Deu uma última olhada dentro do guarda-roupa. A roupa que uma boa mãe cristã compraria para a filha adolescente. Fechou as portas e saiu do quarto depois de Iriarte. O homem os acompanhou até a porta.

— Sr. Arbizu, existe alguma possibilidade de Anne ter escondido alguma coisa de vocês, segredos importantes ou amizades que vocês desconhecessem?

O pai negou categoricamente.

— É impossível. Anne nos contava tudo, conhecíamos todos os seus amigos, tínhamos uma comunicação muito boa.

Quando desceram, a mãe de Anne os abordou na escada. Amaia supôs que os tinha esperado sentada ali, nos degraus que separavam a entrada principal do andar superior. Ela usava um roupão masculino marrom sobre um pijama azul, também masculino.

— Amaia... Desculpe, inspetora, lembra-se de mim? Eu conhecia sua mãe, minha irmã mais velha e ela eram amigas, talvez não se lembre. — Enquanto falava, retorcia as mãos uma dentro da outra de um modo tão atroz que Amaia não conseguia parar de olhar para elas, como se fossem duas criaturas feridas procurando uma proteção impossível.

— Lembro — disse, estendendo-lhe a mão.

De repente, sem que nenhum dos presentes tivesse advertido sua intenção, ela se ajoelhou diante de Amaia e suas mãos, aquelas mãos feridas de vazio, prenderam as dela com uma força que parecia impossível naquela mulher frágil. Levantou os olhos e suplicou:

— Pegue o monstro que matou a minha princesa, a minha garotinha maravilhosa. Isso me matou, e não pode haver paz para ele.

O marido gemeu.

— Querida, pelo amor de Deus, o que está fazendo?

O Sr. Arbizu desceu correndo as escadas e tentou abraçar a mulher. Iriarte a levantou segurando-a pelas axilas, mas mesmo assim ela não soltou as mãos de Amaia.

— Eu sei que é um homem, porque vi muitas vezes como os homens olhavam para a minha Anne, como lobos, com cobiça e fome feroz... Uma mãe pode ver essas coisas, distingue claramente, e eu via como cobiçavam seu corpo, seu rosto, sua boca maravilhosa, você a viu, inspetora? Era um anjo. Tão perfeita que não parecia de verdade.

O marido a olhava nos olhos, chorando em silêncio, e Amaia viu que Iriarte engolia saliva e tomava ar lentamente.

— Eu me lembro do dia em que fui mãe, do dia em que a entregaram e a peguei nos braços. Eu não podia ter filhos, as criaturas morriam no meu ventre nas primeiras semanas de gestação, os abortos vinham um atrás do outro de repente, inteiros e sem resíduos; naturais, dizem, como se pudesse haver algo de natural no fato de seus filhos morrerem dentro de você. Tive cinco abortos antes de procurar Anne, e naquela altura eu já tinha perdido qualquer esperança de ser mãe, não queria mais... não queria voltar a passar de novo por aquilo, e era incapaz de me imaginar segurando nas mãos algo além de um daqueles saquinhos sanguinolentos que eram tudo o que eu podia chegar a gerar. No dia em que trouxe Anne para casa, eu não conseguia parar de tremer, tanto que meu marido pensou que a menina ia cair do meu colo. Lembra? — perguntou ela, olhando-o nos olhos. Ele assentiu em silêncio. — Pelo caminho, enquanto vínhamos no carro, não pude tirar os olhos do seu rosto perfeito, ela era tão bonita que parecia irreal. Quando entramos eu a coloquei na minha cama e a despi completamente, o relatório dizia que era uma menina sadia, mas eu tinha certeza de que teria algum defeito, um retardamento, uma mancha horrível, algo que enfeasse sua perfeição. Examinei seu corpinho e só consegui me maravilhar diante do que via, causava uma estranha sensação, como estar vendo uma estátua de mármore. — Amaia se lembrou do corpo inerte da garota, que tinha lembrado uma madona, perfeita em sua alvura. — Passei os dias seguintes observando-a maravilhada, quando a pegava no colo eu me sentia tão agradecida que desatava a chorar de pura angústia e felicidade. E então, no decorrer daqueles dias mágicos, fiquei grávida de novo, e quando descobri quase não me importou, sabe? Porque eu já era mãe, pari do coração e gerei a minha filha nos meus braços, e talvez por isso, porque gerar um filho não era mais o objetivo da minha vida, a gravidez foi à frente. Não contamos a ninguém, já não fazíamos isso. Depois de tantas decepções tínhamos aprendido a manter segredo. Mas dessa vez a gravidez continuou progredindo, cheguei ao quinto mês; a barriga era mais que evidente e as pessoas começaram a falar. Anne tinha quase o mesmo tempo que a criatura que eu levava dentro de mim, uns seis meses, e estava linda, o cabelo loiro já cobria a cabeça dela e ondulava nas têmporas, e seus olhos azuis, com aqueles longos cílios, iluminavam seu rosto, que continuava imaculado. Eu a levava no carrinho com um vestidinho azul que ainda guardo e sentia tanto orgulho quando se inclinavam para olhá-la que a euforia quase brilhava. Uma das minhas cunhadas se aproximou de mim e me beijou. Felicidades, disse, veja como são as coisas, só precisava relaxar para ficar grávida, e agora finalmente você vai ter um filho do seu sangue. Gelei. "Os filhos não são de sangue, são de amor", respondi, meio tremendo. Ela respondeu: "Sim, entendo, pegar uma criança do orfanato é muito generoso e tudo mais, mas se você chegar a saber o que é isso", disse tocando a minha barriga, "em um instante a devolve." Voltei para casa enjoada e furiosa, agarrei a minha filha nos braços e a apertei contra o peito enquanto a angústia e o pânico aumentavam e uma sensação quente se estendia pelo meu ventre a partir do lugar onde aquela bruxa havia me tocado. Nessa mesma noite despertei banhada em suor e apavorada com a certeza de saber que meu filho estava arrebentando dentro de mim. Sentia as finas amarras que o mantinham unido a mim se romperem, e enquanto a dor crescia senti uma força poderosa que me arrasava por dentro, me imobilizando a tal ponto que fui incapaz de estender a mão até o meu marido, que dormia ao meu lado, ou de emitir mais que mudos ofegos até o líquido ardente começar a escorrer entre as minhas pernas. O médico me mostrou a criatura, um menino de rosto arroxeado formadinho e transparente em alguns lugares. Disse que tinha que me operar, que tinha que fazer uma curetagem porque a placenta não tinha saído inteira. E eu, sem deixar de olhar para o rosto horrível do meu filho morto, lhe disse que ligasse as minhas trompas ou retirasse o meu útero, tanto fazia, que meu ventre não era um berço, era o túmulo dos meus filhos. O médico titubeou, disse que talvez mais adiante eu poderia tentar novamente ser mãe, mas eu disse a ele que eu já era, que eu já era a mãe de um anjo e que não queria ser mãe de mais ninguém.

Amaia contemplava com suma tristeza o drama imenso daquela mulher, que em parte também era o seu: seu ventre, um túmulo para os filhos não nascidos. A mãe de Anne continuou falando, derramando sobre eles aquela espécie de confissão que parecia queimá-la por dentro.

— Fiquei 15 anos sem falar com a minha cunhada, e a desgraçada nem sequer sabia por quê. Até hoje no velório. Ela se aproximou com o rosto cheio de lágrimas e sussurrou: "Me perdoe." Isso me deu tanta pena que a abracei e a deixei chorar, mas não respondi, porque nunca a perdoarei. Já não sou mãe, inspetora, alguém roubou a rosa que tinha brotado do meu coração, como no poema, e agora tenho um túmulo no ventre e outro no peito. Agarre o assassino, pare-o e, quando o encontrar, acerte um tiro nele. Faça isso, se você não fizer, eu o farei. Juro por todos os meus filhos mortos que vou dedicar a minha vida a persegui-lo, a esperá-lo, a acossá-lo até conseguir acabar com ele.

Quando saíram à rua, Amaia se sentiu algo estranha, como se tivesse acabado de aterrissar depois de um longo voo.

— Viu as paredes, chefe? — perguntou Iriarte.

Ela assentiu, lembrando-se das fotografias que forravam as paredes da casa, que agora se assemelhava a um mausoléu.

— Parecia nos olhar de todos os lados. Não sei como eles vão superar, vivendo naquela casa.

— Eles não vão — sentenciou ela, compungida.

Reparou de repente na presença de uma mulher que vinha a toda pressa atravessando a rua em diagonal, com o propósito evidente de abordá-los. Quando ela parou diante deles, reconheceu a tia de Anne, a cunhada a quem sua mãe negou o cumprimento durante anos.

— Vocês estão vindo de lá? — perguntou ela, ofegando pelo esforço da corrida.

Amaia não respondeu, certa de que o propósito de todo aquele esforço não era saber de onde vinham.

— Eu... — titubeou. — Eu gosto muito da minha cunhada, o que aconteceu com eles é terrível. Agora mesmo vou para a casa deles, para... bem, para ficar com eles. O que mais posso fazer? É horrível, e, no entanto...

— Sim?

— Aquela menina, Anne, não era normal... Não sei se me entende. Ela era linda e muito inteligente, mas havia alguma coisa estranha nela, uma coisa ruim.

— Uma coisa ruim? E o que era?

— Era ela, ela era o mal. Anne era uma *belagile*, tão escura por dentro quanto branca por fora. Já quando criança seu olhar parecia atravessar a gente, tinha um brilho cheio de maldade. E as bruxas não conseguem paz quando morrem, você vai ver. Anne ainda não terminou.

Ela afirmou isso com a mesma gravidade e segurança como se estivesse falando diante de um tribunal da Inquisição, sem indício de vergonha ou dúvida ao pronunciar uma palavra que hoje só parece crível em um filme de suspense ou terror. E, no entanto, Amaia notava que ela estava terrivelmente inquieta, diria que assustada. Viram-na se afastar, com a segurança de quem cumpriu um dever penoso que ao mesmo tempo lhe honrasse.

Depois de alguns segundos de desconcerto, Amaia e o inspetor continuaram caminhando pela rua Akullegi quando o telefone de Iriarte tocou.

— Sim, ela está comigo, estávamos indo para a delegacia. Eu digo.

Amaia o olhava, expectante.

— Inspetora, é o seu cunhado, Alfredo... Ele está no hospital de Navarra, em Pamplona, tentou se suicidar. Um amigo o encontrou pendurando pelo pescoço no vão da escada. Felizmente parece que chegou a tempo, mas o estado dele é muito grave.

Amaia consultou a hora no relógio. Cinco e quinze. Ros estaria prestes a chegar do trabalho.

— Inspetor, vá para a delegacia. Vou para casa, não quero que a minha irmã fique sabendo por qualquer um. Depois vou ao hospital, voltarei o quanto antes; enquanto isso você se ocupe de tudo aqui, e se...

Ele a interrompeu.

— Inspetora, era o delegado, ele me pediu que a acompanhe até Pamplona... Pelo visto a tentativa de suicídio do seu cunhado está relacionada ao caso.

Amaia olhou para ele desconcertada.

— Relacionada ao caso? Qual caso? O caso do *basajaun*?

— O subinspetor Zabalza está nos esperando no hospital, ele vai dizer mais, eu sei tanto quanto você. Depois de passar pelo hospital, o delegado quer nos ver na delegacia de Pamplona às oito.

20

A rua Braulio Iriarte se chamava antigamente rua do Sol, porque todas as fachadas estão voltadas para o sul e o sol esquenta e ilumina a via até se pôr. Com o tempo mudaram o nome em homenagem a um benfeitor da localidade que, depois de viajar pelas Américas e enriquecer fundando o império cervejeiro de La Coronita, retornou ao povoado e financiou um *frontón*, uma casa de caridade e algumas outras obras importantes. Porém, Amaia continuava achando que "rua do Sol" era mais adequado, básico e ancestral, do tempo em que o homem vivia em comunhão com a natureza e que havia sido varrido pelo poderoso dom Dinheiro. Amaia agradeceu os mornos raios que esquentavam seu rosto e seus ombros, apesar do frio do mês de fevereiro e de outro frio muito mais intenso que voltava a brotar do interior dela como um cadáver mal-enterrado, um frio que tinha retornado com as palavras de Iriarte. Sua cabeça não parava de pensar na informação que possuía. Em uma tentativa desesperada para achar a resposta, havia bombardeado o policial de perguntas, que prudentemente se negava a lançar ao ar novas hipóteses. Por fim imergiu num silêncio ressentido, limitando-se a caminhar ao seu lado. Ao chegar a casa, viram o Ford Fiesta de Ros, que estacionava diante da entrada.

— Oi, irmã — cumprimentou Ros, contente por vê-la.

— Ros, entre em casa, preciso falar com você. — O sorriso de Ros se esvaiu.

— Não me assuste — disse, enquanto abria a porta e entravam na sala. Amaia olhava fixamente para ela.

— Sente-se, Ros — pediu Amaia, indicando-lhe uma cadeira.

Ros se sentou à mesa no mesmo lugar que escolhia para ler as cartas.

— Onde está a tia? — perguntou Amaia, consciente de repente de que não tinha visto Engrasi.

— Não sei, meu Deus, aconteceu alguma coisa com ela? Ela disse que ia fazer compras em Eroski com James...

— Não, a tia está bem... Ros, é o Freddy.

— Freddy? — repetiu ela como se nunca antes tivesse ouvido aquele nome.

— Ele tentou se suicidar se pendurando pelo pescoço da balaustrada da escada da sua casa.

Ros se manteve serena, talvez demasiadamente serena.

— Ele morreu? — quis saber.

— Não, por sorte um amigo dele foi a casa nesse momento e... Sabe se havia uma chave escondida na entrada?

— Sim, discutimos várias vezes por isso, eu não gostava que seus amigos pudessem entrar em casa a qualquer hora.

— Sinto muito, Ros — sussurrou Amaia.

Ros mordeu o lábio inferior e permaneceu em silêncio, olhando para um ponto no vazio à direita de Amaia.

— Ros, vou agora mesmo para Pamplona, nos disseram que ele está no hospital de Navarra. — Omitiu comentar qualquer coisa sobre a suposta relação de Freddy com o caso. — Deixe um bilhete para a tia, vamos ligar para James no caminho.

Ros não se moveu de seu lugar.

— Amaia, eu não vou.

Amaia, que já tinha dado alguns passos em direção à porta, se deteve.

— Não? Por quê? — perguntou ela, realmente surpresa.

— Não quero ir, não posso ir. Não tenho forças.

Amaia olhou para ela durante alguns segundos e em seguida concordou.

— Está bem, compreendo — mentiu. — Ligarei quando souber qualquer coisa.

— Sim, é melhor você me ligar.

Quando entrou no carro ficou olhando para Iriarte, que já estava ao volante.

— Não estou entendendo nada — declarou, olhando para ele. Iriarte negou com a cabeça, incapaz de ajudá-la.

O hospital os recebeu com seu característico cheiro de desinfetante e uma corrente de ar congelante que varria o vestíbulo.

— Estão fazendo obras na parte de trás, na antiga entrada de emergências, por isso a corrente — explicou Iriarte.

— Onde fica a UTI?

— Por aqui — indicou o outro —, perto das salas de cirurgia, eu levo você, estive aqui algumas vezes.

Seguindo a linha verde traçada no piso, percorreram um corredor após o outro, até que o subinspetor Zabalza surgiu de uma pequena sala onde havia apenas uma mesinha e meia dúzia de poltronas, um pouco mais confortáveis do que as cadeiras de plástico que se agrupavam em fileiras pelos corredores.

— Venham, podemos conversar aqui, não há ninguém.

Zabalza apareceu de novo no corredor, fez um gesto à enfermeira que estava no posto de enfermagem e finalmente entrou.

— Já vão avisar ao médico, ele virá em seguida.

Fez menção de se sentar, mas, vendo que Amaia continuava de pé apressando-o com o olhar, sacou a caderneta e começou a ler suas anotações.

— Hoje, por volta de uma da tarde, Alfredo cruzou com um amigo, o tal que mais tarde o encontrou e ligou para a emergência. Este declara que ele estava com uma péssima aparência, como se estivesse muito doente ou sofresse muita dor.

Amaia pensou em como ele estava abatido e acabado quando o vira no cemitério pela manhã. Zabalza continuou.

— Ele disse que ficou assustado com a aparência de Freddy, que falou com ele, mas mal murmurou algumas palavras incompreensíveis e foi embora. O amigo ficou preocupado, assim depois de almoçar passou pela casa dele. Bateu; como ninguém respondia, olhou pela janela e viu a televisão ligada. Insistiu e, como não houve resposta, entrou na casa usando a chave que, segundo ele, estava embaixo de um vaso de cerâmica na entrada para que os amigos o visitassem sempre que quisessem. Relatou que todos os amigos sabem da existência da chave. Entrou, o encontrou pendurado pelo pescoço no vão da escada e, apesar de tomar um susto enorme, pegou uma faca da cozinha, subiu as escadas e cortou a corda. Segundo ele, Freddy ainda esperneava. Ligou para a emergência e o acompanhou na ambulância. Está em uma sala da área comum, caso queira falar com ele.

Amaia suspirou.

— Algo mais?

— Sim, o amigo diz que já fazia dias que Freddy estava mal; não sabe se foi por isso, mas garante que a mulher... — olhou para Amaia com cara séria —, que sua irmã o havia deixado.

— É verdade — corroborou ela.

— Essa pode ser a causa. Ele deixou um bilhete.

Zabalza lhes mostrou um saco de provas que continha um pedaço de papel sujo dentro; estava enrugado e molhado.

— Está enrugado porque Freddy estava com ele apertado na mão, o tiraram na ambulância. E há umidade, suponho que seja muco e lágrimas, mas mesmo assim dá para ler "Eu te amo, Anne, te amarei para sempre".

Amaia olhou para Iriarte e de novo para Zabalza.

— Zabalza, minha irmã se chama Ros, Rosaura. E acho que todos nós sabemos quem é Anne.

— Ah — disse ele —, sinto muito... Eu...

— Traga aqui o amigo — pediu Iriarte, dedicando-lhe um olhar de recriminação. Quando Zabalza saiu, Iriarte se virou para ela. — Desculpe-o, ele não sabia; comentaram comigo por telefone. O bilhete estabelece uma relação entre Freddy e Anne, e essa é a razão pela qual o delegado quer nos ver.

Zabalza voltou depois de poucos minutos acompanhado de um homem de uns 30 e tantos anos, magro, moreno e ossudo. Os jeans um tanto grandes e o casaco térmico preto o faziam parecer ainda mais magro, como se estivesse perdido dentro da roupa. Apesar dos maus bocados pelos quais teve que passar, havia em seu rosto um brilho de satisfação, produzido talvez por todo o interesse que estava suscitando.

— Esse é Ángel Ostolaza. Inspetores Salazar e Iriarte.

Amaia lhe estendeu a mão e percebeu um ligeiro tremor na dele. Ele parecia disposto a relatar novamente toda a experiência com riqueza de detalhes, por isso pareceu um pouco decepcionado quando a inspetora levou o interrogatório a um terreno que não tinha ensaiado.

— Você diria que é amigo íntimo de Freddy?

— Nos conhecemos desde crianças, estudamos juntos do ensino fundamental até o médio, até que ele desistiu, mas sempre fomos do mesmo grupo.

— Mas são íntimos a ponto de compartilhar coisas, digamos, muito privadas?

— Bem... Não sei, sim, acho que sim.

— Você conhecia Anne Arbizu?

— Todo mundo conhecia, Elizondo é um povoado muito pequeno — respondeu, como se isso explicasse tudo. — E Anne não passava despercebida. Sabem o que quero dizer? — acrescentou, sorrindo para os dois homens, provavelmente buscando uma camaradagem masculina que não encontrou.

— Freddy tinha algum tipo de relação com Anne Arbizu?

Sem dúvida ele percebeu que sua resposta marcaria um rumo distinto ao interrogatório.

— Não, o que você está dizendo? É claro que não — respondeu, indignado.

— Ele fez alguma vez algum comentário com você sobre se a achava atraente ou desejável?

— Mas o que você está insinuando? Ela era uma menina, uma menina muito bonita... Bem, talvez tenhamos feito algum comentário, você sabe como são os homens. — E voltou a procurar com o olhar o apoio de Zabalza e Iriarte, que novamente o ignoraram. — Talvez tenhamos dito que estava ficando muito bonita e que era muito desenvolvida para a idade, mas nem sequer tenho certeza de que o comentário partisse de Freddy, alguém deve ter dito e os outros concordaram.

— Quem? Quem disse? — perguntou Amaia com dureza.

— Não sei, juro, não sei.

— Está bem, provavelmente voltaremos a necessitar da sua ajuda. Agora pode ir.

Ele pareceu surpreso. Olhou para as mãos e de repente pareceu desolado, como se não soubesse o que fazer com elas; finalmente optou por enterrá-las bem fundo nos bolsos e, sem dizer nada, abandonou a sala.

O médico entrou visivelmente incomodado, correu o olhar sobre todos os presentes e pareceu que sua irritação se tornava mais aguda. Depois de uma breve apresentação, informou, dirigindo-se a Zabalza e Iriarte, ignorando completamente Amaia:

— O Sr. Alfredo Belarrain está com uma lesão medular grave e uma fratura parcial da traqueia. Compreendem a gravidade do que estou dizendo? — Olhou de um em um para os dois homens e acrescentou: — Em outras palavras, não sei nem como ele está vivo, foi por muito pouco. A lesão medular é o que mais nos preocupa; achamos que com o tempo e a devida reabilitação ele poderá recuperar alguma mobilidade, mas duvido que possa voltar a caminhar. Entendem?

— As lesões são compatíveis com uma tentativa de suicídio? — perguntou Iriarte.

— Na minha opinião, sim, sem dúvida as lesões coincidem com um enforcamento autoinfligido. Bem típico, aliás.

— Cabe a possibilidade de que alguém o tenha "ajudado"?

— Não existem ferimentos defensivos nem abrasões de arrasto, não há hematomas que indiquem ter sido empurrado ou forçado. Ele subiu no alto da escada, amarrou a corda e saltou; as lesões são compatíveis com enforcamento e sob os rastros da corda não aparece nenhum sinal que indique que tenha sido asfixiado antes de se pendurar. Está claro? E agora, se não tiverem mais perguntas, deixo o caso resolvido e vou trabalhar.

Amaia fixou o olhar nele, inclinando ligeiramente a cabeça para um lado.

— Espere, doutor... — Ela deu um passo se colocando a poucos centímetros do médico e demorou lendo seu nome na placa de identificação. — Doutor... Martínez-Larrea, certo?

Ele retrocedeu, visivelmente intimidado.

— Sou a inspetora Salazar, da divisão de homicídios da Polícia Foral, e estou à frente de uma investigação em que o Sr. Belarrain desempenha um papel importante. Compreende?

— Sim, bem...

— É de vital importância que eu possa interrogá-lo.

— Impossível — respondeu ele titubeando, enquanto levantava as mãos em um claro gesto conciliador. Amaia avançou outro passo.

— Vejo que embora seja tão preparado a ponto de fazer o nosso trabalho, o senhor não entende uma palavra do que digo. Esse homem é o principal suspeito de uma série de crimes, e preciso interrogá-lo.

Ele voltou mais alguns passos até ficar quase no corredor.

— Se ele é um assassino, podem ficar tranquilos, não irá a parte alguma: está com as costas e a traqueia quebradas, tem um tubo introduzido na boca até o pulmão, está em coma induzido; mesmo que eu pudesse despertá-lo, o que não posso, ele não conseguiria falar, nem escrever, nem mover os cílios. — Deu outro passo para o corredor. — Me acompanhe, senhora — sussurrou —, vou permitir que o veja, mas só por dois minutos e através dos vidros.

Ela concordou e o seguiu.

O quarto onde Freddy estava tinha em comum com um quarto normal a presença inevitável da cama hospitalar, mas de resto bem poderia ser um laboratório, a cabine de um avião ou o cenário de um filme futurista. Freddy estava quase invisível entre os tubos, os fios e as peças acolchoadas que apoiavam sua cabeça como um capacete. De sua boca saía um tubo que Amaia achou anormalmente grosso, e que estava grudado ao rosto com um pedaço de esparadrapo branco que tornava a palidez de Freddy mais evidente por comparação. Só nas pálpebras, que se viam inchadas, notava-se uma nota de cor violácea e o brilho perolado de uma lágrima que tinha escorregado pelo rosto em direção à orelha. A imagem daquela manhã, quando o havia visto entre as sebes da entrada do cemitério, voltava a sua cabeça mais uma vez. Dedicou-lhe mais alguns instantes enquanto se perguntava se sentia compaixão por ele. E decidiu que sim. Sentia compaixão por aquela vida destruída, mas nem toda a compaixão do mundo conseguiria detê-la em sua busca pela verdade.

Quando saiu, Amaia cruzou com a mãe de Freddy, que a substituiria durante dois minutos junto ao vidro. Ia cumprimentá-la quando a mulher a repreendeu.

— O que você está fazendo aqui? O médico me disse que você queria interrogar o meu filho... Por que não nos deixam em paz? Não acha que a sua irmã já causou dano suficiente a ele? Sua irmã destroçou o coração dele quando o abandonou, e o coitado não conseguiu suportar, perdeu a razão. E você vem interrogá-lo? Interrogá-lo sobre o quê?

Amaia saiu para o corredor e se uniu a Zabalza e Iriarte, que a esperavam; a porta envidraçada abafou os gritos da mulher.

— O que está acontecendo?

— O doutor sabe... O idiota deve ter dito à mãe de Freddy que ele é suspeito de assassinato.

21

O delegado recebeu Amaia e Iriarte em sua sala e, embora os tenha convidado a sentar, decidiu permanecer de pé.

— Vou direto ao ponto — anunciou. — Inspetora, quando tomei a decisão de colocá-la à frente desse caso, sempre contando com o apoio do chefe de polícia de Elizondo, não imaginava que pudesse haver uma reviravolta como essa. Você deve saber que, havendo um familiar seu envolvido no caso, sua situação fica comprometida, e não podemos nos arriscar que um erro desse tipo arruine futuras ações judiciais.

Ele olhou fixamente para Amaia, que permaneceu impassível, embora um leve tremor nervoso fizesse seu joelho vibrar, como se estivesse ligado a um fio de alta-tensão. O delegado se virou para a janela e permaneceu um minuto em silêncio olhando para fora. Deixou o ar sair dos pulmões sonoramente e perguntou:

— Que implicação você acha que esse indivíduo pode ter no caso?

Não estava claro a qual dos dois dirigia a pergunta. Amaia olhou para Iriarte, que a apressou com o olhar.

— Sabíamos que Anne Arbizu mantinha relações com um homem casado; apesar de examinar seu computador, diários e ligações, não sabíamos de quem se tratava, mas sim que a relação tinha terminado por iniciativa da garota há pouco tempo. Acho que Freddy era o homem com quem ela se encontrava. Mas ele não se encaixa de jeito nenhum no perfil do assassino que procuramos. Freddy é caótico, vagabundo e desorganizado, e tenho certeza de que quem matou Anne é o autor da morte das outras garotas.

— Qual é a sua opinião, Iriarte?

— Concordo totalmente com a inspetora.

— Eu não gosto nada dessa situação, inspetora, mas mesmo assim darei a você 48 horas para comprovar os álibis, se houver, e descartar Alfredo Belarrain como suspeito; mas se esse homem tiver qualquer tipo de implicação na morte de Anne Arbizu, ou na de qualquer uma das outras garotas, terei que afastá-la do caso, e o inspetor Iriarte a substituiria no comando. Já falei com o delegado de Elizondo e ele está de acordo. E agora me desculpem, estou com pressa. — Abriu a porta e antes de sair se virou. — Quarenta e oito horas.

Amaia suspirou lentamente até esvaziar os pulmões por completo.

— Iriarte, obrigada — disse, olhando-o nos olhos.

Ele se levantou sorrindo.

— Vamos, temos trabalho.

Já havia anoitecido quando chegaram em casa. Na sala de tia Engrasi, as garotas do alegre grupo do pôquer foram substituídas por uma espécie de velório familiar sem defunto. James, sentado junto ao fogo, parecia mais preocupado do que Amaia jamais o tinha visto; a tia estava sentada no sofá ao lado de Ros, que, curiosamente, parecia a mais serena dos três. Jonan Etxaide e o inspetor Montes ocupavam confortáveis cadeiras em volta da mesa de jogo. A tia se levantou assim que a viu entrar.

— Filha, como ele está? — perguntou enquanto hesitava entre avançar até Amaia ou permanecer onde estava.

Amaia pegou uma cadeira e se sentou diante de Ros, deixando apenas alguns centímetros entre elas. Olhou fixamente para a irmã durante segundos e respondeu:

— Ele está muito mal, a traqueia foi destruída pela corda que quase rompeu o pescoço dele. Além disso, houve dano na medula espinhal e ele não voltará a caminhar.

Enquanto ouvia os lamentos da tia e de James, Amaia não deixou de estudar o rosto de Ros. Uma leve piscada, uma expressão de desgosto que franziu brevemente seus lábios. E nada mais.

— Ros, por que você não foi ao hospital? Por que não foi ver o seu marido, que tentou se suicidar quando você rompeu com ele?

Ros a olhou fixamente e começou a negar com a cabeça, mas não falou nada.

— Você sabia — afirmou Amaia.

Ela engoliu em seco, e pareceu que o gesto lhe custava um grande esforço.

— Sabia que ele estava com alguém — declarou finalmente.

— Sabia que era Anne?

— Não, mas sabia que estava com outra mulher. Se você o tivesse visto... Era um infiel típico. Estava eufórico, parou de fumar baseado e não bebia, tomava banho três vezes por dia e até passava uma colônia que dei de presente há três natais e que nunca tinha usado. Não sou boba, e ele me deu todas as pistas. Era óbvio que estava com alguém.

— E você sabia com quem.

— Não, não sabia, juro. Mas soube que tinha terminado no dia em que voltei em casa para pegar as minhas coisas e o encontrei chorando como uma criança. Ele estava muito bêbado. Os olhos arrasados, enterrava o rosto em uma almofada e chorava tão desesperadamente que eu mal conseguia entender. Era a própria imagem da desolação, achei que sua mãe, ou uma de suas tias... Então ele conseguiu se acalmar um pouco e começou a me dizer que tudo tinha dado errado por culpa dele, e agora tudo havia terminado, que nunca tinha amado ninguém daquela forma, que estava certo de que não ia conseguir aguentar. Que idiota! Por um momento pensei que estava falando de nós, da nossa relação, do nosso amor. Então ele disse algo assim como "Eu a amo mais do que amei qualquer pessoa em toda minha vida"... Entende? Tive vontade de matá-lo.

— Ele disse quem era?

— Não — sussurrou Ros.

— Você esteve hoje em sua casa?

— Não. — Mal se ouvia um fio de voz.

— Onde você estava entre uma e duas da tarde?

— Que tipo de pergunta é esta? — quis saber Ros, elevando a voz de repente.

— É o tipo de pergunta que tenho que fazer — respondeu Amaia, sem se alterar.

— Amaia, você acha que... — Ela deixou a frase inacabada.

— É rotina, Ros. Responda.

— Uma em ponto, saí do trabalho e, como todos os dias, almocei em um restaurante de Lekaroz, depois tomei um café com o gerente e às duas e meia voltei a trabalhar até as cinco.

— Agora devo fazer outra pergunta a você — disse Amaia, suavizando o tom. — Por favor, seja sincera, Ros. Você sabia com quem seu marido se encontrava? Já sei o que você disse, mas talvez alguém tenha lhe dito, ou pelo menos insinuado.

Ela ficou em silêncio e baixou os olhos até as mãos, que retorciam um lenço de papel com força.

— Irmã, pelo amor de Deus, diga a verdade, ou não vou poder ajudá-la.

Ros começou a chorar em silêncio, grossas lágrimas rolaram por seu rosto enquanto parodiava algo parecido com um sorriso. Amaia sentiu que o chão desmoronava sob seus pés. Ela se inclinou para a frente e abraçou a irmã.

— Me diga, por favor — pediu, encostando a boca no ouvido dela. — Viram você discutir com uma mulher.

Ros se soltou bruscamente do abraço e foi se sentar junto ao fogo.

— Ela era uma *belagile* — murmurou, angustiada.

Amaia pensou que era a segunda vez no dia que ouvia aquele adjetivo se referindo a Anne.

— Sobre o que vocês conversaram?

— Não conversamos.

— O que ela disse?

— Nada.

— Nada? Inspetor Montes, repita o que contou ontem a Zabalza — disse, virando-se bruscamente para o inspetor, que havia permanecido em silêncio e sério até este instante. Ele se levantou como se declarasse em um julgamento, estirou a jaqueta e passou uma das mãos pelo cabelo penteado para trás.

— Ontem, depois do anoitecer, eu estava caminhando por este lado do rio e na outra margem, na altura da *ikastola*, vi Rosaura e a outra mulher juntas, paradas uma diante da outra. Não consegui ouvir o que diziam, mas ouvi a garota rir, riu tão forte que a ouvi claramente do outro lado do rio.

— Isso foi tudo o que ela fez — disse Ros, compondo uma expressão de apreensão —, ontem à tarde, depois de sair da minha casa, eu estava me sentindo um pouco aturdida e caminhei um pouco pela outra margem do rio. Anne Arbizu vinha caminhando na direção contrária a minha; vestia uma capa que cobria parcialmente o rosto, e quando íamos cruzar notei que ela me olhava nos olhos. Embora a conhecesse de vista, nunca tínhamos conversado, e pensei que ia me perguntar alguma coisa, mas em vez disso parou diante de mim, apenas a dois passos, e começou a rir sem parar de me olhar, zombando.

Amaia viu a expressão de surpresa dos outros, mas continuou perguntando:

— O que você disse?

— Nada, para quê? Entendi tudo imediatamente, não havia nada a dizer, ela estava rindo de mim. Me senti envergonhada e humilhada, e também intimidada... Se tivesse visto os olhos dela. Juro que nunca em toda a minha vida vi tanta maldade num olhar, havia tanta malícia e conhecimento como se estivesse olhando para uma anciã cheia de sabedoria e desprezo.

Amaia suspirou sonoramente.

— Ros, quero que volte a pensar no que você me disse. Sei que falou com uma mulher, o inspetor Montes foi testemunha, mas não pode ter sido Anne Arbizu, porque ontem, a essa hora, quando você voltava da sua casa, fazia 26 horas que Anne estava morta.

Ros tremeu como sacudida por um forte vento que soprasse em todas as direções enquanto elevava as mãos em um gesto de perplexidade.

— Com quem você falou, Ros? Quem era essa mulher?

— Já disse, era Anne Arbizu, era aquela *belagile*, aquele demônio.

— Pelo amor de Deus! Pare de mentir, assim não posso ajudá-la! — exclamou Amaia.

— Era Anne Arbizu — gritou Ros fora de si, pondo-se na sua frente.

Amaia permaneceu em silêncio um minuto, olhou para Iriarte e assentiu, autorizando-o.

— Pode ter sido uma mulher muito parecida com Anne? Você disse que nunca tinha falado com ela, pode ser que a tenha confundido com outra garota? Se estava de capuz, talvez não tenha visto bem seu rosto — sugeriu ele.

— Não sei. Pode ser... — admitiu Ros, sem convicção. Ele se aproximou até ficar na frente dela.

— Rosaura Salazar, solicitamos uma ordem de revista para o seu domicílio, telefones celulares, computadores, o que inclui também as caixas que tirou de lá ontem — disse Iriarte com voz neutra.

— Não precisam disso, podem procurar tudo o que quiserem. Suponho que é assim que as coisas devem ser. Amaia, nas caixas só tem coisas minhas, nada dele.

— Imagino...

— Espere, eu sou suspeita? Eu?

Amaia não respondeu, olhou para a tia, que mantinha um braço cruzado sobre o peito e com a outra mão cobria a boca. Sentiu-se morrer pela dor que sabia que tudo aquilo causava. Iriarte se adiantou um passo, consciente da tensão que se acumulava.

— Seu marido tinha uma relação com Anne Arbizu, ela está morta, assassinada, e ele tentou se suicidar. Nesse momento ele é o principal suspeito, mas você teve ontem mesmo conhecimento da aventura, primeiro por parte dele, e depois aquela mulher zombou de você em plena rua.

— Bem, por essa eu não esperava... Não se suspeita que haja um assassino em série que mata as meninas? Ou você agora vai tirar uma nova hipótese da manga? Porque Freddy é um idiota, um vagabundo e um merda, e, além disso, um inútil. Mas não é um assassino de meninas.

O subinspetor Zabalza olhou para Amaia e interveio.

— Rosaura, é rotina na investigação. Revistaremos a casa e, se não encontrarmos nada estranho, constataremos seus álibis e a descartaremos; não é nada pessoal, é assim que trabalhamos. Não deve se preocupar.

— Nada estranho? Tudo foi estranho nos últimos meses. Tudo. — Ela se sentou novamente na poltrona e fechou os olhos, vítima de um esgotamento extraordinário.

— Rosaura, vamos precisar que faça uma declaração — disse Iriarte.

— Acabo de fazê-la — replicou ela sem abrir os olhos.

— Na delegacia.

— Entendo. — Levantou-se bruscamente, pegou a bolsa e o casaco, que estavam pendurados no sofá, e se dirigiu à porta beijando a tia de passagem e sem olhar para a irmã. — O quanto antes — declarou, dirigindo-se a Iriarte.

— Obrigado — disse ele antes de sair atrás dela.

Amaia apoiou as mãos na coluna da lareira e sentiu as calças tão quentes que parecia que a qualquer momento pegariam fogo. O telefone de Montes, o de Jonan e o seu emitiram quase em uníssono o sinal de que havia chegado uma mensagem. Sem olhar, perguntou:

— A ordem de revista?

— Sim, chefe.

Acompanhou-os até a entrada e fechou a porta da sala atrás de si.

— Vão ao encontro dos agentes de Elizondo. Montes, você e o subinspetor Etxaide podem ajudá-los. Eu vou esperar na delegacia até terem terminado, para não comprometer a investigação.

— Mas, chefe... Não acho que... — protestou Jonan.

— É a casa da minha irmã, Jonan. Revistem, procurem qualquer indício da relação entre Anne e Freddy e, se houver, qualquer coisa que sugira que a minha irmã tivesse conhecimento dos fatos com antecedência. Sejam minuciosos: cartas, livros, mensagens no celular, e-mail, fotos, objetos pessoais, brinquedos sexuais... Peçam à operadora dela a lista das suas ligações, talvez até encontrem a conta. Interroguem os amigos dos dois, alguém devia saber.

— Examinei toda a correspondência de Anne e posso garantir que não havia nada para Freddy. E em sua lista de ligações e mensagens tampouco há sinal de que tivesse ligado para ele. Apesar disso, as amigas têm certeza de que ela saía com um homem casado; segundo as próprias palavras de Anne, ia terminar a relação porque o cara tinha grudado demais. Acha que ele reagiu mal ao fim da relação a ponto de matá-la?

— Não acredito nisso, Jonan, e os outros assassinatos? Se estamos de acordo em alguma coisa é que formam uma série, e o da Anne não é uma imitação, foi executado seguindo a mesma pauta. Portanto, se Freddy tivesse matado Anne, teria que ter matado também as outras. Ele é idiota o suficiente para ter uma aventura com uma menor dez vezes mais esperta que ele, mas não tem o perfil de um assassino tão metódico: a frieza, o controle, a cena seguindo um protocolo invariável não combinam de nenhuma maneira com o caráter de Freddy. Os assassinos em série não sentem remorso e não se suicidam por suas vítimas. Examinem a casa, depois vamos ver.

A porta se fechou atrás de Jonan, e Amaia voltou a entrar na sala. James e a tia a olhavam em silêncio.

— Amaia... — começou James.

— Não falem nada, por favor, tudo isso está sendo muito difícil para mim. Por favor. Fiz tudo o que podia. Agora já viram o que eu tenho que fazer todo dia, já viram que merda é o meu trabalho.

Ela pegou o casaco impermeável e saiu de casa. Caminhou a passo firme até o Trinquete, adentrou alguns passos na ponte, parou, retornou sobre seus passos à rua Braulio Iriarte e caminhou decidida para Menditurri, até a doceria.

22

Amaia se aproximou da porta e apalpou a fechadura, sentindo o coração disparar no peito. Inconscientemente, levou a outra mão ao pescoço, procurando a corda na qual há muito tempo tinha pendurado a chave. Uma voz atrás dela a sobressaltou.

— Amaia.

Ela se virou, desembainhando sua arma com um gesto automático.

— James, meu Deus! O que você está fazendo aqui?

— A tia me disse que você viria para cá — respondeu ele, olhando um tanto perplexo para a porta da doceria.

— A tia... — murmurou ela, amaldiçoando-se por ser tão previsível.

— Quase dou um tiro em você — sussurrou, guardando a Glock no casaco.

— Eu estava... Nós estamos preocupados com você, a tia e eu...

— Eu sei, vamos embora daqui — declarou ela, olhando para a porta, apreensiva de repente.

— Amaia... — James se aproximou e passou um braço por seus ombros, atraindo-a para ele enquanto caminhavam em direção à ponte. — Não entendo por que de repente você se comporta como se todos nós estivéssemos contra você. Entendo o seu trabalho e entendo que fez o que deveria, e a tia também. Ros cometeu um erro ao não contar a você sobre a garota, mas posso entendê-la; por mais que você seja uma policial, é também a irmã mais nova dela, e acho que se sentia um pouco envergonhada. Você deve tentar entender, porque a tia e eu entendemos, e notamos que tentou facilitar a interrogando em casa, e não na delegacia.

— Sim — admitiu ela, relaxando a tensão do corpo e aproximando-se um pouco mais do marido. — Talvez você tenha razão.

— Amaia, tem mais alguma coisa. Estamos casados há cinco anos, e nesse tempo não me lembro de termos passado 48 horas seguidas em Elizondo. Sempre pensei que tivesse acontecido com você o mesmo que com muitas pessoas nascidas em povoados pequenos, que depois de viver em uma cidade viram urbanoides radicais. Eu achava que era isso que acontecia. Uma garota criada em uma área rural que vai morar na cidade, vira policial e deixa suas origens um pouco de lado... Mas tem mais alguma coisa, certo?

Ele se deteve e tentou olhá-la nos olhos, mas Amaia evitou. James não se rendeu e, tomando-a pelos ombros, obrigou-a a olhar para ele.

— Amaia, o que está acontecendo? Tem alguma coisa que você não me contou? Estou preocupado de verdade. Se houver algo importante que nos afete, você precisa me contar.

Ela o olhou, primeiro zangada, mas, ao ver a preocupação e a impotência com que demandava respostas, sorriu tristemente.

— Fantasmas, James. Fantasmas do passado. Sua mulher, que não acredita em magia, adivinhação, em *basajaunes* e em gênios, está atormentada por fantasmas. Passei anos tentando me esconder em Pamplona, tenho um distintivo e um revólver e evitei vir aqui durante muito tempo porque sabia que, se voltasse, eles iam me encontrar. É tudo, todo esse mal, esse monstro que mata meninas e as deixa no rio, meninas como eu, James. — Ele abriu mais os olhos, confuso. Porém, Amaia já não olhava para ele, olhava através dele para um ponto no infinito. — O mal me obrigou a voltar, os fantasmas saíram dos seus túmulos inspirados pela minha presença, e agora me encontraram.

James a abraçou, deixando que Amaia enterrasse o rosto em seu peito naquele gesto íntimo que sempre a reconfortava.

— Meninas como você... — sussurrou ele.

23

A viatura que a havia levado até ali estacionou sob a marquise formada pelo segundo andar da delegacia de polícia. O policial lhe deu boa-noite, mas Amaia ainda demorou alguns segundos dentro do veículo enquanto fingia procurar o celular e esperava que sua irmã e o inspetor Iriarte, que saíam do prédio e entravam no carro dele para levá-la de volta, se afastassem. Uma fina chuva começou a cair no instante em que ultrapassava a porta. Um agente evidentemente novato conversava pelo celular, que desligou e escondeu aos trancos e barrancos assim que a viu. Ela caminhou até o elevador sem se deter, apertou o botão e olhou de novo para o policial do guichê. Voltou sobre seus passos.

— Pode me mostrar o seu celular?
— Sinto muito, inspetora, eu...
— Me deixe vê-lo.

Ele lhe estendeu um telefone prateado que cintilou sob as luzes da entrada. Amaia o observou cuidadosamente.

— É novo? Tem cara de bom.
— Sim, é muito bom — declarou ele, com orgulho de proprietário.
— Parece caro, não é um desses de promoção.
— Não, custa 800 euros e é uma edição limitada.
— Eu o vi com outra pessoa.
— Deve ter sido recentemente, porque faz só uma semana que tenho. Saiu à venda há dez dias e tenho um dos primeiros.

— Parabéns, agente — disse ela, e correu para alcançar o elevador antes que as portas se fechassem.

Em cima da mesa havia um computador, um telefone celular, a correspondência de um mês incluindo as contas e alguns sacos de provas que continham o que parecia haxixe. Jonan comparava uma conta com os dados que apareciam na tela de seu computador.

— Boa noite — cumprimentou Amaia.

— Olá, chefe — respondeu vagamente, sem tirar os olhos da tela.

— O que temos?

— No e-mail nada, mas o celular está lotado de ligações e mensagens das mais tristes... Mas não para o número de Anne.

— Não, para o outro número de Anne — especificou ela. Ele se virou, surpreso.

— Acabo de ver um celular idêntico ao de Anne Arbizu, um celular muito caro e exclusivo que está apenas há dez dias no mercado. O mesmo tempo de seu contrato telefônico. Mas é um pouco estranho que uma garota como Anne não tivesse nenhum telefone até alguns dias atrás, justo quando se encheu das ligações e mensagens de Freddy. Era uma garota muito prática, então se desfez do celular velho... Não podia perder apenas o chip, então "perdeu" o aparelho inteiro e pediu ao seu *aita* que lhe comprasse um pós-pago com um número novo.

— Merda — murmurou Jonan.

— Pergunte aos pais. Comparando o número com a conta de Freddy, vamos ter o suficiente. Você encontrou algo mais?

— Nada além de haxixe. Nas caixas de Ros, só objetos pessoais. Vou examinar a correspondência, mas a única coisa que há são contas e publicidade, nada que indique que sua irmã pudesse saber da aventura. — Amaia suspirou e se virou para as vidraças que davam para fora. Mais à frente do caminho de acesso iluminado pelas luzes amareladas só havia escuridão. — Inspetora. Posso fazer isso, vai levar um bom tempo. Vá descansar, se houver algo mais, eu a avisarei.

Amaia se virou e sorriu enquanto fechava o zíper do casaco.

— Boa noite, Jonan.

Ela pediu ao policial que a deixasse no bar Saioa, onde pediu um café puro que o proprietário serviu sem reclamar, apesar de já ter limpado a cafeteira. Estava fervendo, e ela o bebeu a goles curtos saboreando a força da bebida, fingindo não perceber o interesse que suscitava entre os escassos fregueses, que àquela hora da noite tomavam gins-tônicas em copos de sidra cheios de gelo, ignorando o frio siberiano que ameaçava lá fora. Quando saiu, parecia que a temperatura havia baixado cinco graus de repente. Amaia colocou as mãos nos bolsos e atravessou a rua. A grande maioria das casas de Elizondo, da mesma forma que no restante do vale, eram edifícios moldados ao clima úmido e chuvoso do lugar, de planta quadrada ou retangular, com três ou quatro andares e telhado preparado para as chuvas coberto com telhas e grande beiral, que delimitava o espaço da casa e servia aos transeuntes mais acostumados, como ela mesma, um refúgio precário à chuva. Segundo registrava Barandiaran, era nesse estreito espaço em que a água da chuva escorria do telhado o lugar que antigamente se reservava para enterrar os fetos abortados e as crianças mortas no parto. Existia a crença de que seus pequenos espíritos, os *mairu*, guardavam a casa, protegendo-a do mal, e ao mesmo tempo ficavam para sempre na casa materna como eternos infantes. Lembrava-se de que a tia contara que certa vez, ao derrubar uma casa e cavar ao redor, encontraram ossos pertencentes a mais de dez bebês, que foram sendo colocados sob o beiral da casa durante séculos como sentinelas.

Amaia caminhou pela rua Santiago junto aos portais tentando se proteger do vento, que ficou mais forte ao descer pela Javier Ciga, perto da casa senhorial que dava nome à ponte. O rio rugia na represa de um modo ensurdecedor, e a fez se perguntar como os moradores cujas janelas davam para a pequena queda de água conseguiam dormir. As luzes do Trinquete estavam apagadas. A rua estava deserta como em uma cidade fantasma. Pouco a pouco, levada pela corrente do outro rio que fluía dentro dela, foi penetrando naquela que fora a rua do Sol em direção a Txokoto, até chegar de novo à porta da doceria. Tirou uma das mãos do bolso do casaco e a apoiou sobre a fechadura gelada. Inclinou a cabeça até tocar com a testa a áspera madeira da porta e começou a chorar em silêncio.

24

Havia morrido. Soube com a mesma certeza com que antes sabia que estava viva. Havia morrido. E da mesma forma que estava consciente de sua morte, estava de tudo que acontecia ao seu redor. O sangue que ainda brotava de sua cabeça, o coração detido no meio de uma pulsação que nunca mais terminaria.

    O silêncio estranho em que seu corpo imergiu, e que de dentro parecia quase ensurdecedor, permitia ouvir outros sons ao redor. Uma gota caindo sobre uma placa metálica. Um ofego, o esforço e o empenho com que alguém puxava seus membros sem vida. Uma respiração rápida e descompassada. Um sussurro, talvez uma ameaça. Mas já não importava, porque tudo tinha acabado. A morte é o fim do medo, e saber isto quase a fez feliz, porque era uma menina morta em um túmulo branco, e alguém que ofegava pelo esforço começou a enterrá-la.

    A terra era suave e perfumada e cobriu seus membros frios como uma manta macia e quente. Pensou que a terra era piedosa com os mortos. Mas não quem a enterrava. Atirava punhados de pó sobre suas mãos, sobre sua boca, sobre seus olhos e nariz, cobrindo-a, tapando o horror. A terra penetrou em sua boca e se tornou um barro pastoso e denso, grudou em seus dentes e endureceu em seus lábios. Entrou em seu nariz invadindo as fossas nasais e então, apesar de ter acreditado que estava morta, inalou aquela terra piedosa e começou a tossir. As pazadas que caíam sobre seu rosto se multiplicaram, unidas a uma espécie de grito abafado de pânico emitido pelo monstro impiedoso que a enterrava. A terra de seu túmulo branco inundava sua boca, mas mesmo assim ela gritou, desesperada:

— Eu sou só uma menina, eu sou só uma menina.

Mas sua boca estava obstruída pela lama, e as palavras não ultrapassavam a fronteira de seus dentes selados com grude.

— Amaia, Amaia. — James a sacudiu.

Ela olhou para ele, ainda horrorizada, enquanto sentia-se emergir do sonho como se subisse a toda velocidade em um rápido elevador que a tirasse do abismo no qual estava presa, e quase imediatamente esqueceu os detalhes do sonho. Quando olhou para James e respondeu, mal conseguiu se lembrar da sensação de horror e de sufoco que, no entanto, a acompanhou pelo restante da noite e ainda persistia pela manhã. James acariciava docemente a cabeça de Amaia, deslizando a mão por seus cabelos.

— Bom dia — sussurrou Amaia.

— Bom dia, trouxe um café. — Ele sorriu.

Tomar um café na cama era um costume que tinha desde seus tempos de estudante, quando morava em Pamplona em um velho apartamento sem calefação. Levantava-se para preparar o café e o levava para a cama para saboreá-lo embaixo das cobertas, e só quando já tinha se aquecido e se sentia suficientemente acordada, saía do meio dos lençóis para se vestir apressadamente. James nunca tomava o café da manhã na cama, mas havia alimentado seu costume despertando-a todos os dias com um café.

— Que horas são? — perguntou ela tentando alcançar o celular, que repousava em cima do criado-mudo.

— Sete e meia. Calma, há tempo.

— Quero falar com Ros antes que ela vá trabalhar.

James fez um gesto de contrariedade.

— Ela acabou de sair para o trabalho.

— Merda, era importante. Eu queria...

— Talvez seja melhor assim. Ela parecia tranquila, mas acho melhor deixar passar algumas horas, dar tempo para ela se acalmar. À noite você vai poder falar com ela, e tenho certeza de que já serão águas passadas.

— Você tem razão — admitiu Amaia —, mas sabe como eu sou, gosto de resolver as coisas o quanto antes.

— Por enquanto tome esse café e resolva esse marido que está abandonado.

Ela deixou o copo em cima do criado-mudo e puxou a mão de James até tê-lo sobre ela.

— Pode deixar!

E o beijou apaixonadamente. Adorava seus beijos, a forma que tinha de se aproximar dela olhando-a nos olhos e sabendo com certeza que fariam amor assim que a roçasse. Primeiro procurava suas mãos, tomava-as e as guiava até depositá-las sobre seu peito ou sua cintura. Depois seu olhar percorria o caminho que mais tarde seus lábios fariam, dos olhos à boca, e, quando finalmente a beijava, seus lábios a elevavam acima do chão. Quando James a beijava, ela percebia a paixão e a força contida de um titã, mas, além disso, sentia a ternura e o respeito daquele que beija a quem ama. Pensava que nenhum homem na terra beijava assim, que os beijos de James respondiam a um padrão de correspondência tão antigo quanto o mundo, que fazia com que os amantes se buscassem e se encontrassem sempre. James pertencia a ela, e ela pertencia a ele, e isto era um desígnio forjado inclusive muito tempo antes que fosse sequer uma sombra de vida. E seus beijos eram a antecipação do que o sexo traria depois. James a amava de um modo delicioso, o sexo com ele era um baile, uma dança para dois bailarinos em que nenhum tinha mais relevância que o outro. James percorria seu corpo arrebatado de paixão, mas sem pressa nem atropelo. Conquistando cada centímetro de sua carne com mãos hábeis e beijos febris que depositava em sua pele, fazendo-a estremecer. Ele conquistava e se apropriava de domínios dos quais era rei por direito, mas aos quais sempre voltava com a mesma reverência da primeira vez. Deixava-a ser ela, elevava-a junto a ele sem dirigi-la nem obrigá-la. E Amaia sentia que nada mais importava. Só os dois.

Nus e exaustos, James a olhou fixamente. Estudava seu rosto com suprema doçura, tentando achar uma pista de sua inquietação. Ela sorriu para ele, que devolveu um sorriso no qual Amaia detectou uma ponta de preocupação surpreendente em James, que era ingênuo por natureza, com aquele temperamento um pouco infantil próprio dos norte-americanos quando estão fora de seu país.

— Você está bem?

— Muito bem, e você?

— Bem, embora esteja com um pouco de frio — queixou-se ela, dengosa.

Ele se ajeitou um pouco, alcançou o edredom, que havia escorregado para o chão, e cobriu Amaia abraçando-a contra seu peito. Deixou passar alguns segundos, reconfortando-se na respiração dela contra sua pele.

— Amaia, ontem...

— Não se preocupe, amor, não foi nada, só estresse.

— Não, amor, já vi você outras vezes saturada por um caso, e dessa vez é diferente. Também há os pesadelos... Já são muitas noites. E o que você me disse ontem, quando a encontrei em frente à doceria.

Ela se endireitou para olhá-lo nos olhos.

— James, juro que não tem por que se preocupar, não há nada comigo. É um caso difícil, Fermín com seu comportamento, e aquelas meninas mortas. Estresse e nada mais, nada que eu não tenha enfrentado antes. — Amaia deu um breve beijo em seus lábios e saiu da cama.

— Amaia, há outra coisa. Ontem liguei para a clínica Lenox para mudar a consulta dessa semana e me disseram que você já tinha ligado para cancelar o tratamento.

Ela olhou para ele sem responder.

— Você me deve uma explicação, pensei que havíamos concordado em iniciar o tratamento para fertilidade.

— Está vendo? É a isso que me refiro, acha mesmo que consigo pensar nisso agora? Acabei de dizer que estou estressada, e você não contribui para que isso melhore.

— Sinto muito, Amaia, mas não vou ceder. É algo muito importante para mim, algo que acreditei que também era importante para você, e acho que você pelo menos deveria me dizer se pretende se submeter ao tratamento ou não.

— Não sei, James...

— Acho que sabe, se não, por que cancelaria o tratamento?

Amaia se sentou na cama e começou a traçar com o dedo círculos invisíveis na colcha; sem se atrever a olhar para ele, respondeu:

— Não consigo dar uma resposta agora. Eu achava que estava segura, mas nos últimos dias as dúvidas foram aumentando até o ponto de que já não tenho certeza se quero ter um filho dessa maneira.

— "Dessa maneira" se refere a usar técnicas de fecundação ou a nós?

— James, não faça isso, não está acontecendo nada ruim entre nós — rebateu, alarmada.

— Você está mentindo, Amaia, e me esconde coisas, cancela o tratamento sem me contar, como se fosse ter o filho sozinha, e diz que não está acontecendo nada com a gente.

Amaia se levantou e se dirigiu ao banheiro.

— Agora não é uma boa hora, James, tenho que ir.

— Meus pais ligaram ontem, mandaram lembranças para você — avisou, enquanto ela fechava a porta do banheiro.

Os Srs. Westford, os pais de James, pareciam ter empreendido uma campanha para conseguir um neto a qualquer custo. Ela se lembrava que, no dia de seu casamento, o sogro havia lhe oferecido um brinde em que pedia netos o quanto antes, e, quando depois de vários anos de casamento as crianças não chegaram, a aberta atitude de seus sogros para com ela se tornou uma espécie de recriminação velada, que imaginava que com James não seria tão velada.

James permaneceu deitado, olhando fixamente para a porta do banheiro enquanto ouvia a água escorrer, enquanto se perguntava o que diabos estava acontecendo.

25

James Westford estava morando em Pamplona havia seis meses quando conheceu Amaia. Ela era então uma jovem policial novata, que tinha ido à galeria onde ele ia expor para informar ao proprietário sobre a ocorrência de pequenos furtos na área. James se lembrava de Amaia vestida de uniforme, de pé ao lado do colega, observando encantada uma de suas esculturas. Agachado sobre uma caixa, lutava com as embalagens que ainda cobriam as obras que iam ser expostas. Levantou-se sem deixar de olhar para ela, e sem pensar se aproximou e lhe estendeu um dos folhetos que a galeria havia preparado para a apresentação. Amaia pegou o papel sem sorrir e agradeceu, sem lhe dar maior atenção. Ele se sentiu frustrado ao perceber que não o leu, nem sequer o folheou, e quando saíram do local observou que o deixara em uma mesa junto à entrada. Voltou a vê-la no sábado seguinte, na inauguração da exposição. Usava um vestido preto e o cabelo solto penteado para trás; no início não tivera certeza de que fosse a mesma garota, porém então ela se aproximou da mesma escultura da vez anterior e, apontando-a, disse:

— Desde que a vi no outro dia não consegui tirar essa imagem da cabeça.

— Comigo aconteceu a mesma coisa, desde que a vi no outro dia não consegui tirar sua imagem da cabeça.

Ela olhou para ele sorrindo.

— Certo, você é engenhoso e hábil com as mãos, o que mais sabe fazer bem?

Quando a galeria fechou, passearam pelas ruas de Pamplona durante horas, conversando sem parar sobre suas vidas, seus trabalhos. Eram quase quatro da manhã quando começou a chover. Tentaram alcançar uma rua próxima, mas a intensidade da chuva os obrigou a se proteger sob o estreito beiral de uma casa. Amaia estremeceu sob seu vestido fino e ele, muito cavalheiro, ofereceu-lhe o casaco. Envolta na peça, aspirou o cheiro que emanava dela enquanto a chuva aumentava, obrigando-os a retroceder até ficarem colados à parede. Ele a olhou sorrindo com uma expressão boba, e ela, que tremia entorpecida, aproximou-se dele até roçá-lo.

— Pode me abraçar? — pediu ela, olhando-o nos olhos.

James a atraiu contra seu corpo e a abraçou. De repente Amaia começou a rir. Ele a olhou, surpreso.

— Do que está rindo?

— Ah, de nada, estava pensando que foi preciso cair um dilúvio para que me abraçasse. Agora me pergunto o que vai ter que acontecer para que me beije.

— Amaia, tudo o que você quiser de mim é só pedir.

— Então me beije.

26

Através das amplas vidraças da nova delegacia, o dia ameaçava não chegar. O nível de luz, muito baixo, e a fina chuva que não havia parado de cair desde a noite anterior contribuíam para escurecer os campos e as árvores, em sua maioria nus pelo efeito daquele inverno que já começava a se eternizar. Amaia olhou pela janela enquanto segurava o copo de café entre as mãos, dormentes pelo frio, e se perguntou mais uma vez por Montes. Seu nível de insubordinação e irresponsabilidade tinha alcançado limites inesperados. Sabia que de vez em quando ele passava pela delegacia e conversava com o subinspetor Zabalza ou com Iriarte, mas já fazia dois dias que não respondia às suas ligações nem sequer passava na sua frente. Fora a contragosto à acareação com Ros e depois tinha estado na revista, mas nesta manhã não comparecera à reunião. Disse para si mesma que teria que fazer algo a respeito, mas odiava a simples ideia de apresentar uma queixa contra Fermín.

Não entendia bem o que estava passando pela cabeça dele. Foram colegas durante os dois últimos anos, e inclusive talvez amigos no último, quando Fermín lhe confessou que a esposa o havia abandonado por um homem mais jovem. Ela o tinha ouvido em silêncio com os olhos baixos, decidida a não encará-lo, pois sabia que um homem como Montes não estava compartilhando sua desgraça, estava se confessando. Como em um ato de contrição, enumerava suas falhas e as razões dela para deixá-lo, para não o amar. Ouviu sem dizer uma palavra, e como absolvição lhe estendeu um lenço de papel enquanto se virava para não ver suas lágrimas, tão incongruentes em um homem como ele. Seguiu os detalhes do divórcio e o acompanhou em alguns vinhos e cervejas carregados de veneno contra a ex-mulher. Tinha-o convidado para almoçar em sua casa aos domingos e, apesar da reticência inicial, fizera boas relações com James. Havia sido um bom policial, talvez um pouco antiquado, mas dotado de bom instinto e perspicácia. E um bom colega, que sempre se mostrou respeitoso e conciliador diante das atitudes machistas de outros policiais; por isso lhe era tão estranho aquele repentino ataque de ciúmes de macho alfa destronado. Voltou-se para a mesa e o painel onde apareciam as fotos das garotas. No momento, tinha assuntos mais importantes com que se ocupar.

Na primeira hora da manhã havia realizado uma reunião com o pessoal da brigada de delitos contra menores, pois duas das vítimas não chegavam à maioridade. Em seguida chegara à conclusão de que não eram os delitos normais contra menores, e que os perfis de vítimas e agressores ficavam muito longe do tipo de assassinatos que enfrentavam. O perfil criminológico do *basajaun* era assustador pela evidência de seu comportamento quase clichê. Amaia relembrava sua estada no curso sobre perfis criminais com o FBI e o que aprendeu lá; entre outras coisas, que a parafernália psicossexual que muitos assassinos em série montavam em torno do cadáver indicava seu desejo de personalizá-lo, para estabelecer um vínculo entre eles e suas vítimas que de outro modo não existiria. Havia lógica em seus atos, não se evidenciava transtorno mental algum. Os assassinatos eram perfeitamente planejados e premeditados, a tal ponto que o assassino era capaz de reproduzir várias vezes o mesmo crime em diferentes vítimas. Não era espontâneo, não cometia erros incompetentes de um oportunista escolhendo vítimas ao acaso ou conforme brindava a oportunidade. Matá-las era apenas mais um passo dos muitos que devia dar para completar sua cena, seu grande plano, sua fantasia psicossexual, que se via obrigado a repetir mais de uma vez sem que sua sede se acalmasse jamais, sem que suas expectativas fossem preenchidas. Devia personalizar suas vítimas para torná-las parte de seu mundo, para se vincular a elas e assim torná-las suas, além de uma mera posse sexual.

Seu *modus operandi* manifestava uma inteligência lúcida, pelo cuidado que empregava em proteger sua identidade, em ter o tempo necessário para consumar o crime, facilitar a fuga e deixar sua assinatura, o sinal inequívoco que o distinguia sem dar lugar a qualquer dúvida. O *basajaun* escolhia vítimas de risco. Não eram prostitutas nem drogadas, dispostas a acompanhar qualquer um. E, embora talvez à primeira vista as adolescentes pudessem parecer vulneráveis, a verdade é que as garotas de hoje em dia sabem se cuidar muito bem. Conhecem os riscos quanto a agressões e estupros e andam em grupos de amigos bastante fechados, logo, é pouco provável que uma garota concorde em acompanhar um desconhecido. Havia ainda o fato de que Elizondo é um povoado pequeno, e, como em todos os povoados pequenos, a maioria das pessoas se conhece. Amaia tinha certeza de que o *basajaun* conhecia suas vítimas, de que muito provavelmente era um homem adulto que devia dispor de um veículo para transportar as vítimas e fugir no meio da noite, veículo que provavelmente utilizava também para capturá-las. Nos povoados, era frequente os moradores pararem no ponto do ônibus quando viam alguém esperando e se oferecerem para levá-lo, pelo menos até o próximo povoado. Carla tinha ficado sozinha no monte quando discutiu com o namorado, e Ainhoa havia perdido o ônibus até o povoado vizinho; se estava próxima ao ponto, e levando em consideração que estaria bastante nervosa e preocupada com a reação dos pais, ganhava força a possibilidade de que tivesse concordado em subir no carro de um conhecido, uma pessoa de meia-idade, uma pessoa confiável, uma pessoa que conhecia de toda a vida.

Observou um a um os rostos das garotas. Carla sorria, sedutora, com os lábios muito vermelhos e uma dentição perfeita. Ainhoa olhava para a câmara com acanhamento, como fazem as pessoas que sabem que não são fotogênicas; e certamente a foto não fazia justiça à beleza emergente da mais jovem das vítimas. E havia Anne. Anne olhava para a lente com a displicência de uma imperatriz e sorria com uma expressão que era ao mesmo tempo pícara e recatada. Amaia observou fixamente seus olhos verdes e não foi difícil imaginá-los acerados pelo brilho do desprezo e da maldade, enquanto ria de Ros na sua própria cara. Embora fosse impossível, porque já estava morta quando Ros a viu. Uma *belagile*. Uma bruxa. Não uma adivinha nem uma curandeira. Uma mulher poderosa e obscura com um terrível pacto sobre sua alma. Uma servidora do mal, capaz de torcer e distorcer os fatos até adaptá-los à sua vontade. *Belagile*. Fazia anos que não ouvia esta palavra dessa maneira; em basco moderno se dizia *sorgin, sorgiña*. *Belagile* era o modo antigo, o verdadeiro, que se refere aos servidores do mal. A palavra lhe trouxe à memória lembranças de sua infância, quando sua *amona* Juanita lhes contava histórias de bruxas. Lendas que agora faziam parte do folclore popular e dos truques para atrair turismo, mas que provinham de um tempo não tão longínquo em que as pessoas acreditavam na existência de bruxas, em servidores do mal e em seus fatídicos poderes para semear o caos, a destruição e inclusive causar a morte daqueles que ficavam em seu caminho.

Amaia pegou de novo o exemplar de *Brujería y brujas*, de José Miguel Barandiaran, que tinha mandado buscar na biblioteca assim que esta abrira. O antropólogo afirmava que a crença popular, profundamente arraigada em todo o norte, e principalmente no País Basco e Navarra, dizia que alguém era *belagile* sem dúvida se não tivesse nem uma única mancha ou verruga no corpo. A imagem da pele nua da Anne na mesa de necropsia a tinha açoitado de forma recorrente, o relato da mãe sobre o dia em que a levou para casa, as constantes referências à alvura de sua pele de mármore. Certamente tinha sido essa particularidade da pele da menina que alarmara a cunhada.

Amaia leu a definição de bruxa: "chamo bruxaria a manifestação do espírito popular que supõe certas pessoas dotadas de propriedades extraordinárias, em virtude de sua ciência mágica ou de sua comunicação com potências infernais." Poderia parecer uma fraude, não fosse por nos vales de Navarra que rodeavam Elizondo a crença na existência de bruxas e bruxos ter levado à morte, à tortura e a horríveis sofrimentos centenas de pessoas acusadas de ter pactos com o demônio — em sua maioria mulheres acusadas pelo feroz inquisidor Pierre de Lancré, da diocese de Bayona, à qual no século XV pertencia boa parte de Navarra. Lancré era um insaciável perseguidor de bruxas, convencido de sua existência e de seu poder demoníaco, o qual organizou em um livro da época em que descrevia com toda a riqueza de detalhes a hierarquia infernal e sua correspondência na terra. O livro é um completo exercício de fantasia e paranoia que descreve práticas absurdas e ridículos sinais da presença do mal.

Amaia elevou o olhar até encontrar de novo os olhos de Anne.

— Você foi uma *belagile*, Anne Arbizu? — perguntou em voz alta.

Do verde dos olhos de Anne lhe pareceu que uma sombra se estendia em sua direção. Um calafrio percorreu sua espinha. Ela suspirou e jogou o livrinho na mesa enquanto amaldiçoava a calefação daquela novíssima delegacia, que não chegava a aquecer nesta fria manhã. Um rumor crescente soou no corredor. Amaia consultou o relógio e constatou, surpresa, que já era meio-dia. Os policiais entraram na sala com barulho de cadeiras arrastando, roçar de papéis e umidade grudada na roupa como uma pátina cristalina. Sem preâmbulos, o inspetor Iriarte começou a falar.

— Bem, já verifiquei os álibis. Na véspera do Ano-Novo, Rosaura e Freddy jantaram na casa da mãe dele com as tias e alguns amigos da família; por volta das duas, saíram pelos bares do povoado. Muita gente os viu durante a noite e até pela manhã, já bem avançada, e não se separaram em nenhum momento. No dia em que mataram Ainhoa, Freddy passou o dia inteiro em casa com vários amigos que foram se alternando, sem que chegasse a ficar sozinho em hora alguma. Jogaram videogame, foram ao bar Txokoto buscar sanduíches e viram um filme. Ele não saiu de casa. Os amigos disseram que ele estava resfriado.

— Bem, isso o descarta como suspeito — apontou Jonan.

— Só para o assassinato de Carla e Ainhoa, mas não para o de Anne. Acontece que nos últimos dias ele não se mostrou tão sociável quanto de costume. Rosaura não morava mais na casa, e os amigos dizem que, embora tenham ido lá várias vezes, ele os expulsou com a desculpa de que não estava bem. Todos juram que não sabiam absolutamente nada sobre Anne e que acreditaram realmente que estava doente. Ele se queixava do estômago, e no mesmo dia em que mataram Anne comentou alguma coisa sobre ir à emergência.

— Você falou com todos, incluindo Ángel? Como é o sobrenome? Aquele que o encontrou em casa, parece que era o que mais se preocupava com ele. Talvez possa nos dizer alguma coisa.

— Ostolaza — declarou Zabalza —, Ángel Ostolaza.

— É o que falta, ele trabalha em uma oficina de Vera de Bidasoa. A mãe não soube me dizer o nome, mas tinha o telefone. Deve ir almoçar em casa, então por volta de uma e meia ele vai passar por aqui.

— Temos mais alguma coisa?

— Com relação ao celular da garota, você tinha razão, chefe: ela trocou de telefone há duas semanas. Disse ao pai que havia perdido e não quis manter o número. Na correspondência de Freddy encontramos a última conta; com a mulher fora de casa ele nem sequer havia se incomodado em esconder ou destruir, e de fato apareciam todas as ligações e mensagens para o antigo número de Anne. O computador dela reflete uma intensa vida social, muitos seguidores, nenhum amigo ou amiga íntimos. Não confiava em ninguém para contar seus segredos, mas fazia alarde de sua relação com um homem casado. Não há mais nada.

Quando a reunião acabou, Jonan ficou alguns segundos folheando o exemplar de *Brujería y brujas*. Quando Amaia percebeu, sorriu.

— Puxa, chefe, não me diga que vai tentar olhar o caso sob outra perspectiva.

— Já não sei sob que perspectiva devo olhar, Jonan. Sinto que cada vez sei mais sobre esse assassino, e que estamos fazendo um bom trabalho, mas tudo foi tão rápido que dá até vertigem; e, seja como for, não se deve confundir lógica e senso comum com teimosia. Aprendi muito sobre assassinos em série quando estive em Quantico, e a primeira lição foi saber que, por mais que sejam feitas muitas análises de comportamento, eles sempre estão um passo à frente. Não acredito em bruxas, Jonan, mas talvez esse assassino sim, ou pelo menos em um tipo de mal específico, próprio de mulheres muito jovens, a partir de alguns sinais que sem dúvida interpreta a sua maneira para escolher a vítima. E isso — indicou, apontando para o livro — é por causa de algo que várias pessoas me disseram a respeito de Anne. E que me faz pensar.

Novamente, a atitude de Ángel Ostolaza lhe deu a impressão de que se divertia muito além da medida ao se ver envolvido na investigação. Tinha-o visto outras vezes, mas nunca deixava de lhe surpreender que uma pessoa se sentisse secretamente orgulhosa de se ver implicada em uma morte violenta.

— Vejamos, mataram Anne Arbizu na segunda-feira, certo? Nesse dia Freddy me ligou porque estava muito mal do estômago, não era a primeira vez que acontecia, sabe? Há dois anos ele teve uma úlcera, ou gastrite, ou algo assim, e desde então aconteceu várias vezes, sobretudo depois de fins de semana, quando bebe muito e não come... Bem, você sabe o que acontece. Freddy tinha passado o domingo muito mal e na segunda-feira estava com uma dor que não melhorava com nada. Quando ele me ligou, era por volta de três e meia. Eu ainda estava trabalhando, disse a ele que fosse ao ambulatório, mas Freddy não vai sozinho a lugar nenhum, eu ou Ros sempre o acompanhávamos, então quando saí fui buscá-lo e o acompanhei à emergência.

— A que horas foi isso?

— Bom, eu saio às sete, calculo que por volta das sete e meia.

— Quanto tempo vocês ficaram na emergência?

— Quanto tempo? Muito, quase duas horas, havia muita gente por causa da gripe, e quando o atenderam o cara estava péssimo; depois fizeram uma radiografia e alguns exames, e finalmente aplicaram um Nolotil. Saímos de lá às onze, e como o Freddy já não sentia dor e estávamos com fome fomos ao Saioa para comer sanduíches de lombo e batatas bravas.

— Freddy comeu batatas bravas depois de sair da emergência por dor de estômago? — surpreendeu-se Iriarte.

— Ele não sentia mais dor, e, além disso, o que faz mais mal é não comer.

— Entendo, a que horas vocês saíram do bar?

— Não sei, mas ficamos um bom tempo, pelo menos uma hora; depois o acompanhei até sua casa e jogamos uma partida de PlayStation, mas não fiquei muito, porque eu madrugo. — Ángel baixou o olhar e permaneceu assim alguns segundos, depois emitiu um som parecido com um ganido, e Iriarte percebeu que ele estava chorando. Quando levantou os olhos tinha perdido totalmente o controle. — O que vai acontecer agora? Com certeza ele não vai conseguir voltar a caminhar, ele não merece isso, é um bom cara, sabe? Ele não merece isso. — Cobriu o rosto com as mãos e continuou chorando. Iriarte saiu para o corredor e voltou um minuto depois com um copo de café que colocou diante do rapaz. Olhou para Amaia.

— Se o amigo Ángel está dizendo a verdade, e acho que está — concluiu ele, condescendente, dedicando um sorriso a Ángel, que respondeu com uma expressão séria —, vai ser muito fácil comprovar. Vou dar uma volta no ambulatório, eles têm câmeras de segurança, se estiveram lá como ele diz, as imagens vão ser seu álibi. Vou mandar uma mensagem. Enviarei o relatório ao delegado exonerando Freddy.

— Obrigada — disse ela. — Vou me encontrar com os especialistas em ursos.

27

Flora Salazar se serviu um café e sentou atrás da mesa de seu escritório antes de consultar o relógio. Seis em ponto. Os empregados começaram a desfilar para a saída enquanto se despediam uns dos outros e dela, cumprimentando-a com a mão através do vidro da porta, que tinha deixado entreaberta depois de avisar a Ernesto que devia ficar uma hora a mais. Ernesto Murúa trabalhava há dez anos para Flora e atuava como encarregado da doceria e chefe dos confeiteiros.

Ela ouviu o inconfundível som de um caminhão que parava na entrada do depósito, e um minuto depois o rosto cético de Ernesto aparecia pela porta do escritório.

— Flora, tem um caminhão da Farinhas Ustarroz aí fora, o homem diz que encomendamos cem sacos de 50. Já disse a ele que é um engano, mas o cara insiste.

Ela pegou uma caneta, destampou-a e fingiu escrever alguma coisa em sua agenda.

— Não, não é um engano, eu fiz esse pedido, sabia que o trariam agora e por isso pedi a você que ficasse hoje.

Ernesto olhou para ela, confuso.

— Mas, Flora, estamos com o depósito cheio, e eu achava que você estava contente com o serviço e a qualidade das Farinhas Lasa; lembre que há um ano experimentamos essa e decidimos que a qualidade era inferior.

— Agora decidi experimentar de novo. Ultimamente não estou muito satisfeita com a qualidade da farinha; forma grumos e a moagem parece diferente, inclusive o cheiro mudou. Fizeram uma boa oferta, e era o que faltava para eu me decidir.

— E o que fazemos com a farinha que temos?

— Já arranjei tudo com o pessoal da Ustarroz. A do depósito eles mesmos vão retirar, a da artesa e das latas você pode jogar no lixo; quero que substitua toda a farinha da doceria pela nova e que jogue fora todo o lote anterior, não se pode aproveitar porque está ruim. Pode ir.

Ernesto concordou sem nenhum convencimento, dirigiu-se à entrada e indicou ao motorista onde deviam deixar os sacos que chegavam.

— Ernesto — chamou Flora de novo. Ele voltou. — Obviamente, espero discrição com esse assunto, admitir que a farinha estava ruim é algo que pode nos prejudicar muito. Nem uma palavra, e se algum empregado perguntar diga simplesmente que nos fizeram uma oferta muito boa e mais nada. O melhor é evitar o assunto.

— Claro — respondeu Ernesto.

Flora ainda permaneceu em seu escritório mais 15 minutos, que perdeu lavando a xícara do café e limpando a cafeteira enquanto um pensamento terrível tomava força em sua mente. Certificou-se de que a porta estivesse trancada e avançou em volta da parede, olhando fixamente para a obra de Javier Ciga que adornava o escritório e que ela havia comprado dois anos antes. Com imenso cuidado, Flora a desprendeu e a apoiou no sofá, deixando à vista o cofre blindado que se escondia atrás do quadro. Acionou as pequenas roletas prateadas com dedos hábeis e a caixa se abriu com um estalo. Envelopes com papéis, um maço de notas para pagamentos, valises e pastas com documentos se empilhavam em uma torre organizada do maior para o menor, junto à qual havia um saquinho de veludo. Pegou todo o monte e o tirou da caixa, deixando à vista uma grossa agenda de couro que ficava escondida, apoiada na parte de trás. Ao pegá-la, teve a impressão de que o couro estava úmido e de que pesava mais do que se lembrava. Levou-a até sua mesa, sentou-se diante dela a encarando com um misto de agitação e urgência e a abriu. Os recortes não estavam colados, mas talvez, devido ao tempo que levavam comprimidos entre aquelas páginas, permanecessem no mesmo lugar em que ela os tinha colocado há mais de vinte anos. Quase não haviam amarelado, embora a tinta tivesse perdido parte de seu negrume e parecesse cinzenta e desbotada, como se tivesse sido lavada muitas vezes. Flora virou as páginas com cuidado para não alterar a ordem cronológica na qual foram ordenadas e releu o nome que uma voz vinha repetindo em sua cabeça desde que Amaia saiu da doceria. Teresa Klas.

Teresa era filha de imigrantes sérvios que chegaram ao vale no início dos anos 1990, segundo alguns, fugindo da justiça de seu país, mas eram apenas boatos. Em seguida, conseguiram emprego no povoado e, quando Teresa, que não ia muito bem na escola, teve idade para trabalhar, entrou na chácara Berrueta para cuidar da mãe idosa, que possuía muitas dificuldades para andar. Teresa tinha de bonita tudo o que não tinha de inteligente, e sabia disso; sua longa cabeleira loira e um corpo muito desenvolvido para a idade causaram muitos comentários no povoado. Estava há três meses na chácara Berrueta quando apareceu morta atrás de uns montes de feno; a polícia interrogou todos os homens que trabalhavam lá, mas não chegou a prender ninguém. Era verão, havia muita gente de fora, e chegaram à conclusão de que a garota havia acompanhado algum desconhecido ao campo e lá a estupraram e assassinaram. Teresa Klas, Teresa Klas. Teresa Klas. Se fechasse os olhos, quase podia ver sua cara de putinha.

— Teresa — sussurrou. — Tantos anos depois e você continua complicando a minha vida.

Flora fechou a agenda e a colocou de novo no fundo da caixa, tapando-a com outros documentos. Colocou o saco no lugar sem resistir a afrouxar o cordão de seda que o rodeava. A escassa luz do ambiente foi suficiente para arrancar um brilho do verniz vermelho dos sapatos. Ela tocou com o indicador a suave curva do salto enquanto a embargava uma enorme sensação de inquietação, uma emoção nova e incômoda como nenhuma outra. Fechou o cofre e pendurou o quadro, tomando o cuidado de deixá-lo perfeitamente alinhado com o chão. Depois pegou a bolsa e saiu para a doceria para inspecionar o trabalho. Cumprimentou o motorista e se despediu de Ernesto.

*

Quando teve certeza de que Flora havia ido embora, Ernesto entrou no depósito, pegou o cilindro de sacos de 5 quilos e começou a enchê-los com a farinha da artesa. Ele levantou uma pazada e a levou ao nariz: cheirava como sempre; agarrou uma pitada entre os dedos e provou.

— Essa mulher está louca — murmurou para si mesmo.

— O que você disse? — perguntou o motorista, achando que falava com ele.

— Eu perguntei se você quer levar alguns sacos de farinha para casa.

— É claro que sim, obrigado — agradeceu o homem, surpreso.

Ele encheu dez sacos de 5 quilos e quando lhe pareceu suficiente os levou até seu veículo, estacionado na entrada; depois jogou o restante em um saco industrial de lixo, que amarrou e levou a um contêiner. O motorista já tinha quase terminado.

— Esses são os últimos — anunciou.

— Não os coloque no depósito, traga aqui que eu vou jogá-los na artesa — disse Ernesto.

Primavera de 1989

Na casa de Rosario se jantava cedo, assim que Juan chegava da doceria, e frequentemente as meninas deviam terminar as tarefas escolares após a refeição. Enquanto recolhiam a mesa, Amaia se dirigiu ao pai.

— Tenho que ir um pouco à casa de Estitxu, não anotei bem a lição e não sei que página devo estudar para amanhã.

— Certo, vá, mas não demore — respondeu o pai, sentado ao lado da mulher no sofá.

A menina cantarolava a caminho da doceria, sorrindo e apalpando a chave sob o pulôver. Olhou para os dois lados da rua para se certificar de que ninguém que pudesse comentar algo com sua mãe a visse entrar. Introduziu a chave na fechadura e suspirou aliviada quando o ferrolho cedeu com um clac que lhe pareceu ecoar por todo o depósito. Entrou às escuras e fechou a porta atrás de si sem se esquecer de passar o trinco; só então acendeu a luz. Olhou em volta com a sensação de urgência que sempre a assaltava quando visitava o local sozinha. O coração batia com tal força em seu peito que ecoava em seu ouvido interno como fortes chicotadas de sangue correndo por suas veias; e ao mesmo tempo saboreava o privilégio do segredo compartilhado com o pai e a responsabilidade que ter a chave supunha. Sem se entreter, avançou até as latas e se abaixou para recuperar o envelope de papel manilha que escondia ali dentro.

— O que você está fazendo aqui? — A voz de sua mãe retumbou no vazio da doceria.

Todos os seus músculos se estiraram como se tivesse recebido um choque elétrico. A mão, que já havia chegado a roçar o envelope, se contraiu para trás como se todos os tendões arrebentassem ao mesmo tempo. O impulso a fez perder o equilíbrio e cair sentada no chão. Sentiu medo, um medo lógico e razoável, enquanto avaliava o fato de ter deixado a mãe em casa com roupão e chinelos vendo o telejornal e a certeza de que mesmo assim a estivera esperando na escuridão. O tom sem forma e sem matizes de sua voz transmitia mais hostilidade e ameaça do que jamais havia sentido.

— Não vai me responder?

Lentamente, e sem conseguir se levantar do chão, a pequena se virou até encontrar o duro olhar da mãe. Usava roupa de sair, certamente a estava usando o tempo todo sob o roupão de casa, e sapatos de salto médio em vez dos chinelos. Até neste momento sentiu uma pontada de admiração para com aquela orgulhosa mulher que nunca sairia à rua de roupão e sem se arrumar.

A voz de Amaia saiu abafada.

— Só vim procurar uma coisa. — Percebeu imediatamente que sua explicação era pobre e incriminadora.

A mãe permaneceu parada onde estava, só jogou levemente a cabeça para trás antes de falar no mesmo tom.

— Aqui não tem nada seu.

— Tem sim.

— Tem? Me deixe ver.

Amaia retrocedeu até tocar uma coluna com as costas e, sem deixar de olhar para a mãe, usou-a para ajudar a ficar de pé. Rosario deu dois passos, afastou a pesada lata como se estivesse vazia, pegou o envelope no qual o nome da filha estava escrito e esvaziou o conteúdo em sua mão.

— Você está roubando sua própria família? — questionou ela, colocando o dinheiro sobre a mesa de amassar com tanta força que uma moeda saiu voando, caiu no chão e rodou 3 ou 4 metros até a porta do depósito, onde ficou apoiada e parada de lado.

— Não, *ama*, é meu — balbuciou Amaia, sem poder afastar o olhar das notas amassadas.

— Impossível, é muito dinheiro. De onde você o tirou?

— Foi do meu aniversário, *ama*, economizei, juro — disse, juntando as mãos.

— Se é seu, por que não o guarda em casa? E por que tem uma chave da doceria?

— O *aita* me... deu. — E, enquanto dizia isso, algo a rompia por dentro, pois percebia que estava delatando o pai.

Rosario permaneceu em silêncio por alguns segundos; quando falou, seu tom era o do sacerdote repreendendo o pecador.

— Seu pai... Seu pai, sempre mimando você, sempre criando mal. Até conseguir fazer de você uma perdida. Com certeza foi ele quem deu o dinheiro para comprar todas aquelas porcarias que você escondia na sua pasta...

Amaia não respondeu.

— Não se preocupe — continuou a mãe —, eu as joguei no lixo assim que saiu de casa. Você achava que me enganava? Há dias que eu sabia, mas faltava a chave, não sabia como você entrava.

Sem sequer se dar conta do que fazia, Amaia levou a mão ao peito e apertou a chave sob o tecido do pulôver. Seus olhos se encheram de lágrimas e continuaram fixos no monte de notas que sua mãe foi dobrando e guardando no bolso da saia. Depois riu, olhou para a filha e com doçura fingida disse:

— Não chore, Amaia, faço tudo isso pelo seu bem, porque eu te amo.

— Não — murmurou ela.

— O que você disse? — surpreendeu-se a mãe.

— Você não me ama.

— Não amo? — A voz de Rosario ia adquirindo um retorcido som ameaçador, obscuro.

— Não — confirmou Amaia elevando o tom —, você não me ama. Você me odeia.

— Eu não te amo... — repetiu, incrédula. A irritação já era evidente. Amaia meneava a cabeça negando sem parar de chorar. — Você diz que eu não te amo... — gemeu a mãe antes de lançar as mãos ao pescoço da menina, gesticulando com uma fúria cega. Amaia retrocedeu um passo e o cordão que levava em torno do pescoço e do qual pendia a chave ficou preso entre os dedos da mãe, que, como ganchos de ferro, se fecharam em torno dele, aprisionando-o. A menina se arrastou confusa, torcendo o pescoço e sentindo que o cordão deslizava por sua pele com uma sensação ardente. Sentiu dois fortes puxões e teve certeza de que o cordão ia se soltar, mas o nó cauterizado resistiu às investidas fazendo-a chacoalhar como um boneco manejado por um tornado. Chocou-se contra o peito de sua mãe e esta a esbofeteou com força suficiente para derrubá-la. Amaia teria caído se não fosse pelo cordão que a segurou pelo pescoço, afundando ainda mais em sua carne.

A menina levantou o rosto, fixou os olhos nos de sua mãe e, com a coragem renovada pela adrenalina que corria a torrentes por suas veias, retrucou:

— Não, você não me ama, nunca me amou. — E com um forte puxão se libertou das mãos de Rosario. A mãe mudou seu olhar atônito por outro que era de pura pressa, enquanto percorria a doceria em uma espécie de busca urgente.

Amaia se sentiu então vítima de um pânico que nunca tinha sentido antes e soube, de forma instintiva, que devia fugir. Virou-se, dando as costas para a mãe, e começou a avançar para a porta com tal violência que se viu cair no chão; então começou a notar as mudanças em sua percepção. Quando se lembrava, voltava a ver o túnel em que se transformou toda a doceria; os cantos escureceram e as arestas se arredondaram, encurvando a realidade até transformá-la em um buraco de minhoca povoado de frio e névoa. Ao fundo do túnel, a porta, que aparecia longínqua e radiante, como se uma potente luz brilhasse do outro lado e os feixes se infiltrassem pelas bordas e frestas do batente, enquanto tudo escurecia ao seu redor e as cores se desvaneciam como se seus olhos de repente tivessem sido privados dos receptores de cor.

Louca de medo, virou o rosto para a mãe a tempo de perceber o impacto do rolo de aço com que seu pai amassava o folhado. Amaia levantou uma das mãos em uma vã tentativa de se proteger e ainda pôde sentir que seus dedos se fraturavam antes de a borda do rolo bater em sua cabeça. Depois tudo foi escuridão.

Rosario parou no batente da porta da pequena sala e olhou fixamente para o marido, que sorria ensimesmado enquanto via esportes na televisão. Não disse nada, mas a respiração ofegante produzida pelo esforço da corrida agitava seu peito de um modo alarmante.

— Rosario — surpreendeu-se ele. — O que você tem? — perguntou, enquanto se ajeitava. — Está passando mal?

— É Amaia — respondeu ela —, aconteceu uma coisa...

Com o pijama sob o roupão, ele percorreu correndo as ruas que separavam a casa da doceria. Sentia os pulmões ardendo no peito e uma pontada no flanco que ameaçava afogá-lo, mas continuou correndo sob a influência maléfica do palpite que troava nas profundezas de sua alma. A certeza do que já sabia se derramava como tinta sobre seu peito, e só uma firme vontade de não o aceitar o impulsionou a redobrar o esforço em sua corrida e na oração desesperada, que era uma súplica e uma exigência ao mesmo tempo. Por favor, não, por favor.

Juan percebeu de longe que não havia luz na doceria. Se estivesse acesa, seria possível ver do lado de fora pelas frestas das venezianas e pelo estreito respiradouro perto do telhado, que permanecia sempre aberto, no inverno e no verão.

Rosario o alcançou na porta e tirou a chave do bolso.

— Mas Amaia está aqui?

— Sim.

— E por que está às escuras?

A mulher não respondeu. Abriu a porta e entraram; só quando ela estava fechada de novo, ligou o interruptor. Durante alguns segundos não conseguiu ver nada. Piscou, forçando os olhos para se acostumarem à intensa luz enquanto seu olhar procurava freneticamente a menina.

— Onde ela está?

Rosario não respondeu. Ela apoiava as costas na porta e olhava de esguelha para um canto. Em seu rosto se esboçava uma paródia de riso.

— Amaia! — chamou seu pai, angustiado. — Amaia! — gritou ele.

Virou-se, olhando interrogante para a mulher, e a expressão de seu rosto o fez empalidecer. Juan avançou para ela.

— Ah, meu Deus, Rosario, o que você fez?

Mais um passo e ele percebeu o escorregadio atoleiro sob seus pés. Olhou o sangue, que já começava a tomar um tom pardacento, e horrorizado levantou de novo o olhar para a esposa.

— Onde está a menina? — perguntou com um fio de voz.

Ela não respondeu, porém seus olhos se abriram mais e Rosario começou a morder o lábio inferior como se fosse presa de um prazer sublime. Ele avançou enlouquecido de fúria, de medo, de horror, pegou-a pelos ombros e a sacudiu como se não tivesse ossos; aproximou a boca tensa do rosto da mulher e gritou:

— Onde está a minha filha?

Uma expressão de profundo desdém brilhou nos olhos da mulher, sua boca se afiou como uma faca. Ela estendeu uma das mãos e apontou para a artesa da farinha.

A artesa era semelhante a um poço de mármore, com capacidade para 400 quilos de farinha; nela se esvaziavam os sacos da matéria-prima que depois seria usada na doceria. Olhou para onde Rosario apontava e viu duas grossas gotas de sangue que, como bolachas empoeiradas, se incharam de farinha na superfície da artesa. Virou-se de novo para olhar para a esposa, no entanto, ela se virou contra a parede, decidida a não olhar. Avançou enfeitiçado pelo sangue, que sabia ser dela, sentindo todos os sentidos em alerta, ouvindo, tentando descobrir algo que sabia que lhe escapava. Percebeu um leve movimento na superfície suave e perfumada da farinha e dele saiu um grito ao ver uma pequena mão emergindo daquele mar níveo, convulsionada por um tremor violento. Segurou a mão com as suas e puxou o corpo da menina, que emergiu da farinha como um afogado das águas. Colocou-a sobre a mesa de amassar e com extremo cuidado começou a retirar a farinha que cegava os olhos, a boca, o nariz, sem parar de falar com ela e sentindo que suas lágrimas caíam sobre o rosto da filha e desenhavam caminhos salgados entre os quais se via a pele de sua pequena.

— Amaia, Amaia, minha menina...

A menina tremia como uma vítima de um choque elétrico que ia e vinha, convulsionando o frágil corpinho em bruscas sacudidas.

— Vá buscar o médico — ordenou à mulher.

Ela não se moveu de onde estava; tinha um polegar dentro da boca e o sugava em um gesto infantil.

— Rosario — gritou Juan, a ponto de perder a paciência.

— O quê? — gritou ela virando-se, zangada.

— Vá buscar o médico agora mesmo.

— Não.

— O quê? — Ele se virou, incrédulo.

— Não posso ir — respondeu ela com calma.

— Mas o que está dizendo? Você precisa trazer o médico já, o estado da menina é muito grave.

— Já disse que não posso — sussurrou rindo, tímida. — Por que você não vai e eu fico aqui com ela?

Juan soltou a menina, que continuava tremendo, e se aproximou da mulher.

— Ouça, Rosario, vá agora mesmo à casa do médico e o traga aqui. — Falava como o faria com uma menina teimosa. Foi então que reparou que a mulher tinha a roupa coberta de farinha e restos de sangue nos dedos que estava lambendo. — Rosario...

Ela se virou e começou a caminhar rua acima.

Uma hora mais tarde, o médico lavava as mãos no reservatório de água e se enxugava com o pano que Juan lhe estendia.

— Tivemos muita sorte, Juan, a menina está bem. Ela está com o dedo mínimo e o anular da mão direita fraturados, mas o que mais me preocupa é o corte na cabeça. A farinha atuou como um curativo natural, envolvendo o sangue e criando uma crosta que deteve quase imediatamente a hemorragia. As convulsões são normais quando se sofre um forte traumatismo na cabeça...

— Foi culpa minha — interrompeu Juan. — Deixei com ela uma chave para que pudesse entrar na doceria quando quisesse, e bem... Nunca imaginei que a menina pudesse se machucar, aqui, sozinha...

— Eu sei, Juan — disse o médico olhando-o de frente, em uma tentativa de não perder sua expressão. — Há mais uma coisa. Ela estava com farinha dentro dos ouvidos, do nariz, da boca... Na verdade, sua filha estava completamente coberta de farinha...

— Sim, imagino que tenha escorregado em algum resto de manteiga ou óleo, bateu a cabeça e caiu dentro da artesa.

— Ela podia ter caído de frente ou de costas, mas estava totalmente coberta, Juan.

Juan olhou para as mãos, como se ali estivesse a resposta.

— Talvez tenha caído de frente e se virou ao sentir que se afogava.

— Sim, talvez — concedeu o médico. — Sua filha não é muito alta, Juan. Se ela bateu em uma das mesas, é difícil que ao cair fosse parar dentro da artesa, o mais provável é que caísse no chão. Além disso — o médico olhou para baixo —, note onde está a poça de sangue.

Juan cobriu o rosto com as mãos e começou a chorar.

— Manuel, eu...

— Quem a encontrou?

— Minha mulher — gemeu ele, desolado.

O médico suspirou, deixando sair o ar ruidosamente.

— Juan, Rosario toma o tratamento que receitei? Você sabe perfeitamente que ela não pode interrompê-lo de jeito nenhum.

— Sim... Não sei... O que você está insinuando, Manuel?

— Juan, você sabe que somos amigos, sabe que o considero. O que vou dizer é entre você e eu, digo isso como amigo, não como médico. Tire a menina da sua casa, mantenha afastada da sua mulher. No tipo de transtorno que ela padece, às vezes pegam alguém próximo e o tornam objeto de toda a sua ira; este alguém, você sabe bem, é a sua filha, e acho que nós dois suspeitamos que essa não foi a primeira vez. A presença dela a faz ficar alterada e enfurecida; se a afastar dela, sua mulher vai se acalmar, mas deve fazer isso principalmente pela menina, porque da próxima vez Rosario pode chegar a matá-la. O que aconteceu hoje foi muito grave, muito. Como médico, eu deveria apresentar uma denúncia pelo que vi aqui essa noite; mas como médico sei também que, se Rosario seguir com o tratamento, estará bem, e sei o que uma denúncia poderia causar a sua família. Agora, como amigo e como médico, devo pedir a você que tire a menina da sua casa, pois ela corre um grave perigo. Se não o fizer, me verei obrigado a fazer a denúncia. Imploro a você que me entenda.

Juan se apoiava na mesa sem tirar os olhos do atoleiro de sangue coagulado que brilhava à luz como um espelho sujo.

— Não existe nenhuma possibilidade de que tenha sido um acidente? Talvez a menina tenha se ferido e Rosario não reagiu bem ao ver o sangue, talvez a tenha colocado sobre a artesa enquanto ia me buscar. — De repente suas próprias palavras lhe pareceram um bom argumento. — Ela foi me buscar, isso não significa nada?

— Rosario queria um cúmplice. Ela foi lhe contar porque confia em você, porque sabia que você acreditaria, que faria todos os esforços para acreditar e negar a verdade, e de fato é o que está fazendo; é o que está fazendo todos esses anos desde o dia em que Amaia nasceu, ou preciso lembrá-lo do que aconteceu? Juan, abra os olhos, por favor. Ela é uma doente, tem um desequilíbrio mental que podemos compensar com medicação. Mas, se isso continuar assim, vou ter que propor medidas mais drásticas.

— Mas... — gemeu.

— Juan, há um rolo de aço recém-lavado no reservatório de água; além do corte na parte superior da cabeça, Amaia apresenta outro golpe sobre a orelha direita; ela está com dois dedos fraturados em um ferimento claramente defensivo ao tentar frear o primeiro golpe assim — disse, levantando a mão como uma viseira invertida. — Ela certamente desmaiou; o segundo golpe não abriu um corte porque foi mais plano. Não há sangue, mas com o cabelo tão curto até você poderá vê-lo, sua filha tem um galo considerável e uma parte mais afundada onde foi golpeada. O segundo golpe é o que me preocupa, o que deu quando Amaia estava inconsciente... Sua intenção era ter certeza de matá-la.

Juan cobriu de novo o rosto e chorou amargamente enquanto seu amigo limpava o sangue.

28

— Chefe, temos outra garota morta — anunciou Zabalza.

Amaia engoliu em seco antes de responder. Zabalza tinha dito temos outra, como se fossem figurinhas de uma coleção. Aquilo estava se acelerando de uma maneira poucas vezes vista. Se o ritmo dos crimes continuasse a aumentar, o sujeito entraria em parafuso e seria mais fácil cometer um erro que permitisse apanhá-lo, porém, o preço em vidas até então seria muito alto. Já era muito alto.

— Onde? — perguntou ela com firmeza.

— Bom, aí está a diferença: ela não está no rio.

— Onde, então? — indagou, a ponto de perder a paciência.

— Em uma cabana abandonada, em um monte perto de Lekaroz.

Amaia o olhava fixamente, avaliando a importância dos novos dados.

— Isso muda bastante o *modus operandi*... Ele deixou os sapatos? Como a encontraram?

— Bem — começou Zabalza lentamente, como se medisse o efeito de suas palavras —, esta é a outra particularidade. Pelo visto, ela foi encontrada por uns garotos ontem, mas eles não falaram nada; um deles contou hoje em casa, e o pai foi até a cabana para ver se era verdade. E então chamou a Guarda Civil. Havia uma patrulha perto da área que atendeu e confirmou que há um cadáver e que é uma garota jovem. Puseram em andamento o protocolo de homicídios e delitos sexuais, pelo visto poderia ser uma garota cujo desaparecimento foi denunciado há dias.

Amaia o interrompeu.

— Por que não sabíamos nada disso?

— A mãe entrou em contato com o quartel da Guarda Civil de Lekaroz, e você sabe como são essas coisas.

— Sei, e como são as relações com a Guarda Civil no vale?

— Com os guardas, boas. Eles fazem seu trabalho, nós o nosso, e colaboram em tudo o que podem.

— E com os comandos?

— Bem, isso é outra história. Sempre há algum problema com as competições, alguma rivalidade, informação restrita. Você sabe.

— Então poderia haver mais garotas no vale que nós não saibamos porque a denúncia ficou em um quartel?

— O responsável pela investigação é o tenente Padua. Ele está esperando lá para falar com você, e afirma que realmente não existia uma denúncia formal, embora a mãe estivesse há dias indo lá diariamente, dizendo que havia acontecido alguma coisa com a filha. No entanto, havia testemunhas de que a garota tinha ido embora por vontade própria.

Padua não usava uniforme, mas desceu de uma patrulha oficial acompanhado de outro guarda, este sim, uniformizado. Apresentou a si mesmo e ao colega enquanto estendia uma das mãos com firmeza para Amaia e a acompanhava caminhando ao seu lado.

— É Johana Márquez. Quinze anos. Dominicana de nascimento, está na Espanha desde os 4 e em Lekaroz desde os 8, quando a mãe voltou a se casar com outro dominicano; têm outra filha pequena de 4 anos. A garota tinha problemas com os pais por causa dos horários e fugiu de casa em outra ocasião há dois meses; esteve na casa de uma amiga. Dessa vez parecia ocorrer o mesmo, ela pelo visto tinha um namorado e fugiu com ele, havia testemunhas. Mesmo assim, a mãe vinha todos os dias ao quartel dizer que algo ruim estava acontecendo, que sua filha não havia fugido.

— Parece que tinha razão.

Padua não respondeu.

— Conversaremos depois — sugeriu diante do silêncio dele.

— Certo.

A cabana não era visível da estrada. Só ao se aproximar atravessando o campo conseguiu avistá-la meio escondida pelas árvores, camuflada pelas numerosas trepadeiras que subiam pela fachada e a mimetizavam entre o fundo arborizado e o emaranhado que a circundava. Cumprimentou com um gesto os dois guardas civis parados em ambos os lados da porta. O interior estava frio e escuro, temperado pelo inconfundível cheiro de um cadáver que tinha começado a se decompor e por outro mais adocicado e almiscarado, como de naftalina perfumada. O cheiro a fez se lembrar de repente do armário de roupa branca de sua avó Juanita, com os jogos de lençóis passados, as dobras bordadas com as iniciais da família, que ela mantinha perfeitamente alinhados naquele armário de cujas prateleiras pendiam saquinhos transparentes que continham as bolinhas de cânfora que surpreendiam com uma baforada enjoativa qualquer um que ousasse abrir suas portas.

Amaia esperou alguns segundos até que seus olhos se acostumaram à penumbra. O teto estava parcialmente afundado pela neve do inverno anterior, mas as vigas de madeira pareciam conseguir suportá-lo por mais alguns invernos. Das vigas transversais pendiam trapos de antigos restos de tecido e corda enegrecidos; algumas trepadeiras que forravam a fachada haviam penetrado através do buraco no teto e se misturavam a uma centena de aromatizadores com forma de frutas de cores vivas que pendiam dos raminhos. Amaia confirmou a singular combinação como a origem do perfume enjoativo. A cabana era composta por um único cômodo retangular, uma velha mesa de dimensões consideráveis e um banco deslocado que parecia caído no chão, aos pés da mesa. No centro do cômodo havia um sofá de dois lugares anormalmente inchado e coberto de manchas de umidade e ferrugem, situado diante da lareira enegrecida e repleta de escombros e lixo que alguém tinha tentado queimar sem êxito. Da parte traseira do sofá sobressaía, apoiado, um colchão de espuma bastante limpo. O piso estava coberto por uma fina camada de terra que ficava mais escura nos lugares em que a água penetrara através do telhado, formando atoleiros que já haviam secado. De resto estava limpa, e parecia varrida recentemente; ainda se podiam apreciar os rastros de uma vassoura, que localizou apoiada na lareira. Nem sinal do cadáver.

— Onde...?

— Atrás do sofá, inspetora — indicou Padua.

Dirigiu o feixe da lanterna para o lugar que lhe indicava.

— Precisamos de lâmpadas.

— Foram buscá-las, já vão trazer.

O feixe da lanterna iluminou um tênis prateado e uma meia três-quartos branca um pouco sujos de terra. Retrocedeu dois passos enquanto deixava que instalassem as lâmpadas e fizessem as fotos preliminares. Fechou os olhos, rezou uma breve oração pela alma daquela menina e começou.

— Quero todo mundo fora daqui até que tenhamos terminado, só a minha equipe, os da polícia científica e o tenente Padua, da Guarda Civil — disse, abrangendo a todos os presentes e a modo de apresentação. Exceto por um dos guardas uniformizados, ela era a única mulher, e sua experiência no FBI havia lhe ensinado a importância da cortesia profissional ao tomar conta de um caso em que outros policiais já estavam trabalhando. — Eles acharam o corpo e tiveram a consideração de nos avisar. Quero saber quem entrou e o que tocaram, incluindo os garotos e o pai do menino que deu parte. Jonan, ao meu lado. Quero fotos de tudo. Zabalza, nos ajude, vamos afastar o colchão com muito cuidado. Vigiem onde colocam os pés.

— Nossa! — exclamou Jonan. — Isso é diferente.

A garota, uma adolescente extremamente magra, tinha tido uma pele bronzeada que agora aparecia tumefata, com uma cor olivácea brilhante pelo inchaço. A roupa havia sido afastada para as laterais do corpo com cortes ásperos e desajeitados, embora alguns farrapos tivessem sido utilizados para cobrir o púbis. Do pescoço, volumoso e arroxeado, pendiam as pontas de uma corda que desaparecia entre as dobras da carne torcida. Uma da mãos, esvaída de sangue, descansava sobre o ventre segurando um buquê de flores brancas unidas com um laço também branco. Estava com os olhos entreabertos e entre os cílios se vislumbrava uma película esbranquiçada. Dúzias de pequenas flores murchas em diferentes graus circundavam sua cabeça, colocadas entre o cabelo ondulado e escuro formando uma tiara que se estendia até os ombros e desenhava uma silhueta ao redor do cadáver.

— Merda — murmurou Iriarte. — O que é isso?

— Branca de Neve — sussurrou Amaia, impressionada.

O Dr. San Martín, que tinha acabado de chegar, deu a volta no sofá e se posicionou ao lado de Amaia.

Colocou as luvas e tocou com suavidade a mandíbula e o braço da garota.

— O estado do cadáver aponta vários dias, muitos.

— Algumas flores são mais recentes, de ontem no máximo — indicou Amaia, apontando o buquê que a menina tinha sobre o ventre.

— Eu diria que quem colocou as primeiras aqui retornou todo dia para pôr flores frescas; algumas dessas — especulou, apontando as mais secas — têm mais de uma semana; além disso, alguém derramou perfume em cima do corpo.

— Já percebi, além dos aromatizadores. O vidro — comentou Amaia, endireitando-se um pouco para olhar para Iriarte — parece estar no monte de lixo que tem na lareira.

Havia reconhecido o chamativo vidrinho escuro ao entrar. Dois anos antes, Ros tinha lhe presenteado com um caríssimo vidro daquele perfume, que só usou umas duas vezes; James gostava, mas as nauseantes notas de sândalo lhe enjoavam. Amaia percebeu que nunca voltaria a usá-lo. Iriarte levantou a mão enluvada que segurava o vidro, sujo de cinza.

— O corpo — continuou San Martín — há dias superou o período cromático e já entrou no gasoso. Como sabe, vou ser mais preciso depois da necropsia, mas eu diria que está morta há mais ou menos uma semana. — Apalpou a pele, beliscando-a entre os dedos. — A pele ainda não começou a se desprender e se nota bastante hidratada, mas ter estado aqui dentro, um lugar frio e escuro, pode ter contribuído para a conservação. No entanto, já começou a inchar por efeito dos gases da putrefação, o que se vê principalmente aqui e aqui — declarou, apontando para o abdômen, que aparecia tingido de cor esverdeada, e o pescoço, tão inflamado que mal eram visíveis as pontas da corda, que pendiam entre os cabelos escuros da garota.

San Martín se inclinou sobre o corpo, observando algo que tinha chamado sua atenção. Pela boca entreaberta do cadáver se percebia a presença de larvas de insetos que haviam posto ovos nela.

— Olhe isso, inspetora. — Amaia cobriu a boca e o nariz com a máscara que San Martín lhe estendeu e se inclinou para olhar. — Observe o pescoço, está vendo o mesmo que eu?

— Vejo duas enormes marcas roxas bem diferenciadas dos dois lados da traqueia.

— Sim, senhora, e certamente deve ter várias outras na nuca, vamos ver quando pudermos movê-la. Essa garota, apesar do que a corda quer nos contar, foi estrangulada com as mãos, e essas duas marcas correspondem aos polegares do assassino. Fotografe isso — disse, dirigindo-se a Jonan. — Dessa vez espero vê-lo na necropsia.

Jonan baixou a câmera um segundo para olhar para Amaia, que continuou falando sem prestar atenção neles.

— Mataram a garota aqui, doutor?

— Eu diria que sim, mas isso vocês vão ter que estabelecer. Porém, certamente, se não a mataram aqui, trouxeram para esse lugar imediatamente, pois o cadáver não foi movido depois das duas primeiras horas após a morte. A causa, provável estrangulamento, asfixia. Data: é preciso analisar o estágio das larvas, mas eu diria uma semana. E lugar, certamente aqui. A temperatura do corpo se igualou à da cabana, e a lividez cadavérica indica que não foi mexido depois da morte. A rigidez desapareceu quase totalmente, como corresponde a essa fase, e os sinais de desidratação se viram atenuados pela evidente umidade do ambiente.

Amaia pegou umas pinças e descobriu os genitais da garota. Afastou-se um pouco para que Jonan fizesse as fotos.

— O que me diz das lesões externas? Eu diria que foi estuprada.

— Tudo indica que sim, mas nessa fase da decomposição os genitais costumam estar bastante inchados. Direi na necropsia.

— Ai, não! — exclamou Amaia.

— O que está acontecendo? O que você viu?

Amaia se levantou como sacudida por um raio. Dando a volta no sofá, ela apressou Iriarte.

— Vamos, me ajude.

— O que você quer fazer?

— Mover o sofá.

Tomando-o um de cada lado, levantaram o móvel constatando que, ao contrário do que parecia, era extraordinariamente leve. Deslocaram-no uns 15 centímetros para a frente.

— Merda! — exclamou San Martín.

A juíza Estébanez, que entrava neste momento, aproximou-se, precavida.

— O que está acontecendo?

Amaia a olhou fixamente, mas a juíza teve a sensação de que seu olhar a atravessava, indo além das paredes daquela cabana, dos bosques e das rochas milenares do vale. Até encontrar as palavras.

— Ela está sem o braço direito a partir do cotovelo. O corte é limpo e não há sangue, então o cortaram quando já estava morta. E não vamos encontrá-lo, foi levado.

A juíza fez uma expressão de profundo desgosto.

Primavera de 1989

Amaia viveu desde aquele dia com a tia Engrasi, visitando o pai diariamente na doceria e indo almoçar em casa aos domingos. Lembrava-se desses almoços como exames pontuais. Sentava-se à cabeceira diante de sua mãe, o lugar mais afastado dela, e comia em silêncio, respondendo com monossílabos às pobres tentativas do pai de iniciar uma conversa. Depois ajudava as irmãs a tirar a mesa e, quando tudo já estava em ordem, dirigia-se para a salinha, onde os pais assistiam ao jornal das três. Lá se despedia até a semana seguinte. Inclinava-se e beijava o pai, e ele colocava em sua mão uma nota bem dobrada; então permanecia uns dois minutos olhando para a mãe, esperando enquanto ela continuava vendo televisão sem sequer se dignificar a olhar para a filha. Então seu pai lhe dizia:

— Amaia, a tia está esperando por você.

E ela saía da casa em silêncio, com um calafrio percorrendo as costas. Um magnífico sorriso de vitória se esboçava em seu rosto, enquanto dava graças ao Deus todo-poderoso das crianças por naquele dia tampouco a mãe ter querido tocá-la, beijá-la, despedir-se dela. Preferia assim. Durante algum tempo temeu que sua mãe pudesse realizar algum gesto que chegasse a ser interpretado como um desejo de que voltasse para casa. A simples ideia de ela pousar o olhar em seu rosto durante mais de dois segundos a aterrorizava, porque, quando o fazia, enquanto seu pai procurava o vinho na despensa ou se inclinava sobre a lareira para avivar o fogo, voltava a sentir tanto medo que suas pernas tremiam e a sua boca secava como se estivesse cheia de farinha.

Só voltou a ficar a sós com ela duas vezes. A primeira foi um ano depois do ataque, na primavera seguinte. Seu cabelo havia voltado a crescer e durante o inverno tinha dado um bom estirão. Era o fim de semana em que a hora mudava, mas tanto a tia quanto ela se esqueceram de fazê-lo, de modo que chegou à casa dos pais uma hora antes. Bateu à porta e, quando sua mãe a abriu e se afastou para um lado para deixá-la entrar, logo percebeu que o pai não estava em casa. Adentrou até o meio da sala e se virou para olhar para a mãe, que havia parado no meio do curto corredor e de lá a observava. Não podia ver seus olhos nem a expressão de sua boca porque o corredor estava às escuras, em contraste com a ensolarada sala, mas percebia sua hostilidade como se naquele corredor houvesse uma manada de lobos. Ainda vestia o casaco, e, no entanto, começou a tremer como se em vez de uma suave temperatura primaveril a assolasse o mais cruel inverno siberiano. Devem ter se passado alguns segundos, mas lhe pareceram eternidades, concentradas em piscadas e abafados arquejos que surgiam de algum lugar em que uma menina chorava; ouvia com clareza, embora não pudesse vê-la enquanto vigiava à espreita daquele mal ameaçador que aguardava no corredor. Um leve roçar, um passo e a menina que chorava começou a gritar como se faz quando o pânico a aflige, com uivos abafados que mal conseguem sair da garganta, lançados em uma tentativa vã de deixar a loucura que espreita escapar. São os gritos dos pesadelos em que as meninas se esganiçam em uivos, que se transformam em sussurros assim que saem de suas gargantas. Outro passo. Outro grito, que talvez fosse o mesmo, que nunca cessaria. Sua mãe chegou à porta da sala e finalmente conseguiu ver seu rosto. Isto foi suficiente. No mesmo instante percebeu que a menina que gritava afogada era ela mesma, e a certeza a fez perder o controle da bexiga no mesmo segundo em que seu pai e suas irmãs entravam pela porta.

29

Amaia fez o trajeto até Pamplona em silêncio e imersa em um desgosto interior que a tinha embargado desde o instante em que viu o cadáver de Johana. Havia naquele crime tantos aspectos diferenciais que lhe custava começar sequer a traçar um perfil preliminar, embora tivesse passado todo o caminho remoendo o pensamento. As flores, o perfume, o buquê que descansava sobre o ventre, o modo quase pudico com que fora coberta a nudez do cadáver... Contrastavam com a brutalidade evidente dos golpes distribuídos pelo rosto, a forma selvagem como a roupa havia sido praticamente arrancada e rasgada, o provável estupro e a truculência com que o assassino tinha perdido o controle, chegando a estrangular a vítima com suas próprias mãos. E havia a questão do troféu. Muitos assassinos em série levavam alguma coisa que tivesse pertencido às vítimas, para poder recriar na intimidade mais de uma vez o instante da morte, pelo menos até a fantasia se tornar insuficiente para satisfazer sua necessidade e eles tivessem que sair por mais. No entanto, não era frequente que levassem pedaços do corpo, pela dificuldade que implicava conservá-los intactos e ao mesmo tempo ter acesso a eles quando quisessem. Costumavam escolher fios de cabelo ou dentes, mas não pedaços que pudessem sofrer uma rápida deterioração. Levar um antebraço com a mão não se encaixava no perfil do predador sexual, mas tampouco o tratamento quase delicado que tinha dado ao cadáver durante dias se encaixava.

Chegaram a Pamplona na hora do almoço. Contrastando com o frio exterior, a respiração dos viajantes aderia aos vidros das janelas e se transformava na prova evidente do sufocante calor dentro do veículo, desconfortável pela presença do tenente Padua, que havia insistido em viajar com eles embora não tivesse aberto a boca durante toda a viagem. Quando o carro finalmente parou em frente ao Instituto Navarro de Medicina Legal e eles desceram, uma mulher totalmente oculta sob um guarda-chuva surgiu do meio de um pequeno grupo que esperava na entrada e se adiantou alguns passos até se situar diante da escada.

Amaia soube quem era assim que a viu: não era a primeira vez que os familiares de uma vítima a esperavam na porta do necrotério. De modo algum lhes permitiam entrar na necropsia. Não podiam fazer nada ali, inclusive a crença popular de que os familiares deviam autorizar a necropsia era falsa. Elas eram realizadas dentro do protocolo judicial por ordem do juiz e, nos casos em que era necessária, a identificação do cadáver era feita através de telas de televisão de circuito fechado, eles nunca entravam na sala de necropsias... Os familiares não tinham nada a fazer ali, mas mesmo assim iam até a porta do Instituto de Medicina Legal como a uma convocatória e esperavam reunidos, como se a qualquer momento uma enfermeira fosse sair de lá para anunciar que tudo tinha corrido bem e que seu ser amado se recuperaria em alguns dias.

Quando começou a se aproximar da mulher, decidida a evitar olhá-la nos olhos, Amaia percebeu a palidez de seu rosto, o modo suplicante como estendeu uma das mãos para ela enquanto dava a outra a uma menina pequena, de apenas 3 ou 4 anos, que a mãe praticamente arrastava em seu avanço. Amaia apressou o passo.

— Senhora, senhora, por favor — chamou a mulher, chegando a tocar com uma das mãos, áspera e fria, a de Amaia. Depois, como se pensasse que tinha ido longe demais em seu atrevimento, retrocedeu um passo e agarrou de novo a mão da menina.

Amaia se deteve de repente, insistindo com o olhar para Jonan, que tentava se interpor entre as duas.

— Senhora, por favor — rogou a mulher. Amaia olhou para ela, convidando-a a falar. — Sou a mãe da Johana — disse, apresentando-se, como se assumisse que ostentava um triste título para o qual não cabia nenhuma explicação.

— Sei quem você é, e sinto muito pelo que aconteceu com a sua filha.

— Você é a policial que investiga os crimes do *basajaun*, certo?

— Sim, isso mesmo.

— Mas não foi o *basajaun* quem matou a minha filha, não é?

— Temo que não possa responder isso, ainda é cedo para ter certeza. Estamos em uma fase muito preliminar da investigação em que primeiro temos que estabelecer o que aconteceu.

A mulher avançou mais um passo.

— Mas você deve saber, você sabe, sabe que a minha Johana não foi morta por esse assassino.

— Por que a senhora diz isso?

A mulher mordeu o lábio e olhou em volta, como se fosse achar a resposta nas grossas gotas de chuva que caíam.

— Eles...? Abusaram dela?

Amaia pousou os olhos na menina, que parecia absorta na contemplação das viaturas estacionadas em fila.

— Já lhe disse que ainda é cedo para saber, não podemos ter certeza até que se faça a... Bem... — De repente, achou muito violento mencionar a necropsia. A mulher se aproximou até que Amaia pôde sentir seu hálito amargo e uma colônia de lavanda que emanava de sua roupa molhada. Agarrando-a pela mão, apertou-a em um gesto que era ao mesmo tempo de reconhecimento e desespero.

— Pelo menos, senhora, me diga há quantos dias ela está morta.

Amaia colocou uma das mãos sobre a da mulher.

— Vou falar com você quando terminar... Bem, quando terminarem de examiná-la, dou minha palavra.

Soltou-se da mão que prendia a sua como uma garra gelada e avançou para a entrada.

— Ela está morta há uma semana, verdade? — perguntou a mulher com a voz enfraquecida pelo esforço. — Desde o dia em que desapareceu.

Amaia se virou para ela.

— Ela está morta há sete dias. Eu sei — repetiu a mulher. Sua voz sumiu por completo e ela começou a chorar, gemendo roucamente.

Amaia retrocedeu até onde estava e olhou em volta, avaliando o efeito que as palavras da mãe de Johana havia tido em seus acompanhantes.

— Como pode saber? — sussurrou Amaia.

— Porque no dia em que a minha menina morreu senti que alguma coisa se rompeu aqui dentro — respondeu a mulher, levando a mão ao peito.

A inspetora reparou que a menina pequena se agarrava fortemente às pernas da mãe e chorava sem emitir nenhum som.

— Por favor, vá para casa, leve a menina daqui, prometo que irei falar com você assim que puder dizer algo.

A mulher olhou para a menina, que chorava com uma expressão de infinito amor, como se de repente tivesse tomado consciência de sua presença e sua existência tivesse se tornado muito prodigiosa.

— Não — respondeu com firmeza. — Vou esperar aqui, até terminarem, vou esperar para poder levar a minha menina.

Amaia empurrou a pesada porta, mas ainda conseguiu ouvir a súplica da mãe.

— Vele por minha filha aí dentro.

Cumprindo sua promessa a San Martín, Jonan havia entrado na sala de necropsias. Amaia sabia que não era a primeira vez, mas por norma ele claramente costumava evitar este mau bocado, que lhe era penoso. Permanecia em silêncio apoiado na cimeira de aço, e seu rosto não evidenciava nenhuma emoção; provavelmente por se saber observado pelos outros que, às vezes, faziam brincadeiras pelo fato de que, sendo doutor — em antropologia e arqueologia —, levasse jeito com as necropsias. No entanto, não lhe escapou o detalhe de que estava com as mãos nas costas, como se manifestasse sua intenção de não tocar em nada, nem física nem emocionalmente. Antes de entrar, Amaia se aproximou dele para dizer que podia recusar o convite de San Martín sob qualquer pretexto, que podia enviá-lo para falar com a mãe de Johana ou continuar com as pistas na delegacia. Mas ele havia decidido ficar.

— Tenho que entrar, chefe, esse crime me deixa desconcertado, e com o que sei não tenho nem como iniciar um esboço do perfil.

— Não vai ser agradável.

— Nunca é.

Normalmente, quando chegava às necropsias, os técnicos já tinham retirado a roupa, tomado amostras de unhas e cabelo e em muitos casos até haviam lavado o cadáver. Amaia pedira a San Martín que a esperasse antes de retirar a roupa, pois intuía que o modo como fora rasgada contribuiria com algum dado novo. Ela se aproximou da mesa enquanto amarrava um avental descartável nas costas.

— Muito bem, senhoras e senhores — disse San Martín. — Comecemos.

Os técnicos deram início tomando amostras de fibras, poeira e sementes aderidas aos tecidos; depois retiraram o saco plástico com que tinham preservado a mão da garota, na qual se viam duas unhas quebradas praticamente penduradas, unhas nas quais eram perceptíveis restos de pele e sangue.

— O que esse corpo diz a vocês? Que história nos conta? — lançou ao ar Amaia.

— Tem aspectos comuns aos outros crimes. Mas também há muitas diferenças — disse Iriarte.

— Ou seja?

— A idade da garota, o modo como a roupa foi afastada dos lados, a corda ao redor do pescoço... e, talvez em parte, a cena posterior — apontou Jonan.

— Em que sentido?

— Já sei que, de cara, a forma como apresenta o corpo é diferente, mas há algo virginal na disposição das flores. Talvez seja uma evolução em sua fantasia, ou quis distinguir essa vítima de uma maneira especial.

— Aliás, sabemos que flores são? Estamos em fevereiro, duvido que haja muitas flores pela região.

— Sim, mandei a foto de uma flor para um fórum de jardinagem e me responderam rápido. As pequenas de cor amarela são *calendula officinalis*, crescem nas margens dos caminhos, e as flores brancas são *camellia japonica*, uma variedade de camélias cultivada exclusivamente em jardim. Eles acham pouco provável que cresça em ambiente silvestre embora ambas sejam de temporada, de floração precoce. Buscando na internet, vi que em algumas culturas eram utilizadas em tempos remotos como símbolo de pureza — explicou um documentado Jonan.

Amaia permaneceu alguns segundos em silêncio avaliando a ideia.

— Não sei, isso não me convence — declarou Iriarte.

— As diferenças?

— Com exceção da idade, a garota não se encaixa no perfil vitimológico. Seu modo de se vestir era quase infantil, jeans e casaco térmico, e, embora a roupa tenha sido afastada nas laterais, isso parece algo posterior. Inicialmente rasgou a roupa de um modo bastante ríspido, algumas peças parecem farrapos; conserva os sapatos, nesse caso tênis; o cadáver se vê seriamente violentado, mas os pelos pubianos não foram raspados. As mãos... A mão que resta está crispada e evidencia luta, pelas unhas meio arrancadas e pelas marcas de meia-lua nas palmas, que nos dizem que ele apertou tanto os punhos que cravou as unhas — disse Iriarte, apontando os ferimentos. — E certamente tem a questão da amputação.

— O que me dizem do lugar onde foi encontrada?

— Totalmente diferente; em vez do rio, uma paragem aberta, natural, que sugere pureza, a encontramos em um lugar coberto, sujo e abandonado.

— Quem pode conhecer a existência da cabana? — indagou Amaia, dirigindo-se a Padua.

— Quase qualquer pessoa da região que saia para o monte. Ela foi usada por caçadores, pessoas fazendo trilha e grupos que subiam para fazer piquenique, até que no inverno passado o telhado afundou... De qualquer forma, pelos restos de lixo parece que não faz muito tempo que a usaram para esse fim.

— A causa da morte, doutor?

— Como já disse a você na minha primeira avaliação, ela foi estrangulada com as mãos. Essa corda foi colocada depois, quando a lividez já se havia estabelecido; e, além disso, dessa vez é de um tipo diferente e ela foi amarrada.

— É possível que tenha retornado mais tarde para colocar a corda? Talvez quando publicaram os primeiros dados sobre os crimes do *basajaun*... – sugeriu Amaia.

— Sim, a primeira impressão é que temos um imitador.

— Ou, melhor, um oportunista. Um imitador mata copiando a cena de outro assassino; o oportunista é um arrivista que não está homenageando o primeiro assassino, mas tentando disfarçar seu próprio crime para atribuí-lo a outro.

O doutor se inclinou de novo sobre o corpo com um separador e tomou uma amostra do interior da vagina.

— Tem sêmen — declarou, passando um bastão impregnado ao técnico, em seguida o isolando e etiquetando-o. — As paredes internas da vagina apresentam rasgões e uma leve hemorragia que foi interrompida com a morte, provavelmente durante o transcurso da violação, por isso o sangue não chegou a se derramar para fora. Ou já estava morta quando ocorreu.

Amaia se aproximou um pouco mais do corpo.

— O que me diz da amputação?

— *Post mortem*. Não sangrou e foi praticada com um objeto extraordinariamente afiado.

— Sim, vejo como cortou o osso. No entanto, a carne aparece um pouco desfiada na parte superior.

— Sim, já notei, estou inclinado a acreditar que sejam mordidas de algum animal. Vamos tirar um molde e logo direi algo a você.

— E a corda, doutor?

— À primeira vista se vê que ela é diferente das outras, mais grossa e com um revestimento plástico. Corda de varal. Vocês vão ver, mas não parece muito provável que a essa altura tenha decidido mudar o tipo de corda.

Os técnicos retiraram os restos da roupa e o cadáver ficou exposto sob a fria luz da sala de cirurgia. A lividez formava um mapa violáceo nas costas e nos ombros, nas nádegas e nas panturrilhas, onde o sangue tinha se acumulado por seu próprio peso depois de o coração parar. A inflamação havia deformado os traços daquele corpo, no qual mal eram visíveis os sinais da puberdade. Ao lavar a terra que sujava o rosto, ficaram à vista as marcas de vários golpes e a irritação de um soco que tinha afrouxado um dente dela. San Martín o extraiu com um alicate enquanto incitava Jonan a se aproximar mais. Após o banho, o cheiro de perfume ainda era evidente, o qual, misturado ao do cadáver deteriorado, tinha um resultado verdadeiramente repulsivo. Jonan encontrava-se muito pálido e afetado pela cena, e não podia afastar o olhar do rosto da menina, mas se mantinha firme. Sua respiração estava compassada, e de vez em quando alternava os densos silêncios com perguntas técnicas.

Amaia pensou na grande afeição que as séries sobre legistas despertavam nas audiências televisivas, nas quais o mais chocante era resolverem um caso, às vezes dois, em uma parte da noite, graças a necropsias, identificações, interrogatórios, incluindo exames de DNA que, com a máxima urgência, demoravam pelo menos 15 dias e, quando não se pressionava muito, em torno de um mês e meio. Isso contando também que em Navarra não existia um laboratório forense com capacidade para realizar análises de DNA, que precisavam ser enviadas a Saragoça, além do preço elevadíssimo de alguns exames, o que os tornava praticamente impossíveis. Mas, sobretudo, achava engraçado o modo como os investigadores dos filmes se inclinavam sobre os cadáveres, trocando anotações e informações por cima de um corpo que, no melhor dos casos, desprendia gases e cheiros nauseabundos.

Ela havia lido que alguns juízes e policiais consideravam nocivo o conhecimento manipulado que os jurados possuíam das técnicas forenses, muito frequentemente adquirido por meio das benditas séries, que os empurravam a pedir provas, análises e comparativos sem nenhum critério, embora também fossem responsáveis por alguns cientistas finalmente poderem expor seus conhecimentos sem que seu trabalho parecesse chinês aos jurados. Era o caso dos entomólogos forenses. Até dez anos antes, um entomólogo e seus estudos eram quase incompreensíveis, enquanto agora praticamente qualquer pessoa sabia que, estabelecendo-se a idade das larvas e da fauna cadavérica, era possível precisar com grande exatidão a data e o local da morte.

Amaia se aproximou da bandeja onde tinham colocado os restos da roupa.

— Padua, aqui temos os restos de jeans azul, jaqueta cor-de-rosa, tênis prateados e meias três-quartos brancas. Diga, que roupa ela estava usando no momento de seu desaparecimento segundo a denúncia?

— Jeans e jaqueta de moletom cor-de-rosa — sussurrou Padua.

— Doutor, você diria que ela pode ter falecido no mesmo dia de seu desaparecimento?

— É muito provável.

— Me permite usar sua sala, doutor?

— Claro.

Amaia soltou o laço do avental enquanto dedicava um último olhar ao cadáver e saiu para a área de lavabos enquanto dizia:

— Jonan, vá lá fora e faça a mãe de Johana entrar.

Apesar das muitas vezes que estivera no Instituto Navarro de Medicina Legal, nunca tinha subido à sala de San Martín, pois ele parecia à vontade assinando os relatórios no pequeno cubículo adjacente e lotado destinado aos técnicos. Amaia já imaginava que encontraria um cômodo tão peculiar quanto seu proprietário, mas o luxo com que a sala estava decorada a surpreendeu. Sem dúvida, ela ocupava mais espaço do que a lógica lhe permitiria. Os móveis, de feitura prática, do tipo que caberia esperar na sala de um cientista superior, eram de linhas sóbrias e modernas, contrastando com a coleção de esculturas de bronze expostas com o maior cuidado e metodicamente iluminadas. Sobre a ampla mesa de reuniões repousava uma Pietá de uns 70 por 70 centímetros, que parecia extraordinariamente pesada. Amaia se perguntou se ela era retirada quando a mesa tinha que ser utilizada para sua função.

Na outra ponta da mesa, a irmã pequena de Johana parecia admirada com a quantidade de folhas brancas e o pote de canetas que Jonan havia colocado diante dela. A mãe contemplava extasiada o Cristo morto nos braços da mãe. Seu rosto refletia a ansiedade própria da súplica, que era evidente no tremor de seus lábios.

Jonan se aproximou de Amaia.

— Está rezando — explicou. — Ela me perguntou se achava que a escultura estaria consagrada.

— Como se chama?

— Inés, Inés Lorenzo. A menina se chama Gisela.

Demorou mais um minuto, decidida a não interromper a oração, porém a mulher percebeu sua presença e se dirigiu a ela. Amaia indicou que se sentasse em uma das cadeiras e fez o mesmo na outra. Jonan permaneceu em pé junto à porta, e o inspetor Iriarte lhe cedeu a liderança, optando por uma das cadeiras da mesa de reuniões, que virou para olhar para Amaia e observar a mulher pelas costas.

— Inés, sou a inspetora Salazar, estamos acompanhadas pelo subinspetor Etxaide, pelo inspetor Iriarte e pelo tenente Padua, da Guarda Civil; acho que já se conhecem.

Padua pegou a poltrona atrás da mesa e a arrastou até um canto. Amaia lhe agradeceu por ter decidido não se sentar à mesa.

— Inés — começou Amaia. — Como sabe, uma patrulha da Guarda Civil localizou hoje o corpo de sua filha.

A mulher a olhava fixamente, erguida e atenta, quase parecia conter a respiração.

— A necropsia determinou que ela está morta há vários dias. Usava a mesma roupa que consta na denúncia que você registrou no quartel da Guarda Civil no dia em que desapareceu.

— Eu sabia — sussurrou ela, olhando para Padua com uma expressão sem tanta recriminação quanto se esperaria. Amaia temeu que ela começasse a chorar. Em vez disso, olhou-a de novo e perguntou: — Ele a violou?

— Tudo indica que ela sofreu violência sexual.

Inés franziu os lábios em uma expressão de íntima contenção.

— Foi ele — sentenciou.

— Quem você acha que foi? — interessou-se Amaia.

Inés se virou para olhar para a menina, que tinha se colocado de joelhos na cadeira e pintava meio encostada na mesa, parcialmente oculta pela escultura. A mãe olhou para Amaia.

— Não acho, eu sei. Meu marido, meu marido matou a minha filhinha.

— Por que você acha isso? Ele disse a você?

— Não, não é preciso que me diga, eu sei, soube todo o tempo, mas não queria acreditar.

"Fiquei viúva quando Johana nasceu, vim para a Espanha com a roupa do corpo, e o conheci aqui. Nos casamos, e ele criou a minha menina como se fosse dele... Mas de uns tempos para cá tudo mudou. Johana fugia dele, eu achava que era a adolescência, entende? Ela ficou linda, você a viu, e o pai começou a me dizer que tinha que controlá-la mais, porque nessa idade as garotas ficam tontas e já sabe, começam com a tolice dos garotos, e eu... Bem, Johana sempre foi muito boazinha, nunca me deu problemas com nada, ia bem na escola e os professores estavam contentes, sempre me diziam isso, pode perguntar se quiser."

— Não é preciso — concedeu Amaia.

— Ela não era dessas adolescentes que ficam ariscas. Ajudava em casa, cuidava da irmãzinha, mas ele ficava cada vez mais em cima de Johana, com os horários, com as saídas. Ela se queixava, e eu... eu deixava, porque achava que ele se preocupava muito com ela, embora às vezes me desse conta de que exagerava tanto que queria controlá-la, e dizia para ele, mas ele, ele respondia: "Se a deixar solta, ela vai sair com os garotos e voltar grávida." Eu tinha medo. Mas outras vezes eu via que ele olhava para Johana, e não gostava, senhora, não gostava. Mas não falei nada, só uma vez. Johana estava com uma saia curta e se abaixou com a irmã e percebi que ele olhava para ela, e me deu nojo, e o recriminei, e sabe o que me respondeu? Ele disse: "É assim que os homens olham sua filha se ela anda provocando." Porque agora já não era filha dele, antes sim, mas agora ele falava sua filha. E a única coisa que fiz foi mandá-la trocar de roupa.

Amaia olhou para Padua antes de perguntar.

— Certo... Seu marido se preocupava muito com Johana, provavelmente em excesso, mas por que acha que ele teve algo a ver com a morte dela?

— Você não o viu, ele estava obcecado, chegou até a contratar aquele serviço de localização dos telefones para saber onde a menina estava o tempo todo. Quando ela desapareceu, eu disse a ele: "Busque com o localizador"; e ele me respondeu: "Já desisti do serviço. Cancelei, já não é necessário, a sua filha foi embora porque ela é uma perdida, você a incentivou, e ela não vai voltar, ela não quer que a encontrem, e isso é o melhor para todos." Foi isso que ele disse.

Amaia abriu a pasta que o tenente Padua, que de resto parecia decidido a permanecer em silêncio, lhe estendia.

— Vejamos, Johana desapareceu em um sábado e você apresentou a denúncia no dia seguinte, domingo. No entanto, você ligou para o quartel para dizer que Johana tinha voltado na quarta-feira enquanto você estava trabalhando para pegar suas coisas, a carteira de identidade, roupas e um pouco de dinheiro, e para dizer que ia embora com um rapaz. É correto?

— Sim, liguei porque foi o que ele me disse para fazer. Cheguei em casa, ele me contou que a menina tinha vindo, que tinha ido embora e que havia levado as coisas. Por que eu não ia acreditar nele? Duas vezes Johana foi embora para a casa de uma amiga por alguns dias, quando ele a repreendia. Mas eu sempre sabia que ela ia voltar e dizia a ele: "Ela vai voltar." Sabe por quê? Porque não havia levado o ratinho. Um boneco que tinha desde pequena, ainda estava em cima da cama. E eu sabia que se algum dia minha filha fosse embora da minha casa ela levaria o Dentão, era assim que o chamava. Logo que entrei no quarto, vi que ele não estava e minha alma foi ao chão. Eu acreditei nele.

— O que mudou para você voltar ao quartel no dia seguinte para pedir que continuassem a procurando?

— A roupa. Não sei se você sabe como são as adolescentes com a roupa. Mas eu a conhecia muito bem, e quando vi a roupa que faltava percebi que a minha menina não tinha estado lá. Ela deixou seu jeans favorito, de alguns conjuntos faltava a metade, não sei se me entende, ela tinha uma camiseta especial para combinar com uma saia ou com uma calça e só levou uma parte, roupa de verão que agora não pode usar, um pulôver que ficava pequeno... Inclusive havia deixado a roupa mais nova que tinha, fazia apenas uma semana que havia me deixado louca até eu comprar.

— Onde está seu marido agora?

— Quando os guardas vieram nessa manhã para nos dizer que tinham encontrado o corpo, ele ficou branco como papel e tão doente que mal podia se manter de pé. Teve que se enfiar na cama, mas acho que ele está doente porque sabe o que fez, e sabe que vão buscá-lo. Vocês vão, certo?

Amaia se levantou.

— Fique aqui, eu vou me encarregar de conseguir um carro para a levar de volta para casa. — A mulher começou a reclamar, mas Amaia a interrompeu. — Por enquanto o corpo da sua filha vai ficar aqui, e agora preciso de sua ajuda, preciso que volte para casa. Quero acabar com isso para que Johana e os que a amavam possam descansar, mas para isso você deve fazer o que peço.

Inés elevou o olhar até encontrar seus olhos.

— Vou fazer o que você disser. — E começou a chorar.

Da sala em frente podiam ver Inés, dobrada sobre si mesma enquanto apertava contra o rosto um lenço branco de tecido que havia tirado da bolsa e que já estava ensopado, e a menina pequena, que, parada a dois passos da mãe, olhava-a desolada sem se atrever a tocá-la.

— Como se chama o marido?

Padua, que até aquele momento se manteve em silêncio, pigarreou para limpar a voz, que mesmo assim saiu pobre e muito baixa.

— Jasón, Jasón Medina — respondeu ele, desmoronando literalmente em uma poltrona.

— Vocês perceberam que ela não falou o nome dele nem uma única vez? Padua pareceu pensar a respeito.

— Você me diz como vamos lidar com isso. Quero interrogar Jasón Medina, diga se o faço no quartel ou na delegacia.

O tenente Padua se ergueu um pouco e desviou o olhar para um ponto na parede antes de responder.

— O correto seria que fosse no quartel, afinal nós trouxemos o caso e encontramos o corpo, e se descartar que seja um crime do *basajaun*... Vou ligar agora mesmo para que o detenham e o levem ao quartel. De qualquer modo, farei constar sua colaboração.

Padua se levantou, recuperando no gesto a compostura; apalpando a jaqueta, sacou um celular, ligou e, desculpando-se desajeitadamente, saiu da sala.

— "De qualquer modo, farei constar sua colaboração" — imitou-o Jonan. — Deve ser idiota.

— O que vocês acham? — perguntou Amaia.

— Como já falei antes, um imitador. Não combina com o *basajaun*, e certamente o fato do marido não ser o pai já é um dado a ser levado em consideração. Muitas agressões sexuais são realizadas pelos companheiros das mães. O fato de que já não se referisse a Johana como filha o ajuda a se distanciar e a vê-la como uma mulher qualquer, e não como um membro de sua família. E não deixa de ser estranho que mentisse quanto à menina ter estado em casa na quarta-feira.

— Talvez o tenha feito para tranquilizar a mãe — sugeriu Jonan.

— Ou talvez porque a havia estuprado e assassinado e sabia que a menina não voltaria para casa, por isso sua obsessão cessou de repente a ponto de cancelar o serviço de localização.

Amaia os observava pensativa, com a boca apertada em um gesto de inconformismo e dúvida.

— Não sei, estou quase convencida de que o pai teve algo a ver, mas existem detalhes que não se encaixam. Claramente não é o *basajaun*; o assassino desse caso é um imitador incompetente, que leu os jornais e decidiu disfarçar o crime com os dados que lembrava. Por um lado, há um marcado aspecto sexual na agressão prévia, com aquele afã de domínio que o levou a perder o controle e agredi-la com fúria, arrancar sua roupa, estuprá-la, estrangulá-la... E ao mesmo tempo há nesse crime um aprimoramento que beira a adoração. São expostos dois perfis tão opostos que eu me atreveria a dizer haver dois assassinos, que por outro lado são tão diferentes em seu *modus operandi* e na representação de sua fantasia que seria impossível se prestarem a colaborar no mesmo crime. É como uma espécie de Mr. Hyde cruel, bestial, sanguinário, e um Dr. Jekyll metódico, escrupuloso e carregado de remorsos, que não teve problemas em levar o antebraço da menina, mas que, no entanto, quis preservar o cadáver a ponto de espalhar perfume nele, talvez para prolongar a sensação de vida, talvez para dilatar sua própria fantasia.

Padua irrompeu na pequena sala trazendo o celular na mão.

— Jasón Medina fugiu, uma viatura acaba de comparecer ao seu domicílio para levá-lo ao quartel e encontraram a casa vazia, ele saiu tão depressa que esqueceu até de fechar a porta. As gavetas e os armários estão revirados como se tivesse pegado o imprescindível para se mandar; o carro desapareceu.

— Levem a esposa de volta o quanto antes, verifiquem se falta dinheiro e se levou o passaporte, pode ser que tente sair do país. Não a deixem sozinha, ponham alguém na casa. E emitam uma ordem de busca e apreensão contra Jasón Medina.

— Eu sei o que tenho que fazer — declarou Padua com rispidez.

30

A chuva, que não havia parado durante o dia inteiro, se tornou mais intensa conforme se aproximavam de Elizondo. A luz do entardecer tinha escapado para o oeste em uma fuga rápida e sub-reptícia, deixando-lhe de novo aquela sensação de roubo que já era habitual nas tardes de inverno e que, no entanto, continuava tirando seu humor dia após dia com sua carga de decepção e fraude. Uma densa névoa descia pelas encostas, lenta e pesada, movendo-se a poucos metros do chão e reforçando o efeito de um navio no meio do mar que a nova delegacia tinha produzido em Amaia na primeira vez.

Amaia colocou no computador as fotos que foram feitas pela manhã na cabana e se entregou durante uma hora a uma minuciosa observação das imagens. Aquele lugar que o assassino de Johana tinha escolhido era em si mesmo uma mensagem, uma mensagem tão diferente da que era enviada nos outros crimes que, por força, devia guardar informação. Por que havia escolhido aquele lugar e não outro? Padua dissera que caçadores e visitantes costumavam frequentá-lo, mas não era temporada de caça e os visitantes apareceriam na primavera, não antes. Quem levou Johana para lá devia saber disso e tinha que estar muito certo de que não seria interrompido enquanto levava a cabo seu crime. Ela voltou a uma foto feita exatamente no ponto em que começava a trilha de terra e de onde a cabana ficava invisível. Pegou o telefone e digitou o número do tenente Padua.

— Inspetora Salazar, eu ia ligar para você agora. Acompanhamos Inés ao banco e ela constatou que o marido esvaziou a conta, segundo o registro do caixa; ao que parece, ele fez isso assim que ela saiu de casa. O passaporte também desapareceu e já avisamos às estações e aeroportos.

— Bem, mas estou ligando por outro motivo...

— Sim?

— Jasón Medina trabalha com o quê?

— Ele é mecânico de carros, trabalha em uma oficina do povoado... troca de óleo e pneus, enfim... Pedimos uma ordem para revistá-la também...

A delegacia estava silenciosa. Depois da tensa jornada em Pamplona, Amaia tinha mandado Jonan e Iriarte comerem alguma coisa assim que chegaram a Elizondo.

— Não acho que consiga comer nada — dissera Jonan.

— Vá, de qualquer forma. Você se surpreenderia com os milagres que um sanduíche de lula e uma cerveja podem fazer.

Com um café tão quente na mão que mal podia bebê-lo a golinhos, ela estudava as fotos da cena do crime, certa de que havia algo mais nelas. Atrás de si, só percebia o som das folhas roçando procedente da mesa de Zabalza.

— Você passou o dia inteiro aqui, subinspetor?

A postura de suas costas se estirou de repente, como se ele se sentisse desconfortável.

— Pela manhã sim, à tarde saí um pouco.

— Suponho que sem novidade.

— Nada importante. Freddy continua estável dentro da gravidade e não há notícias do laboratório forense. Os especialistas em ursos ligaram, falaram alguma coisa sobre você não ter comparecido a um compromisso com eles, mas já expliquei que hoje não teria como. Eles deixaram alguns números de telefone e o endereço, estão no hotel Baztán, a uns 5 quilômetros.

— Sei onde fica.

— É verdade, sempre esqueço que você é daqui.

Amaia pensou que nunca se sentiu menos pertencente àquele lugar que naquele momento.

— Vou ligar para eles mais tarde...

Ela pensou por um instante na possibilidade de perguntar ou não por Montes e finalmente se decidiu.

— Zabalza, sabe se o inspetor Montes passou por aqui hoje?

— No início da tarde. Como a ordem para coletar amostras das farinhas das confeitarias tinha acabado de chegar, ele me acompanhou a Vera de Bidasoa até uma delas, e depois estivemos em mais cinco estabelecimentos do vale. Quando terminamos, voltamos para cá e enviamos as amostras ao laboratório seguindo o protocolo.

Zabalza parecia um pouco nervoso enquanto explicava seus passos, quase como se estivesse sendo submetido a um exame. Amaia se lembrou do incidente no hospital e concluiu que talvez o subinspetor Zabalza fosse aquele tipo de pessoa que torna toda crítica algo pessoal.

— ... Inspetora?

— Desculpe, não o ouvi.

— Eu disse que espero que tudo esteja bem, que esteja de acordo com os passos que seguimos.

— Ah, sim, está tudo bem, muito bem, agora só resta esperar resultados.

Zabalza não respondeu. Ele continuou verificando dados em sua mesa. Observou Amaia quando ela se inclinou de novo sobre o computador. Não gostava dela; tinha ouvido falar dela, a inspetora estrela que esteve com o FBI nos Estados Unidos e, agora que a conhecia, achava que era uma cadela arrogante que parecia esperar que todos lhe fizessem uma reverência ao passar. Sentia-se incomodado, porque no fundo sabia que havia feito besteira com o assunto da irmã, mas como ela estava por ali até Iriarte parecia superar isso, que na verdade não tinha tanta importância. E agora essa fixação por Montes, um cara da velha escola de quem, sim, gostava, supunha que em parte porque tinha colhões o suficiente para desafiar a inspetora estrela. E ele às vezes se sentia frustrado naquela investigação que não ia a lugar algum e tendo que aguentar os ataques de brilhantismo da inspetora Salazar, que em sua opinião estava errada em tudo. Perguntava-se quanto tempo o delegado geral ia demorar a atribuir aquele caso a um inspetor dos bons em vez de alimentar brilhos de uma policial de série americana. O celular vibrou em seu bolso, indicando de modo silencioso que havia uma mensagem nova. Antes de abri-lo já reconheceu o número; embora fizesse meses que tinha apagado o nome, continuava lhe enviando aquelas mensagens, e ele continuava as abrindo. Na tela, um torso masculino coberto por pequenas gotas de suor que reconheceu imediatamente, prendendo-o em um feitiço de desejo que o levou a passar, involuntariamente, a língua pelos lábios. Consciente de repente de onde estava, em um gesto pudico escondeu o celular com as mãos e olhou para trás, como se esperando que alguém estivesse ali. Ele escondeu a foto, mas não a apagou. Estava cansado de saber o que vinha agora. Durante os próximos dias seu humor pioraria na mesma medida em que cresceria a culpa. Queria continuar com Marisa, estava há oito meses com ela, gostava dela, era bonita, simpática, se divertiam juntos, mas... a presença daquela foto o torturaria a semana inteira, só porque era incapaz de reunir coragem para apagá-la. Tentaria, como das outras vezes, mas sabia que à noite, quando ficasse sozinho depois que ela voltasse para casa, olharia pela última vez as fotos antes de apagá-las, e não só não as apagaria, como também teria que fazer um grande esforço para não digitar o número de Santy, para não pedir que viesse à sua casa, para vencer o desejo selvagem que seu corpo lhe inspirava. Tinha-o conhecido na academia um ano antes; na época Santy saía com uma garota com quem estava há dois anos, e ele estava sozinho. Encontravam-se para correr, para tomar alguma coisa, inclusive chegou a lhe apresentar duas garotas com quem saiu algumas vezes. Até que em uma manhã do verão anterior, após voltar da corrida, Santy tomou banho em sua casa, que ficava mais perto das pistas, e, quando saiu do chuveiro, nu e molhado, olharam-se nos olhos e um instante depois estavam na cama. Toda manhã durante uma semana se encontraram em sua casa, e toda manhã o desejo havia vencido a confusão e a firme decisão de que não voltasse a se repetir. Uma semana depois se incorporou de novo ao trabalho. E começou a sair seriamente com Marisa. Ele comunicou a Santy que não se veriam mais e lhe pediu que não voltasse a ligar. Os dois cumpriram a promessa, mas Santy praticava esse tipo de resistência passiva, em que não ligava para ele, mas enviava fotos de seu corpo nu que conseguiam transtorná-lo a tal ponto que praticamente o impedia de pensar em outra coisa além dele e do sexo com ele. Aquelas imagens penetravam em sua mente a toda hora, causando-lhe um desgosto indescritível, sobretudo quando o sexo com Marisa se eternizava em uma espécie de gemidos felinos que conseguiam acabar com seu desejo e lhe traziam de novo à mente os encontros apaixonados, vertiginosos e febris com Santy. Sentia-se irritado e impaciente como quem espera uma resolução, uma onda ou um vento de tempestade que arrasasse tudo, que terminasse de uma vez com sua confusão, trazendo uma manhã nova em que pudesse apagar os últimos oito meses. Perguntando-se até quando poderia aguentar aquela pressão, voltou a olhar para a inspetora, que trabalhava em seu computador repassando as fotos que eles tinham examinado cem vezes, e a odiou por tudo. Amaia observou novamente as fotos tiradas dentro da cabana. Junto à lareira, uma velha vassoura de palha se apoiava em um canto, cobrindo parcialmente um pequeno monte de lixo. Fixando um quadro prévio, aumentou mais de uma vez a imagem até ter certeza do que estava vendo. Digitou o número da casa de Johana e esperou até ouvir a voz lastimosa de Inés.

— Boa noite, Inés, sou a inspetora Salazar.

Durante dois ou três minutos, ouviu os detalhes do que ela havia encontrado ao chegar em casa, o dinheiro que faltava, os documentos etc. Esperou pacientemente enquanto a mulher tagarelava, vítima de uma agitação vizinha ao triunfo ao ver suas suspeitas confirmadas. Quando a avalanche cessou, Amaia continuou:

— Eu tinha conhecimento desses dados, o tenente Padua me ligou há meia hora... Mas há uma coisa em que talvez você possa me ajudar. Seu marido é mecânico de carros?

— Sim.

— Esse sempre foi o trabalho dele?

— Na República Dominicana sim, mas, quando veio para cá, no início não encontrou trabalho na área e passou um ano trabalhando para um fazendeiro.

— No que consistia o trabalho?

— Pastoreio, devia levar as ovelhas ao monte, às vezes passava vários dias fora.

— Quero que olhe na geladeira, nos armários da cozinha, na despensa, em qualquer lugar que usem para guardar alimentos. Olhe e me diga se falta alguma coisa.

O telefone devia ser sem fio, porque Amaia ouviu a respiração agitada da mulher e seus passos apressados.

— Virgem santa! Ele levou toda a comida, inspetora!

Amaia interrompeu a mulher com toda a amabilidade possível e ligou para Padua.

— Ele não vai tentar sair do país, pelo menos não do modo habitual. Levou provisões para várias semanas; sem dúvida está no monte, conhece as rotas dos pastores como a palma de sua mão. Se sair do país, o fará através da divisa dos Pirineus, e por seu conhecimento da região poderia atravessar o vale e os montes sem ser visto. E conhecia a cabana, havia sedimentos de ovelha no cenário; embora os tivessem varrido, estavam em um monte ao lado da lareira. Eu entraria em contato com seu ex-patrão. Inés me disse que é um fazendeiro de Arizkun, fale com ele, pode ser de grande ajuda com as rotas e os refúgios. Certamente o pessoal do Seprona conhece os itinerários.

Apesar do silêncio, Amaia percebia a humilhação de Padua do outro lado do telefone, e de repente se sentiu furiosa; não ia felicitá-lo, não tinha sido um bom trabalho, mas ela mesma estava na corda bamba com uma investigação atravancada e sem um suspeito.

— Tenente, de policial para policial, que isso fique entre você e eu.

Padua murmurou um agradecimento atropelado e desligou.

31

— Sou uma menina — murmurou —, sou só uma menina, por que você não gosta de mim?

A menina chorava enquanto a terra cobria o rosto dela. Mas o monstro não tinha piedade.

O barulho do rio lhe chegava próximo, o cheiro mineral inundava seu olfato e o frio das pedras se cravava em suas costas enquanto jazia junto ao leito. O assassino se inclinava sobre ela para pentear seu cabelo dos lados, como perfeitas mechas douradas que praticamente escondiam seu peito nu. E ela procurava seus olhos, desesperada por encontrar piedade. O rosto do assassino se detinha junto ao dela, tão perto que podia sentir seu cheiro milenar de bosque, de rio, de pedra, olhava em seus olhos e descobria que só havia dois escuros poços, negros, insondáveis, ali onde deveria residir sua alma, e queria gritar, queria libertar o horror que tomava seu corpo e que a deixaria louca. Mas sua boca não podia se abrir, por sua garganta não podiam subir os uivos que cresciam dentro dela, porque estava morta. Soube que assim era a morte dos assassinados, uma eterna tentativa de gritar um horror que fica no interior... para sempre. Ele viu sua angústia, viu a dor, viu a condenação, e começou a rir até sua risada preencher tudo. Então se inclinou de novo sobre ela e sussurrou:

— Não tenha medo da *ama*, cadelinha. Não vou morder você.

*

O telefone zumbia em cima da mesinha de madeira, produzindo um barulho como uma furadeira. Amaia se sentou na cama, confusa e assustada, quase certa de ter gritado, e, enquanto afastava as mechas de cabelo ensopadas que grudavam em sua testa e seu pescoço, olhou para o aparelho que se deslocava pela mesa por efeito da vibração como se fosse um sinistro escaravelho gigante e maléfico.

Esperou alguns segundos enquanto tentava se acalmar. Mesmo assim, sentiu as batidas do coração ecoando como chicotadas no interior de seu ouvido quando aproximou o fone.

— Inspetora Salazar?

A voz de Iriarte a trouxe de volta à realidade com a rapidez de um feitiço.

— Sim, diga.

— Eu acordei você? Sinto muito.

— Não se preocupe, não importa — respondeu ela. "Quase lhe devo um favor", pensou ao mesmo tempo.

— É por uma coisa que lembrei. Quando você viu o corpo, disse algo que ficou dando voltas na minha cabeça depois. Você disse "Branca de Neve", lembra? É sinistro, mas eu também tive essa impressão, e seu comentário só aumentou a sensação de ter visto a mesma coisa antes, em outro lugar, em outro contexto. Finalmente me lembrei. Nesse verão estive com a minha mulher e as crianças em um hotel da costa em Tarragona, você sabe, um desses com uma piscina grande e um clube de atividades para as crianças. Certa manhã, percebemos que as crianças estavam especialmente nervosas, um pouco estranhas, entre abaladas e agitadas, iam de um lado para o outro do jardim recolhendo paus, pedrinhas, flores e agiam com muito mistério. Eu as segui e vi que pelo menos uma dúzia dos pequenos tinha se reunido em um canto do jardim e formado uma rodinha; me aproximei e vi que no centro haviam disposto um pequeno velório para um pardal morto. Ele estava sobre um monte de lenços de papel, rodeado de pedregulhos redondos e conchas da praia, e cercando o passarinho tinham colocado flores, formando uma grinalda em volta dele. Fiquei comovido, os felicitei pelo trabalho e os adverti sobre as doenças que podiam ser transmitidas por uma ave morta e que deviam lavar as mãos; depois, quase tendo que arrastá-los, consegui tirá-los de lá. Com brincadeiras consegui tirar o passarinho da cabeça deles, mas durante dias vi grupos de crianças que se aproximavam do canto onde estava o pardal. Comentei com um empregado, e ele o retirou de lá em meio às queixas e ao desgosto das crianças, embora àquela altura o bichinho já estivesse completamente deteriorado.

— Acha que foi o menino que a encontrou?

— O pai disse que o menino tinha ido ao monte com outros amigos. Imagino que provavelmente os meninos encontraram o cadáver, mas não no dia em que avisaram, mas antes, suponho que o acharam e decidiram preparar um velório, as flores... É provável que eles a tenham coberto. Além disso, percebi que as impressões que apareciam no vidro de perfume eram pequenas, que pensamos ser de mulher, mas também poderiam ser de crianças. Tenho quase certeza de que foram eles.

— Branca de Neve e seus anõezinhos.

Mikel tinha 8 anos e já sabia o que era estar metido em um problema sério. Sentado na cadeira para visitas da sala de Iriarte, ele balançava os pés para a frente e para trás em uma tentativa de se acalmar enquanto os pais olhavam para ele lhe dedicando sorrisos sérios, os quais, longe de acalmá-lo, evidenciavam a mensagem que, embora oculta, estava latente em suas expressões. A mãe havia ajeitado a roupa e o cabelo pelo menos três vezes, e em cada uma o tinha olhado nos olhos com aquela expressão preocupada que fazia quando não estava certa do que estava acontecendo. O pai fora mais direto: "Não se preocupe, não vai acontecer nada com você. Apenas vão fazer algumas perguntas, você só precisa dizer a verdade o mais claramente possível." A verdade. Se dissesse a verdade certamente seria quando tudo aconteceria. Agora que tinha visto seus amigos chegarem acompanhados pelos pais, desfilando pelo corredor diante da porta casualmente aberta, e haviam cruzado brevemente alguns olhares dos mais desesperados, sabia que não tinha escapatória. Jon Sorondo, Pablo Odriozola e Markel Martínez. Markel tinha 10 anos e talvez se mantivesse firme, mas Jon era um mariquinha, contaria tudo assim que perguntassem. Ele olhou uma vez mais para os pais, suspirou e se dirigiu a Iriarte.

— Fomos nós.

Eles levaram uma boa meia hora para acalmar os pais e convencê-los de que um advogado não era necessário, embora pudessem ligar para um se desejassem; seus filhos não estavam sendo acusados de nenhum delito, mas era fundamental poder conversar com os meninos. Finalmente concordaram, e Amaia decidiu levá-los à sala de reuniões.

— Bem, meninos — começou Iriarte —, alguém quer me contar o que aconteceu?

Os meninos se olharam entre eles, depois para os pais e finalmente permaneceram em silêncio.

— Certo, preferem que eu faça as perguntas?

Concordaram.

— Vocês costumavam ir àquela cabana com frequência?

— Sim — responderam ao mesmo tempo, como uma tímida turma de alunos amedrontados.

— Quem a encontrou?

— Mikel e eu — respondeu Markel em um sussurro, embora não desprovido de orgulho.

— Isso é muito importante, lembram que dia era quando a encontraram?

— Era domingo — respondeu Mikel. — O aniversário da minha avó.

— Então encontraram a garota, avisaram os outros e voltaram lá todos os dias para vê-la.

— Para cuidar dela — explicou Mikel. A mãe cobriu a boca, horrorizada.

— Mas, por Deus, ela estava morta! — exclamou o pai.

Um sentimento de confusão e repugnância percorreu todos os adultos, que começaram a murmurar. Iriarte procurou acalmá-los.

— As crianças têm maneiras diferentes de ver as coisas, e a morte produz nelas uma grande curiosidade. Então voltam para cuidar dela — disse, dirigindo-se a eles. — E cuidaram bem, mas foram vocês que colocaram as flores?

Silêncio.

— De onde tiraram tantas? Agora quase não há flores no campo...

— Do jardim da minha avó — admitiu Pablo.

— É verdade — acrescentou a mãe. — Minha mãe me ligou para me contar isso, disse que o menino ia lá todas as tardes pegar flores de um arbusto; ela perguntou se as trazia para mim e eu disse que não. Imaginei que eram para alguma garota.

— E eram — comentou Iriarte.

A mãe se sobressaltou enquanto pensava.

— Também levaram perfume?

— Peguei da minha mãe — respondeu Jon quase em um sussurro.

— Jon! — exclamou a mãe. — Como...?

— Era um que você não usava, estava inteiro sem usar no armário do banheiro...

A mãe levou uma das mãos à testa ao perceber que o filho tinha pegado o perfume mais caro, que menos usava, reservado para ocasiões especiais.

— Merda, você levou o Boucheron? — E de repente ela pareceu mais indignada por ele ter levado um perfume de 500 euros do que por tê-lo derramado sobre um cadáver.

— Para que era o perfume? — interrompeu Iriarte.

— Para o fedor, cheirava cada vez pior...

— Por isso colocaram os aromatizadores? — Os quatro concordaram.

— Gastamos toda a nossa mesada nisso — declarou Markel.

— Vocês tocaram em algum lugar do corpo?

Ele notou que a pergunta incomodava os pais, que se revolveram nas cadeiras e tomaram ar enquanto lhe dedicavam um olhar de recriminação.

— Ela estava destapada — disse um dos meninos, justificando-se.

— Ela estava pelada — disse Mikel. Um risinho se estendeu entre os garotos, mas se viu rapidamente cortado pelas expressões horrorizadas dos pais.

— Então a cobriram, taparam?

— Sim, com a roupa dela... estava rasgada — respondeu Jon.

— E com o colchão — admitiu Pablo.

— Notaram se faltava alguma coisa na garota? Pensem bem na resposta.

Entreolharam-se concordando e Mikel falou.

— Tentamos mover o braço para que segurasse o buquê, mas vimos que não tinha mão, então deixamos como estava, porque ver a ferida nos deu medo.

Amaia se maravilhou com o modo como a mente infantil funcionava. Sentiam medo de um ferimento e, no entanto, eram incapazes de sentir a ameaça implícita que supunha encontrar um cadáver violentado; dava-lhes medo um corte limpo, embora bestial, porém, tinham passado todo seu tempo livre na última semana velando um cadáver que se decompunha pouco a pouco sem sentir nenhum medo, ou talvez um medo superado pela curiosidade e por aquele servilismo sectário com que as crianças conseguem se comportar, e que sempre a surpreendia quando o encontrava.

Amaia interveio.

— Toda a cabana estava muito limpa, vocês a limparam?

— Sim.

— Varreram o chão, colocaram aromatizadores e tentaram queimar o lixo...

— Mas saía muita fumaça e ficamos com medo de que alguém visse e viesse ver, e então...

— Viram algo que parecesse sangue, ou alguma coisa como chocolate seco?

— Não.

— Não havia nada derramado ao lado do cadáver?

Negaram.

— Vocês iam lá todos os dias, certo? Notaram se alguém além de vocês tinha estado ali nesses dias?

Mikel deu de ombros. Amaia se dirigiu à porta.

— Obrigada por sua colaboração — declarou, dirigindo-se aos pais. — E vocês devem saber que quando se encontra um cadáver deve-se chamar a polícia imediatamente. Essa garota tem uma família que sentia falta dela; além disso, sua morte não foi natural, e o atraso em contar à polícia poderia deixar o assassino, a pessoa que a matou, escapar. Entendem a importância do que digo?

Assentiram.

— O que vai acontecer com a garota agora? — quis saber Mikel.

Iriarte sorriu enquanto pensava em seus próprios filhos. Anõezinhos da Branca de Neve. Estavam em uma delegacia, acabavam de interrogá-los, seus pais estavam estarrecidos, entre o horror e a incredulidade, e eles se preocupavam com sua princesa morta.

— Vamos devolvê-la à mãe dela, ela vai ser enterrada... Colocarão flores nela...

Eles se entreolharam e assentiram satisfeitos.

— Talvez possam visitar seu túmulo no cemitério.

Eles sorriram entusiasmados, e os pais lhes dedicaram um último olhar escandalizado diante da sugestão antes de levar seus rebentos para a saída.

Amaia se sentou diante do painel, ao qual tinham acrescentado as fotos de Johana, e mais uma vez se maravilhou com a fertilidade da mente infantil. Iriarte entrou com Zabalza e riu abertamente enquanto colocava diante dela um copo de café com leite.

— Branca de Neve. — Riu. — Sinto pena dos pobres garotos, os pais vão levá-los direto ao psicólogo. E as saídas ao monte para explorar certamente acabaram.

— Bem, o que você faria se fossem seus filhos?

— Procuraria não ser muito duro. Há algum tempo talvez respondesse outra coisa, mas agora tenho filhos, inspetora, e garanto que aprendi muito nos últimos anos. Quanto a sair para explorar, todos nós fizemos isso, ainda mais os que fomos criados em áreas rurais; com certeza você, que morou aqui, também desceu ao rio e explorou por aí.

— Claro, isso me parece normal, curiosidade infantil, mas se trata de um cadáver, a gente imagina que é o tipo de coisa que faria uma criança sair correndo e gritando.

— Talvez a maioria, mas vencido o susto inicial não é para tanto. O fator medo nas crianças tem muito mais a ver com o terror imaginário do que com os horrores reais; por isso na maioria das vezes as crianças acabam sendo vítimas, porque não são capazes de distinguir entre os riscos reais e os imaginários. Penso que levaram um bom susto ao vê-la, mas depois a curiosidade e a morbidez foram mais fortes, as crianças são incrivelmente mórbidas. Sei que não é comparável, mas quando eu tinha 7 anos encontramos um gato morto, o enterramos em um monte de cascalho que havia em uma obra, fizemos uma cruz com uns paus, colocamos flores e até rezamos por ele, mas uma semana depois os amigos do meu irmão o desenterraram e voltaram a enterrar só para ver como estava.

— Sim, isso se encaixa mais na curiosidade infantil, mas era só um gato. Eles teriam que ficar horrorizados diante de um cadáver humano, existe um repúdio implícito na nossa natureza ao nos identificar com sua forma humana.

— Nos adultos sim, mas nas crianças é diferente. Não é a primeira vez que acontece algo parecido. Há alguns anos acharam em uma região de Huertas de Tudela um cadáver de uma garota que estava desaparecida de casa havia dias. Tinha morrido de overdose, e alguns garotos acharam o corpo; em vez de denunciar, cobriram com plásticos e tábuas. Quando a polícia o encontrou, as circunstâncias levantaram inúmeras dúvidas sobre o que havia acontecido; a necropsia revelou a overdose, e os muitos rastros que tinham deixado conduziram aos garotos, mas a primeira impressão dos investigadores também foi alterada por causa deles.

— Inacreditável.

— Mas verdadeiro.

Jonan bateu com os nós dos dedos na porta ao mesmo tempo que a abria.

— Inspetora, o tenente Padua acaba de ligar. Detiveram Jasón Medina em Gorramendi. Estava em uma cabana do monte nas imediações de Erratzu. Também encontraram o carro a uns 12 quilômetros de lá, meio escondido no meio das árvores. No porta-malas levava uma bolsa com roupas de garota, os documentos de Johana e um rato de pelúcia. Ele está no quartel de Lekaroz. Padua disse que vai esperá-la para começar o interrogatório.

— Que amável! — zombou Iriarte.

— Não acredite nisso, ele me deve um favor — declarou ela, pegando a bolsa.

As instalações do quartel da Guarda Civil pareciam antiquadas em comparação com a nova delegacia da Foral, mas mesmo assim não escapou a Amaia que possuíam um moderno sistema de vigilância com câmeras de última geração. Um guarda uniformizado os cumprimentou na porta, indicando uma sala à direita da entrada. Outro guarda os conduziu por um estreito corredor insuficientemente iluminado até um grupo de portas desmanteladas que evidenciavam mais de uma troca de fechaduras. A sala era ampla e bem-aquecida. Junto à entrada havia um nicho com uma imagem da Imaculada Conceição adornada com um ramo seco de espigas; à direita e à esquerda se distribuíam várias mesas e cadeiras. Diante de uma delas, e algemado, estava um homem de uns 45 anos, magro, de baixa estatura e tez escura, que evidenciava ainda mais sua palidez e as vermelhidões que tinham se formado sob os olhos e ao redor da boca.

Entre as mãos algemadas segurava sem forças um lenço de papel que não parecia disposto a usar, embora as lágrimas e o muco escorressem por seu rosto até o queixo, de onde gotejavam na superfície escura da mesa. Ao seu lado, uma jovem advogada pública, que calculou ter menos de 30 anos, organizava alguns papéis enquanto ouvia, absorta, as instruções que alguém lhe dava por telefone e olhava visivelmente descontente para seu cliente.

Padua se aproximou por trás.

— Ele não parou de chorar e gritar desde que o pessoal do Seprona o encontrou. Confessou assim que viu os guardas, me disseram que não calou a boca durante todo o caminho até aqui, e desde que o sentamos aí não fez outra coisa além de chorar aos gritos; na verdade tivemos que tomar sua declaração, porque desde que chegou não parou de repetir que tinha sido ele e que queria confessar. Deve estar esgotado só de gritar.

Eles se aproximaram da mesa. Um guarda acionou um gravador e, depois dos cumprimentos, das apresentações e da constatação de data e hora, tomaram assento.

— Antes de qualquer coisa, devo dizer que isso é muito irregular, não entendo como tomaram sua declaração sem eu estar presente — queixou-se a advogada.

— Seu cliente não parou de gritar sua confissão desde o momento em que foi detido e insistiu em fazer uma declaração assim que entrou pela porta.

— ... Mesmo assim eu poderia invalidá-la...

— Ainda não o interrogamos, senhora, por que não espera para ouvir o que ele tem a dizer?

A advogada apertou os lábios e afastou a cadeira da mesa alguns centímetros.

— Sr. Jasón Medina — começou Padua. Pareceu que a menção de seu nome o tirou do transe em que havia permanecido; ergueu-se na cadeira e olhou fixamente para as folhas que Padua tinha nas mãos. — Segundo sua declaração, na sábado dia 4 você pediu a sua enteada, Johana Márquez, que o acompanhasse para lavar o carro, mas, em vez de ir ao posto de gasolina onde costumava lavar o veículo, dirigiu em direção ao monte. Quando chegaram a uma área pouco frequentada, parou o carro e pediu à enteada que o beijasse; diante da recusa dela, você se zangou e a esbofeteou. Johana ameaçou contar à mãe, e inclusive ir à polícia. Você se zangou mais e ficou muito nervoso, então bateu nela de novo e ela desmaiou, segundo suas próprias palavras. — Jasón assentiu. — Arrancou o veículo e dirigiu um pouco mais, mas ao vê-la desmaiada, como se estivesse adormecida, pensou que podia ter relações com ela sem que resistisse. Procurou um lugar afastado em uma estrada florestal, parou o carro, inclinou o banco do acompanhante para trás e se colocou sobre Johana com intenção de ter relações. Mas então ela acordou e começou a gritar. É correto?

Jasón Medina assentia sem pausa até provocar a sensação de que estava se balançando, enquanto de seu nariz continuavam pingando lágrimas misturadas com muco.

— Segundo suas palavras, você bateu nela várias vezes. Quanto mais Johana gritava, mais você ficava excitado; bateu nela novamente, mas ela se defendia sem se render, então precisou bater mais forte. Mesmo assim, ela não parava de gritar e de revidar com todas as forças. Você a pegou pelo pescoço e apertou até que ela ficou imóvel. Quando viu que a havia matado, decidiu que precisava encontrar um lugar onde abandonar o cadáver. Conhecia a cabana do monte, pois tinha passado por lá várias vezes quando trabalhava como pastor. Você dirigiu pela estrada até chegar perto, depois carregou o corpo até a cabana e o deixou lá. Mas antes se lembrou do que tinha lido na imprensa nos últimos dias sobre o *basajaun* e decidiu que podia fazer com que o crime se parecesse; rasgou a roupa de Johana como se lembrou de ter lido e se sentiu tão excitado que violentou o cadáver.

Jasón fechou os olhos por um instante, e Amaia pensou o que podia se passar por culpa, mas certamente estava rememorando o momento da morte, que havia gravado em sua mente com todos os pormenores. Remexeu-se na cadeira captando a atenção da advogada, que retrocedeu enojada ao ver o volume que a iminente ereção formava em suas calças.

— Pelo amor de Deus! — exclamou ela.

Padua continuou lendo como se não tivesse percebido.

— Porém, não tinha cordão nem corda para encenar o que lembrava, então retornou a sua casa antes que sua mulher voltasse, tomou banho, pegou um pedaço de corda que tinha sobrado ao montar o varal e voltou à cabana para colocá-la ao redor do pescoço da sua enteada. Depois retornou a casa. Quando sua esposa insistiu em reportar o desaparecimento, você pegou algumas roupas e objetos pessoais de Johana, colocou-os no porta-malas do seu carro, contou a sua mulher que Johana havia estado em casa para levar as coisas dela e a persuadiu a retirar a queixa... Sr. Medina, isso é o que declarou, está de acordo?

Jasón baixou o olhar e assentiu.

— Devo ouvi-lo, senhor, é para que conste.

O homem se inclinou para a frente como se fosse beijar o gravador e declarou claramente:

— Sim, senhor, é isso, essa é toda a verdade, Deus sabe. — A voz saiu suave, um pouco alta, com um tom de servilismo fingido que fez a advogada revirar os olhos.

— Não dá para acreditar — sussurrou ela.

— O senhor ratifica sua declaração, Sr. Medina?

Jasón voltou a se inclinar para a frente.

— Sim.

— Concorda com tudo o que li, ou quer acrescentar ou tirar alguma coisa?

Outra paródia de reverência.

— Concordo com tudo.

— Bem, Sr. Medina, agora que tudo ficou bastante claro, nós gostaríamos de fazer umas perguntas ao senhor.

A advogada se ergueu ligeiramente, como se entendesse que finalmente teria um pouco de trabalho a fazer.

— Já apresentei ao senhor a inspetora Salazar, da Policía Foral, que quer interrogá-lo.

— Eu me oponho — retrucou a advogada. — Essa declaração já complicou bastante a vida do meu cliente, ele já confessou. Não pense que não sei quem você é — disse, dirigindo-se a Amaia — e o que pretende.

— O que acha que pretendo? — perguntou Amaia, paciente.
— Atribuir ao meu cliente os crimes do *basajaun*.
Amaia riu enquanto negava com a cabeça.
— Se acalme, já adianto que o *modus operandi* não é condizente. Desde o começo soubemos que não se tratava do *basajaun*, e com os dados que deu na declaração relativos à corda que utilizou praticamente poderíamos descartá-lo.
— Praticamente?
— Há um aspecto do crime que chamou nossa atenção. Levar essa investigação adiante vai depender do seu cliente poder nos dar uma explicação plausível.
A advogada mordeu o lábio inferior.
— Olha, vamos fazer o seguinte: eu pergunto e seu cliente só responde se você autorizar...
A advogada olhou angustiada para a poça de secreções que se estendia pela superfície da mesa e concordou. Padua fez menção de se levantar para lhe ceder o lugar diante de Medina, mas Amaia o deteve, se levantou, deu a volta na mesa e se situou justo à esquerda do homem, inclinando-se um pouco para falar com ele e tão perto que quase roçava sua roupa.
— Sr. Medina, o senhor declarou que bateu em Johana repetidas vezes e que a estuprou, tem certeza de que não fez mais nada com ela?
O homem se remexeu, inquieto.
— A que se refere? — perguntou a advogada.
— O cadáver apresentava uma amputação completa da mão e do antebraço direitos — respondeu ela, colocando na mesa duas fotos ampliadas onde se via toda a crueldade da lesão.
A advogada franziu o cenho e se inclinou para sussurrar algo ao ouvido de seu cliente. Ele negou.
Amaia se impacientou por segundos.
— Ouça, depois do que o senhor declarou, cortar o braço é algo secundário; fez isso talvez para que não pudéssemos identificar o cadáver pelas impressões?
Ele pareceu surpreso diante da ideia.
— Não.

— Olhe as fotos — insistiu Amaia.

Jasón olhou brevemente e afastou o olhar, enojado.

— Por Deus! Não, eu não fiz isso, quando voltei para colocar a corda já estava assim, pensei que tinha sido um animal.

— Quanto tempo o senhor demorou para voltar a casa e retornar à cabana? Pense bem.

Jasón começou a chorar, com gemidos profundos que brotavam de seu estômago, convulsionando seu corpo visivelmente.

— Deveríamos deixá-lo, o Sr. Medina precisa descansar — sugeriu a advogada.

Amaia perdeu a paciência.

— O Sr. Medina vai descansar quando eu disser.

Amaia deu uma forte pancada na mesa que fez com que pequenas gotas da poça saíssem em todas as direções, enquanto se inclinava até colocar o rosto junto ao do homem. O choro dele cessou imediatamente.

— Responda — ordenou com tom firme.

— Uma hora e meia no máximo, eu tinha pressa porque minha mulher ia voltar do trabalho.

— E quando voltou para a cabana o braço já não estava?

— Não, juro que achei...

— Havia sangue?

— O quê?

— Havia sangue ao redor do ferimento?

— Talvez um pouco, mas pouco, uma pocinha pequena, apenas uma manchinha...

Amaia olhou para Padua.

— Os garotos? — sugeriu ele.

— ... no plástico — murmurou Jasón.

— Que plástico?

— O sangue estava sobre um plástico branco — resmungou.

Amaia se ergueu, enjoada pelo hálito fedido do homem.

— Pense bem nisso. O senhor viu alguém nas proximidades da cabana quando retornou?

— Não vi ninguém, mas...

— Sim?

— Tive a impressão de que havia mais alguém lá, mas é que eu estava muito nervoso. Até achei que alguém me vigiava. Achei que era Johana...
— Johana?
— Seu espírito, entende, seu fantasma.
— O senhor cruzou com algum carro na estrada de acesso ou viu algum veículo estacionado nas imediações?
— Não, mas quando já estava indo embora ouvi uma moto, uma dessas de montanha. Elas fazem muito barulho. Achei que era do Seprona, usam essas para andar pelo monte. Saí correndo de lá.

Outras primaveras

Na vez seguinte as coisas foram muito diferentes. Haviam transcorrido muitos anos. Ela já morava em Pamplona, embora voltasse a Elizondo nos fins de semana. Sua mãe, doente e inválida, estava confinada na cama de um hospital com uma pneumonia complicada enquanto o Alzheimer a devorava. Fazia meses que mal balbuciava alguma palavra de um vocabulário muito limitado, e só para pedir o mais básico. Estava há uma semana no Hospital Universitário a pedido do médico da família e contra a vontade de Flora, que tinha resistido com todas as suas forças à internação, mas finalmente tivera que aceitar quando a respiração de Rosario se tornou tão penosa que ela precisou de oxigênio para não morrer e teve que ser transportada em uma ambulância equipada. Mesmo assim, e exibindo sua perpétua necessidade de se destacar, resistia a abandonar a cabeceira da mãe sob todo tipo de pretexto, mas não perdia a oportunidade de recriminar as irmãs por não a visitarem mais.

Amaia entrou no quarto e, após ouvir dez minutos de recriminações de Flora, enviou-a à lanchonete prometendo vigiar a mãe. Quando a porta se fechou atrás da irmã, Amaia se virou para olhar para a senhora que cochilava meio sentada na cama hospitalar, numa tentativa de facilitar sua penosa respiração. Foi consciente de seu medo e de que era a primeira vez que ficava sozinha com ela desde criança. Passou nas pontas dos pés diante da cama para se sentar na poltrona junto à janela, rogando que não despertasse para pedir alguma coisa. Não tinha certeza do que sentiria se tivesse que tocá-la.

Com o mesmo cuidado que teria depositado ao manipular um explosivo, sentou-se na poltrona e se reclinou lentamente enquanto pegava uma das revistas de Flora do parapeito da janela. Virou-se para olhar para a mãe e não conseguiu reprimir um grito. O coração ameaçava sair do peito. A mãe olhava para ela, apoiada sobre o flanco esquerdo, com um sorriso retorcido e olhos que brilhavam lúcidos e maliciosos.

— Não tenha medo da *ama*, cadelinha. Não vou morder você.

Amaia se recostou de novo, fechou os olhos e imediatamente sua respiração voltou a soar aquosa e estertorante. Ela estava encolhida sobre si e viu que, sem se dar conta, tinha amassado a revista da irmã. Permaneceu assim alguns segundos, com o coração acelerado e a lógica gritando dentro dela que tinha imaginado aquilo, que o cansaço e as lembranças tinham lhe pregado uma peça. Levantou-se sem afastar os olhos do rosto da mãe, que parecia tão vazio e entorpecido quanto nos últimos meses. A idosa sussurrou alguma coisa. Um fio de baba escorreu por seu rosto, os olhos permaneceram fechados. Um murmúrio abafado, uma palavra incompreensível. O tubinho de oxigênio se soltou de uma orelha e pendia inclinado emitindo um leve vapor. Parecia sonhar, balbuciava água? Talvez. Sua voz era tão débil que acabava inaudível. Aproximou-se da cama e ouviu.

— Naaaa auaaag.

Amaia se inclinou sobre ela, numa tentativa de entender suas palavras.

Rosario abriu os olhos, uns olhos penetrantes e cruéis que evidenciavam o quanto estava se divertindo com aquilo. Sorriu.

— Não, não vou comer você, mas o faria se pudesse me levantar.

Amaia avançou aos tropeções até a porta sem deixar de vigiar a mãe, que continuava olhando-a com aqueles olhos malignos enquanto ria, satisfeita pelo medo que provocava em Amaia, com gargalhadas estertorantes que pareciam impossíveis para alguém com problemas respiratórios tão graves. Amaia fechou a porta atrás de si e não tornou a entrar até que Flora voltou.

— O que você está fazendo aqui? — disparou esta ao vê-la. — Deveria estar lá dentro.

— Vim ver se você estava chegando, já tenho que ir.

Flora olhou o relógio e levantou as sobrancelhas, naquele gesto de recriminação que Amaia tinha visto tantas vezes.

— E a *ama*?

— Dormindo...

E era verdade, ela estava dormindo quando entraram de novo.

32

Quando chegou a casa, um bilhete de James em cima da mesa lhe dizia que tinham saído para almoçar e que passaria parte do dia visitando o bosque de Irati com a tia Engrasi; deixaram comida na geladeira e esperavam vê-la à noite. Um breve "eu te amo" junto ao nome de James a fez se sentir sozinha e afastada da realidade em que as pessoas saíam para almoçar e faziam passeios enquanto ela interrogava asquerosos estupradores das próprias filhas. Amaia subiu a escada ouvindo sua própria respiração e o silêncio entristecedor daquela residência, onde nunca desligavam a televisão enquanto sua tia estava em casa. Tirou a roupa e a jogou no cesto enquanto deixava a água escorrer no chuveiro até sair quente e observou sua imagem no espelho. Estava emagrecendo. Nos últimos dias ela pulou algumas refeições e se alimentou virtualmente de cafés com leite. Passou a mão pelo ventre e o apalpou com suavidade, depois levou as mãos aos rins e se inclinou para trás encolhendo a barriga. Sorriu até que encontrou seus próprios olhos no espelho. James estava começando a ficar chato com o assunto do tratamento de fertilidade. Amaia sabia o quanto desejava um filho e não era alheia à pressão que ele suportava em cada ligação dos pais, mas só de pensar na terrível prova física e mental a que se submeteria, sentia algo a apertando por dentro. James, no entanto, parecia ter achado a panaceia; durante dias ele a bombardeou com informação, vídeos e panfletos da clínica que mostravam pais sorridentes com suas crianças no colo; o que não mostravam eram os sucessivos e humilhantes exames, as constantes análises, a inflamação produzida pelos hormônios, as mudanças repentinas de humor devido aos coquetéis de comprimidos necessários. Aceitara afligida pela carga emocional do momento, mas agora achava que talvez tivesse se precipitado ao concordar em experimentar. Em sua cabeça ecoavam as palavras da mãe de Anne: "Pari do coração e gerei a minha filha nos meus braços."

Amaia entrou no chuveiro e deixou que a água quente descesse pelas costas, avermelhando a pele até produzir uma mistura de prazer próximo à dor. Apoiou a testa nos azulejos e se sentiu melhor ao se dar conta de que seu mau humor se devia principalmente ao fato de James não estar em casa. Estava cansada e lhe teria feito bem dormir um pouco, mas, se James não estivesse ali quando acordasse, ia se sentir tão mal que se arrependeria de ter dormido. Fechou a torneira e esperou alguns segundos no banheiro até a água escorrer por sua pele; depois saiu e se envolveu em um enorme roupão que chegava até seus pés e que James adorava. Sentou-se na cama para enxugar um pouco o cabelo e se sentiu de repente tão cansada que a ideia da sesta, que antes havia descartado, de súbito lhe pareceu uma boa opção. Seriam apenas alguns minutos, provavelmente não conseguiria dormir.

O modelo Glock 19 é uma maravilha de pistola com um sistema de percussão da agulha, muito leve, pois possui armação de plástico, 595 gramas vazia e 850 carregada. Não tem nenhuma alavanca externa de segurança, martelo ou outro controle que seja preciso desativar antes que a arma esteja pronta para disparar. Uma boa pistola para um policial que precisa sair às ruas, embora fossem ouvidas vozes contrárias à polícia utilizar armas sem trava, e inclusive alguns especialistas afirmavam que o barulho produzido ao colocar o disparador em uma arma era mais intimidatório do que apontá-la. Ela não era fã das armas, mas gostava da Glock; não era muito pesada, era bastante discreta e de fácil manutenção. Mesmo assim, devia desmontá-la e lubrificá-la de vez em quando, e sempre escolhia uma hora em que estava completamente sozinha em casa. Amaia a desmontou dispondo as peças sobre uma toalha, limpou o cano e voltou a montá-la.

Mas enquanto a manipulava se fixou em suas mãos, pequenas demais para segurar uma arma. Deu-se conta de que o que estava vendo não eram suas mãos, mas as de uma menina. Retrocedeu um passo e teve uma visão do quadro completo: sentada na cama, uma menina que era ela mesma segurava uma arma grande e preta com uma mão pálida, enquanto com a outra acariciava o crânio malcoberto pelo cabelo loiro que começava a crescer e que ainda deixava entrever a cicatriz esbranquiçada. A menina chorava. Amaia sentiu uma infinita piedade para com aquela pequena que era ela mesma, e a visão da menina quebrada de tristeza lhe provocou um vazio no peito que não sentia em muitos anos. A menina dizia alguma coisa, porém Amaia não conseguia entender. Inclinou-se para a frente e viu que a pequena não tinha pescoço, havia uma franja escura de vazio abismal no lugar onde devia estar seu decote. Ouviu com atenção, tentando identificar os sons misturados ao choro.

A pequena, uma Amaia de 9 anos, chorava lágrimas negras e densas como óleo de motor, que caíam brilhantes e cristalinas como azeviche líquido formando um atoleiro aos seus pés, onde antes estava a cama. Amaia se aproximou mais e percebeu no movimento de seus lábios a ladainha urgente de uma oração que a menina repetia sem entonação nem pausa. Painossoqueestaisnocéusantificadosejaovossonomevenhaanós...

A menina levantou a arma utilizando ambas as mãos, girou-a para si e elevou o cano até deixá-lo apoiado em sua orelha. Depois deixou cair pesadamente a mão direita sobre o regaço, e Amaia viu que a mão havia desaparecido do antebraço. Gritou com todas as forças, meio consciente de que era um sonho e certa de que, mesmo sendo um, aquele mal seria irreparável.

— Não faça isso — gritou, mas as lágrimas negras que a menina tinha chorado entraram em sua boca e abafaram as palavras. Ela reuniu todas as suas forças enquanto lutava para despertar daquele pesadelo antes que tudo acabasse. — Não faça isso.

Gritou, e seu grito atravessou o sonho, e houve um instante em que se sentiu emergir a toda velocidade daquele inferno, consciente de que tinha gritado de verdade, de que seu grito a estava despertando e de que a menina ficava para trás. Virou a cabeça para vê-la de novo e ainda conseguiu notar que a menina levantava o braço decepado enquanto dizia:

— Não posso deixar a *ama* me comer inteira.

Ela abriu os olhos e percebeu uma figura escura que se inclinava sobre seu rosto.

— Amaia.

A voz viajou no tempo muitos anos antes para levá-la até sua proprietária, enquanto a lógica pura abria caminho a gritos através dos restos do pesadelo para fazê-la saber que aquilo era impossível. Abriu mais os olhos e piscou, tentando varrer os vestígios de sono que, como areia, cegavam-na, tornando seus olhos pesados e inúteis.

A mão extraordinariamente fria de alguém pousou em sua testa, e a impressão daquele tato cadavérico foi suficiente para forçá-la a abrir os olhos. Junto à cama, uma mulher se inclinava sobre seu rosto e a observava entre curiosa e divertida. O nariz reto, as maçãs do rosto altas e o cabelo preso dos lados formando duas ondas perfeitas.

— *Ama* — gritou, meio afogada pelo medo enquanto puxava desajeitadamente o edredom e se encolhia até ficar sentada no travesseiro.

— Amaia, Amaia, acorde, você está sonhando, acorde!

Um clique que soou dentro de sua cabeça inundou o quarto de luz procedente do abajur do criado-mudo.

— Amaia, você está bem?

Ros, visivelmente pálida, olhava-a desconcertada sem se atrever a tocá-la. Amaia sentia uma sede terrível, o suor formava uma fina película sob o roupão que ainda vestia.

— Estou bem, foi um pesadelo — explicou ela, ofegando e percorrendo o quarto com o olhar, como se tentasse estabelecer com segurança onde se encontrava.

— Você gritou — murmurou amedrontada a irmã.

— Sim?

— Gritava muito e não conseguia acordar — disse Ros, como se explicar desse mais sentido. Amaia olhou para ela.

— Desculpe — disse, sentindo-se esgotada e exposta como um réu.

— ... E quando tentei acordá-la, você me deu um susto terrível.

— Sim — admitiu Amaia —, quando abri os olhos, não a reconheci.

— Tenho certeza de que não, você apontou o revólver para mim.

— O quê?

Ros fez um gesto para a cama e Amaia percebeu que ainda estava com a pistola na mão. De repente a visão do sonho com a menina levantando a arma até a cabeça lhe pareceu tão vívida e ominosa que ela soltou a pistola como se estivesse quente e a cobriu com uma almofada antes de se virar para a irmã.

— Ah, Ros, desculpe, mesmo, devo ter adormecido depois de limpá-la, mas está descarregada...

A irmã não pareceu muito convencida.

— Sinto muito — voltou a se desculpar. — Os últimos dias foram muito intensos, hoje mesmo interroguei o cara que matou a própria enteada, e imagino que... Bem, entre isso e a investigação do *basajaun*, é normal acumular tensão.

— E eu não ajudei — acrescentou Ros um pouco compungida, formando uma expressão infantil que lembrou a Amaia a menina que tinha sido. Sentiu uma onda de carinho pela irmã.

— Bem, imagino que todos nós acabamos fazendo as coisas do melhor jeito que podemos, não? — disse, com um sorriso sério.

Ros se sentou na cama.

— Sinto muito, Amaia, sei que devia ter contado, só quero que saiba que não tentei esconder nada de você, eu não pensei, e já me sentia bastante pressionada com tudo o que estava acontecendo.

Amaia estendeu a mão até alcançar a da irmã.

— Foi exatamente isso que James me disse.

— Está vendo? Até nisso seu marido é perfeito. Diga, como, com um homem assim, vou contar a você minhas misérias matrimoniais?

— Eu nunca julguei você, Ros.

— Eu sei. E sinto muito por isso — disse ela inclinando-se para a irmã, que a recebeu com um caloroso abraço.

— Eu também sinto, Ros, juro que foi uma das coisas mais difíceis que tive que fazer na vida, mas não tinha outra opção — disse, acariciando sua cabeça.

Quando finalmente se soltaram do abraço, entreolharam-se sorrindo abertamente, de um modo reservado às irmãs que se olham assim, de frente, muitas vezes. Fazer as pazes com Ros a fez se sentir bem de uma maneira que quase havia esquecido ser possível nos últimos dias, como normalmente costumava ocorrer ao simplesmente voltar para casa, tomar um banho e abraçar James. Preocupava-se secretamente, chegando a se perguntar se por fim havia acontecido aquilo que os investigadores de homicídios tanto temem: que o horror com o qual se deparava diariamente rompesse as eclusas daquele lugar obscuro onde devia ficar relegado e tivesse inundado sua vida, transformando-a pouco a pouco em um desses policiais sem vida privada, desolados e assolados pelo horror de se saberem responsáveis por ter permitido que o mal rompesse as barreiras e levasse tudo. Nos últimos dias, uma ameaça densa e ominosa como uma maldição parecia se abater sobre ela, e os velhos padres não eram suficientes para exorcizar o mal que tinha que enfrentar e que a acompanhava grudando-se ao seu corpo como um sudário molhado.

Amaia saiu de seu estado absorto e se deu conta de que Ros a estivera observando atentamente.

— Talvez agora deveria ser você a se abrir comigo.

— Ah, você se refere a... Ros, você sabe que não posso, são aspectos da investigação.

— Não me refiro a isso, mas ao que a faz gritar nos sonhos. James me disse que você tem pesadelos quase toda vez que dorme.

— Por Deus, James! É verdade, mas não são mais do que isso, pesadelos, e é perfeitamente normal tendo em conta o meu trabalho. Acontece em certas épocas, quando estou muito absorta em um caso tenho mais, quando fechamos o caso diminuem. Sabe que há anos durmo com a luz acesa.

— Hoje estava apagada — comentou Ros, olhando para a lâmpada.

— Eu me distraí, ainda havia luz quando me sentei para limpar a arma e adormeci sem me dar conta. Mas isso não costuma acontecer, eu acendo exatamente para evitar que aconteça o que aconteceu hoje, porque não são exatamente pesadelos o que sofro. O que acontece é que tenho um sono leve em constante alerta e durante a noite ocorrem vários pequenos despertares nos quais me sobressalto um pouco, me localizo e volto a dormir... Daí a importância de haver luz, assim quando abro os olhos posso ver onde estou e me acalmo em seguida.

Ros fez que não observando sua expressão.

— Você ouviu o que acabou de dizer? O que descreveu é um estado de alerta constante, ninguém pode viver assim. Se quiser se conformar com essa história de deixar a luz acesa, por mim tudo bem, mas saiba que o que aconteceu hoje não é normal. Amaia, você quase atirou em mim.

As palavras da irmã trouxeram o eco das de James dois dias antes na porta da doceria.

— E os pesadelos podem ser normais, mas só até certo ponto; o que não é normal é causarem tanto sofrimento a você, fazendo você acordar com esses sobressaltos, incapaz de discernir se está sonhando ou acordada. Vi você, Amaia, e estava aterrorizada.

Ela a olhou e se lembrou do perfil feminino que havia se inclinado sobre seu rosto enquanto despertava.

— Deixe que eu ajude você.

Amaia assentiu.

Desceram as escadas em silêncio, percebendo o estranho ambiente que se respirava na casa na ausência da tia. Os móveis, as plantas, os inúmeros objetos de adorno pareciam entorpecidos sem a presença dela, como se com a falta da proprietária da casa todas os seus pertences perdessem a autenticidade e se apagassem um pouco, dissipando os limites que os mantinham no plano da realidade. Ros se dirigiu ao aparador e pegou o embrulho de seda preta que envolvia as cartas, colocou-as no centro da mesa e se dirigiu à sala. Um segundo depois, Amaia ouviu o som dos anúncios procedente da televisão. Sorriu.

— Por que vocês fazem isso? — perguntou.

— Para ouvir melhor. — Foi a resposta da irmã.

— Sabe que isso é um contrassenso.

— E, no entanto, é assim.

Sentou-se e, com muito cuidado, desfez o laço que apertava o delicado tecido, pegou o maço, retirou o lenço e o colocou diante dela.

— Você sabe o que tem que fazer, embaralhe as cartas enquanto pensa na pergunta.

Amaia pegou o baralho, que estava curiosamente frio, e as lembranças de outras vezes vieram à sua mente, o tato suave das cartas deslizando entre seus dedos, o estranho perfume que emanava delas quando as movimentava em suas mãos e a pacífica comunhão produzida no momento em que alcançava o grau preciso no qual se abria o canal e a pergunta era formulada em sua mente, fluindo em ambas as direções, o modo instintivo como elegia as cartas e a cerimônia com que as virava, sabendo o que havia do outro lado muito antes de completar o movimento, e o mistério resolvido em um instante quando a rota a seguir se esboçava em sua mente, estabelecendo as relações entre as cartas. Interpretar as cartas do tarô era tão simples e tão complicado quanto interpretar um mapa de um lugar desconhecido, como traçar um trajeto desde sua casa a um ponto concreto; se tinha claro o destino, se era capaz de não se distrair no caminho como uma Chapeuzinho mística, as respostas se revelavam em sua frente em uma rota clara para a resposta, que, como os caminhos, nem sempre era única. Às vezes as respostas não são a solução do enigma, dissera Engrasi certa vez, às vezes as respostas só geram mais perguntas, mais dúvidas.

— Por quê? — havia perguntado Amaia. — Se fizer uma pergunta e obtiver uma resposta, deveria ser a solução.

— Deveria, se soubesse que pergunta deve fazer em cada momento.

Recordava os ensinamentos de tia Engrasi. "A pergunta. Sempre deve haver uma pergunta, que sentido teria se não fizesse uma consulta? Abrir o canal para deixar as respostas chegarem misturadas como o grito de milhões de almas, clamando, uivando e mentindo. Você deve dirigir a consulta, deve traçar o caminho no mapa sem sair, sem deixar o lobo a seduzir convencendo-a a colher flores, pois, se o fizer, ele vai chegar ao destino antes de você, e o que vai encontrar ao chegar já não será o lugar ao qual se dirigia, acabará falando com um monstro disfarçado que se faz passar por sua avó e que só tem uma intenção: devorá-la. E o fará, comerá sua alma se você sair do caminho." As advertências tantas vezes ouvidas em sua infância ecoaram dentro dela com a voz clara da tia Engrasi.

"As cartas são uma porta, e como uma porta você não deve abri-la por abrir, nem deixá-la aberta atrás de si. Uma porta, Amaia, as portas não fazem mal, mas o que pode entrar através delas sim. Lembre-se de que deve fechá-la quando terminar sua consulta, que lhe será revelado o que deve saber, e que o que permanece às escuras é da escuridão."

A porta lhe mostrou um mundo que sempre estivera lá, e em poucos meses Amaia se revelou como uma viajante perita, aprendendo a traçar linhas magistrais sobre o mapa do desconhecido, dirigindo a consulta e fechando a porta com o cuidado imposto pelo olhar vigilante de Engrasi. As respostas eram claras, nítidas e tão fáceis de entender quanto uma canção de ninar sussurrada ao ouvido. Mas houve um momento, quando tinha 18 anos e estudava em Pamplona, em que a curiosidade a mantinha grudada ao baralho durante horas. Perguntava mais de uma vez pelo garoto de quem gostava, pelos resultados de suas notas, pelos pensamentos de seus rivais. E as respostas começaram a chegar confusas, complicadas, contraditórias. Às vezes, ofuscada na tentativa de vislumbrar uma resposta, passava a noite inteira embaralhando e tirando cartas obscuras que nada revelavam e deixavam em seu coração a estranha sensação de estar sendo privada de alguma coisa que lhe pertencia por direito. Insistia repetidamente, e, sem se dar conta, começou a deixar a porta aberta. Não recolhia nunca o baralho, que frequentemente estava sobre sua cama, e diversas vezes se entregava a jogadas longas com o único fim de tentar ver. E viu. Certa manhã, quando deveria estar saindo de casa para ir à faculdade, se entreteve em uma daquelas jogadas rápidas e sem direção que acabavam absorvendo-a durante horas. Mas naquela manhã aquela viagem a parte alguma a levou a uma resposta sem pergunta. Quando se dispôs a virar as cartas, sua carga ominosa atravessou o suave papelão em que estavam impressas, sacudindo seu braço como se tivesse recebido um choque. Uma a uma, virou-as traçando o mapa da desolação em sua alma. Quando chegou à última, tocou-a suavemente com a ponta do dedo indicador sem chegar a virá-la, e todo o frio do universo se congregou em torno de Amaia enquanto exalava um gemido sub-humano e compreendia desolada que o lobo a havia seduzido, enganara-a para tirá-la do caminho, que o maldito filho da puta havia se antecipado, havia chegado antes dela e durante dias a mantivera conversando com o mal disfarçado de avó. O telefone tocou uma única vez antes que o atendesse, e Engrasi lhe disse o que já sabia: que seu pai havia morrido enquanto ela colhia flores. Amaia não voltou a tirar as cartas.

A pergunta.

A pergunta ribombava em sua cabeça há dias misturada a outras: onde está? Por que faz isso? Mas, sobretudo, quem é? Quem é o *basajaun*?

Deixou o maço sobre a mesa, e Ros o dispôs em uma fileira.

— Me dê três — pediu.

Uma a uma, Amaia foi tocando-as com a ponta do dedo. Ros as separou do resto e as virou colocando-as em escada.

— Você procura uma pessoa, e é um homem. Não é jovem, mas não é velho, e está perto. Me dê três.

Amaia escolheu outras três cartas, que Ros colocou à direita ao lado das primeiras.

— Esse homem está cumprindo uma missão, tem um trabalho a fazer e está comprometido com ele, porque o que faz dá sentido a sua vida e apazigua sua fúria.

— Apazigua sua fúria? Um crime apazigua uma fúria superior?

— Me dê três.

Virou-as junto às outras.

— Apazigua uma fúria antiga e um medo maior.

— Me fale de seu passado.

— Ele esteve submetido, escravizado, mas agora está livre, embora um jugo penda sobre ele. Sempre manteve uma guerra dentro de si para dominar sua fúria, e agora acha que conseguiu.

— Acha...? O que acha?

— Acha que é justo, acha que a razão o ajuda, que o que está fazendo é certo. Tem um conceito bom de si mesmo, se vê triunfante e vitorioso sobre o mal, mas é apenas uma pose.

— Me dê três.

Colocou-as lentamente.

— Às vezes ele desmorona, e o mais mesquinho aflora.

— ... e então mata.

— Não, quando mata não é mesquinho. Sei que não faz muito sentido, mas quando mata é o guardião da pureza.

— Por que disse isso? — perguntou Amaia bruscamente.

— O que eu disse? — perguntou Ros, como se voltasse de um sonho.

— O guardião da pureza, que preserva a natureza, o guardião do bosque, o *basajaun*. Maldito desgraçado arrogante. O que acha que preserva matando meninas? Eu o odeio.

— Pois ele não, não a odeia, não a teme, ele faz seu trabalho.

Amaia foi apontar uma das cartas e, ao fazê-lo, empurrou uma para fora do maço. A carta saiu voando e se virou mostrando sua face.

Ros olhou para ela e para a irmã.

— Isso é outra coisa. Você abriu outra porta.

Amaia olhou para a carta, receosa, reconhecendo a presença do lobo.

— Que diabos...?

— Faça uma pergunta — ordenou Ros com firmeza.

O barulho na porta as fez se virarem para ver James e tia Engrasi, que entraram carregando várias sacolas. Vinham conversando entre risadas, que se viram interrompidas de repente quando Engrasi fixou os olhos nas cartas. Aproximou-se da mesa com passo firme, avaliou o que estava vendo e com um gesto apressou Ros.

— Faça a pergunta — voltou a dizer.

Amaia olhou a carta, lembrando-se da fórmula.

— O que devo saber?

— Três.

Amaia as tirou.

— O que você deve saber é que há outro, chamemos de elemento, no jogo. — Virou outra carta. — Imensamente mais perigoso. — Virou a última. — E esse é o seu inimigo, vem por você e por... — titubeou — por sua família, já apareceu em cena, e vai continuar chamando sua atenção até que entre em seu jogo.

— Mas o que ele quer de mim, da minha família?

— Me dê uma.

Virou a carta, e sobre a mesa o esqueleto descarnado olhou para elas de suas órbitas vazias.

— Ai, Amaia, quer seus ossos.

Ela permaneceu em silêncio alguns segundos. Em seguida pegou as cartas, envolveu-as no tecido e levantou o olhar.

— Porta fechada, irmã, o que há aí fora dá muito medo.

Amaia olhou para a tia, que havia empalidecido de modo alarmante.

— Tia, talvez você possa...

— Sim, mas não hoje. E não com esse baralho... Preciso pensar — disse enquanto entrava na cozinha.

33

O hotel Baztán se encontrava a uns 5 quilômetros pela estrada de Elizondo e tinha a aparência dos hotéis de montanha pensados para acomodar grupos escolares, excursionistas, famílias e amigos. A fachada formava um semicírculo repleto de terraços abrindo para um pátio que servia como estacionamento, e as mesas e cadeiras de plástico amarelo, sem dúvida pensadas para as tardes de verão, pareciam incongruentes, mas a direção do hotel se empenhava em mantê-las o ano inteiro, dando à fachada um colorido tom tropical mais próprio de um hotel de praia mexicano do que de um estabelecimento de montanha. Apesar de ter anoitecido há algumas horas, ainda era cedo, e isso se tornava evidente pela quantidade de carros que se amontoavam no estacionamento e pela quantidade de clientes que lotavam a cafeteria de grandes vidraças.

Amaia estacionou ao lado de um trailer de placa francesa e se dirigiu para a entrada. Atrás da mesa da recepção, uma adolescente com *dreads* presos em um rabo jogava algum jogo on-line.

— Boa tarde. Por favor, pode chamar esses hóspedes: o Sr. Raúl González e a Sra. Nadia Takchenko?

— Um momento — respondeu a garota naquele tom aborrecido que os adolescentes costumam usar. Pausou o jogo e quando levantou o olhar se transformou em uma amável recepcionista. — Sim, diga?

— Tenho um compromisso com uns hóspedes, se puder me indicar o número do quarto. Raúl González e Nadia Takchenko.

— Ah, sim, os doutores de Huesca — comentou a garota, sorrindo.

Amaia teria preferido que eles fossem mais discretos. A notícia de especialistas procurando ursos no vale podia desatar rumores que, inoportunamente difundidos pela imprensa, podiam complicar ainda mais o desenvolvimento da investigação.

— Estão na cafeteria, disseram que se viessem perguntar por eles os mandasse para lá.

Amaia passou pela porta interna que ligava a recepção ao restaurante e entrou no bar. Um grande grupo de estudantes com roupas térmicas ocupava quase todas as mesas enquanto eram distribuídas, entre risadas, várias porções de presunto, batatas bravas e almôndegas. Viu uma mulher fazendo sinais no fundo do local e levou alguns segundos para se dar conta de que era a Dra. Takchenko. Sorrindo, aproximou-se da mulher, a quem não tinha reconhecido; ela estava usando o cabelo solto e vestia umas calças de cor caramelo e um blazer bege sobre uma camiseta moderna, inclusive usava botas de salto com cano alto. Amaia se sentiu ridícula ao pensar que, no fundo, havia esperado vê-la com aquele extravagante macacão laranja. A doutora lhe estendeu a mão sorrindo.

— Prazer em vê-la, inspetora Salazar — saudou com seu terrível sotaque. — Raúl está pedindo no balcão, decidimos ir embora essa noite, mas antes vamos comer alguma coisa. Eu espera que você nos acompanha, *da*?

— Bem, temo que não seja possível, mas conversaremos um pouco, se não se importarem.

O Dr. González voltou trazendo três cervejas, que colocou na mesa.

— Inspetora, já estava achando que teríamos que mandar o relatório para você pelo correio.

— Lamento não ter podido atendê-los antes, pois na verdade estou muito interessada; mas, como já devem saber pelo subinspetor Zabalza, estive muito ocupada.

— Temo que não possamos ser conclusivos. Não achamos ninhos nem excrementos, mas sim rastros do que poderia ser o passo de um grande plantígrado, líquens e cascas arrancadas e pelos de um macho que coincidem com os que você nos enviou.

— Então?

— Talvez um urso tenha estado pela área, os pelos poderiam estar há tempos lá; de fato pareciam um tanto velhos, embora isso também pudesse se dever a uma mudança de pelo. Já disse a você que é um pouco cedo para um urso despertar da hibernação. Também há dados recentes que revelam que algumas fêmeas não hibernaram esse ano, devido, provavelmente, ao aquecimento e à escassez de comida, que não permitiram estarem prontas a tempo para a hibernação.

— E como sabem que pertencem ao mesmo animal?

— Do mesmo modo que sabemos que se trata de um macho, com uma análise.

— Uma análise de DNA?

— Isso mesmo.

— E vocês já têm os resultados?

— Desde ontem.

— Como é possível? Eu ainda não recebi os resultados das amostras que enviei quando dei esses pelos a vocês...

— É porque nós os mandamos a Huesca, para o nosso próprio laboratório.

Amaia estava atônita.

— Está me dizendo que no seu laboratório, o de um centro de estudo da natureza, vocês contam com tecnologia tão avançada para ter uma análise de DNA em três dias?

— E em 24 horas, se nos apressarmos. A Dra. Takchenko é quem costuma realizá-las, mas como ela está aqui, quem as fez foi um estudante que trabalha conosco.

— Vejamos, vocês podem realizar uma análise, por exemplo, de uma amostra mineral, animal ou humana e estabelecer se é idêntica à outra?

— Claro, isso é exatamente o que fazemos. Nosso sistema é por comparação e eliminação; não temos o banco de dados de um laboratório forense, mas podemos estabelecer comparações sem espaço a dúvidas. Um pelo de urso macho e outro pelo de urso macho, embora não sejam do mesmo animal, têm muitos alelos em comum.

Amaia ficou em silêncio observando o rosto da doutora.

— Se eu fornecesse a vocês diferentes amostras de uma substância como farinha comum de diferentes marcas, poderiam estabelecer de que marca é a que foi utilizada em um pão específico?

— Provavelmente sim, tenho certeza de que cada fabricante possui um processo de mistura e moagem diferente; além disso, podem ter misturado diversos tipos de grãos de distintas procedências. Com uma análise de cromatografia poderíamos esclarecer mais.

Amaia mordeu o lábio pensativa, enquanto um garçom colocava na mesa lulas empanadas e almôndegas cujo molho ainda fervia na caçarola de barro.

— É um conjunto de técnicas apoiadas no princípio de retenção seletiva, cujo objetivo é separar os componentes distintos de uma mistura, permitindo identificar e determinar as quantidades desses componentes — explicou o doutor.

— Vocês vão embora essa noite, certo?

A Dra. Takchenko sorriu.

— Sei o que está pensando e ficarei feliz em ajudá-la. Se por acaso tiver alguma dúvida sobre mim, aviso que no meu país trabalhei em um laboratório forense; se me der as amostras agora, vou ter os resultados amanhã.

A cabeça de Amaia ia a mil por hora enquanto avaliava o avanço que seria ter esses dados em 24 horas. Obviamente, os resultados obtidos não possuiriam valor diante de um tribunal, mas podiam acelerar a investigação ao servir para descartar amostras; se obtivessem algum resultado positivo, seria preciso esperar para ter a confirmação do laboratório oficial, porém a investigação se veria renovada se tivesse certeza de qual direção seguir.

Amaia se levantou enquanto digitava um número no celular.

— Espero que não seja muito incômodo, mas vou com vocês. Embora os resultados não tenham valor judicial, devo acompanhar as provas e fiscalizar as análises.

Ela se virou de lado para falar ao telefone.

— Jonan, venha ao hotel Baztán com uma amostra de cada uma das farinhas que recolheram nas confeitarias e traga sua mala. Vamos para Huesca.

Desligou e olhou sorrindo para os doutores e para a comida exposta na mesa enquanto decidia que havia recuperado o apetite.

Vinte minutos mais tarde, um sorridente Jonan se sentava à mesa.

— Bom, digam aonde vamos — suspirou.

— Ao Bear Observatory of the Pyrennes, na comarca de Sobrarbe, que corresponde ao antigo reino ou condado de mesmo nome surgido há mais de um milênio ao norte da província de Huesca, mas é melhor colocar Ainsa no GPS.

— De Ainsa já ouvi falar, é um povoado de aspecto medieval, não é? Um desses que conserva o traçado da época e o calçamento de pedras nas ruas.

— Sim, Ainsa deve ter tido grande relevância na Idade Média, sobretudo por sua localização estratégica. Um lugar privilegiado, entre o Parque Nacional de Ordesa e Monte Perdido, o Parque Natural dos Cânions e da Serra da Guara, e o Parque Natural Posets-Maladeta. Dominar Ainsa devia ser, já naquela época, uma grande vantagem.

— E existem ursos nessa região?

— Temo que os ursos sejam muito mais complicados do que a maioria das pessoas poderia supor.

— Ursos complicados — disse Amaia sorrindo para Jonan. — Prepare-se, de repente vamos ter que fazer um perfil deles.

— Isso não seria nenhum absurdo. Só podemos chegar a entender parcialmente a mentalidade do urso se formos capazes de atribuir a ele exatamente isso, uma mentalidade. A partir do momento em que admitimos que o urso possui um temperamento, um modo de ser que varia entre cada indivíduo, podemos chegar a entender a dificuldade que é observar um exemplar.

— A doutora e eu — disse, olhando para a colega — viajamos pela Europa Central, pelos Cárpatos, pela Hungria, por povoados perdidos entre os Bálcãs e os Urais e, obviamente, pelos Pirineus. Ainsa não é exatamente famosa por seus avistamentos de ursos, mas contava com uma grande infraestrutura de centros de observação da natureza, sobretudo aves, e nos ofereceu um espaço perfeito para sediar o laboratório e permitir que a empresa que o subvenciona obtenha benefícios dos centros de recuperação de espécies, das visitas guiadas e das doações de turistas e visitantes, que em Ainsa são muitos, e durante o ano inteiro.

— Ou seja, não se dedicam apenas aos ursos?

— Não, veja, podemos falar de uma grande variedade e quantidade de espécies, de acordo com a diversidade de hábitats da comarca. Dado o bom estado de conservação da maioria dos hábitats, um número considerável de espécies encontra nesses vales um de seus últimos refúgios São abundantes as aves de rapina diurnas, a águia-real, o milano-real, o falcão-peregrino, o açor, o gavião, e as noturnas mocho-real, mocho, corujas... É fácil ver grandes rapineiros, como águias-marinhas, abutres... e uma profusão de pequenos pássaros. Mas eu e a doutora nos dedicamos mais aos mamíferos de grande porte: javali, cervo, raposa...; embora sejam mais abundantes os de pequeno porte, como morcegos, musaranhos, coelhos, esquilos, marmotas, ratazanas... Como pode ver, estamos entretidos o ano inteiro, mas nossas maiores insônias se centram nas migrações dos grandes ursos por toda a Europa, e atendemos a qualquer chamado que sugira a presença de um urso, como no seu caso.

— E a que conclusão vocês chegaram? É possível que haja um urso na região? Ou se inclinam por um *basajaun*, como os guardas florestais? — inquiriu Jonan.

O Dr. González olhou para ele perplexo, mas a Dra. Takchenko sorriu.

— Eu sei o que é isso, um *basajauno*?

— Um *basajaun* — corrigiu Jonan.

— Sim — exclamou ela, virando-se para o colega —, é o mesmo que o abominável homem das neves, o *bigfoot*, o gigante, o *sasquatch*. Dizem que existiu um gigante, um homem das neves, em um lugar chamado Val d'Onsera. Ele caminhava acompanhado por um enorme urso. E no meu país também há uma lenda sobre um homem grande e forte, pouco evoluído, que vive nos bosques para proteger o equilíbrio da natureza; é a mesma coisa que um *basajaun*?

— Praticamente a mesma coisa, só que ao *basajaun* são atribuídas algumas qualidades mágicas, é um ser místico da mitologia.

— Achei que era apenas o nome que a imprensa dava ao criminoso... porque mata no bosque — disse o doutor.

— Ah, mas isso não está certo! — exclamou a doutora. — Um *basajaun* não mata, só cuida, só preserva a pureza.

Amaia olhou para ela fixamente enquanto se lembrava das palavras de sua irmã. O guardião da pureza.

— E os guardas florestais acham que o assassino que procuram é um *basajaun*? — estranhou o doutor.

— Parece que eles acreditam na existência do *basajaun* — explicou Jonan —, e sugerem que pudesse ser o que tomamos por um urso, mas obviamente não teria relação com os assassinatos, e sua presença se deveria apenas por ter sido convocado pelas forças da natureza para conter o predador e restaurar de novo o equilíbrio no vale.

— É uma história linda — admitiu o Dr. González.

— Mas é só uma história — acrescentou Amaia, levantando-se e dando a conversa por terminada.

Amaia saiu para o estacionamento se abrigando com o impermeável enquanto decidia mentalmente viajar no carro de Jonan e deixar o seu ali mesmo. Tirou o celular para ligar para James e avisar que ia para Huesca. O estacionamento estava pouco iluminado, mas recebia luz branca das vidraças da cafeteria e outra mais quente das janelas do restaurante rústico que havia do outro lado. Enquanto esperava James atender, observou os comensais que se sentavam perto da janela. Flora, vestida com uma blusa preta justa, inclinava-se para a frente em um gesto coquete e estudado que a surpreendeu. Ela caminhou entre os carros instigada pela curiosidade, procurando um ângulo que permitisse ver melhor a cena. James finalmente atendeu e ela lhe explicou brevemente a ideia que tinha e que ligaria quando estivesse para voltar. Justamente quando estava se despedindo de James, sua irmã se afastou da janela, ao mesmo tempo que se inclinava para entrelaçar uma das mãos na de seu acompanhante. O inspetor Montes sorria enquanto dizia alguma coisa a Flora que Amaia não conseguiu entender, mas que despertou uma risada em sua irmã mais velha, que jogava a cabeça para trás em um gesto claramente sedutor e olhava para fora. Sobressaltada, Amaia se virou bruscamente tentando se esconder e perdendo o celular, que saiu voando para baixo de um carro, antes de decidir que Flora não podia tê-la visto naquele estacionamento tão mal-iluminado.

Ela recuperou o telefone quando Jonan e os doutores estavam saindo da cafeteria. Deixou que o subinspetor dirigisse, sem prestar atenção ao que dizia, e suspirou aliviada e um pouco confusa por sua própria reação, enquanto começavam a se afastar do hotel.

34

Engrasi abriu o embrulho que protegia um novo baralho de Marselha. Ela tirou as cartas da caixa e começou um ritual de contato enquanto rezava e lentamente ia embaralhando. Sabia que enfrentava algo diferente, embora não novo; um velho inimigo que já havia identificado uma vez há muito tempo, naquele dia em que Amaia tirou as cartas quando era menina. E hoje, enquanto Ros tentava ajudar a irmã, aquela antiga ameaça tinha voltado como uma lembrança desagradável para mostrar seu focinho sujo e beber na vida de sua menina.

Engrasi havia se identificado com Amaia desde que esta era pequena. Como ela, o lugar em que calhara de nascer a aborrecia, renegando o significado dos costumes arraigados, da tradição e da história, e tinha feito o possível para se mandar de lá até que conseguiu. Estudou, esforçando-se ao máximo para conseguir bolsas que permitissem ir mais e mais longe de sua casa, primeiro Madri e finalmente Paris. Estudou psicologia na Universidade de Sorbonne. Um mundo novo se abriu diante dela numa Paris agitada e palpitante de ideias e sonhos de liberdade, fazendo com que se sentisse como uma convidada à vida e mais renegada do que nunca daquele escuro vale onde o céu era de chumbo e o rio troava no meio da noite. Uma Paris perfumada de amor e o Sena fluindo majestosamente silencioso a seduziram definitivamente e ratificou o que já sabia: que nunca voltaria a Elizondo.

Conheceu Jean Martin no último ano do curso. Ele, um prestigiado psicólogo belga, era professor convidado na universidade e 25 anos mais velho que ela. Encontraram-se às escondidas durante aquele semestre, e assim que Engrasi se formou, eles se casaram em uma pequena paróquia nos arredores de Paris. Compareceram à boda as três irmãs de Jean com os maridos, os filhos e uma centena de amigos. Nem um único familiar dela. Às cunhadas, disse que sua família era pequena e arraigada no trabalho e seus pais velhos demais para viajar. A Jean disse a verdade.

Não queria vê-los, não queria falar com eles nem ter que perguntar por vizinhos e velhos conhecidos, não queria saber o que acontecia no vale, não queria que a influência de seu povoado a alcançasse ali, porque pressentia que com eles trariam aquela energia da água e do monte, aquele chamado enraizado nas entranhas que se sentia quando se nascia em Elizondo. Jean tinha sorrido enquanto a ouvia, como se ela fosse uma menina assustada que narra um sonho ruim, e do mesmo modo a havia consolado, repreendendo-a meigamente.

— Engrasi, você é uma mulher adulta, se não quiser que venham, que não venham. — E tinha continuado a ler seu livro como se a conversa não versasse sobre nada mais importante do que escolher o sabor do bolo entre limão e chocolate.

A vida não podia ser mais generosa com ela. Vivia na cidade mais bonita do mundo, em um ambiente universitário que mantinha sua mente alerta e seu coração entregue com a absurda segurança proporcionada por acreditar que se tem tudo, exceto filhos, que não chegaram durante os cinco anos de duração do sonho... Exatamente até o dia em que Jean morreu de um enfarte enquanto atravessava os jardins em frente ao seu escritório em Paris.

Engrasi não tinha lembranças daqueles dias, supunha que os havia passado em choque, mas se lembrava de se mostrar serena e dona de si, com o domínio proporcionado pela incredulidade diante dos acontecimentos. As semanas foram passando, entre comprimidos para dormir e lacrimosas visitas das cunhadas, que insistiam em protegê-la do mundo, como se isso fosse possível, como se seu coração, tão frio e morto quanto o de Jean, não estivesse enterrado em um cemitério de Paris. Até que certa noite ela despertou coberta de suor e pranto, e soube por que não chorava de dia. Levantou-se da cama e percorreu, desconsolada, o enorme apartamento procurando um rastro da presença de Jean, e embora lá estivessem seus óculos, o livro ainda aberto na página que ele havia marcado, seus chinelos e a obscura caligrafia adornando os quadros do calendário na cozinha, já não o encontrou, e esta certeza deixou sua alma desolada, gelando aquela casa e tornando Paris inabitável.

Então Engrasi voltou para Elizondo. Jean tinha lhe deixado dinheiro suficiente para não ter que se preocupar nunca mais. Ela comprou uma casa naquele lugar que acreditou não amar e desde então nunca abandonou o vale do Baztán.

35

O vento soprava com força em Ainsa. Durante as três horas investidas em chegar até lá, Jonan não tinha parado de falar nem um instante, mas o silêncio taciturno dela pareceu contagiá-lo nos últimos quilômetros, nos quais primeiro tinha calado e depois optado por ligar o rádio e cantarolar refrões de sucessos da moda. As ruas de Ainsa estavam desertas, a luz morna e alaranjada dos postes não conseguia apagar a sensação congelante da vila medieval varrida pelo frio noturno, e as rajadas de vento siberiano formavam gelo nas janelas do carro. Jonan dirigiu seguindo o Patrol dos doutores enquanto os pneus estalavam no pavimento milenar das ruas, até confluírem em uma praça retangular que se estendia até a entrada do que parecia uma fortaleza. Os doutores pararam o carro junto à muralha, e Jonan estacionou ao lado. O frio doía na testa como um prego empurrado por uma mão invisível. Amaia puxou o capuz do casaco tentando cobrir a cabeça enquanto seguiam os especialistas para o interior da fortaleza. Exceto pelo afastamento do vento, o interior não estava muito melhor do que o exterior. Levaram-nos por uns estreitos corredores de pedra cinza até desembocar em uma área mais ampla, onde se agrupavam várias gaiolas gigantes nas quais cochilavam aves enormes que Amaia não foi capaz de reconhecer na penumbra.

— É a área de recuperação de aves que chegam feridas por tiros, atropelamentos, choques acidentais com cabos de alta-tensão, moinhos eólicos...

Penetraram de novo em um estreito corredor e subiram um lance de dez degraus antes que a doutora se detivesse diante de uma porta branca de aspecto insignificante que, no entanto, estava protegida por várias travas de segurança. O laboratório era constituído de três salas, iluminadas, organizadas e muito amplas, tão modernas que Amaia pensou que, se tivesse chegado até lá com os olhos vendados, jamais teria estabelecido uma conexão entre o que via e o lugar onde se encontrava. Ninguém teria imaginado que uma instalação com essas características estivesse no coração de uma fortaleza medieval.

Os doutores penduraram os casacos em uns cabideiros, e a doutora colocou um estranho avental de laboratório ajustado no corpo que se abria em uma ampla saia preguesada e se abotoava ao lado.

— Minha mãe era dentista na Rússia — explicou. — Seus aventais e uma dentição sadia foram as únicas coisas que ela me deixou ao morrer.

Adentraram até o fundo do laboratório onde, sobre uma estante de aço inoxidável, agrupavam-se vários aparelhos de análise. Amaia reconheceu o termociclador PCR porque já o tinha visto outras vezes. Semelhante a uma pequena caixa registradora sem teclado ou a uma iogurteira futurista, sua aparência de plástico barato continha o engenho de um dos mais sofisticados aparelhos analíticos. Em um recipiente ao lado se armazenavam os tubos Eppendorf, similares a pequenas balas ocas de plástico, onde colocariam o material genético a ser analisado.

— Esse é o PCR ao qual você fazia referência. Costuma demorar entre três e oito horas para realizar a análise, e em seguida deve-se fazer uma eletroforese em gel de agarose para poder ver os resultados; isso levaria pelo menos outras duas horas. E isso que temos aqui — disse o doutor — é a HPLC, o aparelho que usaremos para desintegrar os tipos de farinha das amostras, porque o PCR só nos serviria se houvesse qualquer tipo de material biológico misturado com a farinha.

Ele tirou de uma estante umas seringas finas de plástico similares às utilizadas antigamente para injetar insulina.

— Esses são os injetores que vamos usar para carregar as amostras, que teremos dissolvido previamente em líquido; uma injeção por amostra e em pouco mais de uma hora teremos o resultado. Não é preciso fazer uma eletroforese como com o PCR, mas sim um processador que tenha o software para analisar os "picos" obtidos na amostra; cada pico equivale a uma substância específica, então poderemos achar hidrocarbonetos, minerais, resíduos da água de rega, trigo, substâncias biológicas que em seguida teríamos que combinar com outra análise e por aí vai... Por isso, a parte complicada do processo é programar o software com os padrões específicos de busca; quanto mais aspectos diferenciais encontrarmos, mais fácil será estabelecer a procedência de cada farinha. Todo o processo vai levar umas quatro ou cinco horas.

Amaia estava fascinada.

— Não sei o que é mais surpreendente para mim, se o fato de vocês disporem de um laboratório desses ou de um gênio como você se dedicar a procurar rastros de urso — declarou ela, sorrindo.

— Temos muita sorte de contar com a Dra. Takchenko — afirmou o Dr. González. — Ela trabalhou durante anos em seu país fazendo exatamente isso, mas há dois anos nos enviou seu currículo e decidiu se unir a nós. Nos sentimos muito afortunados.

A doutora sorriu.

— Que tal preparar um pouco de café para os nossos convidados, doutor?

— Claro — concordou ele, rindo. — A doutora não suporta elogios. Vou demorar um pouco, preciso ir até o outro lado do edifício — desculpou-se ele.

— Jonan, acompanhe-o, por favor, basta que um de nós dois esteja presente.

Quando os homens já haviam saído, Amaia disse:

— O Dr. González é muito amável.

— É claro que sim — respondeu ela com seu marcado sotaque. — Um verdadeiro encanto.

Amaia levantou uma sobrancelha.

— Você gosta dele?

— Ah, assim espero, de verdade. Ele é meu marido. É melhor que eu goste, não?

— Mas... você o chama de doutor e ele a chama...

— Sim, doutora. — Deu de ombros, sorrindo. — O que quer que diga, sou séria no trabalho, e isso o faz rir.

— Pelo amor de Deus, preciso melhorar meus dotes de observação, não tinha me dado conta.

Durante pelo menos uma hora a doutora trabalhou no computador introduzindo os padrões de análise; com extremo cuidado, dissolvia as amostras que Jonan havia trazido de Elizondo e algumas migalhas do *txatxingorri* encontrado sobre o cadáver de Anne. Com mão de perita, e uma a uma, foi injetando cada amostra no aparelho.

— É melhor se sentar, vamos demorar um pouco.

Amaia puxou um banco com rodas e se sentou atrás dela.

— Já sei por seu marido que você não gosta de elogios nem de adulações, mas devo agradecê-la; os resultados dessa análise podem impulsionar uma investigação que está bastante parada.

— Não é nada, acredite, adoro fazer isso.

— Às duas da madrugada? — Amaia riu.

— É um prazer ajudá-la, o que está acontecendo em Baztán é terrível. Se algo que eu possa fazer puder ajudar, fico feliz.

A inspetora permaneceu num silêncio um pouco desconfortável, enquanto a máquina emitia um zumbido baixo.

— Você não acredita que haja um urso, certo?

A doutora se deteve e girou completamente sua cadeira até ficar de frente para Amaia.

— Não, não acredito... E, no entanto, há alguma coisa.

— Alguma coisa como o quê? Porque os pelos que achamos no local do crime correspondem a todo tipo de animal, até couro de cabra encontraram.

— E se todo pelo correspondesse ao mesmo ser?

— Ser? Mas o que você pretende dizer? Que há um *basajaun* de verdade?

— Não pretendo dizer nada — declarou, levantando as mãos —, só que talvez devesse abrir mais a sua mente.

— É curioso uma cientista me dizer isto.

— Não estranhe, sou uma cientista mas também sou muito esperta. — Sorriu e, sem dizer mais nada, voltou ao seu trabalho.

As horas transcorreram lentas, observando os passos precisos da doutora e ouvindo de fundo o falatório incessante de Jonan e do doutor, que conversavam animados do outro lado da sala. De vez em quando, a Dra. Takchenko se aproximava da tela, observava os gráficos que iam se desenhando inacabáveis e voltava ao estudo do que parecia um grosso manual técnico, certamente enfadonho e que, no entanto, deixava-a absorta.

Finalmente, às quatro da madrugada, a doutora se sentou de novo diante do computador, e depois de alguns minutos a impressora cuspiu uma folha. Ela a pegou e suspirou profundamente enquanto a estendia a Amaia.

— Sinto muito, inspetora, não há similaridade.

Amaia a estudou longamente; não era preciso ser uma especialista para distinguir a diferença entre os vales e as montanhas traçados na folha e a que representava a amostra do *txatxingorri*. Permaneceu em silêncio sem deixar de olhar a folha impressa, avaliando as consequências daqueles resultados.

— Fui muito meticulosa, inspetora — declarou Nadia, visivelmente preocupada.

Amaia se deu conta de que sua decepção talvez pudesse passar por aborrecimento ou desprezo para com o trabalho da doutora.

— Sinto muito, não tem nada a ver com você. Estou muito agradecida, você não dormiu a noite inteira para me ajudar, mas é que eu tinha quase certeza de que encontraria alguma semelhança.

— Sinto muito.

— Sim — murmurou. — Também sinto.

Dirigiu em silêncio sem colocar música nem ligar o rádio, deixando Jonan dormir durante todo o trajeto de volta. Sentia-se mal-humorada e frustrada e, pela primeira vez desde que havia começado a investigação daquele caso, começava a ter dúvidas de que chegariam a resolvê-lo. As amostras de farinha não levavam a lugar algum, e se o sujeito não tivesse comprado os *txatxingorri*s em um estabelecimento da região, aonde isso levava? Flora tinha dito que certamente foi assado em um forno de pedra, mas isso tampouco ajudava muito, quase todos os restaurantes e assadores de Pamplona a Zugarramurdi tinham um, e isso sem contar as padarias e as casas mais antigas, onde ainda se conservavam, embora em desuso.

A estrada de Jaca era nova e estava em bom estado, calculava que em cerca de três horas estariam em Elizondo. A solidão da madrugada fez estrago em seu deteriorado ânimo; Amaia dedicou um olhar ao rosto relaxado de Jonan, que dormia apoiado em seu próprio casaco enrolado como um novelo. Quase desejou que ele estivesse acordado, para não estar tão sozinha. O que estava fazendo às seis e meia da manhã dirigindo pela estrada de Jaca? Por que não estava em casa, na cama com o marido? Talvez Fermín Montes tivesse razão e este caso fosse demais para ela. Ao pensar em Fermín, lhe veio à mente a lembrança do que tinha visto pela janela do restaurante e que havia relegado por algumas horas até quase esquecê-lo. Montes e Flora. Havia algo naquela aliança que lhe soava contrastante; perguntou-se se no fundo não seria esta espécie de instinto familiar, de estranha fidelidade, que a obrigava a conservar o vínculo com Víctor. Jonan já tinha dito que os vira juntos. Pensou na conversa que havia tido com Flora na doceria e se lembrou de que ela já havia deixado claro que achava Montes encantador. Na hora pensou que era um daqueles comentários maliciosos tão característicos da irmã, porém o que vira no hotel não deixava dúvidas: sua irmã estava desdobrando todo seu armamento com Montes, e ele parecia feliz. Mas também Víctor tinha lhe parecido feliz, com sua camisa engomada e seu buquê de rosas. Inconscientemente, Amaia apertou os lábios e negou com a cabeça. Merda, merda, merda.

Havia amanhecido quando chegaram a Elizondo. Estacionou em frente ao Galarza, na rua Santiago, e sacudiu Jonan. O local cheirava a café e a croissants quentes. Ela mesma levou as xícaras até a mesa enquanto esperava que Jonan voltasse do banheiro, de onde retornou com o cabelo molhado e um aspecto mais desperto.

— Pode ir dormir algumas horas — disse ela, sorvendo seu café.

— Não é necessário, eu pelo menos dei uma cochilada. Você, sim, deve estar cansada.

A ideia de dormir de novo sozinha não a seduzia nem um pouco, pressentia que de algum modo tudo estaria melhor enquanto permanecesse acordada.

— Vou voltar para a delegacia, tenho que revisar todos os dados; além disso, suponho que hoje vamos ter algum resultado dos computadores das outras garotas — disse, reprimindo um bocejo.

Quando saíram da lanchonete, fortes rajadas de vento úmido varreram a rua enquanto densas nuvens escuras navegavam sobre suas cabeças a grande altura. Amaia levantou o olhar e contemplou, surpresa, o voo desafiante de um falcão que se mantinha estático a 100 metros sobre o chão e, mostrando seu desdém e sua majestade, observava-a do céu como se escrutinasse sua alma. A quietude daquele caçador, que permanecia inabalável navegando ao vento, produziu em Amaia um grande desgosto porque, por comparação, sentia-se como uma frágil folha sacudida e levada pelos caprichos do vento.

— Está se sentindo bem, chefe?

Ela olhou para Jonan, surpresa ao se dar conta de que havia parado no meio da rua.

— Vamos voltar para a delegacia — declarou entrando no carro.

Explicar a intuição que a tinha levado até Huesca era bastante inútil, dados os resultados. Apesar disso, Iriarte concordou que havia sido uma boa ideia.

— Uma ideia que não leva a lugar nenhum — sentenciou ela. — O que vocês têm?

— Eu e o subinspetor Zabalza nos concentramos nos computadores das garotas. À primeira vista não havia indícios de que frequentassem os mesmos grupos em redes sociais ou que tivessem amigos em comum em nenhum deles. O de Ainhoa Elizasu está intacto, mas o de Carla foi herdado pela irmã mais nova depois de sua morte e quase tudo foi apagado. Mesmo assim, o disco rígido conserva o histórico de visitas e navegação, e a única coisa que tiramos a limpo é que as três visitavam blogs relacionados a moda e estilismo, mas nem sequer eram os mesmos. Tinham bastante presença em redes sociais, principalmente no Tuenti, mas os grupos são bastante fechados. Nem rastro de perseguidores, pedófilos ou ciberdelinquentes de qualquer tipo.

— Algo mais?

— Pouco; ligaram do laboratório de Saragoça. Parece que o couro que estava aderido à corda, descoberto ser de cabra, tem restos incrustados de uma substância que vão voltar a analisar; mas por enquanto não posso dizer mais.

Ela suspirou profundamente.

— Uma substância incrustada em couro de cabra — repetiu ela.
Iriarte abriu as mãos em um gesto de aborrecimento.

— Está bem, inspetor, quero que visitem as confeitarias da lista e interroguem os proprietários sobre os empregados atuais ou que já não trabalhem lá que saibam elaborar *txatxingorris*. Não importa se isso remontar há vários anos, vamos ver essas pessoas uma por uma. Em algum lugar teve que aprender a prepará-los com esse nível. Quero que voltem a falar com as amigas das garotas, averiguem novamente se alguma se lembrou de algo, como alguém que olhasse muito para elas, alguém que se oferecesse para levá-las, alguém amável que se aproximasse delas com qualquer pretexto. Quero também que voltem a falar com os colegas de classe no colégio e com os professores, quero saber se algum se mostra mais amável do que o normal com as meninas. Vi que pelo menos dois professores deram aula para as três em diferentes anos. Sublinhei seus nomes. Zabalza, investigue-os; antecedentes mas também boatos, muitas vezes um pequeno escândalo é silenciado por razões corporativistas.

Olhou para os homens que estavam à sua frente, os rostos atentos às suas indicações, o ricto de preocupação, olhares expectantes.

— Senhores, fazemos parte da equipe que deve caçar o que talvez seja o assassino mais enigmático de que se teve notícia nos últimos anos; sei que isso pressupõe um grande esforço para todos, mas devemos fazer isso agora. Deve haver alguma coisa que nos fugiu, um detalhe, uma pequena pista. Nesse tipo de crime, em que o assassino chega a ter uma relação tão íntima com a vítima, e não me refiro a sexo, mas a toda a parafernália que rodeia a cena antes, durante e depois da morte, é virtualmente impossível não deixar nada. Ele as mata, carrega os corpos até a margem do rio, às vezes por lugares de dificílimo acesso, e depois as prepara, posiciona como atrizes de sua obra. Muito trabalho, muito esforço, uma relação muito próxima com os corpos. Já sabemos como é esse trabalho, mas, se não conseguirmos nada nos próximos dias, o caso pode estancar. Entre o medo da população e as patrulhas que se intensificaram em todo o vale, é pouco provável que ele volte a tentar algo até as coisas se acalmarem. É verdade que o ritmo parece ter se acelerado, a diferença de tempo transcorrido entre os crimes foi se encurtando, no entanto pressinto que não estamos diante de um demente que entrou em parafuso, acho que simplesmente teve uma oportunidade e agiu. Ele não é tolo; se achar que corre risco irá se deter e voltará para sua vida nada suspeita. De modo que nossa única oportunidade reside em levar uma investigação impecável e em não deixar um único detalhe esquecido.

Todos assentiram.

— Vamos pegá-lo — declarou Zabalza.

— Vamos pegá-lo — repetiram os outros.

Animar os policiais que faziam parte da investigação era um dos passos que lhe haviam ensinado em Quantico. Exigência misturada a fôlego era fundamental quando a investigação se prolongava sem resultados positivos e os ânimos começavam a fraquejar. Amaia olhou seu reflexo apagado como um fantasma no vidro da sala de reuniões, agora vazia, e se perguntou quem de toda a equipe estava mais desmoralizado. A quem tinha dirigido realmente aquelas palavras, aos seus homens ou a si mesma? Dirigiu-se à porta e a trancou; pegou o celular justamente no instante em que começava a soar.

James a manteve ao telefone durante cinco minutos, nos quais a interrogou sobre se tinha dormido, se havia tomado o café da manhã e se estava bem. Mentiu, disse que, como Jonan havia dirigido, dormira todo o trajeto. A impaciência por desligar deve ter sido evidente para James, que arrancou dela a promessa de estar em casa para o jantar e, mais preocupado que antes, finalmente desligou, deixando-lhe o peso na consciência de não ter tratado bem da pessoa que mais a amava.

Procurou na agenda. Aloisius Dupree. Consultou o relógio para calcular que horas seriam no estado da Luisiana. Em Elizondo eram nove e meia, duas e meia da manhã em Nova Orleans. Com um pouco de sorte, e se o agente especial Dupree conservava seus costumes, ainda não teria ido dormir. Apertou a tecla de chamada e esperou. Antes que soasse o segundo sinal, a voz rouca do agente Dupree viajou até ela, trazendo todo o encanto sulino de que se orgulhavam na Luisiana.

— *Mon Dieu!* A que devo esse inesperado prazer, inspetora Salazar?

— Olá, Aloisius — respondeu ela, sorrindo surpresa de que o alegrasse tanto ouvir sua voz.

— Olá, Amaia, como vai?

— Ah, *mon ami*, nada bem.

— Sou todo ouvidos.

Falou incessantemente durante mais de meia hora, tentando resumir sem esquecer nada, expondo e descartando teorias em seu relato. Quando concluiu, o silêncio na linha lhe pareceu tão absoluto que por um instante temeu que a ligação tivesse caído. Então ouviu Aloisius suspirar.

— Inspetora Salazar, você certamente é a melhor investigadora que conheci na vida, e conheço muitos. E o que a torna tão boa não é a sofisticada aplicação das técnicas policiais, dissemos muitas vezes quando estava aqui, lembra? O que a torna uma investigadora excepcional, a razão pela qual seu chefe a colocou à frente dessa investigação, é que você possui o puro instinto de um rastreador, e isso, *mon amie*, é o que distingue os policiais normais dos detetives excepcionais. Você me deu um monte de dados, fez um perfil do sujeito como qualquer investigador do FBI faria e avançou na investigação passo a passo... Mas não a ouvi me dizer o que sente nas entranhas, inspetora, o que diz o instinto, como o sente? Ele está perto? Está doente? Sente medo? Onde mora? Como se veste? O que come? Acredita em Deus? Seu intestino funciona bem? Tem relações sexuais normais? E, o que é mais importante, como começou tudo isso? Se parasse para pensar, poderia responder a todas essas perguntas e a muitas mais, mas primeiro deve dar resposta à mais importante: o que diabos está obstruindo o canal da investigação? E não me diga que é esse policial invejoso, porque você está acima disso, inspetora Salazar.

— Eu sei — concordou ela baixinho.

— Lembre-se do que aprendeu em Quantico: se está bloqueada, dê um *reset*, reinicie. Às vezes é a única maneira de desbloquear um cérebro, tanto faz se for humano ou cibernético. Dê um *reset*, inspetora. Desligue e ligue de novo, e comece pelo início.

Quando saiu ao corredor Amaia conseguiu ver a jaqueta de couro do inspetor Montes, que se dirigia ao elevador. Demorou alguns instantes e, quando ouviu as portas se fecharem com seu inconfundível chiado, entrou na sala em que o subinspetor Zabalza trabalhava.

— O inspetor Montes esteve aqui?

— Sim, acaba de sair, quer que tente alcançá-lo? — perguntou ele, endireitando-se.

— Não, não é necessário. Pode me dizer sobre o que conversaram?

Zabalza deu de ombros.

— Sobre nada em especial: sobre o caso, as novidades, o coloquei a par da reunião e pouco mais... Bem, comentamos alguma coisa sobre o jogo de ontem entre o Barcelona e o Real Madrid...

Amaia o olhava fixamente e notou sua insegurança.

— Fiz algo de errado? Montes faz parte da equipe, certo?

Amaia o observou em silêncio. Em sua cabeça, continuava ecoando a voz do agente especial Aloisius Dupree.

— Não, não se preocupe, está tudo bem...

Enquanto descia no elevador, onde ainda flutuavam as notas mais sugestivas do perfume de Montes, imaginou até que ponto sua afirmação era mentira: devia sim se preocupar, porque nada estava bem.

36

A fina chuva caída durante horas tinha ensopado o vale de tal forma que parecia impossível que secasse algum dia. Todas as superfícies reluziam molhadas e brilhantes, ao mesmo tempo que um sol incerto se infiltrava através das nuvens arrancando farrapos vaporosos das copas nuas das árvores. Em sua cabeça ainda perdurava a pergunta do agente Dupree: o que está obstruindo o canal da investigação? Como sempre, o brilhantismo daquela mente prodigiosa a afligiu; não em vão e apesar de seus extravagantes métodos, era um dos melhores analistas do FBI. Em apenas trinta minutos de conversa por telefone, Aloisius Dupree havia dissecado ao caso e a ela, e com a perícia de um cirurgião tinha apontado o problema com a mesma segurança com que se crava uma tachinha em um mapa. Aqui. E a verdade é que ela também sabia, sabia antes de digitar o número de Dupree, sabia antes que ele respondesse das margens do Mississippi. Sim, agente especial Dupree, havia algo que estava obstruindo o canal da investigação, mas não estava certa se queria olhar para o ponto marcado pela tachinha.

Entrou no carro, fechou a porta, mas não deu partida no motor. O interior estava frio e os vidros, perolados de microscópicas gotas de chuva que contribuíam para criar um ambiente úmido e melancólico.

— O que está obstruindo o canal — sussurrou Amaia para si.

Uma imensa fúria cresceu dentro dela, subindo por seu estômago como a baforada ardente de um incêndio e, acompanhando-a, um medo além de toda lógica a impulsionou de repente a fugir, a escapar de tudo aquilo, a ir para qualquer lugar, para um lugar onde pudesse se sentir a salvo, onde o perigo não a pressionasse como agora. O mal já não a espreitava, o mal a acossava com sua presença hostil, envolvendo seu corpo como névoa, respirando em sua nuca e zombando do terror que lhe provocava. Amaia percebia sua presença vigilante, silenciosa e inevitável, como a doença e a morte são percebidas. Os alarmes troavam dentro dela pedindo que fugisse, que se pusesse a salvo, e ela queria fazê-lo, mas não sabia para onde ir. Apoiou a cabeça no volante e permaneceu assim durante alguns minutos, sentindo o medo e a ira se apoderarem de seu ser. Umas batidas no vidro a sobressaltaram. Ia baixar a janela, mas se deu conta de que ainda não tinha dado a partida. Abriu a porta, e uma jovem policial uniformizada se inclinou para falar com ela.

— Você está bem, inspetora?
— Sim, perfeitamente, é só cansaço. Sabe como é.

Ela assentiu como se soubesse sobre o que falava, e acrescentou:

— Se estiver muito cansada, talvez não deva dirigir. Quer que procure alguém para levá-la em casa?

— Não é necessário — respondeu, tentando parecer mais acordada. — Obrigada.

Ela deu partida e saiu do estacionamento sob o olhar vigilante da policial. Dirigiu por um bom tempo por Elizondo. Rua Santiago, Francisco Joaquín Iriarte até o mercado, Giltxaurdi para Menditurri, volta a Santiago, Alduides até o cemitério. Parou o carro na entrada e de dentro observou dois cavalos da chácara adjacente que tinham vindo até a margem do campo e assomavam suas imponentes cabeças sobre a estrada.

A porta de ferro enquadrada em seu marco de pedra se via fechada, como sempre, mas enquanto estava ali um homem saiu do cemitério levando em uma das mãos um guarda-chuva aberto, embora agora não chovesse, e na outra um pacote firmemente embrulhado. Pensou neste costume próprio dos homens do campo e do mar de nunca levar bolsas, de fazer firmes maços com tudo o que precisam carregar: roupa, ferramentas, o almoço. Envolviam-no apertando tudo em um volume firme e compacto que enrolavam com um trapo, ou com sua própria roupa de trabalho, e depois o atavam com corda, tornando impossível identificar o que levavam dentro. O homem começou a andar pela estrada para Elizondo, e Amaia olhou novamente para a porta do cemitério, que não tinha ficado encaixada de todo. Desceu do carro, aproximou-se até a grade e a fechou enquanto dedicava um breve olhar para dentro do povoado dos mortos. Subiu no carro e arrancou.

O que procurava não estava ali.

Uma mistura de aborrecimento, tristeza e ira se juntavam dentro dela, fazendo seu coração bater tão forte que o ar do interior do veículo lhe pareceu de repente muito escasso para alimentar a necessidade de seu peito. Baixou as janelas e dirigiu assim, suspirando confusa enquanto as gotas do lado de fora salpicavam na parte de dentro do carro. O som do telefone, que repousava no banco do carona, interrompeu um fio de pensamentos obscuros. Olhou para ele incomodada e reduziu um pouco a velocidade antes de apanhá-lo. Era James.

— Merda, será que você não pode me deixar em paz um minuto? — disse, sem atender. Silenciou a chamada, furiosa agora com ele, e jogou o aparelho no banco traseiro. Sentiu-se tão zangada com James que o teria esbofeteado. Por que todo mundo se achava tão esperto? Por que todos acreditavam saber do que ela necessitava? A tia, Ros, James, Dupree e aquela policial da porta. — Vão tomar no cu — sussurrou. — Vão todos à merda e me deixem em paz.

Amaia dirigiu para o monte. A sinuosa estrada a fez prestar atenção à direção, contribuindo pouco a pouco para que seus nervos relaxassem. Lembrava-se de que anos antes, quando estava estudando e a pressão das provas e dos exames conseguia alterá-la a ponto de não conseguir se lembrar de nenhuma palavra, pegou o costume de sair dirigindo pelos arredores de Pamplona. Às vezes ia até Javier, ou até Eunate, e quando retornava os nervos haviam se acalmado e ela conseguia voltar a estudar novamente.

Reconheceu a área em que se encontrou com os guardas florestais, penetrou na estrada do bosque e dirigiu mais uns 2 quilômetros, desviando dos atoleiros que se formaram com a chuva dos últimos dias e que se mantinham como pequenos lagos naquele terreno argiloso. Parou o carro em uma área livre de lama, saltou e, ao ouvir o celular tocar novamente, bateu a porta com força.

Caminhou alguns metros pela estrada, mas a sola lisa dos sapatos grudava na fina camada de lama, dificultando seus passos. Ela esfregou as solas na grama e, sentindo-se cada vez pior, penetrou no bosque como se atraída por um chamado místico. A chuva das primeiras horas do dia não tinha penetrado no denso arvoredo, e sob a copa das árvores o solo reluzia seco e limpo, como se estivesse recém-varrido pelas lâmias do monte, aquelas fadas do bosque e do rio que cuidavam dos cabelos com pentes de ouro e prata, que dormiam durante o dia debaixo da terra e só saíam ao entardecer, para tentar seduzir os viajantes. Premiavam os homens que se deitavam com elas ou castigavam os que tentavam roubar seus pentes, causando-lhes horríveis deformações.

Ao penetrar na abóbada formada pela copa das árvores, teve a mesma sensação que ao entrar numa catedral, o mesmo recolhimento, e sentiu a presença de Deus. Elevou os olhos, aturdida, enquanto sentia a ira abandonar seu corpo como uma hemorragia feroz que ao mesmo tempo a deixava sem mal e sem força. Amaia começou a chorar. As primeiras lágrimas brotaram arrasando seu rosto, ferozes soluços que do mais profundo da alma debilitavam seu corpo, fazendo-a perder o equilíbrio. Abraçou-se a uma árvore como um druida enlouquecido, como talvez tenham feito seus antepassados, e chorou contra a casca molhando-a com suas lágrimas. Vencida, escorregou até ficar sentada no chão, sem se soltar do abraço. O choro foi cedendo e ela ficou assim, desolada, sentindo que sua alma era uma casa no escarpado em que os donos distraídos deixaram portas e janelas abertas na tempestade, e agora uma fúria ímpia estava varrendo seu interior, arrasando-o completamente, fazendo desaparecer qualquer vestígio da ordem com que ela o havia provido. A ira era a única coisa, crescia nos cantos obscuros de sua alma ocupando os espaços que a desolação havia deixado vazios. A ira não tinha objeto, não tinha nome, era cega e surda, e Amaia a sentiu crescer por dentro apossando-se como um incêndio avivado pelo vento.

O assobio soou tão alto que em um instante preencheu tudo. Ela se virou bruscamente, procurando a origem do sinal enquanto levava a mão ao revólver. Tinha soado contundente, como o apito de um inspetor de estação. Ouviu com atenção. Nada. O assobio voltou a se fazer ouvir com toda clareza, desta vez atrás dela. Um assobio longo seguido de outro mais curto. Levantou-se e escrutinou entre as árvores, certa de achar alguma presença. Não viu ninguém.

De novo um assobio curto, como um chamado de atenção, soou atrás dela; Amaia se virou surpresa e teve tempo de ver entre as árvores uma silhueta alta e parda que se escondia atrás de um grande carvalho. Ia sacar o revólver, mas pensou melhor, porque no fundo sentia que não havia ameaça. Ficou parada olhando para o lugar onde o tinha perdido de vista, distante apenas 100 metros de onde estava. Uns 3 metros à direita do grande carvalho, ela viu alguns galhos baixos se agitarem e de trás surgiu aquela figura erguida de longa cabeleira marrom e cinza que andava devagar, como se executasse uma antiga dança entre as árvores, evitando olhar em sua direção, mas se deixando ver o suficiente como para não deixar lugar a dúvidas. Depois se enfiou atrás do carvalho e desapareceu. Amaia permaneceu por um instante tão imóvel que quase não sentia sua própria respiração. A partida do visitante a deixou em uma paz que não acreditava ser possível, uma quietude uterina e a sensação de ter contemplado um prodígio, que se desenhou em seu rosto como um sorriso que ainda brilhava quando se viu, irreconhecível, no espelho retrovisor do carro. Fechou o coldre da arma, que havia aberto por instinto, mas do qual não chegara a tirar a Glock. Pensou na estremecedora sensação que a tinha envolvido ao contemplá-lo e em como o medo inicial se tornou imediatamente numa profunda quietude, uma alegria infantil e desmedida que havia agitado seu peito como uma manhã de Natal.

Amaia se sentou no carro e verificou o telefone. Seis chamadas perdidas, todas de James. Procurou na agenda o número da Dra. Takchenko e ligou. O telefone começou a emitir o sinal de chamada, que imediatamente caiu. Ela deu partida no motor e dirigiu com cuidado até sair da pista, procurou um lugar seguro, parou o carro em uma curva limpa e voltou a ligar. O forte sotaque da Dra. Takchenko a cumprimentou do outro lado da linha.

— Inspetora, onde você está? Não a estou ouvindo bem.

— Doutora, vocês disseram que tinham deixado algumas câmeras colocadas estrategicamente no bosque, certo?

— Exatamente.

— Acabo de estar num lugar próximo de onde nos vimos pela primeira vez, lembra?

— Sim, temos ali uma delas...

— Doutora... acho que vi... um urso.

— Acha?

— ... Acho que sim.

— Inspetora, não é que duvide de você, mas se tivesse visto um urso teria certeza, acredite, não há espaço para dúvidas.

Amaia permaneceu em silêncio.

— Ou seja, você não sabe o que viu.

— Sim, sei — sussurrou Amaia.

— ... Certo, inspetora. — Soou como *inspetorra*. — Vou examinar as imagens e ligarei se vir seu urso.

— Obrigada.

— Não há de quê.

Ela desligou e digitou o número de James. Quando ele respondeu, Amaia falou apenas:

— Estou voltando para casa, amor.

37

A televisão eternamente ligada e o cheiro de ensopado de peixe e pão quente inundavam a casa, mas a normalidade terminava ali. Como investigadora, não lhe escapavam os detalhes que evidenciavam que as coisas tinham mudado ao seu redor. Quase podia perceber, como uma nuvem carregada, as conversas que se produziram lá a respeito dela e que ficaram em suspenso como nuvens de tempestade quando entrou. Sentou-se em frente à lareira e aceitou o chá que James lhe ofereceu enquanto esperavam o jantar. Tomou um gole, consciente de que ao fazê-lo facilitava a intensa observação à qual era submetida por sua família desde que tinha entrado em casa. Era inegável que estiveram falando dela, era indubitável que estavam preocupados, e, no entanto, não conseguia evitar sentir sua intimidade violada nem deixar de ouvir a voz de seu interior, que clamava: "Por que não me deixam em paz?" A fúria cega que a tinha dominado no bosque ressurgia com facilidade, insuflada pelos olhares turvos, pelas palavras conciliadoras e pelos gestos contidos e estudados de sua família. Não se davam conta de que só conseguiam irritá-la? Por que não se comportavam com normalidade e a deixavam em paz? Uma paz como a que havia encontrado no bosque. Aquele assobio absoluto que ainda ecoava dentro dela e a lembrança da visão conseguiram acalmá-la de novo. Rememorou o instante em que o viu surgir entre os galhos baixos da árvore. O modo plácido como se virou sem olhar para ela, deixando-se ver. Vieram a sua mente as histórias que sua catequista tinha contado sobre as aparições marianas a Bernadette ou aos pastores de Fátima. Sempre se perguntara como era possível que as crianças não fugissem assustadas diante da aparição. Como tinham certeza de que era a Virgem? Por que não sentiam medo? Pensou em sua própria mão indo em busca da arma e em como de repente ela lhe pareceu desnecessária. Na sensação de profunda paz, de imensa alegria que havia inundado seu peito, dispersando toda sombra de dúvida, todo rastro de ansiedade, toda dor.

Não conseguia, nem em um pensamento secreto, ousar nomear aquilo. Seu lado policial, de mulher do século XXI, de urbana, se negava sequer a questionar, porque sem dúvida era um urso, tinha que ser um urso. E, no entanto...

— Do que você está rindo? — perguntou James, olhando para ela.

— O quê? — questionou, surpresa.

— Você estava rindo... — apontou ele, visivelmente satisfeito.

— Ah... Bem, é uma dessas coisas de que não posso falar — desculpou-se, espantada pelo efeito que aquela simples lembrança tinha nela.

— Bem — disse ele sorrindo —, de qualquer maneira, fico feliz. Fazia dias que não a via tão contente.

O jantar transcorreu tranquilamente. A tia contou algo sobre uma amiga que ia viajar para o Egito, e James lhe detalhou como passaram o dia visitando o mercado de inverno de uma localidade próxima que pelo visto tinha aa melhores verduras do vale. Ros praticamente não falou nada, apenas lhe dedicou alguns olhares longos e preocupados que conseguiram deixá-la novamente de mau humor. Assim que terminaram de jantar, Amaia se desculpou por seu cansaço e se dirigiu escada acima.

— Amaia. — Sua tia a deteve. — Sei que precisa dormir, mas acho que antes deveríamos ter uma conversa sobre o que está acontecendo com você.

Ela parou no meio da escada e se virou lentamente, armando-se de paciência, mas sem evitar a expressão de aborrecimento.

— Obrigada por se preocupar, tia, mas não está acontecendo nada — disse, dirigindo-se também à irmã e a James, que haviam se reunido atrás de Engrasi como um coro grego ao pé da escada. — Estou há duas noites sem dormir e sob muita pressão...

— Eu sei, Amaia, estou cansada de saber, mas o descanso nem sempre se consegue dormindo.

— Tia...

— Lembra-se do que me pediu ontem quando sua irmã tirou as cartas para você? Pois bem, agora é a hora, vou tirar as cartas para você e falaremos sobre o mal que a atormenta.

— Tia, por favor — pediu, dirigindo um olhar de soslaio a James.

— Por isso mesmo, Amaia, não acha que já é hora do seu marido saber?

— Saber o quê? — interveio James. — O que eu deveria saber?

Engrasi olhou para Amaia como se lhe pedisse autorização.

— Pelo amor de Deus! — exclamou ela, deixando-se cair até ficar sentada na escada. — Tenham piedade, estou esgotada, juro que hoje já não aguento mais. Vamos esperar até amanhã. Amanhã, dou minha palavra a vocês, me dei um dia de folga, amanhã conversaremos, mas hoje não consigo mais nem pensar com clareza.

James pareceu satisfeito diante da perspectiva de passar um dia com ela e, embora fosse evidente que estava intrigado, finalmente cedeu em seu favor.

— Ótimo, amanhã é domingo, tínhamos pensado em ir ao monte pela manhã e depois a tia nos fará um cordeiro assado, e sua irmã Flora virá almoçar.

A perspectiva de compartilhar a mesa com a irmã mais velha não lhe era nada atraente, mas, entre almoçar com ela e continuar a conversa, acabou se rendendo.

— Parece bom — disse, levantando-se e subindo rapidamente as escadas, sem lhes dar tempo para mais réplicas.

O agente especial Aloisius Dupree pegou o saco que Antoine lhe estendia e que tinha tirado do depósito de seu abarrotado armazém. Os turistas vindos para o carnaval adoravam lugares como aquele, lotados de quinquilharias relacionadas à antiga religião e o vodu café com leite para visitantes, que queriam levar amuletos e colares de Nova Orleans para mostrar aos amigos. Ele tinha se dirigido diretamente a Antoine Meire e colocado em sua mão a lista de ingredientes que necessitava e 500 dólares. Era caro, mas sabia que Nana não aceitaria os produtos medíocres de outro qualquer. Deteve-se sob os balcões de uma das velhas estalagens da rua Saint Charles enquanto via passar um dos numerosos desfiles do Mardi Gras, o carnaval popular em Nova Orleans, que percorria as avenidas do bairro francês arrastando em sua passagem ondas de ruidosos e suarentos moradores. Os trinta graus de temperatura, um pouco alta para fevereiro, e a umidade que chegava do Mississippi envolvendo os fregueses e inchando os vãos das portas, contribuía para tornar o ar denso e pesado, animando ao consumo de cerveja aqueles devotos do carnaval que não precisavam de muitos incentivos. Ele esperou até que o grosso do bloco tivesse passado, atravessou a avenida e entrou em um dos passadiços entre as casas, onde a madeira rangia por efeito do calor e não tinha chegado a pintura proporcionada pela prefeitura para branquear as fachadas. Ainda eram perceptíveis as marcas de onde a água tinha chegado quando a nefasta maldição do Katrina os visitou. Subiu por uma escada externa que rangeu como os velhos ossos de um idoso e entrou em um corredor escuro, onde a escassa luz provinha de um antigo abajur Tiffany que lhe pareceu autêntico, e provavelmente era, descansando sobre o parapeito de uma pequena janela ao fim do corredor. Dirigiu-se diretamente à última porta enquanto aspirava o cheiro de eucalipto e suor que reinava no corredor. Bateu com os nós dos dedos. Um sussurro perguntou do lado de dentro.

— *Je suis Aloisius.*

Uma senhora que mal chegava ao peito dele abriu a porta se jogando em seus braços.

— *Mon cher et petit Aloisius.* O que o traz a visitar sua velha Nana?

— Ah, Nana, você nunca deixa passar nada, como sabe tanto? — disse, rindo.

— *Parce que je suis très vieille.* É a vida, *mon cher*, quando finalmente sou sábia, sou velha demais para sair no Mardi Gras — queixou-se ela enquanto sorria. — O que o traz até mim? — perguntou, olhando para o saco marrom sem etiquetas que ele trazia na mão. — Não será um presente?

— De algum modo é, Nana, mas não para você — respondeu, estendendo-lhe o saco.

— Acredite, *mon cher enfant*, espero não precisar nunca que me ofereça um presente desse tipo.

A mulher inspecionou o interior do saco.

— Vejo que foi ao armazém de Antoine Meire.

— *Oui*.

— *Il est le meilleur* — declarou com aprovação enquanto cheirava umas raízes secas e esbranquiçadas que, sob a escassa luz do apartamento, pareciam os ossos de uma mão humana.

— *J'aide une amie, une femme qui est perdue et elle doit trouver sa voie.*

— Uma mulher perdida? *Comment perdue?*

— Perdida em seu próprio abismo — respondeu ele.

Nana dispôs os mais de trinta ingredientes cuidadosamente envoltos em envelopinhos de papel manilha, pequenas caixinhas como as que contêm minerais e minúsculas garrafinhas cheias de substâncias oleosas e proibidas em cinquenta estados sobre a mesa de carvalho que ocupava quase todo o cômodo.

— *C'est bien* — disse —, mas você vai ter que me ajudar a mover os móveis para deixar espaço suficiente, e cabe a você traçar os pentagramas no chão. Sua pobre Nana é muito esperta, mas isso não a livra da artrite.

38

O abajur da mesinha irradiava uma luz branca e excessiva. Durante mais de vinte minutos, Amaia se dedicou a percorrer a casa procurando em cada abajur uma lâmpada de menos watts. Descobriu duas coisas: que Engrasi tinha substituído todas por aquelas horríveis versões econômicas com luz fluorescente e que as de seu quarto eram as únicas de bocal estreito de toda a casa. James a observava da cama sem dizer nada, conhecia perfeitamente o ritual e sabia que sua mulher não ia se conformar até encontrar um modo de se sentir confortável. Visivelmente incomodada, sentou-se na cama e observou o abajur como se olhasse para um inseto repulsivo. Tirou da cadeira uma *pashmina* roxa, cobriu parcialmente a cúpula e olhou para James.

— Luz demais — queixou-se ele.

— Tem razão — admitiu.

Amaia pegou o abajur pela base e o colocou no chão, entre a parede e a mesinha, abriu uma das pastas de papelão que estavam em cima da penteadeira e a colocou aberta à guisa de biombo a alguns centímetros da luz, deixando o abajur quase encerrado no canto. Virou-se para James, constatando que o nível de luz tinha diminuído consideravelmente. Suspirou e se estendeu ao lado dele, que se ajeitou de lado e começou a acariciar a testa e o cabelo dela.

— Me conte o que fez em Huesca.

— Perder tempo. Estava quase certa de que haveria alguma coincidência com alguns objetos que apareceram nos crimes, os doutores se prestaram a fazer umas análises que ainda vão demorar em nosso laboratório; se tivéssemos obtido os resultados que esperávamos, teríamos um terreno mais concreto para nos centrarmos. Poderíamos ter interrogado os vendedores, são povoados pequenos e certamente os balconistas iam se lembrar de quem tinha comprado, bem, essas coisas de que precisamos, pistas. Mas não conseguimos nada, e isso abre uma infinidade de possibilidades: que foram trazidos de outra região, de outra província ou, a mais provável, que ele mesmo os tenha fabricado ou talvez um membro de sua família, tem que ser alguém próximo, alguém a quem pode pedir isso.

— Não sei, não combina muito com um assassino em série elaborar algo de modo artesanal...

— Com esse, sim. Achamos que realmente está procurando uma volta ao tradicional, e tradicional não se pode negar que é. De qualquer forma, outros assassinos mostraram predileção por elaborar bombas, armas artesanais, venenos... Isso os faz achar que o que fazem tem sentido.

— E agora?

— Não sei, James. Freddy está descartado, o namorado de Carla está descartado, o pai de Johana não teve nada a ver com os outros crimes, não passa de um aproveitador; não encontramos nada com os familiares próximos, nem com os amigos, não há pedófilos fichados na área, e os delinquentes sexuais fichados têm álibi ou estão na prisão. A única coisa que podemos fazer é o que nenhum investigador de crimes deseja.

— Esperar — disse ele.

— Esperar esse desgraçado agir de novo, esperar que cometa um erro, que fique nervoso ou que em sua presunção nos dê algo mais, algo que nos leve diretamente até ele.

James se inclinou sobre ela e a beijou, retrocedeu para olhá-la nos olhos e voltou a beijá-la. Amaia sentiu o impulso de repudiá-lo, mas com o segundo beijo sentiu que a tensão fugia para um lugar longínquo. Elevou a mão até a nuca de James e deslizou sob seu corpo, ofegante por sentir seu peso. Procurou a barra de sua camiseta e a puxou para cima, descobrindo o peito do amante enquanto se despojava da sua. Adorava o modo como ele se estirava em cima ela. Como um atleta grego, mostrava uma nudez perfeita e um calor que a enlouquecia. Percorreu com mãos ansiosas suas costas até chegar às nádegas, deleitou-se nas nádegas escuras e deslizou uma das mãos até as coxas para sentir toda sua força enquanto ele se divertia beijando seu pescoço e seios. Gostava do sexo lento e suave, seguro, confiante e elegante e, no entanto, havia vezes em que o desejo a assaltava de repente, impetuoso e feroz, e ela mesma se surpreendia com o grau de ansiedade e desespero que alcançava em poucos segundos, nublando sua razão e fazendo-a se sentir um animal capaz de qualquer coisa. Enquanto faziam amor Amaia se sentia impelida a falar, a lhe dizer o quanto o desejava, o quanto o amava e o quanto o sexo com ele a fazia feliz. Sentia-se vítima de tamanha paixão que achava que nunca seria capaz de expressá-la. Sabia o que precisava dizer, intuía o que devia calar, pois enquanto se amavam daquela maneira quente e líquida em que as bocas não davam conta, em que as mãos não bastavam, em que as palavras saíam roucas e entrecortadas, um vórtice de sentimentos, paixões e instintos se desatavam dentro dela, arrastando como um maremoto a prudência e a razão até limites que a assustavam e a atraíam ao mesmo tempo, como um abismo que escondia tudo o que não deve ser dito, os desejos mais tortuosos, o ciúme apaixonado, os instintos selvagens, o desespero e aquela dor inumana que percebia fugazmente antes de alcançar o prazer, e que era o coração de Deus, ou a porta do inferno. Um caminho para a eternidade do ser, ou para o cruel descobrimento de que não havia nada após isso, que sua mente apagava piedosamente apenas um instante depois do orgasmo, enquanto o torpor a aprisionava em uma teia de aranha cálida e a imergia em um sono profundo no qual a voz de Dupree sussurrava.

 Amaia abriu os olhos e se acalmou em seguida ao reconhecer os parâmetros familiares do quarto, banhados pela luz leitosa que se derramava sobre o abajur meio escondido no canto. Cem tons de cinza para desenhar o mundo noturno ao qual retornava durante o sono. Mudou de posição e fechou os olhos novamente, decidida a dormir. A modorra a apanhou logo em uma vigília plácida na qual era parcialmente consciente de si mesma, de seu doce James respirando ao lado, do cheiro gostoso que emanava de seu corpo, do aconchego dos lençóis de flanela e do calor que a arrastava para o sono profundo.

 E da presença. Sentiu-a tão próxima e maléfica que o coração saltou em seu peito em uma convulsão quase sonora. Antes de abrir os olhos já sabia que ela estava ali, de pé junto à cama. Estivera observando-a com seu sorriso retorcido e seus olhos frios, secretamente divertida diante da perspectiva de aterrorizá-la, como costumava fazer quando Amaia era pequena e como ainda continuava fazendo, pois afinal ela vivia em seu medo. Amaia sabia, mas não podia evitar o pânico que a esmagava como uma laje, imobilizando-a, transformando-a em uma menina trêmula que lutava consigo mesma para não abrir os olhos. Não abra. Não abra.

Mas abriu, e antes de fazê-lo já sabia que agora seu rosto se inclinara sobre ela, aproximando-se como um vampiro que se alimenta, não de sangue, mas de fôlego. Se não abrisse os olhos ela ia se aproximar tanto que respiraria seu ar, abriria sua boca zombeteira e a comeria.

Amaia abriu os olhos, a viu e gritou.

Seus gritos se fundiram com os de James, que a chamava de muito longe, e com as passadas dos pés descalços pelo corredor.

Ela saiu da cama enlouquecida de medo e consciente em parte de que ela já não estava ali. Colocou tropegamente a calça e um moletom, pegou a pistola e, possuída pela necessidade urgente de acabar de uma vez por todas com o medo, desceu as escadas. Não acendeu a luz porque sabia perfeitamente onde procurar. A lareira estava apagada, porém o mármore da prateleira superior ainda conservava o calor do lar. Às cegas, procurou uma caixa de madeira esculpida que pertencia a um jogo de três que ficava sempre naquele lugar. Buscou novamente com dedos hábeis entre mil quinquilharias que foram parar ali. As pontas de seus dedos roçaram o cordão e com um puxão o tirou da caixa, derrubando parte do conteúdo, que caiu no chão tilintando na escuridão.

— Amaia — gritou James. Ela se virou para a escada, onde a tia acabava de acender a luz. Olhavam-na apavorados. Olhares confusos, os rostos interrogativos. Não respondeu. Passou ao lado deles, dirigiu-se à porta e saiu. Amaia começou a correr enquanto levava o cordão e a chave apertados no punho e constatou que ainda conservava a suavidade do náilon com que seu pai amarrou aquela chave para ela, no dia em que fez 9 anos.

Quase não chegava luz à porta da doceria. O poste antigo na esquina da rua derramava uma luz laranja quase natalina, que mal coloria a calçada. Ela apalpou a fechadura com o indicador e introduziu a chave. O cheiro da farinha e da manteiga a envolveram, transportando-a subitamente para uma noite de sua infância. Fechou a porta e esticou o braço sobre a cabeça procurando o interruptor. Não estava, não estava mais ali.

Amaia demorou alguns segundos para se dar conta de que já não tinha que se esticar para alcançá-lo. Acendeu a luz, e assim que conseguiu ver começou a tremer. A saliva se tornou densa contra seu paladar, como uma enorme bola de miolo de pão, impossível de se dissolver, difícil de engolir. Caminhou para as latas que ainda se agrupavam no mesmo canto. Olhou-as sobressaltada enquanto sua respiração se acelerava pelo medo do que ia acontecer, do que vinha agora.

— O que você está fazendo aqui?

A pergunta ecoou em sua cabeça com toda clareza.

As lágrimas inundaram seus olhos, cegando-a por um instante. Suas retinas ardiam. Um intenso frio a instigou, fazendo-a tremer ainda mais. Virou-se lentamente e dirigiu seus passos para a mesa de amassar. O terror a fazia tiritar, mas esticou os dedos trêmulos até tocar a superfície polida da mesa de aço enquanto a voz de sua mãe voltava a troar com força em sua cabeça. Um rolo de aço repousava na pia e uma gota pendia eterna da torneira, salpicando o fundo do reservatório de água com um tamborilar rítmico. O terror crescia, inundando tudo.

— Você não me ama — sussurrou.

E soube que devia fugir, porque era a noite de sua morte. Dirigiu-se à porta e tentou. Deu um passo, outro, outro e voltou a acontecer, exatamente como ela sabia que aconteceria. De nada servia fugir, porque era inevitável que morresse naquela noite. Mas a menina resistia, a menina não queria morrer, e, embora ao se virar para vê-la tivesse levantado a mão em uma vã tentativa de se proteger do golpe mortal, caiu no chão fulminada, aterrorizada, sentindo que o coração quase explodia de puro pânico apenas um instante antes de se deter. Ficou estendida e rendida. E, embora tenha sentido o segundo golpe, já não doeu. Depois nada, o denso túnel de névoa que se formou ao seu redor se dissipou, clareando sua visão como se alguém tivesse lavado seus olhos.

Ela continuava lá, observando-a apoiada na mesa. Ouviu a respiração curta e rítmica de seu peito enquanto recuperava o fôlego. Ouviu-a suspirar profundamente, quase aliviada. Ouviu-a abrir a torneira, lavar o rolo. Ouviu-a se aproximar, se ajoelhar ao seu lado sem deixar de observá-la. Viu-a se inclinar sobre seu rosto examinando suas feições. Seus olhos mortos, sua boca detida em um grito que teria sido uma súplica. Viu os olhos frios, a boca contraída por uma expressão de curiosidade que não conseguiu escalar até os olhos gélidos, que continuavam impossíveis de comover. Aproximou-se até quase tocá-la, como se, arrependida de seu crime, fosse beijá-la. Aquele beijo de uma mãe que nunca chegou. Abriu a boca e lambeu o sangue que brotava lento do ferimento e escorria pelo seu rosto. Sorria quando se levantou, e não deixou de fazê-lo enquanto a tomava nos braços e a enterrava na artesa da farinha.

— Amaia — A voz a chamou aos gritos.

Tia Engrasi, Ros e James a olhavam da porta da doceria. Ele tentou avançar até ela, mas a tia o deteve, segurando-o pela manga.

— Amaia — voltou a chamar a sobrinha, doce mas com firmeza.

Amaia, de joelhos no chão, olhava para a antiga artesa com uma expressão no rosto próxima ao choramingo infantil.

— Amaia Salazar — disse de novo.

Ela se sobressaltou, como se de repente o chamado tivesse lhe alcançado. Levou a mão à cintura, tirou a arma e apontou para o vazio.

— Amaia, olhe para mim — ordenou Engrasi.

Amaia continuou olhando para um lugar no vazio e engolindo densas bolas de miolo de pão enquanto tremia como se estivesse nua debaixo da chuva.

— Amaia.

— Não — sussurrou primeiro. — Não — gritou depois.

— Amaia, olhe para mim — ordenou a tia, como se falasse com uma menina pequena. Ela a olhou franzindo o cenho. — O que está acontecendo, Amaia?

— Tia, não vou deixar que isso aconteça. — Sua voz tinha baixado uma oitava e soou frágil e infantil.

— Não está acontecendo, Amaia.

— Está sim.

— Não, Amaia, isso aconteceu quando você era pequena, mas agora é uma mulher.

— Não, não vou deixar que ela me coma.
— Ninguém pode fazer mal a você, Amaia.
— Não vou deixar que isso aconteça.
— Olhe para mim, Amaia, isso não vai acontecer nunca mais. Você é uma mulher, é uma policial e tem uma pistola. Ninguém vai fazer mal a você.

A menção à arma a fez olhar para suas mãos, e ao ver a pistola pareceu surpresa de encontrá-la ali. Tomou consciência da presença de James e Ros, que a olhavam da entrada, pálidos e transtornados. Muito devagar, baixou a arma.

James não soltou sua mão enquanto voltavam para casa; tampouco o fez quando se sentou ao seu lado para contemplá-la em silêncio enquanto a tia e Rosaura preparavam um chá de tília na cozinha.

Amaia permaneceu em silêncio, ouvindo os cochichos longínquos da tia e avaliando a expressão tensa do marido, que sorria com aquela expressão preocupada com que os pais olham para os filhos feridos no hospital. Mas não importava, Amaia sentiu-se secretamente egoísta e satisfeita, pois, unida ao incrível cansaço que a assolava, sentia uma renovação própria de um ressuscitado bíblico.

Ros colocou as xícaras em uma mesa baixa junto ao sofá e se concentrou em acender o fogo da lareira; a tia retornou à sala, sentou-se diante deles e destapou as xícaras, deixando que o cheiro enjoativo da tília se elevasse em uma nuvem de vapor.

James fixou os olhos em Engrasi. Assentiu com a cabeça como se avaliasse a situação e suspirou.

— Bem, acho que agora sim chegou a hora de me contarem o que devo saber.

— Não sei por onde começar — declarou Engrasi, envolvendo-se em seu roupão.

— Comecem me explicando o que aconteceu essa noite e o que foi que eu vi na doceria.

— O que você viu essa noite na doceria foi um terrível episódio de estresse pós-traumático.

— Estresse pós-traumático? Isso é a paranoia que alguns soldados sofrem depois de voltar da frente de batalha, certo?

— Exatamente, mas não são só os soldados que padecem disso. Qualquer pessoa que tenha vivido um episódio, pontual ou contínuo, em que experimentasse a sensação de que iria morrer de forma violenta pode ter.

— E foi isso que aconteceu com Amaia?

— Sim.

— Mas por quê? Por algo que aconteceu no seu trabalho?

— Não, felizmente ela nunca se sentiu tão exposta ao perigo em seu trabalho...

James olhou para Amaia, que sorria ligeiramente ouvindo a conversa com o olhar baixo. Engrasi rememorou os conhecimentos adquiridos em seus anos na faculdade de psicologia, que havia repassado mentalmente centenas de vezes, esperando que este dia não chegasse nunca.

— O estresse pós-traumático é um assassino adormecido. Às vezes ele permanece em estado latente durante meses, até anos após a situação traumática que o originou. Uma situação real em que se correu um perigo real. O estresse atua como um sistema de defesa que identifica sinais de perigo, criando alertas a fim de proteger o indivíduo e evitar que volte a ficar em perigo. Por exemplo, se uma mulher foi estuprada em uma estrada escura dentro de um carro, é lógico que, depois disso, situações similares, como a noite, o campo aberto, o interior de um veículo escuro, lhe provoquem uma sensação desagradável, que identificará como um sinal de perigo e tentará se proteger.

— É lógico — apontou Ros.

— Até certo ponto, sim. Mas o estresse pós-traumático é como uma reação alérgica, completamente desproporcional à ameaça. É como se essa mulher sacasse um spray de pimenta quando sente cheiro de couro, de um aromatizador de pinho ou ouve um mocho ululando na noite.

— Um spray ou uma pistola — comentou James, olhando para Amaia.

— O estresse — continuou a tia — produz em quem sofre dele um extraordinário nível de alerta, que se traduz em sono leve, pesadelos, irritabilidade e um medo irracional de ser atacado de novo que se mostra como uma fúria defensiva desenfreada, os levando a ficar violentos com o único fim de se defender do ataque que acreditam estar sofrendo. Porque estão o revivendo, não o ataque em si, mas toda a dor e todo o medo no instante em que ele ocorreu, como os soldados que estiveram na frente de batalha.

— Quando entramos na doceria, parecia que ela estava representando uma peça de teatro...

— Estava revivendo um momento de grande perigo. E o fazia com a mesma intensidade como se estivesse ocorrendo naquele instante — disse, olhando para Amaia. — Minha pobre menina valente. Sofrendo e sentindo como naquela noite.

— Mas... — James olhou de novo para Amaia, que segurava com a outra mão uma xícara branca e fumegante que não havia provado. — Quer dizer que o que aconteceu essa noite na doceria foi causado por um episódio de estresse pós-traumático, que é uma reação de defesa diante de sinais que Amaia identificou como alarmes de perigo de morte. Ou seja, que Amaia achava que iam matá-la...

Engrasi assentiu, levando as trêmulas mãos à boca.

— E o que originou isto? Porque nunca tinha acontecido antes — comentou, olhando com doçura para a mulher.

— Pode ser qualquer coisa, o episódio pode ser disparado por qualquer sinal, mas suponho que tenha sido influenciado por estar aqui, em Elizondo... A doceria, os crimes contra as meninas... E a verdade é que já havia acontecido com ela antes. Há muito tempo, quando tinha 9 anos.

James olhou para Amaia, que parecia a ponto de desvanecer.

— Você tinha episódios de estresse pós-traumático aos 9 anos?

Sua voz era um fio.

— Não me lembro — respondeu Amaia. — De fato, não me lembrava do que aconteceu naquela noite há 25 anos. Suponho que, de tanto repetir para mim mesma, cheguei a pensar que realmente não havia acontecido.

James tirou a xícara intacta da mão dela e a depositou na mesa, tomou as mãos de Amaia entre as suas e a olhou nos olhos.

Amaia sorriu, mas teve que baixar o olhar para poder dizer.

— Quando eu tinha 9 anos, minha mãe me seguiu uma noite à doceria e bateu na minha cabeça com um rolo de aço; quando eu estava no chão inconsciente ela me bateu de novo, depois me enterrou na artesa da farinha e esvaziou dois sacos de 50 quilos sobre o meu corpo. Avisou ao meu pai só porque achou que eu já estava morta. Por isso morei o resto da minha infância com a minha tia. — Sua voz tinha brotado impessoal e carente de qualquer modulação, como se fosse uma psicofonia de outra dimensão.

Ros chorava em silêncio contemplando a irmã.

— Pelo amor de Deus, Amaia, por que nunca me contou? — horrorizou-se James.

— Não sei, juro que quase não pensei nisso nos últimos anos. Tinha enterrado em algum lugar do meu subconsciente; além da verdadeira, sempre houve uma versão oficial para o que tinha acontecido, eu a repeti tantas vezes que cheguei a acreditar. Acreditava que havia esquecido e, além disso, é tão... vergonhoso... Eu não sou assim, não queria que pensasse...

— Não tem nada do que se envergonhar, você era uma menina pequena e quem devia cuidar de você a feriu. É a coisa mais cruel que ouvi na minha vida, e sinto muito, querida, sinto que tenham feito uma coisa tão horrível com você, mas ninguém mais pode lhe fazer mal.

Amaia olhou para ele, sorrindo.

— Vocês não podem imaginar como me sinto bem, tenho a sensação de ter tirado um grande peso das costas. A obstrução — disse, pensando de repente nas palavras de Dupree. — Isso também pode ter sido um fator estressante. Ao voltar para cá, as lembranças também retornaram, e não poder contar a você fez disso uma carga extra para mim.

James se afastou um pouco para poder olhar para ela.

— E o que vai acontecer agora?

— O que você quer que aconteça?

— Entendo que agora se sinta bem, liberada e aliviada. Mas, Amaia, o que aconteceu no outro dia, quando sacou a arma, ontem com a sua irmã e essa noite na doceria não é nenhuma brincadeira.

— Eu sei.

— Você perdeu o controle, Amaia.

— Não aconteceu nada.

— Mas podia ter acontecido. Como podemos estar seguros de que um episódio desse tipo não voltará a acontecer?

Amaia não respondeu. Ela se soltou do abraço de James e se levantou. James olhou para Engrasi.

— Você é a especialista, o que se deve fazer?

— O que estamos fazendo, conversar a respeito. Contar, explicar como se sente, compartilhar com os que a amam. Não existe outra terapia.

— E por que não a aplicaram quando tinha 9 anos? — perguntou ele, sem ocultar a recriminação. Engrasi se levantou e caminhou até a lareira onde Amaia estava apoiada.

— Suponho que no fundo sempre esperei que tivesse esquecido, eu a enchi de amor. Tentei fazer com que esquecesse, com que não pensasse. Mas como uma menina pode deixar de pensar no mal que sua própria mãe quis lhe fazer? Como deixar de sentir falta dos beijos que nunca lhe dará, das histórias que jamais lhe contará antes de dormir? — Engrasi baixou a voz até convertê-la em um sussurro, como se dessa forma as terríveis e duras palavras que estava pronunciando doessem menos. — Eu tentei fazer esse papel, a agasalhei toda noite, cuidei dela e a amei mais que tudo no mundo. Sabe Deus que, se eu tivesse tido uma filha própria, não a teria amado mais. E rezei pedindo que esquecesse, que não tivesse que arrastar esse horror por toda a infância. Às vezes conversávamos, sempre dizíamos "o que aconteceu", depois ela parou de mencionar isso, e eu esperei com todas as minhas forças que não voltasse a lembrar. — Duas grossas lágrimas correram por seu rosto. — Eu me enganei — declarou com a voz partida.

Amaia a abraçou contra o peito e apoiou o rosto no cabelo cinza de Engrasi, que como sempre cheirava a madressilvas.

— James, não vai voltar a acontecer — afirmou.

— Você não pode ter certeza.

— Eu tenho.

— Mas eu não, e não vou deixar você andar por aí com uma arma se pode sofrer um desses ataques de pânico.

Amaia se soltou do abraço de Engrasi e atravessou a sala a largas passadas.

— James, sou uma inspetora de polícia, não posso trabalhar sem levar minha arma.

— Não trabalhe — sentenciou James.

— Não posso deixar o caso agora, seria a ruína da minha carreira, ninguém voltaria a confiar em mim.

— Comparado com sua saúde, isso é secundário.

— Não vou deixar o caso, James, não posso, e mesmo que pudesse não o faria. — O tom de suas palavras evidenciava a decisão e a força que costumavam ser habituais nela. Não era Amaia, era a inspetora Salazar. James se levantou, pondo-se diante dela.

— Está bem, mas sem arma.

James achou que ela reclamaria, mas Amaia olhou fixamente para ele e para a irmã, que continuava chorando.

— Tudo bem — concordou. — Sem arma.

39

Víctor continuava fazendo a barba da maneira tradicional, com sabonete La Toja, pincel e lâmina. Pensava que o ideal teria sido usar uma navalha como faziam seu pai e seu avô, mas tinha experimentado uma vez e aquilo não era para ele. De qualquer forma, com a lâmina obtinha um barbear apurado, e o creme deixava em sua pele um cheiro que Flora adorava. Olhou-se no espelho e sorriu diante da aparência um tanto ridícula que mostrava, com o rosto coberto de espuma. Flora. Se ela gostava assim, assim seria. Sua vida tivera uma reviravolta no instante em que conseguiu admitir que não queria renunciar a ela, que Flora, com seu gênio forte e aquele desejo de controlar tudo, era a mulher que possuía sua medida exata, e aquilo que em certo momento havia chegado a odiar nela, seu exaustivo controle, seu temperamento autoritário e como governava cada um de seus atos, agora sabia valorizar.

Tinha perdido os melhores anos de sua vida se atordoando sob a influência, que agora quase via maléfica, do álcool, sendo naquele momento a única saída, uma via de escape para fugir dos instintos que clamavam contra a tirania perpétua de Flora. Havia sido incapaz de perceber que Flora era a única mulher que podia amá-lo, a única mulher que ele podia amar e a única a quem queria satisfazer. Quando pensava nisso, dava-se conta de que tinha começado a beber daquele modo para se vingar dela, para fugir de Flora e ao mesmo tempo agradá-la, pois o álcool lhe permitia se adaptar à férrea disciplina dela, aturdindo seus sentidos e o transformando no marido que ela esperava.

Até perder o controle da medida, da fórmula exata em que a vida podia ser tolerável sob o domínio de Flora. Que ironia a mesma coisa que contribuiu para seu casamento se prolongar ao longo dos anos ter sido o motivo que Flora argumentou para deixá-lo. Durante o primeiro ano após a separação, Víctor se debateu em uma luta feroz com o vício que, nos primeiros meses, o levou a chegar ao fundo do poço, um fundo do qual mal tinha consciência, pois suas lembranças eram imprecisas e distorcidas como um velho filme em preto e branco queimado pelo nitrato de celulose. Certa madrugada, depois de vários dias trancado em casa, abandonado ao vício e à autocomiseração, acordou jogado no chão, meio afogado no próprio vômito, e sentiu um vazio e um frio como nunca antes.

Só então, após perceber que ia perder a única coisa importante que tinha na vida, começou a mudança.

Flora não quis se divorciar, embora em todos os outros sentidos estivessem separados, distantes como desconhecidos e alheios um ao outro, e não porque ele quisesse. Ela tomou a decisão e aplicou as novas normas à relação sem contar com sua opinião, embora, para ser justo, Víctor reconhecia que naquele momento ele era incapaz de tomar outra decisão que não fosse continuar bebendo, mas nunca, nem no pior dia de seus muitos abismos etílicos, tinha querido se separar dela.

Agora as coisas pareciam estar mudando entre eles: os esforços, a soma de dias sóbrios, seu aspecto asseado e a constante atenção que lhe dedicava pareciam estar finalmente rendendo frutos. Durante meses havia visitado Flora diariamente na doceria, e todos os dias tinha lhe pedido uma oportunidade para almoçar, um passeio, irem juntos à missa, acompanhá-la em suas viagens de negócios. E ela recusou até esta mesma semana, quando, depois de lhe levar o buquê de rosas para comemorar seu aniversário, Flora pareceu se abrandar, aceitando de novo sua companhia.

Teria dado qualquer coisa, faria qualquer coisa, sentia-se capaz de cumprir qualquer condição para voltar para o lado dela. Deixar o álcool havia sido a decisão mais importante de sua vida; no início pensou que cada dia sem beber seria uma tortura com o peso da horrível realidade sobre ele, mas nos últimos meses descobrira que, no próprio ato de decidir deixar de fazê-lo, escondia-se uma força extraordinária da qual agora se alimentava todos os dias, encontrando no domínio que exercia sobre si mesmo uma liberdade e uma força indômita que só experimentou na juventude, quando ainda era o que queria ser. Foi até o armário e escolheu a camisa que tanto agradava a ela e, após examiná-la, decidiu que estava um pouco amarrotada por ficar pendurada e precisava ser passada. Desceu as escadas assobiando.

O relógio da Igreja de Santiago indicava que eram quase onze horas, mas o nível de luz era mais próprio de um entardecer do que de uma manhã. Um daqueles dias em que a alvorada ficava detida nas primeiras luzes da madrugada sem chegar a amanhecer de todo. Aquelas manhãs sombrias faziam parte das memórias de sua infância, em que se lembrava de muitos dias nos quais sonhou com a presença quente e acariciante do sol. Certa vez, uma colega de classe tinha lhe dado de presente um grosso catálogo colorido de uma agência de viagens, e durante meses Amaia se dedicou a olhar as páginas, deleitando-se com as fotografias de costas ensolaradas e céus de um azul impossível enquanto a névoa procedente do rio navegava em fiapos pelas ruas próximas. Ela amaldiçoava aquele lugar no qual, às vezes durante dias, o amanhecer não chegava, como se um grande gênio voador o tivesse levado durante a noite para uma remota ilha islandesa, com a desvantagem de que eles não desfrutavam, como os habitantes dos polos, das noites em que o sol não se punha.

No Baztán, a noite era escura e sinistra. As paredes do lar continuavam guardando os limites da segurança como antigamente, e fora delas tudo era incerteza. Não era estranho que, há apenas cem anos, noventa por cento da população do Baztán acreditasse na existência de bruxas, na presença do mal espreitando na noite e nas curas mágicas para mantê-los a distância. A vida no vale havia sido dura para seus antepassados. Homens e mulheres tão valentes quanto teimosos, empenhados contra toda lógica em se estabelecer nesta terra úmida e verde que, no entanto, tinha lhes mostrado sua face mais hostil e inóspita, abatendo-se sobre eles, apodrecendo suas colheitas, adoecendo seus filhos e dizimando as poucas famílias que continuavam fincadas ali.

Deslizamentos de terra, coqueluche e tuberculose, enchentes e inundações, colheitas que apodreciam sobre si mesmas sem chegar a sair da terra... Mas os elizondarras se mantiveram firmes junto à igreja, lutando naquele cotovelo do rio Baztán que tinha lhes dado e tirado tudo a seu bel-prazer, como se advertisse de que aquele não era um lugar para os homens, de que esta terra no meio de um vale pertencia aos espíritos dos montes, aos demônios das fontes, às lâmias e ao *basajaun*. No entanto, nada tinha conseguido dobrar a vontade daqueles homens e daquelas mulheres que certamente também haviam olhado para aquele céu cinza, como ela, sonhando com outro mais claro e benigno. Um vale caracterizado por ser uma terra de fidalgos e emigrantes que partiram e voltaram de além-mar, trazendo com eles a grande fortuna cantada em "Maitetxu mia" e que investiram em remodelá-la, exibindo o ouro conseguido diante dos vizinhos e a enchendo de deslumbrantes palácios e chácaras com grandes balcões, monastérios dedicados a agradecer por sua sorte e pontes medievais sobre rios antes intransponíveis.

Como já tinha avisado, tia Engrasi recusou a oferta do passeio e preferiu ficar para cozinhar, usando como desculpa o estado deplorável de seus joelhos; mas Ros e James insistiram em fazer a excursão apesar do muito que Amaia reclamou, tentando convencê-los de que ia chover antes do meio-dia. Eles dirigiram seguindo a margem do rio e depois subiram até desembocar em uma imensa pradaria, estendendo-se até o bosque de faias que margeava o rio e a encosta do monte. Quando passeava pelas pradarias abertas, entendia aqueles que desde muito longe vinham para Elizondo e suspiravam, encantados pela beleza assustadora daquele pequeno universo idílico escondido entre montanhas baixas forradas de vales e prados de beleza impossível, só interrompidas por bosques de carvalhos e castanheiros e pequenas aldeias rurais. O clima úmido prolongava os outonos, tanto que em pleno fevereiro, e apesar de ter nevado, os prados continuavam verdes. Só o rumor do Baztán rompia o silêncio da paisagem.

O bosque mais misterioso e mágico do mundo. Os grandes carvalhos, as faias e as castanheiras cobrem as encostas das montanhas, que, salpicadas de outras espécies, enchem-nas de cores, formas e contrastes.

Um bosque que brindava uma infinidade de sensações: o encontro ancestral com a natureza, o rumor selvagem da água entre faias e abetos, o frescor do rio Baztán, o som fugidio dos animais e das folhas caídas no outono que continuavam atapetando o chão como uma colcha sedosa que o vento deslocava caprichosamente, formando montículos como ninhos de fadas ou atalhos mágicos para as lâmias pisarem, o cheiro dos frutos do bosque e a suavidade do manto de relva que cobria as pradarias, resplandecendo como uma magnífica esmeralda que algum gentio tivesse enterrado no meio dos bosques. Caminharam entre as árvores até o barulho do rio indicar a direção do lugar mágico ao qual se dirigiam. Ros ia à frente e se virava de vez em quando para garantir que o descuido não vencesse os caminhantes, algo que não devia temer da parte de James, que não parou de falar durante todo o caminho, entusiasmado com a beleza do bosque invernal. Atravessaram uma área repleta de samambaias antes de começar a subir.

— Já está perto — anunciou Ros, indicando um penhasco que sobressaía na encosta. — É lá.

O caminho era bem mais íngreme do que tinham imaginado. Afiadas pedras formavam uma escada natural e irregular, pela qual foram subindo enquanto o caminho fazia voltas mais de uma vez, enroscando-se como uma serpente na montanha. A cada volta, o matagal de espinheiros e carquejas fechava mais o caminho, dificultando o passo. Mais uma volta e desembocaram em uma planície como um balcão, coberta de relva espaçada e liquens amarelos que atapetavam tudo.

Ros se sentou em uma pedra e fez uma expressão de contrariedade.

— A caverna está uns 25 metros mais acima — avisou Ros, apontando um caminho quase completamente escondido pelas carquejas. — Mas acho que vou ter que parar por aqui. Enquanto subia, torci o pé.

James se agachou ao lado dela.

— Não é grave. — Ela sorriu. — A bota me protegeu, mas será melhor voltarmos logo, antes que comece a inchar e não me permita caminhar.

— Vamos logo — disse Amaia.

— Nem pensar, depois de ter chegado até aqui não pode ir embora sem ver a rocha; suba.

— Não, vamos embora, você disse: vai começar a inchar e você não poderá caminhar.

— Vamos quando você descer, irmã. Não vou sair daqui se você não for vê-la.

— Eu fico com ela e espero você aqui — incentivou-a James.

Amaia penetrou entre as carquejas, amaldiçoando os espinhos que, ao roçar em sua parca, produziam um barulho similar ao de unhas arranhando a roupa. O caminho terminou de repente diante de uma caverna de abertura baixa embora bastante larga, que parecia um sorriso turvo na face da montanha. À direita da entrada havia duas grandes rochas, ambas muito peculiares. A primeira, como se estivesse colocada em pé, sugeria uma figura feminina de grandes seios e quadris pronunciados que olhava para o vale; a segunda era uma rocha magnífica, tanto no tamanho quanto na forma, perfeitamente retangular, como uma mesa de sacrifícios com uma grande área polida pela chuva e pelo vento. Sobre sua superfície via-se uma dúzia de pequenas pedras de diferentes cores e procedências, dispostas como peças de um xadrez incompleto. Uma mulher de uns 30 anos segurava uma das pedras na mão e olhava encantada para o vale. Sorriu ao vê-la se aproximar e a cumprimentou amavelmente enquanto colocava a pedra junto às outras.

— Olá.

Amaia se sentiu de repente estranha, como uma intrusa em um lugar reservado.

— Olá.

A mulher voltou a sorrir, como se lesse sua mente e adivinhasse seu desconforto.

— Pegue uma pedra — disse, indicando o caminho e sem deixar de sorrir.

— O quê?

— Uma pedra — insistiu, indicando as que havia sobre a mesa. — As mulheres devem trazer uma pedra.

— Ah, sim, minha irmã me disse isso, mas eu achava que era preciso trazê-la de casa.

— Exatamente, mas, se você se esqueceu, pode pegar uma pelo caminno; afinal, é uma pedra do caminho de sua casa.

Amaia se inclinou e apanhou um pedregulho da trilha, aproximou-se da mesa e o depositou junto aos outros, surpresa pelo grande número.

— Nossa, todas essas pedras foram trazidas por mulheres que subiram até aqui?

— Parece que sim — respondeu a bela mulher.

— Incrível.

— Vivemos tempos de incerteza no vale, e quando as novas fórmulas falham se recorre às antigas.

Amaia ficou boquiaberta ao ouvir da mulher praticamente as mesmas palavras que sua tia havia dito, algumas noites antes.

— Você é daqui? — perguntou Amaia, fixando-se em seu aspecto. Ela usava um xale de lã verde-musgo sob o qual se via um vestido de seda em tons verdes e marrons, e exibia uma cabeleira loira tão longa quanto a sua, afastada do rosto por um diadema dourado.

— Ah, não exatamente. Venho há muitos anos porque tenho uma casa aqui, mas nunca fico muito tempo, sempre estou me movendo de um lado para o outro.

— Meu nome é Amaia — apresentou-se, estendendo-lhe a mão.

— Maia — respondeu a mulher lhe estendendo uma mão suave e cheia de anéis e braceletes, que tilintaram como campainhas. — Você, sim, é daqui, certo?

— Moro em Pamplona, estou aqui a trabalho — respondeu, evasiva.

Maia a olhou sorrindo daquele modo que Amaia achava tão estranho, quase sedutor.

— Acho que você é daqui.

— É tão evidente assim...

A mulher sorriu e se virou para olhar para o vale.

— Esse é um dos meus lugares favoritos, um dos lugares a que mais gosto de vir, mas ultimamente as coisas não vão bem por aqui.

— Você se refere aos assassinatos?

Ela continuou falando sem responder, já não sorria.

— Costumo passear por essa área e vi coisas estranhas.

O interesse de Amaia cresceu consideravelmente.

— Que tipo de coisas?

— Bem, ontem, enquanto eu estava aqui, vi um homem entrar e logo depois sair de uma dessas cavernas pequenas na margem direita do rio — disse, apontando para o bosque. — Quando chegou levava um fardo que não tinha quando saiu.

— Sua atitude pareceu suspeita?

— Sua atitude me pareceu satisfeita.

Curioso adjetivo, pensou Amaia antes de perguntar de novo.

— Como ele era?

— Não pude distingui-lo daqui de cima.

— Mas parecia ser um homem jovem? Você conseguiu ver o rosto dele?

— Caminhava como um homem jovem, mas usava um capuz que cobria toda a cabeça. Quando saiu olhou para trás, mas só consegui ver um olho.

Amaia a olhou perplexa.

— Você viu metade do rosto dele?

Maia permaneceu em silêncio e voltou a sorrir.

— Depois desceu pelo caminho e foi embora em um carro.

— Você não conseguiria ver o carro daqui.

— Não, mas ouvi claramente o motor ao dar a partida e se afastar.

Amaia espiou o caminho.

— Dá para acessar a caverna daqui?

— Não, não, a verdade é que é bastante escondida. É preciso subir desde a estrada, a primeira entre as árvores, está vendo? Até ali — disse, indicando —, e depois tem que caminhar pelo sub-bosque, porque o caminho antigo está escondido... A uns 400 metros, atrás de umas rochas, está a caverna.

— Parece que você conhece bem essa área.

— Claro, já disse que venho muito por aqui.

— Para deixar oferendas?

— Não — respondeu ela, sorrindo de novo.

O vento aumentou em fortes rajadas que revolveram o cabelo da mulher, deixando à mostra uns brincos compridos e dourados que, à primeira vista, pareciam de ouro. Amaia achou uma escolha de roupa curiosa para subir ao monte, mais ainda quando percebeu que sob a saia do vestido sedoso viam-se umas sandálias de gladiador que mal chegavam a cobrir os pés da mulher, que parecia encantada observando os pedregulhos sobre a rocha, como se fossem pedras preciosas. Ela os observava com aquele estranho sorriso reservado às mulheres que guardam um segredo.

Amaia se sentiu de repente incomodada, como se pressentisse de algum modo que seu tempo tinha expirado e que já não deveria estar ali.

— Bem, já vou descer... Você vem?
— Não — respondeu sem olhar para ela. — Vou ficar mais um pouco.

Amaia se virou para o caminho e deu dois passos antes de virar para se despedir. Mas a mulher não estava mais ali. Parou olhando para o espaço que um segundo antes ela ocupava.

— Ei? — chamou.

Era impossível que tivesse seguido em qualquer direção. Não podia ter chegado à entrada da caverna nem ter passado ao seu lado sem que a visse, sem contar o tinido que as joias faziam ao caminhar.

— Maia? — chamou de novo. Deu um passo para a caverna, decidida a procurá-la, mas se deteve de repente enquanto as rajadas de vento se tornavam mais intensas e um temor desconhecido se cravava em seu peito. Ela se virou para o caminho e, quase correndo, desceu até a planície onde Ros e James a esperavam.

— Como você está pálida... Viu um fantasma? — gracejou Ros.
— James, venha comigo — pediu, ignorando as brincadeiras da irmã.

Ele se levantou, alarmado.

— O que houve?
— Havia uma mulher que desapareceu.

Sem dar mais explicações nem responder às perguntas de James, penetrou de novo no caminho, arranhando-se com as carquejas e pensando que era impossível Maia ter passado por ali.

Quando chegaram, Amaia se aproximou dos grandes moles de pedra para se certificar de que a mulher não se jogara no abismo. Aos seus pés se abria uma extensão inclinada, povoada densamente por carquejas e pedras afiadas; era evidente que não havia caído ali. Foi até a entrada da caverna e se inclinou para olhar dentro dela. Cheirava intensamente a terra e a alguma coisa que lembrava metal. Não havia sinal de que alguém tivesse entrado ali em anos.

— Não há ninguém aqui, Amaia.
— Havia uma mulher, falei um pouco com ela e de repente me virei e tinha desaparecido.
— Não existem outras trilhas — declarou James, olhando em volta.
— Se ela desceu, teve que passar por aqui.

Os pedregulhos que estavam na rocha-mesa tinham desaparecido, incluindo a pedrinha que ela havia colocado ali. Retornaram ao caminho e desceram até onde Ros esperava.

— Amaia, se ela tivesse descido por aqui, Ros e eu a teríamos visto.

— Como ela era? — quis saber a irmã.

— Loira, bonita, 30 anos, usava um xale de lã verde sobre um vestido comprido e muitas joias de ouro.

— Só falta me dizer que estava descalça.

— Quase, usava sandálias de gladiador.

James olhou para ela, surpreso.

— Mas está fazendo oito graus, como ela pode estar de sandálias?

— Sim, toda sua aparência era muito estranha, mas ao mesmo tempo era elegante.

— Vestia-se de verde? — interessou-se Ros.

— Sim.

— E usava joias douradas. Disse seu nome?

— Disse que se chamava Maia e que vinha frequentemente porque tinha uma casa na região.

Ros cobriu a boca com uma das mãos enquanto olhava fixamente para a irmã.

— O que foi? — apressou-a Amaia.

— A caverna que há nesses penhascos é, segundo a lenda, uma das casas onde vive Mari, que se desloca voando pelo céu em meio à tormenta de Aia a Elizondo, de Elizondo a Amboto.

Amaia se virou para o caminho de descida com um gesto de desdém.

— Já ouvi tolices demais... Quer dizer que estive falando com a deusa Mari na porta de sua casa.

— Maia é o outro nome pelo qual Mari é conhecida, espertinha.

Um raio partiu o céu, que tinha escurecido até adquirir um tom de estanho velho. Um trovão soou próximo e começou a chover.

40

Densas cortinas de chuva varriam a rua de um lado a outro como se alguém movesse caprichosamente um regador gigante destinado a limpar o mal, ou a memória. A superfície das águas do rio se via frisada, como se milhares de pequenos peixes tivessem decidido espiar na superfície ao mesmo tempo. E as pedras da ponte, assim como as fachadas das casas, pareciam ensopadas da água, que escorregava por elas formando pequenos regatos que se derramavam de novo no rio, escorrendo pelas paredes artificiais das margens.

O Mercedes de Flora estava estacionado em frente à casa da tia.

— Sua irmã já chegou — anunciou James, estacionando atrás dela.

— E Víctor — acrescentou Ros, olhando para o arco que formava a entrada da casa onde o cunhado se empenhava em enxugar uma moto preta e prata com um pano amarelo.

— Não dá para acreditar — sussurrou Amaia. Ros a olhou estranhando, mas não falou nada.

Eles saíram do carro e correram sob a chuva até a marquise onde Víctor tinha estacionado a moto. Trocaram beijos e abraços.

— Que surpresa, Víctor, a tia não disse que você viria — explicou Amaia.

— Porque ela não sabia. Sua irmã me ligou essa manhã para me dizer e eu, como vocês sabem, adorei vir.

— E nós adoramos que venha, Víctor — declarou Ros, abraçando-o enquanto olhava para Amaia, ainda confusa pelo comentário no carro.

— É linda — elogiou James, admirando a moto —, essa eu não tinha visto.

— É uma Lube, a LBM, iniciais de seu criador, com motor de dois tempos, 99 centímetros cúbicos e três velocidades — esclareceu Víctor, emocionado ao ter a oportunidade de falar sobre sua moto. — Acabo de terminá-la; restaurá-la levou bastante tempo, pois faltavam algumas peças e foi uma odisseia encontrá-las.

— As motocicletas Lube são de fabricação basca, não?

— Sim, a fábrica abriu nos anos 1940 em Lutxana, em Barakaldo, e fechou em 1967... Uma pena, porque eram umas motos realmente bonitas.

— É bonita mesmo — admitiu Amaia —, lembra um pouco as motos alemãs da Segunda Guerra Mundial.

— Sim, imagino que nessa época influenciavam bastante no design, mas não estranharia se fosse o contrário. O criador da Lube já tinha protótipos planejados anos antes, e se sabe que teve contatos com fábricas alemãs antes da guerra...

— Nossa, Víctor, você é um especialista nisso, poderia dar aulas ou escrever sobre o assunto.

— Isso seria possível se houvesse alguém que se interessasse.

— Tenho certeza de que há...

— Vamos entrar? — chamou Ros, abrindo com sua chave.

— Sim, é melhor, sua irmã já deve estar impaciente. Você sabe que ela acha uma bobagem essa história das motos.

— Pior para ela, Víctor, você não deveria deixar a opinião de Flora influenciar tanto.

— Certo — disse com expressão séria —, como se fosse fácil.

A chuva, que tinha começado pouco antes, continuava troando e só conseguia tornar mais acolhedor o ambiente da casa. O cheiro do assado que se espalhava pela cozinha animou o apetite de todos assim que entraram. Flora saiu da cozinha trazendo na mão uma taça de algo de tom de âmbar.

— Bem, já era hora, estávamos pensando que teríamos que começar sem vocês — disse a modo de cumprimento. A tia apareceu atrás dela enxugando as mãos em uma pequena toalha. Beijou-os um a um. E Amaia observou o gesto com que Flora retrocedia alguns passos, como se fugisse do influxo afetivo. Claro, pensou, vai que beija alguém por engano. Ros, por sua vez, se sentou na cadeira mais próxima à porta, evitando se aproximar de Flora na medida do possível.

— Vocês se divertiram? Chegaram até a caverna? — perguntou Engrasi.

— Sim, foi um passeio muito agradável, mas só Amaia chegou à caverna. Eu fiquei um pouco mais atrás. Torci o pé, mas não é nada — disse Ros tranquilizando a tia, que já estava se inclinando para observá-la. — Amaia foi até em cima, fez uma oferenda e viu Mari.

A tia se virou para ela sorrindo.

— Me conte sobre isso.

Amaia percebeu a expressão de desprezo que se esboçava no rosto de Flora. Suspirou um pouco incomodada.

— Bem, subi até a entrada da caverna e lá estava uma mulher — narrou, olhando para Ros e destacando a palavra mulher — com quem fiquei conversando um pouco. Nada mais.

— Ela estava vestida de verde e disse a ela que tinha uma casa por ali, e quando Amaia se virou para o caminho ela desapareceu.

A tia olhou para ela sorrindo abertamente.

— Veja só.

— Tia... — reclamou Amaia.

— Bem, se você já acabou com o folclore, poderíamos pensar em comer antes que o assado esfrie — declarou Flora distribuindo taças de vinho, que encheu sobre a mesa e logo estendeu a cada um, deixando que Ros pegasse a sua e esquecendo Víctor de propósito.

Tia Engrasi se dirigiu a ele.

— Víctor, vá até a cozinha, na geladeira tem de tudo, pegue o que quiser.

— Sinto muito por não lhe oferecer nada, Víctor — disse Flora se desculpando —, mas diferente de todos os outros eu não estou na minha casa.

— Não diga bobagens, Flora, minha casa é casa das minhas sobrinhas. De todas as minhas sobrinhas — frisou. — Também a sua.

— Obrigada, tia — respondeu ela —, mas é que eu não tinha muita certeza de ser bem-recebida aqui.

A tia suspirou antes de falar.

— Enquanto eu for viva, todas vocês serão bem-recebidas na minha casa, afinal essa é a minha casa e eu decido quem é bem-vindo e quem não é, e não acho que você tenha notado jamais qualquer tipo de hostilidade da minha parte. Às vezes, Flora, o repúdio não está em quem recebe, mas em quem se sente alheio.

Flora deu um longo gole em sua taça e não respondeu.

Sentaram-se à mesa e elogiaram as qualidades culinárias da tia, que tinha preparado cordeiro com batatas assadas e pimentões ao molho, e durante boa parte do almoço foram James e Víctor que levaram a conversa, que, para deleite de Amaia e evidente aborrecimento de Flora, continuou centrada nas motos do cunhado.

— Acho que é um trabalho quase artístico se dedicar à restauração de motos.

— Bem — disse Víctor, adulado —, temo que tenha mais de mecânica, com toda sua graxa e sujeira, do que de um trabalho fino de restauração, principalmente na primeira fase, quando as compro. A Lube que eu trouxe hoje foi comprada de um caseiro de Bermeo que a manteve por mais de trinta anos guardada em uma estrebaria, garanto que em cima tinha merda de uns cem tipos de insetos.

— Víctor... — repreendeu-o Flora.

Os outros riram, e James o animou a prosseguir.

— Mas uma vez que a tenha em casa, imagino que a decape, lixe, e essa parte deve ser muito prazerosa.

— Sim, é verdade, mas essa é praticamente a parte mais fácil. O que leva tempo de verdade é encontrar as peças que faltam ou substituir as que são irrecuperáveis, e principalmente restaurar peças que já não podem ser encontradas e que várias vezes tive que fabricar de forma totalmente artesanal.

— O que costuma ser mais difícil? — perguntou Amaia, para animar mais o cunhado.

Víctor pareceu pensar um pouco. Enquanto isso, Flora suspirou, evidenciando um aborrecimento que não parecia afetar mais ninguém na mesa.

— Sem dúvida, uma das partes que dá mais trabalho é restaurar os depósitos de combustível. Não é raro que reste um pouco de gasolina dentro, e com o passar dos anos o interior dos depósitos vai enferrujando; porque antes não eram de aço inoxidável, como agora, mas de lata recoberta com uma pátina que com o tempo vai desaparecendo, e ao enferrujar se desprendem pequenas escamas de metal por todo o tanque. Não existem mais tanques desse tipo, então é preciso ser primoroso para limpá-los e repará-los por dentro.

Flora se levantou e começou a recolher os pratos.

— Tia, não se incomode, deixe que eu faço isso hoje — disse, pousando uma das mãos sobre o ombro de Engrasi. — A conversa não me interessa, e aproveito para trazer a sobremesa.

— Sua irmã preparou uma de suas maravilhosas sobremesas — avisou a tia enquanto Flora ia para a cozinha, indicando a Ros, que havia levantado, que voltasse a se sentar.

Víctor tinha ficado de repente silencioso, olhando para seu copo vazio como se contivesse uma resposta a todas as exigências do mundo. Flora voltou trazendo uma bandeja enrolada em um papel delicado. Dispôs os pratos e os talheres e, com grande cerimônia, descobriu a sobremesa. Uma dúzia de bolos cremosos irradiou seu perfume doce e gorduroso entre os comensais. Uma onda de exclamações de admiração se estendeu entre os presentes, enquanto Amaia tapava a boca com uma das mãos e, estupefata, olhava para a irmã, que sorria satisfeita.

— *Txatxingorri*s, eu adoro! — exclamou James, pegando um.

A indignação e a incredulidade cresceram dentro de Amaia enquanto lutava contra o desejo de pegar a irmã pelos cabelos e fazê-la engolir os bolinhos um por um. Baixou o olhar e ficou imóvel, em silêncio, tentando deter a fúria que sentia dentro de si. Ouvia Flora tagarelar presunçosa e quase sentia seu olhar calculista e cruel, que a observava divertida, daquele modo que às vezes lhe dava medo. Da mesma forma que lhe dava o olhar de sua mãe.

— Você não vai comer, Amaia? — perguntou Flora docemente.

— Não, não estou com fome.

— Mas como? — ironizou. — Não me faça uma desfeita, coma um pouco — disse, colocando um *txatxingorri* em seu prato.

Amaia olhou para ele sem poder evitar que sua presença lhe trouxesse à mente os corpos das meninas exalando aquele cheiro gorduroso.

— Desculpe, Flora. Ultimamente tem coisas que embrulham o meu estômago — disse, olhando-a fixamente.

— Você deve estar grávida — zombou mais ainda —, a tia me disse que estão tentando.

— Flora, pelo amor de Deus — reclamou a tia. — Sinto muito, Amaia, foi só um comentário — disse, colocando uma das mãos sobre a dela.

— Não importa, tia — disse ela.

— Não seja insensível, Flora. Amaia teve que enfrentar coisas muito desagradáveis nos últimos dias — interveio Víctor. — Seu trabalho é realmente muito duro, não é de estranhar que quase não consiga comer.

Amaia percebeu como Flora olhava para ele. Surpresa, talvez, por ter se atrevido a não concordar com ela, e ainda por cima em público.

— Li que você prendeu o pai de Johana — comentou Víctor suavemente. — Espero que os crimes finalmente cessem.

— Isso seria bom — concordou Amaia. — Mas, infelizmente, embora tenhamos provas de que ele matou a filha, também temos certeza de que não é o autor dos outros assassinatos.

— Ora, de qualquer modo fico feliz que tenham pegado aquele animal. Eu conheço a esposa e conhecia a menina de vista, e é preciso ser um monstro para fazer mal a uma criatura tão doce como aquela. Esse cara é um animal, espero que deem a ele o que merece na cadeia — disse Víctor, exibindo uma paixão pouco frequente nele.

— Animal, você diz? — disparou Flora. — E elas são o quê? Porque a verdade é que essas garotas andam pedindo.

— Mas o que você está dizendo? — interrompeu-a Ros, indignada, e dirigindo-se diretamente a ela pela primeira vez em todo o almoço.

— O que estou dizendo? Que essas garotas são umas putinhas, estou farta de ver como se vestem, como falam e como se comportam. Como biscates, dá vergonha ver como se comportam com os rapazes; juro que às vezes, quando passo pela praça e as vejo meio montadas em cima deles como putas, não acho estranho que finalmente acabem assim.

— Flora, o que você está dizendo é uma barbaridade. Está mesmo justificando que alguém assassine meninas? — retrucou a tia.

— Não estou justificando, mas certamente, se fossem boas garotas, das que estão às dez em casa, não teria acontecido o que aconteceu, e, se andam assim, provocando, não vou dizer que mereçam, mas certamente estão pedindo.

— Não sei como você pode falar assim, Flora — declarou Amaia, incrédula.

— É o que penso, ou viraram santas porque estão mortas? Posso dar a minha opinião, não?

— Esse homem que matou a filha é um filho da puta — afirmou de repente Víctor. — E o que ele fez não tem justificativa.

Todos o olharam surpreendidos pela força inusitada com que falou, mas Flora estava atônita.

Amaia aproveitou a oportunidade.

— Flora, Johana foi morta e estuprada pelo pai, o padrasto dela. Era uma boa menina que tirava boas notas, se vestia de modo simples e às dez estava em casa. Quem supostamente devia protegê-la fez mal a ela. Talvez isso torne tudo mais incompreensível, mais horrível. Porque é aterrador que quem deva cuidar de você lhe faça mal.

— Ah! — exclamou Flora, simulando uma gargalhada. — Já começamos! Como não! Desenterremos traumas muito sensíveis de filme americano para TV. Quem devia me proteger me fez mal — disse, fingindo uma voz infantil. — O quê? Pobrezinha da Amaia, a menina-trauma. Deixe que eu diga uma coisa a você, irmãzinha, você tampouco a protegeu quando devia.

— A quem você se refere? — perguntou James, segurando a mão de sua mulher.

— Me refiro a nossa mãe.

Ros negou com a cabeça, consciente de como a tensão ao redor crescia.

— Sim, nossa pobre mãe velha e débil, uma mulher muito doente que uma vez se descontrolou. Uma vez, e isso foi suficiente para que toda a família a condenasse — declarou Flora, cheia de desprezo.

Amaia olhou para ela atentamente antes de responder.

— Não é verdade, Flora. A vida para a *ama* continuou da mesma forma, foi para mim que mudou.

— Por que você teve que vir morar com a tia? Isso foi bom para você, era o que sempre quis, fazer o que queria e não ter que trabalhar na doceria. Você se deu bem, e o que a *ama* fez foi só um erro, uma só vez, um acidente...

Amaia soltou a mão que James tinha entre as suas e a levou ao rosto ocultando-o completamente. Respirou entre os dedos e disse muito baixo:

— Não foi um acidente, Flora. Ela tentou me matar.

— Você sempre foi uma exagerada. Ela me contou. Ela deu uma bofetada e você caiu contra a mesa de amassar.

— Ela bateu em mim com o rolo de aço — disse Amaia sem descobrir o rosto. A dor que suas palavras transmitiam se cravou em sua voz, que tremeu como se fosse se apagar para sempre. — Ela bateu na minha cabeça até quebrar os dedos da mão com que me protegi, e continuou batendo quando eu estava caída no chão.

— Mentira — gritou Flora se levantando —, você é uma mentirosa.

— Sente-se, Flora — ordenou Engrasi com voz firme.

Flora se sentou sem deixar de olhar para Amaia, que continuava escondida atrás das próprias mãos.

— Agora me ouça — disse a tia. — Sua irmã não está mentindo, o médico que atendeu Amaia naquela noite foi o Dr. Manuel Martínez, o mesmo que tratava sua mãe da doença dela na época. Ele recomendou que Amaia não voltasse para casa. É verdade que só a agrediu aquela vez, mas quase a matou. Ela passou os meses seguintes trancada aqui, sem sair, até que os ferimentos se curaram ou o cabelo os escondeu.

— Não acredito nisso, ela só deu uma bofetada, Amaia era pequena e caiu, os ferimentos foram pela queda, deu uma bofetada como a que qualquer mãe dava na filha, ainda mais naqueles tempos. Mas você... — disse, olhando para Amaia enquanto franzia os lábios desdenhosamente — ... você sempre guardou rancor, e quando teve a oportunidade tampouco cuidou dela. Foi como esse pai, aproveitou a ocasião para poder abusar.

— O que você está dizendo? — gritou Amaia, descobrindo o rosto coberto de lágrimas.

— Que você podia ter ajudado quando aconteceu aquilo no hospital.

A voz de Amaia baixou até ser quase inaudível enquanto se esforçava para controlar a fúria que, uma vez mais, crescia dentro dela.

— Não, não podia ajudá-la, ninguém podia, e eu menos ainda.

— Podia ir visitá-la — reprovou Flora.

— Você quer me matar, Flora — gritou Amaia.

James interveio se levantando e abraçando Amaia por trás.

— Flora, é melhor deixar esse assunto de lado. Amaia está sofrendo muito, e não sei por que continuam falando nisso. Sei o que aconteceu, e garanto que sua mãe teve sorte de não acabar na cadeia ou numa instituição psiquiátrica. Certamente não teria sido o melhor para ela, mas certamente teria sido melhor para a menina que Amaia era, uma menina que precisou crescer com o peso de uma tentativa de assassinato e tendo que escondê-la, mentindo a respeito, saindo da própria casa, como se ela fosse a responsável pelo horror que precisou viver. O que aconteceu com a sua mãe é triste, sinto muito que não pudesse voltar para sua casa quando adoeceu, mas você faz mal em responsabilizar Amaia por ela ter morrido no hospital.

Flora olhou para ele estupefata.

— Morrido? Foi isso que ela falou que aconteceu? — questionou, virando-se para Amaia feito uma fúria. — Você se atreveu a dizer a ele que nossa mãe está morta?

James olhou para Amaia visivelmente confuso.

— Bem, foi o que supus, a verdade é que ela não me disse que está morta, dei isso como fato. Ontem mesmo soube o que aconteceu no hospital, quando falaram que entrou em crise, imaginei que...

Amaia, já mais serena, virou-se para se explicar.

— Depois da minha última visita, minha mãe caiu em um estado catatônico no qual permaneceu durante dias, mas certa manhã, quando uma enfermeira se inclinava sobre ela para colocar o termômetro, ela se levantou, agarrou-a pelo cabelo e a mordeu no pescoço com tanta força que arrancou um pedaço de carne, que mastigou e engoliu. Quando as outras enfermeiras acudiram, a enfermeira estava no chão e minha mãe em cima dela, não parava de golpeá-la enquanto o sangue escorria por seu pescoço e pela boca da minha mãe. A enfermeira sofreu ferimentos graves, levaram-na para a sala de cirurgia, fizeram várias transfusões nela e só salvaram sua vida porque estava num hospital. Teve sorte, mas vai levar uma cicatriz no pescoço pelo resto da vida.

Flora a encarava, cravando nela seus olhos carregados de desprezo enquanto em sua boca se desenhava um ricto tão duro e seco quanto um corte infligido por um machado.

— Tivemos sorte — continuou Amaia —, minha mãe ingressou em uma instituição psiquiátrica por ordem judicial, e o hospital acabou como responsável civil secundário por não ter previsto o perigo em uma paciente que já estava diagnosticada.

Amaia olhou Flora nos olhos.

— Eu não pude fazer nada, não havia nada que nós pudéssemos fazer àquela altura, foi o juiz quem decidiu.

— E você concordou — disparou Flora.

— Flora — disse Amaia, armando-se de paciência —, me custou muito tempo e dor para poder dizer isso em voz alta, mas a *ama* quer me matar.

— Ah, você está louca! E, além disso, é muito má.

— A *ama* quer me matar — repetiu, como se ao fazê-lo pudesse conjurar esse mal.

James colocou uma das mãos sobre seu ombro.

— Querida, você não deve falar assim, isso aconteceu há muito tempo, mas agora você está a salvo.

— Ela me odeia — sussurrou Amaia como se não tivesse lhe ouvido.

— Foi só um acidente — repetiu Flora, obcecada.

— Não, Flora, não foi um acidente. Ela tentou me matar, só parou porque achou que tinha conseguido, e quando achou que eu estava morta me enterrou na artesa da farinha.

Flora se levantou, golpeando a mesa com o quadril e fazendo tilintar as taças.

— Maldita seja, Amaia. Maldita seja pelo resto de sua vida.

— Não acredito que pelo resto da minha vida eu seja mais do que fui até agora — respondeu Amaia com voz cansada.

Flora pegou sua bolsa, que estava pendurada no encosto da cadeira, e saiu batendo a porta. Víctor sussurrou uma desculpa e saiu atrás dela, visivelmente consternado. Quando já haviam partido, todos ficaram em silêncio, incapazes de se atrever a dizer qualquer coisa que rompesse a tensão da tempestade que parecia ter se abatido sobre eles. Por fim, foi James quem de novo tentou colocar uma nota de prudência em tudo aquilo. Ele abraçou a mulher.

— Eu devia estar muito zangado com você por não ter me contado tudo isso antes. Você sabe que te amo, Amaia, não há nada que possa mudar isso, por isso não consigo entender por que não confiou em mim. Sei que tudo deve ter sido muito doloroso para todas vocês, e em especial para você, Amaia, mas deve entender que nos últimos dias tive mais informação sobre sua família do que havia tido nos últimos cinco anos.

Engrasi dobrou seu guardanapo cuidadosamente enquanto dizia:

— James, existem ocasiões em que a dor é tão grande e está tão enraizada que a gente deseja e acredita que ela vai ficar assim para sempre, escondida e calada, sem querer confrontar o fato de que as dores que não foram choradas e expiadas no seu tempo voltam vez por outra às nossas vidas como restos de um naufrágio. Vão chegando à praia da nossa realidade, para nos lembrar de que há toda uma frota fantasma afundada sob as águas que jamais nos esquece e que vai retornando pouco a pouco, para nos escravizar por toda a vida. Não condene sua esposa por não ter contado. Acho que nem ela mesma pensou com essa clareza nem uma única vez desde a noite em que aconteceu.

Amaia levantou o olhar, mas disse apenas:

— Estou muito cansada.

— Devemos terminar com isso, Amaia — rogou ele —, e esse é o momento. Sei que é muito doloroso, mas talvez porque vejo de fora, sem implicação emocional, acho que deveria expor a você isso de outro ponto de vista. O que aconteceu é horrível, mas finalmente deve assumir que sua mãe é só uma pobre mulher desequilibrada, não acredito que ela a odiasse. Muitas vezes os doentes mentais se voltam contra os que mais amam. É verdade que ela agrediu você, como agrediu aquela enfermeira, como consequência de um ataque de loucura que a desequilibrou, mas não houve nada pessoal nisso.

— Não, James. A enfermeira que ela atacou tinha uma longa cabeleira loira e mais ou menos minha idade e compleição. Quando as outras enfermeiras entraram, minha mãe batia nela enquanto ria e gritava o meu nome. Ela atacou a enfermeira porque a confundiu comigo.

41

O telefone soava com seu zumbido inoportuno.
— Boa noite, inspetora.
— Ah, olá, Dra. Takchenko — disse ela, reconhecendo a voz. — Não esperava sua ligação tão cedo... Examinaram as imagens?
— Sim, examinamos — respondeu ela, evasiva.
— E?
— Inspetora, estamos no hotel Baztán, acabamos de chegar de Huesca e acho que você deveria passar aqui o quanto antes.
— Vocês estão aqui? — surpreendeu-se.
— Sim, preciso falar com você pessoalmente.
— É por causa das imagens?
— Sim, mas não só por isto. Estamos no quarto 202. — E desligou.

O estacionamento do hotel parecia inusitadamente calmo no domingo à noite, embora na parte de trás se vissem vários carros estacionados junto à entrada do restaurante. As luzes da cafeteria em que se reuniram na ocasião anterior estavam meio apagadas, as cadeiras estavam de pernas para cima colocadas sobre as mesas e duas mulheres esfregavam o chão. A adolescente que atendia a recepção do hotel tinha sido substituída por um garoto de uns 18 anos com o rosto coberto de acne. Amaia se perguntou de onde tiravam os recepcionistas. Como sua predecessora, estava absorto em um ruidoso jogo on-line. Ela se dirigiu às escadas sem se deter, subiu até o segundo andar e quando entrou no corredor encontrou à frente o quarto 202. Bateu, e a doutora abriu imediatamente, como se a estivesse esperando atrás da porta. O quarto era agradável e estava bem-iluminado. Sobre a cama, um laptop e duas pastas com capas de papelão marrom.

— Sua ligação me surpreendeu, não esperava vê-los aqui — disse Amaia à guisa de cumprimento.

O Dr. González a cumprimentou enquanto desemaranhava alguns fios, colocou um computador sobre a pequena mesa, ligou-o e o virou na direção de Amaia.

— Essa gravação corresponde à sexta-feira passada no setor sete de observação. Coincide com o lugar onde conversamos no dia em que chegamos a Elizondo, e onde você disse ter visto um urso. As imagens que vai ver estão um pouco desenquadradas, pois sempre colocamos as lentes em lugares altos, de onde se possam obter planos abertos e atendendo aos caminhos naturais do bosque, que são as rotas que os animais tomam por instinto e que, por norma geral, não coincidem com as que os humanos tomariam.

Acionou a gravação. Amaia pôde ver um pedaço do majestoso faial; durante alguns segundos, a imagem apareceu estática, mas de repente uma sombra irrompeu no plano, ocupando a parte superior da tela. Amaia reconheceu seu casaco azul.

— Acho que é você — apontou a doutora.
— Sim.

A figura passou de um lado ao outro da tela e desapareceu.

— Bom, agora temos uns dez minutos sem nada, Raúl os acelerou para que possa ver o que nos interessa.

Amaia fixou de novo o olhar na tela, e quando o viu sentiu que o coração saía pela boca. Não tinha sonhado, não tinha sido uma alucinação produzida pelo estresse. Ali estava, e não havia margem para dúvidas. Sua figura antropomórfica media mais de 2 metros, a forte musculatura se evidenciava sob a cabeleira escura que pendia da cabeça cobrindo umas costas fortes e definidas. A parte inferior do corpo estava tão ocupada de pelos que parecia usar calças de pelo de animal. Entretinha-se em pegar pequenas porções de líquen de uma árvore, estirando uns dedos longos e hábeis; ficou assim um minuto, depois se virou lentamente e levantou a majestosa cabeça. Amaia ficou sobressaltada. Os traços lembravam a cabeça de um felino, talvez um leão. As linhas do rosto eram redondas e bem-definidas, e a ausência de focinho lhe dava um ar inteligente e pacífico. O pelo que cobria o rosto era escuro e se ampliava sob o queixo, formando uma cerrada barba partida em duas mechas que se estendiam até a metade do ventre.

A criatura levantou muito devagar o olhar e o pousou um instante na lente da câmara. Os olhos, com múltiplas tonalidades de âmbar, ficaram congelados na tela do computador quando Raúl parou a gravação.

Amaia suspirou, afligida pela beleza, pelo encanto e pelo significado do que acabava de ver, pelo que agora tinha certeza de ter visto. A doutora se aproximou da mesa e fechou a tampa do computador, liberando a inspetora da influência enfeitiçante daqueles olhos.

— Diga, esse é o seu urso?

Amaia a olhou absorta, sem saber que reação esperar. Respondeu, evasiva:

— Suponho que sim, não sei.

— Deixe que eu diga a você: não é um urso.

— Tem certeza absoluta?

— Temos — respondeu, olhando para o marido. — Absoluta, não existe nenhuma raça de urso com essas características.

— Pode ser outro animal — sugeriu Amaia.

— Sim, um mitológico — respondeu ele. — Inspetora, eu sei o que acho que é, a doutora também sabe. Diga você, o que acha que é?

Amaia hesitou, avaliando o efeito da resposta que vinha a sua cabeça e a sua boca. Pareciam pessoas íntegras, mas que efeito uma coisa desse tipo poderia ter neles?

— Acho que não é um urso — respondeu ela, ambígua.

— Novamente vejo que você não se arrisca. Eu direi. É um *basajaun*.

Amaia suspirou mais uma vez, enquanto a tensão se acumulava em suas pernas imprimindo-lhes um leve tremor, que esperou que fosse imperceptível para os doutores.

— Certo — concedeu —, independentemente do que essa criatura que vimos seja, a pergunta é: o que vai acontecer agora?

A Dra. Takchenko se colocou ao lado do marido e olhou para ela.

— Inspetora, Raúl e eu dedicamos nossa vida à ciência, temos uma importante carreira com uma bolsa de pesquisa e o objetivo principal do nosso trabalho foi, é e será a defesa da natureza e dos grandes plantígrados em particular. O que aparece nessa gravação não é um urso, não acho que seja nenhum tipo de animal; acho, como meu marido, que se trata de um *basajaun*. E acho que o fato das câmeras o terem gravado não é fruto da casualidade nem de um descuido por parte da criatura, como você o chama, mas obedece ao desejo desse ser de se mostrar diante de você e diante de nós para chegar a você. Pode ficar tranquila, nem Raúl nem eu temos intenção de tornar público esse achado. Seguramente estraçalharia nossas carreiras, questionariam a veracidade, pois tenho certeza de que, mesmo que colocassem uma câmera em cada árvore, não voltariam a captar a imagem dessa criatura. E o que é pior, os montes seriam tomados de assalto por uma horda de loucos procurando o *basajaun*.

— Apagamos a fita original, e só temos essa cópia — disse o Dr. González, abrindo o compartimento de discos do computador e estendendo a Amaia um DVD com a cópia da gravação.

Ela o pegou com imenso cuidado.

— Obrigada — disse —, muito obrigada.

Ficou sentada ao pé da cama, com o DVD irradiando brilhos de arco-íris entre suas mãos e sem saber muito bem o que fazer.

— Há outra coisa — disse a doutora, interrompendo seus pensamentos e tirando-a abruptamente de seu estado absorto.

Amaia se levantou e pegou uma das pastas de capa marrom que a doutora lhe estendia. Abriu-a e viu que dentro havia uma cópia da análise da farinha.

— Lembra que eu disse que efetuaria mais análises das amostras que me deu?

Amaia assentiu.

— Pois bem, percebi em cada uma das amostras uma análise de espectrografia de massas. É uma análise que não usamos inicialmente porque o que queríamos era compará-las para estabelecer semelhanças, por isso usamos a HPLC; mas, não tendo obtido resultados, decidi fazer essa prova, em que se obtém uma desagregação mineral completa, estabelecendo qualquer tipo de presença e evidenciando todos e cada um dos elementos que formam cada amostra. Está acompanhando? — Amaia assentiu, expectante. — Como falei, de pouco teria nos servido inicialmente uma análise tão minuciosa quando se tratava de estabelecer uma simples coincidência.

Amaia se impacientava, mas esperou em silêncio.

— Voltei a analisar cada amostra e em uma delas há uma semelhança parcial em muitos de seus elementos.

— O que significa?

— Significa que os elementos da amostra do bolinho estavam presentes em uma das farinhas, mas unidos a outros que não estavam nele.

— E que explicação isso pode ter?

— Uma muito simples: que a amostra que você me trouxe tinha dois tipos misturados de farinha. A do bolinho e outra.

— E isso poderia ser por quê...?

— Porque no mesmo recipiente onde esteve a farinha com que o bolinho foi elaborado, teria sido depositado outro tipo de farinha posteriormente, sem terem tido a precaução de retirar antes todos os restos da anterior; assim, embora a farinha não coincida e as quantidades em que aparece estejam muito diluídas e sejam praticamente insignificantes, nem por isso deixam de estar lá. E nada escapa ao cromatógrafo.

Amaia começou a olhar as folhas com os gráficos; as colunas de cores se misturavam desenhando formas caprichosas.

— Qual é? — perguntou apressando-a.

A doutora se colocou ao seu lado, pegou o relatório e o folheou cuidadosamente.

— É essa, a S11.

Amaia a olhou incrédula. Deixou-se cair sobre a cama, olhando o gráfico perfeitamente alinhado. Mostra número 11. S de Salazar.

Chovia novamente quando Amaia saiu do hotel. Avaliou a possibilidade de correr até o carro, mas seu estado de ânimo e a velocidade com que processava os pensamentos em seu cérebro a induziram a arrastar os pés pelo estacionamento, deixando que a chuva ensopasse seu cabelo e sua roupa, em um ato de puro batismo que, esperava, pudesse lavar a confusão e o desconcerto que rugiam dentro dela. Quando chegou ao carro, chamou-lhe a atenção uma figura que, como ela, permanecia parada sob a chuva. O brilho prateado da Lube e a roupa de couro eram inconfundíveis.

Aproximou-se.

— Víctor? O que você está fazendo aqui? — perguntou.

O cunhado olhou para ela, desolado pela dor. Apesar da chuva, Amaia conseguiu distinguir as lágrimas que brotavam de seus olhos avermelhados.

— Víctor — repetiu —, o que...?

— Por que ela está fazendo isso, Amaia? Por que a sua irmã está fazendo isso comigo?

Ela olhou para dentro do restaurante e viu a irmã. Flora ria de algo que Fermín Montes lhe dizia. Ele se inclinou e a beijou nos lábios. Flora sorria.

— Por quê? — repetiu Víctor, completamente abatido.

— Porque ela é uma desgraçada — declarou Amaia, sem tirar os olhos da vidraça. — E uma filha da puta.

Víctor começou a gemer de um modo deplorável, como se as palavras da cunhada tivessem aberto diante dele um abismo intransponível.

— Ontem passamos a tarde juntos, e essa manhã ela me chamou para almoçar em sua casa. Eu achava que as coisas estavam melhores entre nós, e agora ela faz isso. Eu faço tudo por ela. Tudo. Para que fique contente comigo. Por que, Amaia? O que ela quer?

— Fazer mal, Víctor, fazer mal porque ela é má. Como a *ama*. Uma bruxa manipuladora e sem coração.

Ele redobrou o pranto, inclinando-se sobre si mesmo como se fosse cair no chão. Amaia sentiu uma enorme tristeza ao ver aquele homem acabado. Víctor não tinha sido um bom marido. Nem sequer um mau. Só um bêbado estragado sob o peso da tirania de sua irmã. Deu um passo até ele e o abraçou, sentindo ao se aproximar o cheiro de sua loção pos-barba misturado com o do couro molhado de sua jaqueta.

Ficaram assim alguns minutos, abraçados sob a chuva enquanto ela ouvia o pranto rouco de Víctor, vendo sua irmã sorrir junto a Fermín e tentando disciplinar a mente, que trabalhava a mil por hora alimentada pelos dados concedidos pelos doutores de Huesca, que fervilhavam em sua cabeça e já começavam a lhe causar uma intensa enxaqueca.

— Vamos embora daqui, Víctor — pediu-lhe, certa de que oporia resistência. Mas ele aceitou, submisso. — Quer que eu o leve? — perguntou ela, fazendo um gesto em direção ao carro.

— Não, obrigado. Não posso deixar a moto aqui, mas estou bem — murmurou, passando as mãos pelos olhos. — Não se preocupe.

Amaia olhou para ele agitada. Naquele estado, pareceu-lhe capaz de fazer qualquer tolice.

— Quer que marquemos em algum lugar para conversar um pouco?

— Obrigado, Amaia, mas acho que vou para casa, tomar um banho quente e me enfiar na cama. E você deveria fazer o mesmo — acrescentou tentando sorrir. — Não quero ser responsável por você pegar uma pneumonia.

Colocou o capacete e as luvas e se inclinou para beijar a cunhada enquanto apertava suavemente sua mão. Arrancou a moto e saiu do estacionamento em direção a Elizondo.

Amaia permaneceu ali mais alguns segundos pensando em Víctor, enquanto via sua irmã jantando com Montes sob a morna luz dourada do restaurante. Tirou o casaco ensopado e o jogou no carro, sentou-se e fez uma ligação.

— Ros... Rosaura.

— Amaia, o que foi...?

— Escute, Ros, é importante.

— Diga.

— Vocês continuam com o costume de levar a farinha da doceria para usar em casa?

— Claro, como sempre.

— Pense nisso, quando foi a última vez que você levou farinha da doceria para sua casa?

— Certamente há mais de um mês, antes de sair de lá.

— Está bem, preciso que me faça um favor. Vou mandar Jonan Etxaide a sua casa, ele vai acompanhá-la e pegará uma amostra da farinha que você tem na sua cozinha. Se não quiser entrar, fique do lado de fora, Jonan é de confiança.

— Tudo bem — respondeu, muito séria.

— Outra coisa, quem mais pode ter levado farinha da doceria?

— Quem? Imagino que todos os funcionários devem pegar farinha de lá, mas... O que está acontecendo, Amaia? Você está investigando um roubo de farinha? — perguntou, tentando brincar.

— Não posso falar sobre isso, Ros. Faça o que pedi.

Voltou a ligar.

A mulher que respondeu do outro lado da linha a entreteve durante uns dois minutos com seu falatório constante antes que pudesse abordá-la.

— Josune, vou enviar por um colega umas amostras para você analisar e comparar. Josune, é muito importante, não pediria se não fosse, preciso disso o quanto antes... E você deve ser discreta, não comente com ninguém nem envie o resultado à delegacia, só à pessoa com quem seguirá o envio.

— Certo, Amaia, pode ficar tranquila.

— Quanto tempo vai levar?

— Depende de quando tiver as amostras.

— Em duas horas as terá aí.

— Amaia, hoje é domingo, e só entro na segunda-feira às oito... Mas vou fazer uma exceção e entrarei às seis para processar suas amostras... Você as terá amanhã mesmo, mas no fim da tarde.

— Obrigada, querida. Fico devendo uma.

Ela desligou e discou de novo.

— Jonan, pegue a amostra S11 de farinha, a do *txatxingorri*, e vá à casa da minha tia; acompanhe minha irmã à casa dela, pegue uma amostra da farinha que ela tem lá e siga para Donosti. Josune Urkiza, da Ertzaintza, estará esperando por você no Instituto de Medicina Legal. Você deve ficar com ela até terem os resultados. Quando os tiverem, quero que ligue somente para mim, não comente nada na delegacia. Se Iriarte ou Zabalza ligarem, diga que está em Donosti por um assunto familiar com minha autorização.

— Certo, chefe — titubeou. — Chefe, há alguma coisa que eu deva saber?

Jonan era o policial mais íntegro que conhecia, certamente uma das melhores pessoas com quem topou, e lidar com ele a havia feito apreciá-lo sinceramente.

— Você deve saber tudo, subinspetor Etxaide, e vou contar assim que você voltar. Só direi que suspeito que alguém esteja retirando informação delegacia.

— Ah, entendido.
— Confio em você, Jonan. — Quase conseguiu perceber o sorriso dele antes de desligar.

Iriarte terminou de colocar os filhos na cama por volta das nove; era a hora do dia que mais gostava, em que a pressa pelos horários deixava de ter importância e ele podia se deleitar em observá-los, surpreendendo-se quase diariamente com a rapidez com que cresciam, abraçá-los, atender mais uma vez aos seus pedidos de que não apagasse a luz ainda e lhes contar de novo a mesma história que sabiam de cor. Quando finalmente conseguiu se despedir, foi para o quarto onde sua esposa estava vendo um noticiário deitada na cama. Dormir cedo se transformou em um costume desde que tiveram as crianças e, embora estivessem acostumados a ficar acordados conversando ou vendo televisão, em geral às nove estavam na cama. Tirou a roupa e se estendeu ao lado da mulher, que baixou o volume da televisão.

— Dormiram? — perguntou ela.
— Acho que sim — respondeu ele, fechando os olhos em uma expressão que ela conhecia bem e que nada tinha a ver com sono.
— Está preocupado? — perguntou, passando um dedo por sua testa.
— Sim. — Não fazia sentido mentir, ela o conhecia bem.
— Conte.
— Não sei bem o que é, isso é o que me preocupa, tem alguma coisa que não está certa e não sei o que é.
— Tem a ver com aquela inspetora bonitona? — perguntou ela com ironia.
— Suponho que em parte tenha algo a ver, mas tampouco tenho certeza. Ela tem uma maneira de fazer as coisas um pouco diferente, mas não acho que isso seja ruim.
— Acha que ela é boa?
— Sim, acho que é muito boa, mas... não sei explicar, há uma espécie de face obscura nela, um lado que não consigo ver, e acho que é isso que me preocupa.
— Todo mundo tem um lado oculto, e você mal a conhece. Ainda é cedo para poder emitir um julgamento, não acha?

— Não se trata disso. É uma espécie de apreensão, como uma sensação instintiva; você sabe que não costumo fazer julgamentos com base em primeiras impressões, mas as percepções são importantes no meu trabalho, e acho que muitas vezes ignoramos sinais de coisas que nos inquietam nos outros só porque não temos um fundamento sobre o qual apoiá-los. Porém, mais de uma vez acontece dessa sensação que tínhamos percebido e decidimos ignorar retornar com o tempo carregada de razões, e lamentamos não ter dado atenção a isso que alguns chamam percepção, instinto, primeiras impressões, e que no fundo têm uma grande base científica, pois está apoiado na linguagem corporal, nas expressões faciais e nas pequenas mentiras sociais.

— Então você acha que ela mente?
— Acho que ela esconde alguma coisa.
— E, no entanto, diz que confia no critério dela.
— Sim.
— Talvez o que você perceba seja desequilíbrio emocional. As pessoas que não amam ou não são amadas, as pessoas que têm problemas em casa, causam essa sensação.
— Não acho que seja o caso. O marido dela é um famoso escultor americano, ele veio a Elizondo para acompanhá-la durante a investigação, eu a ouvi falar com ele por telefone, e não há tensão. De resto está na casa da tia, com uma das irmãs; parece que no âmbito familiar tudo está normal.
— Ela tem filhos?
— Não.
— Aí está — declarou ela, apoiando-se no travesseiro e apagando a luz de seu criado-mudo. — Eu acho que nenhuma mulher em idade de conceber pode estar completa se não tiver filhos, e garanto que isso pode ser uma carga enorme, secreta e obscura. Eu te amo, mas se não tivesse filhos eu me sentiria incompleta — disse, fechando os olhos. — Embora acabe esgotada.

Ele a olhou, sorrindo enquanto pensava no modo simples e direto como ela via o mundo e em quantas vezes estava correto.

42

Após um longo banho quente, Amaia se sentiu muito melhor, porém não mais relaxada. Sua musculatura se estirava sob a pele como a de um atleta antes de uma competição. Ainda não entendia como o instinto funcionava, o complicado maquinário que se punha em movimento dentro de um investigador, mas de maneira muito sutil quase podia ouvir as engrenagens do caso girando, ajustando-se, arrastando em seu lento movimento centenas de pequenas peças que se encaixavam ao mesmo tempo em outras tantas, fazendo com que tudo adquirisse sentido, como se em seu avanço fosse afastando véus de névoa que até então encobriam seus olhos. A voz do agente Dupree voltou a soar em sua cabeça. O que obstrui.

Novamente, a perspicácia daquele homem tinha acertado na mosca com um oceano entre eles.

O que obstruía não havia desaparecido, muito pelo contrário. Tinha a certeza cravada nas profundezas de sua alma de que aquilo que a visitava junto a sua cama à noite só tinha retrocedido um passo para se ocultar nas sombras para onde havia voltado, como um velho vampiro intimidado pela luz solar que entrava em torrentes pela fenda aberta na noite anterior. Uma fenda que havia temido abrir, como uma vítima de síndrome de Estocolmo, dividida entre o afã de se libertar e um pânico feroz da luz que a libertaria. Uma pequena fenda na prisão de medo e silêncio com que tinha construído grades de secretos pesares para conter o monstro que vinha visitá-la à noite. Uma fenda pela qual estava certa de que, nos próximos meses, penetraria algo mais que uma luz esclarecedora. Ela não se enganava; sabia que, se não tomasse cuidado, a pequena fenda iria se fechar pouco a pouco, e uma noite o velho vampiro voltaria a se inclinar sobre sua cama. Mas hoje até podia imaginar um mundo em que os fantasmas do passado não a visitassem à noite, um mundo em que pudesse se abrir para James como devia, um mundo em que os espíritos caprichosos da natureza torciam a cauda das estrelas para iluminar seu destino.

Mas havia outra coisa que Dupree tinha dito que ecoava em sua cabeça, como uma dessas musiquinhas que a gente não consegue parar de cantarolar, embora sem lembrar a letra de todo. De onde surge? Era uma pergunta inteligente que já havia se feito e para a qual não tinha resposta, mas nem por isso perdia sua importância. Um assassino como aquele não surgia do nada, da noite para o dia, mas as pesquisas procurando delinquentes que se encaixassem no perfil não lançaram nenhuma luz sobre o caso. *Reset.* Desliga e liga de novo. Às vezes a resposta não é a solução para o enigma. Tudo depende de saber fazer a pergunta adequada. A pergunta. A fórmula. O que é que devo saber? O que devo saber é qual é a pergunta. Olhou seu reflexo no espelho, e uma certeza a estremeceu. Com gestos rápidos, jogou o roupão para um lado e se vestiu de novo com a mesma roupa. Quando chegou à delegacia, apenas Zabalza continuava trabalhando.

— Olá, inspetora, eu já estava de saída — disse, como se pedisse desculpas por ainda estar lá.

— Tenho que pedir que fique um pouco mais.

Ele assentiu.

— Claro, como quiser.

— Preciso que acesse todos os históricos de assassinatos de mulheres menores de idade no vale nos últimos 25 anos.

Ele arregalou os olhos.

— Isso pode levar horas, e além do mais não sei se teremos toda a informação. No registro geral vai aparecer, mas na época a Policía Foral não tinha competência em homicídios.

— Você tem razão — comentou ela, sem dissimular seu aborrecimento. — Até quando podemos voltar atrás?

— Uns dez anos, mas isso eu e o inspetor Iriarte já fizemos sem nenhum resultado.
— Está bem, pode ir.
— Tem certeza? — perguntou ele.
— Sim, tive uma ideia... Não se preocupe, nos falamos amanhã.
Amaia pegou seu telefone e procurou um número.
— Padua, você se lembra daquele favor que me deve?
Quinze minutos mais tarde estava no quartel da Guarda Civil.
— Vinte e cinco anos são muitos anos, alguns desses casos nem sequer estão no sistema. Se quiser acessar os expedientes terá que ir a Pamplona; nessa época, o grupo de homicídios era conduzido pela Polícia Nacional, e nos dedicávamos mais ao tráfico, ao monte, às fronteiras e ao terrorismo... mas farei o que puder. O que você quer de fato?
— Crimes cometidos contra mulheres jovens em todo o vale. Rastreamos os últimos dez anos, mas me falta quase todo o período anterior.
Ele assentiu, calculando o que lhe pedia e começou a procurar expedientes no computador.
— Desde 1987... Se pudesse ser mais específica... Que tipo de agressão procura?
— Aquelas em que as vítimas tenham aparecido no rio, no bosque, estranguladas, nuas...
— Ah! — exclamou como se tivesse se lembrado de alguma coisa. — Houve um caso, meu pai costumava falar sobre ele, uma garota que estupraram e estrangularam em Elizondo. Faz muito tempo, eu ainda era criança. Chamava-se Kraus, era russa ou algo assim... Deixe-me buscar — disse, digitando de novo sua senha. Introduziu algumas datas até que encontrou.
— Aqui está: Klas, não Kraus. Teresa Klas. Estuprada e estrangulada, apareceu nos campos da chácara onde trabalhava acompanhando a dona idosa. Prenderam o filho mais novo da mulher, mas o soltaram sem acusações. Interrogaram vários trabalhadores, e no fim o assunto não deu em nada.
— Quem conduziu o caso?
— A Polícia Nacional.
— Diz quem?
— Não, mas me lembro de que quando eu entrei na Academia — disse enquanto procurava — o chefe de homicídios era um capitão da Polícia

Nacional de Irún. Não me lembro do nome dele, mas posso ligar para o meu pai, ele também era guarda e certamente sabe — declarou, digitando no telefone. Falou alguns minutos e desligou. — Alfonso Álvarez de Toledo, é familiar?

— Ele não é escritor ou algo assim?

— Sim, dedicou-se a escrever depois de se aposentar. Continua morando em Irún, meu pai me deu o telefone dele.

Em contraste com Elizondo, Irún apresentava uma inusitada atividade levando em conta que era uma da madrugada. Os bares da rua Luis Mariano estavam lotados de bebedores que saíam dos recintos acompanhados pelo som da música. Num golpe de sorte, Amaia conseguiu estacionar na vaga deixada por dois ruidosos casais que acabavam de entrar em um carro.

Alfonso Álvarez de Toledo exibia um bronzeado próprio da costa e surpreendente naquela época do ano, sem parecer se importar com as milhares de pequenas rugas que sulcavam seu rosto como consequência, nem tanto da idade, mas de um exagerado gosto pelo sol.

— Inspetora Salazar, é um prazer, ouvi falar muito e muito bem de você.

Ela se surpreendeu, sobretudo tendo em conta que aquele ex-chefe de homicídios havia optado por se aposentar precocemente, após obter considerável renome com uma saga de romances de mistério que fizeram sucesso anos antes. Conduziu-a por um amplo corredor até uma sala na qual uma mulher de uns 60 anos assistia à televisão.

— Podemos conversar aqui. E não se preocupe com a minha esposa, ela foi mulher de policial a vida toda, e sempre comentei meus casos com ela... Garanto que a polícia perdeu uma grande detetive com essa mulher.

— Não duvido — comentou Amaia sorrindo para a aludida, que lhe estendeu a mão e voltou a concentrar sua atenção em um programa de fofocas que, ao que parecia, durava até muito tarde.

— Disse que queria conversar sobre o caso de Teresa Klas.

— A verdade é que estou interessada em qualquer caso no qual as vítimas fossem mulheres jovens. No caso de Teresa, parece que foi estuprada, e o perfil que procuro não inclui estupro; de fato, não há sexo de nenhum tipo.

— Ah, querida, não se deixe enganar, o fato de colocarem no relatório que a garota foi violentada não significa necessariamente que tenha sido estuprada.

— Como não? Violentada é...

— Olhe, nessa época eu era chefe de homicídios, e as coisas eram muito diferentes... Para você ter uma ideia, não havia mulheres no corpo, e os detetives tinham uma formação pouco menos que básica; carecia-se dos progressos científicos de agora, se o sêmen era visível havia sêmen, se não, não havia... Não servia para muita coisa, porque não se faziam análises de DNA. Eram os anos 1980, e você deve reconhecer que a mentalidade então, inclusive da polícia, era pouco menos que pacata e pudica, para não dizer dissimulada. Se chegavam a uma cena de crime e havia uma garota com a calcinha arriada, dava-se como fato que tinha havido violência sexual; o sexo consentido praticamente não era observado, a menos que se tratasse de uma prostituta.

— Então Teresa foi estuprada ou não?

— Havia algo muito sexual no modo como o cadáver ficou exposto. Estava completamente nua, com os olhos abertos e uma corda ao redor do pescoço, que se descobriu ser da própria chácara. Imagine o quadro.

Amaia podia imaginá-lo.

— Tinha as mãos colocadas de alguma forma especial?

— Não que eu me lembre. Sua roupa estava espalhada em volta, como se tivesse sido jogada sem cuidado junto do conteúdo de sua bolsa, algumas moedas e balas... Inclusive tinha algumas por cima do corpo.

Amaia sentiu algo parecido com uma forte náusea que contraiu seu estômago.

— Tinha balas por cima?

— Sim, algumas, estavam jogadas por toda parte. Os pais disseram que ela era muito gulosa.

— Lembra como estavam colocadas em cima dela?

Alfonso tomou ar e o conteve por alguns segundos antes de expulsá-lo, dando a impressão de que fazia um grande esforço para lembrar.

— A maioria estava jogada ao seu redor e entre as pernas, mas havia uma no ventre, sobre a linha do púbis. Significa alguma coisa para você?

Nós supomos que tivessem caído da bolsa quando o agressor a revistou, talvez procurando dinheiro; era começo de mês, e provavelmente achou que levaria seu salário, naquela época tudo se pagava em dinheiro.

Uma certeza a abalou.

— Que mês era?

— Era por essa época, fevereiro, lembro porque alguns dias depois minha filha Sofía nasceu.

— Pode me dizer mais alguma coisa sobre esse crime, algo que chamasse a sua atenção?

— Posso dizer algo que chamou a minha atenção anos depois em outros crimes, casualmente de mulheres jovens, e que me fizeram lembrar Teresa, embora fosse apenas um detalhe, uma curiosidade. Matilde — disse, dirigindo-se à mulher —, você se lembra? Das mortas penteadas?

Ela fez um gesto afirmativo sem deixar de olhar para a tela.

— Uns seis meses depois, uma campista alemã apareceu "violentada" e estrangulada nas imediações de um camping em Vera de Bidasoa. Apesar das coincidências, era um crime diferente; tentaram estuprar a garota, tinha sinais de luta, e o animal perdeu o controle e acabou com ela; também foi estrangulada, com uma corda do próprio camping, e depois de morta ele cortou a roupa para vê-la nua. Foi um pervertido, um guarda do camping, um cinquentão asqueroso que já tinha denúncias por espiar as campistas enquanto tomavam banho. O curioso é que, apesar de toda a violência que o cadáver apresentava, o cabelo dela estava colocado nas laterais e penteado, como se posasse para uma foto. O sujeito negou tudo, ter matado, ter penteado, mas havia testemunhas que os viram discutir dias antes quando a garota o flagrou a espiando em sua barraca enquanto se trocava. Deram vinte anos para o cara. Um ano mais tarde, tivemos outro caso de morta penteada. Uma garota que se separou de seu grupo de trilha no monte. No início pensaram que havia se perdido e organizaram grupos de busca; a encontramos quase dez dias depois, estava embaixo de uma árvore, como se estivesse recostada, e o corpo apresentava uma desidratação incomum que um legista poderia explicar melhor do que eu. O caso é que o cadáver parecia mumificado, a roupa não estava lá, e tinham desfeito o coque que usava, e o cabelo estava perfeitamente colocado nas laterais, como se alguém tivesse penteado sua cabeleira.

Amaia quase não podia conter o tremor de suas pernas.

— Havia algo sobre o cadáver?

— Não, nada, não havia nada, mas estava com as mãos viradas para cima. Dava uma sensação muito estranha, mas não havia nada sobre o cadáver, tinham tirado tudo: roupa, calcinha, sapatos... Mas agora me lembro, os sapatos apareceram sim, de fato foi graças a eles que a encontraram: estavam no fim do caminho que entrava no bosque.

— Colocados juntos, como quando alguém vai dormir ou nadar no rio — recitou Amaia.

— Sim — admitiu ele, olhando-a surpreso. — Como você sabe?

— Vocês pegaram o agressor?

— Não, não havia pistas, não havia suspeitos... interrogaram amigos e familiares, rotina. A mesma coisa que com Teresa, a mesma coisa que com as outras. Mulheres jovens, algumas quase meninas, mal despertando para vida. E alguém cortou as asas delas...

— Você acha que existe alguma possibilidade de eu poder ter acesso a esses expedientes? — perguntou quase em uma súplica.

— Imagino que saiba a que me dedico... Quando deixei a polícia trouxe cópias de todos os casos em que tinha trabalhado.

Amaia dirigiu até Elizondo enquanto os dados que Álvarez de Toledo tinha acabado de lhe proporcionar fervilhavam em sua cabeça. Os expedientes puseram diante dela indícios comuns, dados suspeitos, um mesmo tipo de vítima, um *modus operandi* que se aperfeiçoava, que se depurava... Tinha encontrado sua origem, seu rastro de morte que se estendeu por todo o vale até Vera de Bidasoa e possivelmente mais além. Agora tinha certeza de que o assassino morava em Elizondo, e sabia que Teresa havia sido a primeira, um crime de oportunidade que nos seguintes o levou a se afastar o máximo possível de casa. Teresa, que era mais bonita que esperta, uma "freska", como diria sua *amona* Juanita, metida e segura de seu encanto, urna garota que se divertia em se exibir. O assassino não tinha conseguido resistir à tentação de sua presença diária, da provocação que era vê-la todo dia considerando-a suja, maligna, bancando a mulher quando ainda deveria estar brincando de boneca. Sua existência lhe pareceu muito insuportável e a matou, como as demais, sem estuprá-la, mas'expondo o corpo de menina que tinha atravessado a fronteira de seu ideal de decência. Depois se dedicara a aperfeiçoar sua técnica, a roupa cortada, as mãos em oferenda, o cabelo bem-penteado para os dois lados da cabeça... E de repente nada, silêncio durante anos, alguns anos em que talvez estivesse cumprindo pena por um delito menor, ou tivesse se mudado por um tempo para outra região, mas havia voltado amadurecido e frio, com uma técnica mais depurada, talvez como macabra homenagem a Teresa, em fevereiro, e com o detalhe daquele símbolo de infância que era uma bala convertido em um bolo doce e caseiro, que, na opinião de Amaia, constituía sua assinatura mais fiel.

43

Tinha dormido ao lado de James, depois de se introduzir como um vagabundo silencioso na cama quase às quatro da madrugada, sabendo que devia dormir e temendo não poder fazê-lo devido à inquietação que reinava dentro dela. No entanto, adormeceu logo, e o sono tivera a proporção de calor e reparação que seu corpo, mas sobretudo sua mente, precisava. Despertou antes do amanhecer, sentindo-se pela primeira vez em muito tempo serena e centrada. Desceu à sala, demorou acendendo o lume na lareira, naquele ritual que havia realizado toda manhã desde menina e que há tantos anos não repetia. Sentou-se diante do fogo, que timidamente ia avivando e... Conseguiu. *Reset.* "Era um bom conselho, agente analista Dupree", pensou Amaia. E deu resultados imediatos.

Fermín Montes acordou no quarto do hotel Baztán em que tinha passado a noite com Flora. Sobre o travesseiro, um bilhete que dizia: "Você é maravilhoso. Ligarei mais tarde. Flora." Pegou-o nas mãos e o beijou sonoramente. Sorriu, estirou-se até tocar a cabeceira acolchoada e entrou no chuveiro cantarolando uma musiquinha, sem conseguir deixar de pensar nem por um instante no milagre que era ter conhecido aquela mulher. Pela primeira vez desde mais de um ano a vida adquiria significado para ele, pois nos últimos meses, e agora sabia melhor do que nunca, tinha sido um morto que caminha, um zumbi esforçado em dar uma aparência de vida ilusória que agora não podia lhe parecer mais falsa. Flora era o milagre que o havia ressuscitado, animando um coração que não pulsava, como um desfibrilador humano que, sem aviso prévio e com uma forte sacudida, o tinha posto a funcionar. Flora chegara se impondo, arrasando, instalou-se em sua vida sem pedir permissão e fazendo-a recuperar o sentido e a direção. Surpreendeu-o sua força assim que a conheceu, o temperamento forte e indômito de uma mulher que se fez sozinha, que havia levantado seu negócio e velado por sua família. Sorriu de novo ao pensar nela, em seu corpo quente entre os lençóis. Quase tinha temido o momento tanto quanto o tinha ansiado, pois a carga de veneno que sua esposa havia deixado ao abandoná-lo fora se liberando lentamente durante os últimos meses, agindo como uma castração química que o impedira de ter sexo com qualquer mulher desde que ela partira. Seu rosto se nublou ao rememorar as palavras de despedida... A tolice de suas súplicas de então quase o fazia corar. Havia implorado diante dela, querendo fazer valer os dez anos que estiveram casados, se arrastou, tinha chorado lhe pedindo que não fosse, e em um último ato de desespero tinha lhe pedido explicações, um porquê, como se, ao chegar a esse ponto, um raciocínio ou um motivo pudesse justificar o naufrágio de um homem. Mas a cadela havia respondido, um último tiro, uma salva de honra direto na linha d'água.

— Por quê? Quer saber? Porque ele trepa como um campeão, e, quando acaba, trepa de novo.

Depois saiu batendo a porta, e só voltou a vê-la no tribunal.

Sabia que era fastio, despeito, desdém e aborrecimento misturados em partes iguais, em certa medida provocados por ele mesmo nos últimos estertores do amor, mas mesmo assim as palavras dela ficaram cravadas e ecoavam em sua cabeça como zumbidos indesejáveis. Até que conheceu Flora. O sorriso voltou a seus lábios enquanto fazia a barba se olhando no espelho daquele hotel, onde ela havia preferido ficar para não alimentar falatórios no povoado. Uma mulher discreta, segura e tão bonita que tirava seu fôlego. Ela se entregou com paixão em seus braços, e ele tinha respondido.

— Como um homem de verdade — declarou a si mesmo, enquanto se olhava de novo no espelho e pensava que fazia muito que não se sentia tão bem, e que talvez quando o caso se encerrasse podia solicitar uma vaga em Elizondo.

Amaia se agasalhou e saiu à rua. Naquela manhã não chovia, mas a névoa carregada de umidade cobria as ruas com uma pátina de tristeza ancestral que fazia as pessoas caminharem inclinadas como se carregassem um grande peso e procurarem refúgio no calor dos cafés. Na primeira hora tinha ligado para Donosti, para saber como iam as análises.

— Já estão em andamento. — Fora a resposta de Josune. — Olha, você poderia ter me avisado que o subinspetor Etxaide era tão bonito, eu teria me depilado.

Era uma brincadeira que mantinham entre elas desde os tempos universitários, mas percebeu que o interesse de Josune transcendia a brincadeira. Ia dizer que estava perdendo tempo, mas decidiu não o fazer. O sorriso durou um instante depois de desligar o telefone.

Demorou o máximo que pôde para chegar à delegacia. Primeiro quis dar um passeio até a Igreja de Santiago, mas a encontrou fechada. Passeou então pelos jardins e pelo parque infantil, deserto na manhã de segunda-feira. E admirou a gordura do bando de gatos que parecia viver embaixo da igreja e entrava com muita dificuldade pelos respiradouros da parte externa. Caminhou seguindo a linha que marcava a parede, lembrando-se da nem tão antiga crença descrita por Barandiaran que dizia que, se uma mulher desse três voltas no perímetro da igreja, se tornava bruxa. Retornou até a entrada e observou as esbeltas árvores que competiam com a torre do relógio por ser o ponto mais alto. Pensou em ir à prefeitura, mas as fortes rajadas de vento que começavam a varrer as nuvens baixas traziam dissuasivas gotas geladas. Mudou de direção e começou a subir a rua Santiago até as confeitarias, onde várias mulheres tomavam café da manhã em pequenos grupos de amigas. Ao entrar na Malkorra, sentiu os olhares curiosos quando se dirigiu ao balcão. Pediu um café com leite, que lhe pareceu o melhor que tinha tomado em muito tempo, e antes de sair comprou alguns pedaços de *urrakin egiña*, o chocolate tradicional de Elizondo, elaborado de maneira artesanal com avelãs inteiras e que dava fama àquela confeitaria.

Amaia tentou se proteger da chuva caminhando a passos rápidos embaixo das marquises. Comprou o *Diario de Navarra* e o *Diario de Noticias* e se dirigiu ao carro, o qual tinha estacionado nas dependências da antiga delegacia, que ficava na metade da rua. Deu passagem a uma mulher loira que dirigia um carro pequeno e acreditou reconhecê-la das fotos que Iriarte tinha em cima de sua mesa. Dirigiu pelas ruas no horário de pico das entregas e finalmente, quase ao meio-dia, chegou à delegacia.

Sobre sua mesa estavam as mesmas fotos e um relatório do laboratório que já havia recebido em seu PDA, contando o que a Dra. Takchenko havia lhe dito há dois dias: que não havia semelhanças entre as farinhas. Tipo de análise HPLC. E uma novidade. A mancha gordurosa no couro de cabra extraído da corda com que estrangularam as garotas era óxido com traços de hidrocarbonetos e vinagre de vinho. Tudo muito esclarecedor.

Iriarte e Zabalza estavam fora; um dos policiais de plantão lhe explicou que estavam interrogando de novo as últimas pessoas que viram as garotas com vida. Do hospital de Navarra, informaram que Freddy evoluía favoravelmente e seu estado era considerado menos grave. Quase à uma Padua ligou.

— Inspetora. Chegaram alguns resultados do caso da Johana, e acho que isso vai interessar a você: o corte do braço foi realizado com uma faca elétrica ou um serrote, embora se inclinem mais pela primeira devido ao sentido do corte, supomos que alimentada à bateria, já que lá não havia eletricidade. E a marca que o ferimento apresenta na parte superior é uma dentada... Você deve se lembrar de que tiraram um molde na necropsia.

— Sim.

— Sem dúvida alguma, são dentes humanos.

— Merda! — exclamou ela.

— Já sei o que vai me dizer, mas já o comparamos com a arcada dentária do pai e não coincide.

— Merda! — repetiu Amaia.

— Sim, é o que eu acho também — respondeu ele. — O velório e o enterro de Johana vão ser realizados amanhã, a mãe me pediu que avisasse.

— Obrigada — disse, como se pensasse em outra coisa. — Tenente Padua, um informante me disse que observou uma atividade suspeita na margem direita do rio, na região de Arri Zahar. Cruzando o faial, há pelo visto umas cavernas, a uns 400 metros na encosta. Não deve ser nada, mas...

— Informarei o Seprona.

— Sim, faça isso, obrigada.

— Obrigado a você, inspetora — titubeou um pouco e baixou a voz, para que ninguém ouvisse o que ia dizer em seguida. — Obrigado por tudo, estou em dívida com você. Você está demonstrando ser uma boa investigadora. E também uma boa pessoa. Se algum dia precisar de alguma coisa...

— Não há nenhuma dívida, estamos no mesmo barco, tenente, mas vou levar isso em consideração.

Ela desligou e permaneceu parada, como se qualquer movimento criasse um obstáculo ao fluxo de pensamentos; depois procurou na internet uma página de consultas e mandou uma pergunta ao administrador. Serviu-se um café com leite e se demorou em bebê-lo, sorvendo pequenos goles enquanto olhava pela janela. Ao meio-dia, ligou para James.

— Gostaria de almoçar com a sua esposa?

— Sempre, você vem para casa?

— Tinha pensado em almoçar fora.

— Estou de acordo, e certamente você também pensou em onde.

— Como você me conhece! Às duas no Kortarizar, é um dos favoritos da tia. Fica pertinho de casa, na entrada de Elizondo por Irurita, e já reservei. Se chegar primeiro, peça o vinho.

Amaia saiu da delegacia, mas viu que ainda faltavam quase 45 minutos para o almoço. Pegou a estrada dos Alduides e dirigiu até o cemitério. Havia outro carro estacionado na entrada, mas não viu ninguém dentro. Caminhou sem pressa entre as sepulturas, molhando os sapatos com a relva muito alta que crescia entre os túmulos, até achar a que procurava: estava marcada por uma pequena cruz de ferro. Lamentou observar que um dos braços estivesse partido. A placa no centro rezava: "Família Aldube Salazar." Tinha 7 anos quando sua avó Juanita morreu, e não se lembrava de seu rosto, mas sim do cheiro de sua casa, doce e um pouco picante, como noz-moscada. O cheiro de naftalina de seu armário de roupa branca, o aroma de ferro de passar de sua roupa. Lembrava-se de seu cabelo branco preso em um coque apertado com grampos, presilhas de prata coroadas por flores engastadas com pequenas pérolas, e que foram a única joia, junto à magra aliança de seu dedo, que havia visto nela. Lembrava-se do rítmico balanço que imprimia às pernas quando Amaia sentava em seu colo, como um trote de cavalinho, e as canções que cantava em basco com voz doce, tão tristes que às vezes a faziam chorar.

— *Amona* — sussurrou ela. E um sorriso subiu ao seu rosto.

Avançou até a parte de cima do cemitério e traçou mentalmente as linhas imaginárias que, partindo do cruzeiro, estabeleciam os caminhos subterrâneos do mundo inferior dos quais Jonan falava. Ouviu um sussurro rouco, mas ao olhar ao redor não viu ninguém. A chuva repicando no tecido de seu guarda-chuva encobriu o som por completo, mas quando se virou acreditou ouvi-lo de novo. Fechou o guarda-chuva e ouviu com atenção. Embora soasse contaminado pelo barulho da chuva caindo sobre os túmulos, desta vez foi perfeitamente audível. Abriu o guarda-chuva e avançou na direção de onde vinha o som.

Então viu o guarda-chuva. Era vermelho com flores de tons granada e laranja na borda. O colorido era incongruente naquele lugar onde até as incombustíveis flores de plástico e tecido se viam desbotadas por efeito da chuva. No entanto, era ainda mais incongruente por ser um homem quem o levava. Ele o segurava inclinado, apoiado no ombro, cobrindo quase toda a parte superior do corpo. Permanecia imóvel, e, embora a posição do guarda-chuva projetasse quase todo o som de sua voz na direção contrária, conseguiu distinguir o pranto que não cessava enquanto sussurrava algo incompreensível.

Retornou até o cruzeiro e deu a volta pela rua de cima, de onde obteve uma vista melhor do panteão da família Elizasu. As coroas e os buquês trazidos no enterro se amontoavam sobre o mármore como se formassem uma pira. As flores tinham adquirido uma consistência pastosa e encharcada, e os buquês cobertos com celofane se viam brancos e perolados de gotinhas pela condensação das flores ao apodrecer no interior. Quando Amaia se aproximou, conseguiu distinguir o tênis preto e branco do irmão de Ainhoa, que, incapaz de se conter, soluçava como um bebê sem deixar de olhar para o túmulo da irmã e repetindo vez por outra as mesmas palavras.

— Sinto muito, sinto muito, sinto muito.

Amaia retrocedeu alguns passos, decidida a sair sem que ele a visse, mas o garoto pareceu perceber sua presença e começou a se virar. Ela teve tempo suficiente para se tapar com o guarda-chuva. Fingiu durante uns dois minutos que rezava diante da sepultura em frente, até deixar de sentir o olhar penetrante do garoto. Virou por onde tinha vindo, voltando-se em direção à porta e se cobrindo para evitar que ele a reconhecesse.

Quando chegou ao restaurante, a tia e James já haviam pedido uma garrafa de Remelluri tinto e conversavam animados. Sempre gostara do Kortarizar por seu ambiente, pelas escuras vigas que sulcavam o teto e pela lareira sempre acesa, misturados a um cheiro como o de milho assado que lhe parecia familiar, e que a fez sentir fome assim que ultrapassou a porta. Embora tivesse concordado com o bacalhau frito e o *chuletón* de boi, recusou-se a tomar vinho e pediu uma jarra de água.

— Não vai mesmo provar o vinho? — James estranhou.

— Desconfio que vou ter uma tarde movimentada, e não quero ter a sonolência que o vinho me provoca.

— Isso significa que você está conseguindo avançar?

— Não sei ainda, mas acho que pelo menos vou obter algumas respostas. — "As respostas nem sempre resolvem o enigma. Passo a passo", pensou.

Comeram com apetite, conversaram a respeito da melhora de Freddy, da qual todos se alegraram, e se divertiram com as anedotas de James sobre seus começos no mundo artístico. Quando trouxeram o café, o telefone de Amaia começou a tocar. Ela se levantou e foi até a porta antes de atender.

— Jonan, o que você me conta?

— A farinha da casa de Ros e a farinha com que o *txatxingorri* foi elaborado são cem por cento idênticas, e a farinha S11 e a do bolinho se assemelham em 35 por cento.

— Agradeça a Josune, arrume um fax e espere eu ligar para você.

Desligou e voltou a entrar para se despedir, diante das reclamações de James e do café que ficava intocado, e esperou estar do lado de fora para voltar a ligar.

— Inspetor Iriarte.

— Boa tarde, ia ligar agora.
— Alguma novidade?
— Talvez, uma das amigas de Ainhoa se lembrou de que quando estava esperando no ponto do ônibus a amiga passou pela calçada em frente para se encontrar com a irmã, que a esperava mais adiante. Afirma que um carro parou no ponto, e que pareceu que o motorista falou com Ainhoa, mas depois seguiu seu caminho sem que a garota entrasse no veículo. Ela disse que não tinha se lembrado disso porque não deu importância, nem sequer tem certeza se o motorista era homem ou mulher, mas falou que a menina certamente não entrou no carro.

— Poderia ser alguém que parou para perguntar alguma coisa a ela, ou alguém que se ofereceu para levá-la.

— Também pode ter sido o assassino. Talvez ele tenha se oferecido para levá-la e ela recusou o convite porque ainda tinha esperança de que o ônibus viria, mas com os minutos passando e vendo que ele não vinha, começaria a ficar nervosa, e ele teria apenas que esperar pacientemente até ela estar angustiada o bastante para aceitar entrar no carro. A segunda vez que propusesse não iria parecer uma opção tão ruim, inclusive seria até uma salvação...

— Ela prestou atenção no carro?

— Disse que era de cor clara, bege, cinza ou branco, com duas portas, tipo caminhonete pequena de carga, e acha que tinha umas letras impressas. Mostrei a ela fotos dos oito modelos mais frequentes de caminhonete, e não as distingue. Podemos procurar proprietários de caminhonetes com essas características pelo vale, mas já adianto a você que há muitas delas: em quase todas as lojas, armazéns e chácaras há pelo menos uma, e em geral costumam ser brancas. É o típico veículo de trabalho, portanto, na maioria dos casos devem estar em nome de homens entre 25 e 45 anos.

Amaia refletiu.

— De qualquer maneira, vamos investigar; tampouco temos muito mais. Averiguaremos primeiro se algum familiar ou amigo das vítimas tem uma similar, ou alguém se lembra de quem tem uma, e começaremos com a família de Ainhoa Elizasu. Nessa manhã o irmão dela estava no cemitério, pedindo perdão diante do túmulo da irmã.

— É possível que ele se sinta culpado por não ter avisado os pais antes. Eles responsabilizam o filho, estive com eles depois do velório e dava pena vê-lo... Se continuarem pressionando desta forma, não estranharia que tivessem que enterrar outro filho.

— Às vezes esses gestos escondem mais coisas do que se vê à primeira vista. Talvez sejam uns bárbaros, ou talvez suspeitem de alguma coisa e o repúdio seja a forma de canalizar isso.

— Você está na delegacia?

— Estou de saída para lá.

— Essa manhã vi sua mulher, eu a reconheci pelas fotos...

— Sim?

— Você acha que poderia convencê-la a nos emprestar o carro essa tarde?

— O carro da minha mulher?

— Sim, depois explico.

— Bem, se deixar o meu com ela, não acho que haja problema.

— Bem. Traga o carro, mas não o estacione na delegacia.

— Certo — concordou ele.

Amaia subiu à sala de reuniões e esperou que Iriarte chegasse, examinando as declarações dos amigos de Carla e Anne e os veículos dos familiares.

— Já vejo que começou sem mim — disse Iriarte.

— Temo que vamos sair logo, tenho outro plano para essa tarde.

Ele a olhou surpreso, mas não disse nada, sentou-se e começou a trabalhar. Amaia pegou o telefone e ligou para Jonan.

— Localizou um fax?

— Estou com ele.

— Muito bem; envie os resultados à delegacia de Elizondo.

— Mas...

— Faça o que eu digo e volte assim que terminar.

Cinco minutos mais tarde, o subinspetor Zabalza aparecia na porta da sala.

— Acaba de chegar um fax do Instituto Anatomico Forense de San Sebastián.

Amaia permaneceu em seu lugar e deixou que Iriarte o lesse primeiro. Quando terminou, ele a olhou muito sério.

— Você solicitou essa análise?

— Exatamente, os doutores que efetuaram as análises em Huesca realizaram uma segunda análise das amostras e acharam o que parecia uma semelhança parcial, e sugeriram que talvez tenham mudado de farinha e por isso aparecia misturada em quantidades muito pequenas. Ontem à noite, o subinspetor Etxaide tomou uma amostra da farinha que vinham utilizando na doceria Salazar até um mês atrás e a enviei a San Sebastián, fazendo valer um favor que uma colega da Ertzaintza me devia. E esses são os resultados. Os vinte empregados da Mantecadas Salazar têm acesso à farinha, e é costume que peguem a que necessitem para sua casa. Do mesmo modo, poderiam tê-la distribuído entre familiares e amigos. É algo que agora nos cabe investigar.

Zabalza saiu da sala e se dirigiu ao seu escritório.

Iriarte estava anormalmente quieto, folheando repetidas vezes o relatório da análise. Amaia fechou a porta.

— Inspetora, você percebe a importância que isso tem para o caso? É a pista mais confiável que conseguiu até agora.

Ela assentiu com confiança.

— ... E está relacionada a sua família.

— Sei a que você se refere. Para prevenir algo desse tipo, o delegado pôs você à frente dessa investigação comigo, e por isso o chamei — declarou, aproximando-se da janela e olhando para fora. — Agora preciso que venha aqui e olhe isso.

Ele se colocou ao seu lado. Amaia consultou o relógio.

— Faz 15 minutos desde que o fax chegou e ele já está aqui — disse, apontando para um carro que tinha acabado de estacionar sob a janela e do qual desceu o inspetor Montes, que, antes de se dirigir à entrada, elevou o olhar para onde eles se encontravam. Instintivamente deram um passo atrás.

— Ele não pode nos ver, são vidros espelhados — comentou Iriarte.

Amaia espiou da porta da sala a tempo de ver que Fermín Montes entrava na sala de Zabalza para sair alguns minutos mais tarde, levando um envelope enrolado em forma de tubo.

Observaram pela janela que ele entrou no carro depois de dar uma olhada significativa ao redor e saiu do estacionamento.

— É evidente que as relações do inspetor Montes com quem está no comando, nesse caso você, deixam muito a desejar, e ele não deveria tirar o relatório da delegacia sem permissão nem Zabalza devia permitir; por outro lado, ele faz parte da equipe de investigação, e não é estranho que queira se manter informado.

— E você não acha que ele deveria comparecer às reuniões, que são exatamente para isso? — perguntou Amaia, farta do corporativismo machista com que os homens sempre tentavam justificar atos que em uma mulher seriam criticados.

— Eu pensava que ele estava doente, foi isso que Zabalza me disse.

— Sim, e hoje vai poder ver com seus olhos o quão grave é o mal de que sofre o inspetor Montes — declarou, visivelmente zangada. — Você conseguiu que sua esposa nos emprestasse o carro?

— Ele está estacionado aqui atrás — respondeu ele, aborrecido. — Tal como me indicou — acrescentou, para deixar claro que ele não era o inimigo.

Amaia se sentiu um pouco mesquinha por ser tão dura com Iriarte, que tinha lhe dado todo o seu apoio desde o começo. Suavizou a expressão e pegou a bolsa pendurada no encosto da cadeira.

— Vamos.

O carro da mulher de Iriarte era um velho Micra de quatro portas e cor granada, com cadeirinhas para crianças na parte traseira. O inspetor lhe deu as chaves, e Amaia se entreteve alguns segundos ajustando o banco e os espelhos. Quando saíram do estacionamento, não havia nem rastro do carro de Montes. Mas não precisava. Ela estava cansada de saber aonde ele ia. Demorou, dirigindo calmamente para lhe dar tempo de chegar e, quando o inspetor Iriarte estava começando a se impacientar, saiu de Elizondo em direção a Pamplona. Cinco quilômetros adiante, parou o carro no estacionamento do hotel Baztán. Iriarte ia perguntar, quando reconheceu o carro de Montes estacionado perto da entrada do restaurante. Amaia estacionou em frente e permaneceu em silêncio até que viu chegar o Mercedes de Flora, que olhou repetidamente ao redor antes de entrar no local.

— Por isso você precisava desse carro, agora entendo — disse Iriarte.

Sem dizer uma palavra, Amaia fez um gesto para ele e ambos desceram do veículo. Tinha escurecido por completo, e, embora não houvesse tantos carros no estacionamento como no dia anterior, por ser cedo, puderam se aproximar o suficiente para ver muito bem o salão através da vidraça. Montes estava sentado mais perto da janela e seu rosto não estava visível. Flora se sentou diante dele e o beijou nos lábios. Ele lhe estendeu o envelope enrolado, que ela abriu.

A mudança em sua expressão foi evidente mesmo a distância. Ela tentou sorrir, mas em seu rosto só se esboçou um ricto longinquamente parecido com o que pretendia ser. Disse alguma coisa enquanto se levantava. Montes a imitou, mas Flora colocou uma das mãos em seu peito e insistiu para que se sentasse de novo. Inclinou-se para beijá-lo outra vez e saiu do restaurante rapidamente.

Flora desceu os três degraus que a separavam do exterior, levando o envelope na mão e as chaves do carro na outra. Aproximou-se de seu Mercedes e acionou a abertura.

Amaia a abordou saindo de trás do carro.

— Sabia que se apropriar de provas relativas a uma investigação é crime?

A irmã ficou parada de repente, levando uma das mãos ao peito e com o rosto mudado.

— Que susto você me deu!

— Não vai me responder, Flora?

— O quê? Isso? — perguntou, levantando o envelope. — Acabo de encontrá-lo no chão, nem sequer olhei, não sei o que é. Ia entregá-lo na polícia municipal. Você diz que são provas, pergunte ao inspetor Montes. Com certeza ele vai dizer a mesma coisa a você.

— Flora, você abriu e leu, suas impressões estão em cada página e acabo de ver que Montes o entregou a você.

Flora riu, menosprezando, e abriu a porta do carro.

— Aonde você vai, Flora? — indagou a inspetora empurrando a porta do carro. — Você já sabe que há uma similaridade, precisamos conversar e vai ter que me acompanhar.

— Era o que me faltava ouvir — gritou. — Está tão desesperada que vai prender toda sua família? Freddy, Ros, agora eu... Vai me encarcerar como fez com a *ama*?

Algumas pessoas que entravam na cafeteria se viraram para olhar. Amaia sentiu sua raiva contra Montes crescer: Freddy e Ros, será que aquele incauto de merda tinha contado cada passo da investigação a sua irmã?

— Não estou prendendo você, mas você sabe por Montes que a farinha saiu da doceria.

— Qualquer trabalhador pode ter levado.

— Você tem razão, por isso preciso da sua ajuda. Isso, e que me explique por que não me disse que tinha trocado de farinha.

— Isso foi há meses, não achei que tivesse importância, quase nem me lembrava.

— Há meses não, a farinha que Ros tem em casa é de um mês. E coincide.

Flora passou uma das mãos, nervosa, pelo rosto, mas recuperou o controle em seguida.

— Essa conversa terminou: ou me prende, ou me recuso a continuar falando com você.

— Não, Flora, a conversa vai acabar quando eu disser. Não me obrigue a intimá-la a ir à delegacia de polícia, porque o farei.

— Você é muito má! — retrucou a mais velha.

Amaia não esperava aquilo.

— Eu sou má... Não, Flora, eu só faço o meu trabalho, mas você sim é má. Sua existência não tem outra razão a não ser fazer o mal, soltar veneno, carregar com recriminação e culpa todos os que estão ao seu redor. Eu não ligo a mínima para você, irmã, porque estou de saco cheio de lidar com gentalha, mas existem outros a quem você faz mal conscientemente até os destruir, minando sua confiança como Ros ou acabando com o coração deles, como o coitado do Víctor quando a viu ontem com Montes.

O sorriso cínico que Flora mantinha no rosto enquanto Amaia falava se transformou em surpresa com essas últimas palavras. Amaia percebeu que tinha acertado no alvo.

— Ele viu vocês ontem — repetiu.

— Preciso falar com ele.

Flora voltou a abrir a porta do carro, decidida a ir embora.

— Não é preciso, Flora. Ficou tudo muito claro quando ele viu vocês se beijando.

— Por isso ele não atende minhas ligações — disse ela para si.

— Como quer que ele reaja se um dia você apregoa que ele é seu marido, e no seguinte a vê beijando outro homem?

— Não seja tola — declarou, recuperando a compostura —, Montes não significa nada.

— Mas o que você está dizendo?

— Víctor é o homem com quem me casei. Ele é e será o único homem para mim.

Amaia negou, incrédula.

— Flora, eu estava aqui com ele, a vi beijá-lo.

Flora sorriu orgulhosa de si mesma.

— Você não entende nada...

De repente Amaia viu tudo claramente. Muito claramente.

— Você só o estava usando, usou a informação que ele lhe deu, como agora — anunciou Amaia olhando para o envelope.

— Um mal necessário — respondeu ela.

Um gemido rouco se ouviu atrás dela. O inspetor Montes, com o rosto desfeito e macilento, parou a 2 metros dela e começou a tremer enquanto as lágrimas escorriam por seu rosto. A desolação mais absoluta se abateu sobre ele, e Amaia percebeu que tinha ouvido se não tudo, pelo menos as últimas palavras de Flora. Ela se virou para ele e ficou com uma expressão de desgosto que seria válida tanto para um salto quebrado quanto para um arranhão em seu Mercedes.

— Fermín — chamou Amaia, preocupada com o modo como Montes estava desmoronando.

Mas ele não a ouviu, virou-se procurando os olhos de Flora. Amaia viu que levava a arma na mão, segurando-a frouxamente. Amaia começou a gritar quando ele levantou o braço, levantou-o muito devagar, sem deixar de olhar para Flora, apontou para o seu peito por uns dois segundos, então a virou, apoiou-a em sua própria cabeça e apontou para a têmpora. Os olhos estavam vazios como os de um morto.

— Fermín, não! — gritou Amaia com todas as suas forças.

Iriarte o agarrou por debaixo das axilas, arrastando-o 1 metro para trás e arrebatou a arma dele, que ficou caída no chão. Amaia correu para os dois, ajudando Iriarte a render o colega. Montes não resistiu, caiu no chão como uma árvore ferida mortalmente por um raio e ficou ali, entre os atoleiros, com o rosto contra o chão e chorando como uma criança, com Amaia ajoelhada sobre ele. Quando se sentiu com forças para levantar o olhar, viu os olhos de Iriarte, que proclamavam sem palavras ter preferido fazer qualquer coisa que não aquilo, e viu também que o Mercedes de Flora já não estava ali.

— Puta que pariu — disse ao se levantar. — Fique com ele, por favor. Não o deixe sozinho — pediu a inspetora.

Iriarte assentiu e pôs uma das mãos sobre a cabeça de Fermín.

— Pode ir. E fique tranquila, cuidarei dele.

Amaia se inclinou para recolher a arma de Montes e a colocou na cintura. Dirigiu como uma louca até Elizondo fazendo as rodas do pequeno Micra chiar. Atravessou Muniartea e entrou na rua Braulio Iriarte até a porta da doceria. Quando ia descer do carro, o telefone tocou. Era Zabalza.

— Inspetora Salazar, tenho novidades: o irmão de Ainhoa Elizasu trabalhou no verão passado em um viveiro de plantas, Viveiros Celayeta, e ainda costuma ir lá nos fins de semana. Averiguei o registro de trânsito, e eles têm três caminhonetes brancas Renault Kangoo; liguei e me disseram que, como o garoto tirou a carteira no ano passado, costumava dirigi-las. E se segure: nas últimas semanas estiveram fazendo obras no jardim da casa, a garota que atendeu o telefone soltou que às vezes emprestam as caminhonetes a clientes de confiança, e o pai de Ainhoa comprou recentemente trinta arvorezinhas que ele mesmo levou para casa em uma das caminhonetes junto de outros materiais. Ele não soube especificar, mas tem certeza de que levou o veículo pelo menos duas vezes.

Ouviu o que Zabalza dizia enquanto seu cérebro a transportava para longe no tempo. As caminhonetes brancas. De repente se lembrou de uma coisa que estivera dando voltas em sua cabeça.

— Zabalza, vou desligar e retorno para você em um minuto.

Ouviu o suspiro dele. Decepcionado. Telefocou para Ros.

— Olá, Amaia.

— Ros, vocês tinham uma caminhonete branca na doceria, o que aconteceu com ela?

— Ah, faz tempo, suponho que quando compramos a caminhonete nova Flora a entregou na concessionária.

Desligou e digitou o número da delegacia.

— Zabalza, consulte no registro de trânsito os veículos em nome de Flora Salazar Iturzaeta. — Esperou. Enquanto ouvia Zabalza digitar em seu computador, observou a janelinha da doceria, que permanecia sempre aberta abaixo do telhado. Não se viam luzes no interior, mas o escritório de Flora dava para os fundos, e, se estivessem acesas, não teria podido vê-las.

— Inspetora — a voz de Zabalza denunciava incômodo —, existem três veículos em nome de Flora Salazar Iturzaeta. Um Mercedes cor prata do ano passado, um Citroën Berlingo de cor vermelha do ano 2009 e um Renault Terra branco ano 1996... O que você quer que eu faça, chefe?

— Chame o inspetor Iriarte e o subinspetor Etxaide. Preciso de uma ordem para o Terra, para o domicílio de Flora e para a doceria Salazar — declarou, passando as mãos pelo rosto com o mesmo gesto que Flora tinha usado antes e que ela reconhecia como profunda vergonha. — E reúnam-se todos comigo na doceria. Eu já estou aqui. — Quando Zabalza desligou, ela sussurrou: — Na minha casa.

Amaia saiu do carro, aproximou-se da porta e ouviu. Nada. Tirou a chave que levava no pescoço e antes de abrir a porta procurou instintivamente sua arma. Ao tocá-la se deu conta de que estava com a de Montes.

— Merda...

Lembrou-se da ridícula promessa que tinha feito a James de não levar sua arma. Fez uma careta de conformidade enquanto pensava que, afinal, estava faltando com sua palavra. Abriu a porta e acendeu a luz. Observou o interior, que se via perfeitamente limpo e organizado, e entrou, ignorando os fantasmas que a chamavam dos cantos escuros. Passou junto à antiga artesa e à mesa de amassar e se dirigiu ao escritório de Flora. Ela não estava lá; no entanto, todo o escritório se via tão organizado e correto quanto a própria Flora. Amaia podia sentir o rastro de fúria que tinha deixado ao passar. Olhou ao redor, procurando a nota discordante, e a descobriu em um robusto armário de madeira cujas portas tinham ficado entreabertas, sem ajustar. Abriu-as e ficou surpresa ao constatar que se tratava de um armeiro dissimulado no móvel. Dentro, duas escopetas de caça maior repousavam em seus lugares, mas um vão evidenciava a falta de outra arma; na parte baixa do mesmo armário, meia dúzia de caixas de munição remexidas sugeriam que faltava material.

Típico do temperamento de Flora: não deixaria jamais que ninguém fizesse nada por ela, nem mesmo isso. Olhou ao redor, tentando extrair do ar a informação que faltava. Aonde Flora iria para culminar sua obra? Certamente não para sua casa, teria escolhido a doceria ou algum lugar que tivesse mais relação com a outra faceta de sua vida. Talvez ao rio. Dirigiu-se à porta e, ao passar diante da mesa do escritório, viu abertas sobre ela as provas do novo livro da irmã. A foto colorida, evidentemente tirada por um profissional em estúdio, mostrava uma bandeja adornada com frutos vermelhos em que repousava uma dúzia de doces, sobre os quais reluziam pedrinhas de açúcar. O título em letras de forma dizia: *Txatxingorris (segundo a receita de Josefa "Tolosa")*.

Tirou o telefone e marcou um número.

Quando a tia respondeu, cortou seu cumprimento com uma pergunta.

— Tia, você conhece uma pessoa chamada Josefa Tolosa?

— Sim, mas ela já morreu. Josefa Uribe, mais conhecida como "Tolosa", era a falecida sogra da sua irmã, mãe de Víctor. Uma mulher forte... A verdade é que o pobre Víctor vivia bastante subjugado, e depois para completar se casou com outra mulher geniosa como sua irmã. Ele saiu do fogo para cair nas brasas. Pobre rapaz. O segundo sobrenome de Víctor é Uribe, acontece que sempre chamaram essa família de os Tolosas, porque o avô era de lá. Eu não me relacionava muito com eles, mas a minha amiga Ana María era amiga dela também, se quiser posso perguntar mais a ela.

— Não, tia, deixa, não precisa — refutou enquanto saía a toda pressa da doceria e abria o e-mail no PDA, em busca da resposta à pergunta que havia formulado em um fórum e que tinha sido respondida: o interior dos tanques de metal das motos antigas era limpo com bicarbonato ou vinagre, que o polia e arrastava todas as partículas de óxido para fora. Partículas de óxido que tinham aderidos restos de hidrocarbonetos e vinagre, e que por sua vez haviam penetrado no fino couro de cabra.

O fino couro da roupa de um motociclista. Ainda podia sentir a suavidade e o cheiro das luvas e da jaqueta de Víctor quando o abraçou sob a chuva.

Lembrava-se de ter estado na chácara da família de Víctor duas vezes, quando pequena e Flora era recém-casada. Naquela época, era a típica chácara dedicada ao gado, e Josefina Uribe ainda era viva e dirigia os trabalhos da casa. Suas lembranças não iam muito além disso. Uma mulher madura que tinha lhe oferecido um lanche e uma fachada cheia de vasos de cerâmica amarelos com gerânios coloridos; mas já então as relações com Flora eram frias e distantes, e nunca mais havia voltado a visitá-la ali.

Amaia dirigiu o pequeno Micra a toda velocidade pela estrada do cemitério e, uma vez tendo-o ultrapassado, começou a contar as chácaras, pois se lembrava de que era a terceira à esquerda e, embora não se visse da estrada, havia uma placa na entrada que indicava o acesso. Reduzia a velocidade para ter certeza de não passar da sinalização quando viu o Mercedes de Flora parado ao lado da pista junto a uma estrada que adentrava em um pequeno bosque, o qual, no meio da noite, pareceu-lhe impenetrável. Deixou o Micra atrás do Mercedes, constatou que não havia ninguém dentro dele e novamente amaldiçoou a brilhante ideia de trocar de carro, deixando todo o seu material no outro. Vasculhou o porta-malas e se alegrou pela mulher de Iriarte ser tão precavida a ponto de levar uma pequena lanterna, embora com a pilha fraca.

Antes de penetrar no bosque, digitou o número de Jonan e percebeu um pouco assustada que não havia cobertura; tentou o da delegacia e o de Iriarte. Nada. Era um bosque de pinheiros de galhos baixos e abundantes espinhos que atapetavam o solo, tornando o avanço lento e perigoso, embora houvesse um caminho bem-definido entre as árvores; supôs que os moradores da área utilizassem aquele atalho sempre e que sua irmã o teria aprendido durante o tempo em que, recém-casada, viveu na chácara dos sogros. O fato de ter decidido chegar a casa através do bosque, e não pela estrada de acesso, dava-lhe uma ideia dos planos de Flora: a despótica e dominante Flora tinha conectado os fios antes dela, manipulando a informação que recebia pontualmente do incauto Fermín, encantado por sua hipnótica ladainha de queixas. Amaia pensou no modo descarado como se exibiu durante o almoço de domingo, os comentários vexatórios sobre as meninas, suas ideias sobre a decência e os *txatxingorris* colocados na mesa, tentando distrair sua atenção do verdadeiro culpado: daquele homem a quem nunca tinha amado, mas que considerava uma de suas responsabilidades, como cuidar da *ama*, cuidar do negócio familiar ou tirar o lixo toda noite.

Flora dominava seu mundo à base de disciplina, ordem e controle ferrenho. Era uma daquelas mulheres forjadas à força no vale, uma daquelas *etxeko andreak* que ficaram à frente de sua casa e sua terra quando os homens partiram para longe em busca de oportunidades. As mulheres de Elizondo que enterraram seus filhos depois das epidemias e saíram para trabalhar no campo com lágrimas nos olhos, dessas mulheres que não desconheciam a parte escura e suja da existência, que simplesmente lavavam o rosto dela, penteavam-na e a mandavam à missa de domingo com os sapatos bem-lustrados.

De uma maneira que desconhecia, concebeu de repente um sentimento de compreensão para o modo como a irmã se conduzia na vida, misturado a uma avassaladora repugnância pela carência de coração de que se vangloriava. Pensou em Fermín Montes, abatido no chão daquele estacionamento, e nela mesma se defendendo desajeitadamente dos ataques calculados da irmã.

E pensou em Víctor. Seu querido Víctor, chorando como uma criança enquanto a via beijar outro através da vidraça. Víctor restaurando motos antigas, recuperando um passado saudoso, Víctor morando na casa que tinha sido de sua mãe, a Sra. Josefa, "a Tolosa", que era uma mestra fazendo *txatxingorris*. Víctor, que tinha passado de uma mãe dominante a uma esposa tirânica. Víctor alcoólatra, Víctor com suficiente força de vontade para se manter sóbrio há dois anos. Víctor, um homem entre 25 e 45 anos. Víctor, indignado com o arrivista imitador de sua cena. Víctor, obcecado com um ideal de pureza e retidão que Flora havia lhe inculcado como modo de vida, um homem levado em suas paixões ao mais absoluto controle, um assassino que dera o salto tomando as rédeas de um grande plano para dominar as paixões, os desejos, os olhares despudorados para as meninas e os pensamentos sujos que estas lhe provocavam com seu descaramento e sua exibição constante. Provavelmente durante um tempo tentou aturdir suas fantasias com álcool, mas chegou um momento em que o desejo era tão premente que um copo pedia outro, e outro, para conseguir aplacar as vozes que de seu interior clamavam pedindo que liberasse seus desejos. Seus desejos sempre reprimidos.

Mas o álcool só havia conseguido fazer com que Flora se afastasse de seu lado, e isso tinha sido como nascer e morrer no mesmo ato, pois ao mesmo tempo que se liberava da presença tirânica que ela o submetera, obrigando-o a dominar seus impulsos, acabou por cortar o cordão umbilical com o único tipo de relação que considerava limpa com uma mulher e com a única pessoa que teria podido controlá-lo. Estava certo de que Flora notara alguma coisa, ela, a rainha despótica a quem nada escapava... Era impossível que não percebesse que Víctor abrigava nas profundezas de sua alma um demônio que lutava para dominá-lo, e que às vezes conseguia. E percebeu, é óbvio. Percebeu sem dúvida quando naquela manhã lhe levou o *txatxingorri* encontrado sobre o cadáver de Anne. O modo como o tinha tomado nas mãos, cheirando-o e inclusive provando-o, sabendo com certeza que aquilo constituía a mais clara e inconfundível assinatura, uma homenagem à tradição, à ordem e a ela mesma.

Amaia se perguntou o quanto tinha demorado a trocar a farinha quando ela saiu pela porta, em que momento Flora havia começado a tecer o plano de sedução de Montes e tivera certeza. Havia necessitado da confirmação do laboratório ou já sabia quando provou o *txatxingorri*, quando Anne apareceu morta, quando se sentou à mesa da tia e justificou os crimes? Ou era apenas uma representação destinada a testar a reação de Víctor?

A ladeira se inclinava na direção contrária à estrada, e o denso cheiro de resina estimulou suas fossas nasais fazendo com que seus olhos ardessem enquanto a luz insuficiente da lanterna se extinguia, deixando-a na mais absoluta escuridão. Permaneceu parada alguns segundos enquanto seus olhos se acostumavam à falta de iluminação, e a duras penas conseguia discernir um reflexo de luz entre as árvores. Então, em plena escuridão, viu o inconfundível brilho dançarino da lanterna que Flora levava e que fazia saltar de uma árvore a outra produzindo no bosque um efeito de flashes ou relâmpagos. Começou a caminhar para a área em que percebia a claridade, estendendo as mãos diante do corpo e ajudando-se com a tela do celular, que mal iluminava seus pés e apagava a cada 15 segundos. Deslizando um pé diante de outro, tentou se apressar para não perder o rastro de luz de Flora. Ouviu um roçar atrás de si e, ao se virar, machucou o rosto em um galho rugoso, provocando um profundo corte na testa que imediatamente começou a sangrar, deixando-a aturdida enquanto sentia dois filetes deslizarem por seu rosto como densas lágrimas, e o telefone foi parar em algum lugar aos seus pés. Apalpou o ferimento com os dedos e constatou que não era muito grande, ainda que profundo. Tirou o lenço de seda que levava no pescoço e o amarrou fortemente na cabeça, pressionando o corte e conseguindo que parasse de sangrar.

Confusa e desorientada, virou-se lentamente, tentando localizar a névoa luminosa que tinha percebido entre as árvores, mas não viu nada. Esfregou os olhos notando o sangue pegajoso que começava a coagular e pensou na aparência que seu rosto teria, enquanto uma sensação próxima ao pânico se apropriava dela e a crescente paranoia a obrigava a ouvir, forçando-se a não respirar e certa de que havia mais alguém ali. Gritou sobressaltada ao ouvir um forte assobio, mas em seguida percebeu que não lhe faria mal, que de algum modo estava ali para ajudá-la e que, se existia uma oportunidade de sair do bosque antes de se esvair em sangue, seria com ele. Outro assobio soou com clareza a sua direita. Amaia se ergueu segurando a cabeça e avançou na direção de onde vinha o som. Outro breve assobio soou diante dela e, de repente, como se alguém tivesse aberto uma cortina, ali estavam o fim do bosque e a pradaria que se estendia atrás da chácara Uribe.

A grama podada recentemente facilitou a corrida através do campo, que Amaia não lembrava ser tão vasto. A casa estava iluminada por várias lâmpadas colocadas ao redor da bem-cuidada grama, salpicada de antigas ferramentas agrícolas dispostas como obras de arte circundando a chácara. Sob a suave luz de uma das lâmpadas distinguiu a figura armada de Flora, que avançava dos frutos com o passo decidido e virava para a entrada principal. Sentiu o impulso de gritar seu nome, mas se conteve ao perceber que também alertaria Víctor e que ainda estava em campo aberto. Correu com todas as forças até alcançar a parede protetora da casa e, encostando-se nela, sacou a Glock de Montes e escutou. Nada. Caminhou grudada na parede, olhando de vez em quando para trás, consciente de que ali estava tão visível quanto Flora estivera antes. Avançou com cautela até a porta principal, que se encontrava entreaberta e da qual saía uma luz tênue. Empurrou-a e observou que se abria pesadamente para dentro.

Com exceção das luzes acesas, nada indicava que houvesse alguém na casa. Ela examinou os cômodos do andar de baixo e constatou que praticamente não tinham mudado desde que "a Tolosa" era a senhora da chácara. Olhou em volta procurando um telefone, mas não viu nenhum; com cuidado, apoiou as costas na parede e começou uma lenta subida pela escada. Havia quatro cômodos fechados que davam para um patamar e outro no final do lance de escadas seguinte. Uma a uma, foi abrindo as portas de robustos quartos em madeira polida à mão e grossas colchas floridas. Empreendeu a subida do último lance da escada, certa de que não havia ninguém na casa, mas segurando a pistola com as duas mãos e avançando sem deixar de manter a mira. Quando alcançou a porta, as batidas de seu coração troavam no ouvido interno como chicotadas cadenciais que provocavam uma sensação próxima à surdez. Engoliu em seco e respirou profundamente, tentando se acalmar. Virou para um lado, girou a maçaneta da porta e acendeu a luz.

Em todos os anos que passou na Policía Foral como inspetora nunca havia encontrado um altar antes. Tinha visto fotografias e vídeos durante sua estada em Quantico, mas, como lhe dissera seu instrutor, nada a prepara para a sensação de encontrar um altar. "Pode estar em um pequeno vão, dentro de um armário ou em um baú; pode ocupar um quarto inteiro ou residir em uma gaveta, tanto faz. Quando topar com um, nunca o esquecerá, porque esse museu dos horrores particular em que o assassino guarda seus troféus é a maior mostra de sordidez, perversão e depravação humana que se pode encontrar. Por mais estudos, perfis e análises de comportamento que tenha estudado, não vai saber o que é olhar o interior da cabeça de um demônio até encontrar um altar."

Arquejou aterrorizada ao encontrar uma versão ampliada das fotos que tinha na delegacia. As meninas a olhavam do espelho de uma grande penteadeira antiga em cujo vidro Víctor tinha disposto ordenadamente recortes de jornal, matérias sobre o *basajaun*, obituários das meninas que foram publicados e até alguns avisos dos funerais. Havia fotos das famílias no cemitério, dos túmulos cobertos de flores e dos grupos do colégio publicadas em uma gazeta local e, abaixo, uma coleção de fotos tiradas sem dúvida no local do crime que mostravam passo a passo, como em um tutorial de morte, os instantâneos de como foi preparando o cenário. Uma documentada explicação gráfica do horror e da história dos progressos do assassino em sua macabra carreira. Amaia observou incrédula a quantidade de recortes que tinham amarelado pelo efeito do tempo, curvando-se nas bordas devido à umidade, alguns datados de vinte anos antes, e tão breves que mal ocupavam algumas linhas referentes ao desaparecimento de campistas, excursionistas em lugares afastados do vale e até do outro lado da fronteira.

Estavam dispostos numa gradação e, na cúpula, encontrava-se o nome de Teresa Klas, proclamando que ela era a rainha daquele círculo infernal particular. Havia sido a primeira, a garota pela qual Víctor perdeu a cabeça a ponto de correr o risco de matá-la a poucos metros de sua casa; mas, longe de lhe infundir temor, sua morte o excitou a tal ponto que, durante os dois anos seguintes, tinha matado pelo menos outras três mulheres, vítimas fáceis, jovens com um perfil claro de adolescente provocadora, as quais atacava no monte de forma bastante incompetente em comparação com a sofisticação que mostrava em seus crimes agora.

Um altar como aquele narrava a evolução de um assassino implacável que se dedicou ao seu trabalho durante três anos e que se deteve durante quase vinte. Os mesmos que esteve com Flora, enquanto se aturdia diariamente com quantidades enormes de álcool, submetido a um jugo, um jugo autoimposto, aceito e considerado a única opção para conseguir suportar a disciplina necessária para viver ao lado de Flora sem dar rédea aos seus instintos. Um vício destruidor que ele havia mantido sob controle, até o instante em que deixou de beber. Livre do férreo controle de Flora e liberado do torpor calmante do álcool, havia tentado novamente, havia voltado a ela para lhe mostrar seus progressos, para lhe mostrar o que mais uma vez tinha sido capaz de fazer por ela, e em vez dos braços abertos com que sonhara, encontrou o frio e inabalável olhar de Flora.

O desdém dela havia sido a estopilha, o detonador, o disparo inicial para uma corrida rumo a um ideal de perfeição e pureza que ele ditava a todas as demais mulheres, e a todas as que aspiravam ser assim com os corpos jovens e provocadores. Entre as fotos do altar encontrou seus próprios olhos, e por um instante achou que via seu reflexo no espelho. Ocupando o lugar de honra no centro do altar, uma fotografia dela mesma impressa em papel de fotografia, sem dúvida com uma impressora, e recortada de outra em que aparecia junto das irmãs. Estendeu a mão para tocar a imagem, quase segura de que se enganava, roçou o papel seco e liso e quase o arrancou do lugar ao se sobressaltar quando ouviu o barulho inconfundível de um tiro. Lançou-se escada abaixo, certa de que ocorrera na parte externa da chácara.

Flora se colocou na entrada da cavalariça e sem dizer uma palavra apontou para Víctor com a espingarda. Ele se virou, surpreso, mas não sobressaltado, como se sua visita lhe fosse grata e desejada.

— Flora, não ouvi você chegar, se tivesse me ligado antes de vir eu estaria mais apresentável — declarou ele, olhando para as luvas engraxadas enquanto as tirava pouco a pouco e continuava avançando para a entrada. — Até poderia ter cozinhado alguma coisa.

Flora não respondeu, não moveu nem um único músculo, mas não deixou de olhar para ele e apontar a espingarda.

— Ainda posso preparar alguma coisa, se me der alguns minutos para eu me ajeitar.

— Não vim jantar, Víctor. — A voz de Flora foi tão gélida e carente de emoções que ele voltou a falar, sem deixar de sorrir nem abandonar o tom conciliador.

— Então, posso mostrar a você o que estava fazendo. Eu estava — disse, apontando para trás — trabalhando na restauração de uma moto.

— Hoje você não tem que assar? — perguntou Flora sem abandonar a postura, e indicando com o cano da arma uma portinha de ferro fundido que dava acesso ao forno de pedra encravado na parede da chácara.

Sorriu olhando para sua mulher.

— Eu tinha pensado em assar amanhã, mas se você quiser podemos fazer isso juntos.

Flora suspirou com força, em uma expressão habitual de aborrecimento, enquanto mexia negativamente a cabeça para demonstrar sua irritação.

— O que você andou fazendo, Víctor? E por quê?

— Você sabe o que andei fazendo, e sabe por quê. Sabe porque você é como eu.

— Não — retrucou ela.

— Sim, Flora — disse, conciliador. — Você disse, você dizia sempre. Elas, elas pediram, vestidas como prostitutas, provocando os homens como rameiras, e alguém devia mostrar o que acontece com garotas más.

— Você as matou? — perguntou ela, como se apesar de estar apontando uma arma para ele quisesse acreditar que tudo era um erro absurdo e esperasse que Víctor negasse, que afinal fosse um terrível mal-entendido.

— Flora, não espero que ninguém mais além de você entenda. Porque você é como eu. Todo mundo percebe, muitos como você e como eu comentam que a juventude está estragando nosso vale com suas drogas, sua roupa, sua música e o sexo; e as piores são as garotas, só pensam em sexo, sexo no que dizem, no que fazem, em sua maneira de vestir. Pequenas putas. Alguém devia fazer alguma coisa, ensinar a elas o caminho da tradição e do respeito às raízes.

Flora olhou para ele enraivecida, sem tentar esconder o espanto.

— Como Teresa?

Víctor sorriu com doçura e inclinou a cabeça para um lado, como se relembrasse.

— Teresa, ainda penso nela todos os dias. Teresa, com suas saias curtas e seus decotes, impudica como Babilônia, a grande prostituta. Só vi uma melhor.

— Eu pensava que tinha sido um acidente... Naquele tempo você era jovem, estava confuso, e elas... eram umas perdidas.

— Você sabia, Flora? Sabia e me aceitou?

— Eu achava que isso tinha ficado para trás.

O rosto dele se obscureceu e em sua boca apareceu uma expressão de dor.

— E ficou para trás, Flora. Durante vinte anos me mantive firme, fazendo o maior esforço que um homem pode fazer, eu precisava beber para me controlar, Flora. Não pode imaginar o que é lutar contra uma coisa desse tipo. Mas você me desprezou justamente por meu sacrifício, me afastou do seu lado, me deixou sozinho e me impôs como condição que parasse de beber. E eu o fiz, o fiz por você, Flora, como tenho feito toda a minha vida, como tenho feito tudo.

— Mas matou umas meninas, assassinou — disse, espantada —, umas meninas.

Ele começou a se sentir incomodado.

— Não, Flora, você não as viu se insinuando como putas... Até concordaram em entrar no carro, apesar de só me conhecerem de vista. Não eram meninas, Flora, eram putas. Ou se transformariam em putas em pouco tempo. A tal da Anne, essa era a pior de todas, você está cansada de saber que ela se deitava com o seu cunhado, que atacava a minha família, que destruía o vínculo sagrado do matrimônio de Ros, da nossa querida e tola Ros. Você acha que Anne era uma menina? Essa menina se ofereceu a mim como uma rameira e, quando eu estava acabando com ela, me olhou nos olhos como um demônio, quase sorriu e me amaldiçoou. "Você está amaldiçoado", ela me disse, e nem morta consegui tirar aquele sorriso da cara dela.

De repente, o rosto de Flora se contraiu em uma careta e ela começou a chorar.

— Você matou Anne, você é um assassino — declarou ela, para acabar de se convencer.

— Como você costuma dizer, Flora, alguém devia tomar a decisão correta; era uma questão de responsabilidade, alguém tinha que fazer isso.

— Você podia ter falado comigo, se o que queria era preservar o vale, há outras maneiras, mas matando meninas... Víctor, você está doente, deve estar louco, se não estivesse, não seria possível.

— Não fale assim, Flora. — Ele sorriu mansamente, como um menino arrependido de ter feito uma arte. — Flora, eu te amo.

As lágrimas rolavam pelo rosto dela.

— Eu também te amo, Víctor, mas por que não me pediu ajuda? — murmurou, baixando a arma.

Ele avançou dois passos para ela e se deteve sorrindo.

— Peço agora. O que me diz? Você me ajuda a assar?

— Não — refutou, levantando a arma e com o rosto de novo sereno. — Eu nunca disse isso a você, mas detesto *txatxingorri*. — E atirou.

Víctor olhou para ela arregalando os olhos, um pouco surpreso pelo ato e pela intensa onda de calor que se estendeu por seu ventre e subiu pelo peito, clareando os olhos e lhe permitindo perceber a outra mulher presente em seu final. Envolta em uma capa branca que cobria parcialmente a cabeça dela, Anne Arbizu o olhava da entrada com uma careta entre o nojo e o prazer. Ouviu sua risada de *belagile* antes de receber o segundo tiro.

Amaia saiu da casa e avançou rapidamente até a esquina, segurando a Glock de Montes com firmeza enquanto ouvia atenta qualquer sinal de movimento. Escutou o segundo tiro e começou a correr. Ao chegar ao fim da parede, espiou com precaução a fachada norte da chácara, onde há muito tempo ficava a cavalariça. Da enorme porta verde saía uma intensa luz que tingia a grama de cor esmeralda e com um resultado incongruente em um lugar que originalmente esteve destinado a cavalos e vacas. Flora estava parada no vão da entrada, segurava a espingarda na altura do peito e apontava para dentro sem mostrar hesitação.

— Largue a arma, Flora — gritou Amaia apontando para ela com a Glock.

A irmã não respondeu, deu um passo para dentro dos estábulos e desapareceu de vista. Amaia foi atrás dela, mas viu apenas uma sombra disforme jogada no chão como um monte de roupa velha.

Flora estava sentada junto ao corpo de Víctor. Suas mãos estavam sujas do sangue que brotava do abdômen, e acariciava seu rosto, tingindo a testa de vermelho. Amaia avançou até ela e se inclinou ao seu lado para tirar de Flora a arma, que repousava aos pés dela; depois, guardou a Glock nas costas, inclinou-se sobre Víctor e colocou os dedos em seu pescoço tentando encontrar o pulso, enquanto procurava em sua roupa o telefone com o qual ligou para Iriarte.

— Preciso de uma ambulância na estrada dos Alduides, é a terceira chácara passando o cemitério, houve tiros, espero vocês aqui.

— Amaia, é inútil — avisou Flora praticamente sussurrando, como se temesse despertar Víctor —, ele está morto.

— Ah, Flora — suspirou, pousando uma das mãos sobre sua cabeça enquanto seu coração se despedaçava ao contemplar a irmã acariciando o corpo inerte de Víctor. — Como pôde fazer isso?

Ela levantou a cabeça como atingida por um raio, ergueu-se digna como uma santa medieval na fogueira. Seu tom era firme e se percebia nele uma nota de aborrecimento.

— Você continua sem entender nada. Alguém tinha que detê-lo, e se fosse esperar que você o fizesse, ele teria coberto o vale de meninas mortas.

Amaia tirou a mão que mantinha sobre sua cabeça como se tivesse recebido um choque.

Duas horas depois.

O Dr. San Martín saía do estábulo de Víctor depois de atestar seu falecimento, e o inspetor Iriarte se aproximava de Amaia com uma expressão séria.

— O que a minha irmã disse? — quis saber ela.

— Que achou o relatório sobre a procedência da farinha no estacionamento do hotel Baztán, que ligou as pontas, que pegou a espingarda porque tinha medo; embora não tivesse certeza, decidiu trazê-la para se proteger caso Víctor fosse um assassino. Que perguntou a ele a respeito e Víctor não somente admitiu, como ficou muito violento, avançou sobre ela ameaçadoramente, e ela, ao se sentir em perigo, não pensou e atirou. Mas ele não caiu e continuou avançando, então atirou de novo. Ela falou que não foi muito consciente, que o fez instintivamente porque estava apavorada. A caminhonete branca está lá dentro, debaixo de uma lona. Flora disse que ele a usava para buscar as motos que restaurava, e dentro do forno e na cozinha havia sacos de farinha da Mantecadas Salazar, além da coleção de horrores que tem no sótão.

Amaia suspirou profundamente, fechando os olhos.

Dez horas depois.

Amaia foi ao velório de Johana Márquez, confundindo-se entre as pessoas, e rezou pelo eterno descanso de sua alma.

*

Quarenta e oito horas depois.
Amaia recebeu a ligação do tenente Padua.
— Temo que você vai ter que fazer uma declaração sobre o seu informante. Na caverna que nos indicou, os guardas do Seprona acharam ossos humanos de vários tamanhos e procedências; pelo número calcularam que há restos de uns 12 cadáveres, que foram jogados desajeitadamente dentro da caverna. Segundo o legista, alguns estão lá há mais de dez anos e todos apresentam marcas de dentes humanos. Já sei o que vai me perguntar, e a resposta é que sim: coincide com a mordida do cadáver de Johana, e não, não coincide com o molde de Víctor Oyarzábal.

Quinze dias depois, e coincidindo com o lançamento nacional de seu livro *Com muito sabor*, o juiz deixava Flora em liberdade sem acusações, e ela decidia tirar umas longas férias na Costa del Sol, enquanto Rosaura assumia a direção da Mantecadas Salazar. As vendas não somente não foram afetadas, como em poucas semanas Flora se transformou em uma espécie de heroína local. Afinal, no vale sempre respeitaram as mulheres que faziam o que tinham que fazer.

Dezoito dias depois, Amaia recebia uma ligação da Dra. Takchenko.
— Inspetora, acabou que no fim você tinha razão: os GPSs do serviço francês de observação captaram há 15 dias a presença de uma fêmea de uns 7 anos que, bastante distraída, teria descido até o vale. Não precisa se preocupar. *Linnete* já está de novo nos Pirineus.

Um mês depois.
A menstruação não veio. Nem no outro, nem no outro...

Glossário

Aizkolari: lenhador, tradicionalmente cortador de troncos. Hoje em dia, especialista em corte de troncos no esporte rural basco.
Elizondo significa literalmente "junto à igreja".
Olentzero ou Olentzaro é um personagem navarro da tradição natalina basca. Trata-se de um carvoeiro mitológico que traz os presentes no Natal.
Aita: pai.
Ama: mãe.
Amona: avó.
Txikitos: vinhos.
Basajaun: literalmente, "o senhor do bosque".
Eguzkilore: símbolo que representa a flor seca do cardo silvestre e que se coloca na porta das casas para espantar os maus espíritos.
Sorgiña: bruxa.
Botil-harri ou botarri: pedra-bote, ou pedra-garrafa; utilizava-se para o jogo da *laxoa*, uma modalidade da pelota basca.
Belagile: mulher obscura, poderosa, bruxa.

Agradecimentos

Quero agradecer pelo grande talento e pela disponibilidade que tantas pessoas dispuseram ao meu serviço para fazer deste romance uma realidade.

Ao Sr. Leio Seguín, da Universidade Nacional de San Luis, por suas contribuições quanto à biologia molecular.

Obrigada a Juan Carlos Cano por suas contribuições sobre a restauração de motos clássicas. Um mundo apaixonante que ele conseguiu me transmitir.

Ao porta-voz da Policía Foral de Navarra, o subinspetor Mikel Santamaría, por sua paciência ao responder minhas perguntas.

Ao museu etnográfico Jorge Oteiza de Baztán, que me conseguiu originalmente a informação necessária para começar.

À minha agente Anna Soler-Pont, por conseguir que fosse publicado.

Obrigada a Mari, por renunciar a seu retiro e me dar a honra de se manifestar nesta tempestade que me tem à sua mercê desde que comecei a escrever a trilogia do Baztán.

Este livro foi composto na tipologia Warnock Pro Light, em corpo 11/15, e impresso em papel off-white no Sistema Cameron da Divisão Gráfica da Distribuidora Record.